S. K. Tremayne

S. K. Tremayne est le pseudonyme d'un auteur britannique à succès. *Le Doute* (Les Presses de la Cité, 2015) est son premier roman signé sous ce nom. *La Menace* (2017), *Juste avant de mourir* (2019), *Je connais ton secret* (2021) puis *L'Île infidèle* (2024) ont paru chez le même éditeur. Tous ses titres sont repris chez Pocket.

L'ÎLE INFIDÈLE

ÉGALEMENT CHEZ POCKET

S. K. TREMAYNE

L'ÎLE INFIDÈLE

Traduit de l'anglais
par Marion Roman

Les Presses de la Cité

Titre original :
THE DROWNING HOUR

Cet ouvrage a été publié au Royaume-Uni
par HarperCollins*Publishers* en 2022,
avec le concours de l'agence Rachel Mills Literary Ltd.

Ce livre est une œuvre de fiction. Les noms, les personnages, les lieux et les événements sont le fruit de l'imagination de l'auteur ou sont utilisés fictivement. Toute ressemblance avec des personnes réelles, vivantes ou mortes, serait pure coïncidence.

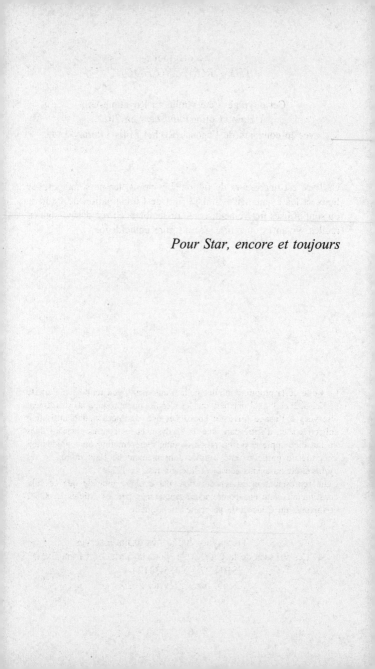

Pour Star, encore et toujours

Avant-propos

Dawzy Island est une île fictive. Elle est la combinaison de plusieurs îles réelles qui émaillent les paysages fluviaux sublimes et désolés de l'Essex, du Suffolk et du Norfolk. La Blackwater, bien sûr, existe, avec ses marinas et ses parcs à huîtres, ses centrales nucléaires et ses réserves naturelles. J'ai cependant pris quelques libertés géographiques, déplaçant des villages sur la carte, modifiant des noms, des localisations, ou encore empruntant ici et là les sites qui m'intéressaient. J'espère que ceux qui ont la chance de connaître cette région unique et poétique de l'Angleterre me pardonneront.

1

Hannah, maintenant

De l'eau. Ce n'est que de l'eau.
Rien de plus.
Ressaisis-toi ! Tu vas t'en sortir.
Mais j'ai beau me répéter ces mots en fixant le plafond blanc de ma chambre dans l'obscurité, une autre voix s'élève en contrepoint dans ma tête. *Que de l'eau ?!*
Mais l'eau, c'est tout ! C'est mon corps, le cocon fœtal, c'est le rêve ! Enfin, ça l'était. J'ai grandi les yeux rivés sur ce fleuve qui se jette dans la mer ; enfant, j'étais assoiffée d'ailleurs, je voulais sillonner le globe et franchir les océans.
Que de l'eau ! Alors qu'on s'en sert tous les jours pour se laver, pour s'hydrater, pour cuisiner. On s'immerge dedans, on nage dedans, on court après, on se damnerait pour vivre à côté.
On s'y noie…
J'enfouis mon visage dans mon oreiller, m'obligeant à fermer les yeux.

L'eau, on y vogue, on y joue, on s'en asperge, on y patauge, elle gicle et coule en jet ou en filet, de tuyaux d'arrosage en chasses d'eau. Le sexe aussi, au fond, c'est de l'eau : sueur, fluides, déferlement de sang chaud fourmillant sous la peau, doux baiser mouillé séchant sur la joue.

Allez. Debout, Scooby Doo.

Je redresse la tête, jette un coup d'œil aux chiffres phosphorescents qui s'affichent sur l'écran de mon réveil de voyage. 5:36.

Pourquoi faut-il que je me réveille aussi tôt chaque matin ? Depuis le drame, ce moment est devenu pour moi l'Heure de l'Insomnie. Elle se situe quelque part entre 5 et 6 heures. Parfois, si je ferme très fort les yeux et que je me tiens parfaitement immobile, momifiée sous ma couette, j'arrive à chasser les idées noires et à basculer dans une sorte de demi-sommeil qui se mue alors en un défilé de rêves criards, comme un cirque d'indésirables envahissant la place du village : ribambelle de clowns zombies, d'acrobates satyres, de monstres cascadeurs, d'éléphants colossaux barrissant à l'envi. Sans oublier le clou du spectacle : moi.

Le plus souvent, cependant, je me dis : tant pis, autant se lever, foutue pour foutue ! Sauf que, si je me lève, mes meilleures heures, celles où mon esprit est le plus fécond, je les passerai avachie dans mon fauteuil, les yeux dans le vague et le cerveau turbinant à vide, archivant de vieux souvenirs pour les exhumer aussi sec. Puis, une heure plus tard, le grand bâtiment qui m'entoure se mettra doucement en branle. Cela commencera par le sifflement enjoué d'un sous-chef, suivi d'un fracas distant de casseroles dans les cuisines. J'entendrai le rire étouffé des femmes de chambre se pressant dans les couloirs, puis un fumet de bacon signalera l'ouverture du buffet du petit déjeuner, s'ensuivront les ahanements décomplexés des clients de la 14 en train de se livrer à des ébats matinaux musclés, et le moment sera venu pour moi de m'activer.

De me doucher – sous l'eau. De me faire un thé – avec de l'eau. D'avaler un café – préparé avec le moins d'eau possible –, un petit noir bien serré, dont il va me falloir des shoots réguliers au cours de la journée pour combattre les bâillements intempestifs, lot quotidien des insomniaques dans mon genre.

Allez, debout !

Cette fois-ci, j'obéis. Je repousse ma couette, j'envisage d'allumer, je me ravise. L'obscurité me plaît. Elle dissimule. D'ailleurs, elle n'est pas absolue : la lune presque pleine baigne de sa lueur diaphane le sol autour de mes rideaux mi-clos. Ces rideaux qui me servent à me cacher de celle qui me tourmente : la vue plongeante sur la Blackwater.

Je trouve à tâtons ma robe de chambre, non loin de la porte. Elle est bleue, douce, moelleuse et chaude à souhait. Rien à voir avec une sorcière pendue à un gibet.

Drôle de souvenir qui vient de me revenir sans crier gare.

J'ai 7 ou 8 ans, je viens de me réveiller, c'est la nuit, il fait tout noir dans ma petite chambre frisquette, et mon gros manteau d'hiver, accroché à une patère derrière ma porte, ressemble à s'y méprendre à cette malheureuse à la nuque brisée pendue à une potence dans le gros livre de maman, celui sur les sorcières. Je hurle et elle accourt, me prend dans ses bras et m'étreint comme l'eau enlace un atoll. Elle me cajole, me console, m'embrasse sur le front, elle sent le vin et le dentifrice, mais c'est le parfum de l'amour. Aujourd'hui encore, j'associe cette odeur vineuse à l'amour.

Parfois, lorsque papa était absent, maman me disait « C'est d'accord, ma chérie » et, folle de joie, je me levais, j'attrapais mon ours Caramel par sa patte pelée, toutes sorcières oubliées, et je suivais ma mère le long du palier froid jusqu'à son lit douillet où je finissais ma nuit auprès d'elle dans la béatitude d'un sommeil sans rêves, mon cœur tranquille, mes peurs dissipées, mon souffle calme et profond comme la mer en été, tous mes sens saturés de son odeur, celle de son eau de toilette faite maison, de son savon artisanal, son odeur cent pour cent maman.

La robe de chambre m'emmitoufle et me réchauffe. Mes pieds nus trouvent mes pantoufles dans la pénombre striée de lune. Je distingue la bouilloire, la théière… mais je suis immanquablement attirée par cette satanée vue. Je vais le faire. Je vais aller contempler la Blackwater.

C'est toujours pareil. Il y a des jours où ce spectacle m'est insupportable. Pendant vingt-quatre heures, je n'ouvre pas mes rideaux, je me terre. Parfois, c'est encore pire, je me détourne physiquement de la fameuse baie vitrée panoramique, en plein cœur de l'hôtel, pour rejoindre le restaurant et prendre mon petit déjeuner. Je sens alors peser sur moi le regard des clients. *Mais qu'est-ce qu'elle a à marcher en crabe, celle-là ?*

Parfois, comme aujourd'hui, je capitule et je l'affronte. Mon ennemie. Ma vie. Ma demeure. Ma muraille. La Blackwater aux flots mouvants, mi-mer, mi-fleuve.

Mi-sel, mi-cercueil. Quatre moitiés pour une terreur totale.

J'ouvre les rideaux d'un coup sec comme j'arracherais un pansement. Elle est toujours là. La Blackwater ne s'est pas volatilisée. L'estuaire aux flots ténébreux flanque l'hôtel de toutes parts. Ses remous abyssaux en lèchent les rives d'ouest en est. Le reflet de la lune de fin septembre trace sur sa surface une jetée de galets d'argent qui le relie à l'astre. C'est une nuit sans nuages. Les lueurs rouge et ambre de Goldhanger miroitent, humides, sur la berge opposée, par-delà l'étendue noire du fleuve.

J'ai envie de le sentir. Besoin d'en remplir mes poumons. Sans quoi, je risque de refaire une crise de panique.

Telle est la thérapie qui m'est dévolue : l'Exposition. Traiter le mal par le mal.

Ma chambre est équipée d'une élégante fenêtre à guillotine typique du style Regency de l'établissement. En revanche, elle n'est pas toute jeune, le battant coince. Je dois me démener pour l'ouvrir, mais lorsque j'y parviens enfin, mes efforts sont récompensés : la marée doit être haute, car l'air charrie un parfum envoûtant, salé, suave et ozoné, et non la puanteur des vasières et du goémon.

Je respire profondément et j'entends, en fond sonore, les cris incessants des échassiers qui s'ébattent dans l'obscurité précédant l'aube. Canards siffleurs, tadornes, tourne-pierres ? Je n'en suis jamais sûre, l'île abrite tant d'espèces dont les cris retentissent à longueur de journée et même la nuit. En plissant les yeux, je les discerne ; j'ai dû les alarmer en ouvrant ma fenêtre. Ils s'égaillent à tire-d'aile dans le ciel nocturne, effarouchés, comme autant de spectres miniatures.

Tiens ! Et ça, c'est quoi ?

Amarré à l'embarcadère, il y a un hors-bord, petit mais coquet. Je ne le reconnais pas. Il pourrait appartenir à n'importe qui, à commencer par Freddy Nix. Mais il a l'air trop élégant. Ce modèle doit valoir une fortune. À un client, alors ? Certains rejoignent l'île par leurs propres moyens. Des bateaux, j'en vois des paquets… quand j'ai le courage de contempler le fleuve.

En moi les peurs bouillonnent.

Une impulsion. Je peux le faire. Pourquoi pas ? À quoi bon tergiverser ? Je n'ai qu'à m'installer dans ce hors-bord, tirer sur le starter, et partir. Il viendra forcément un jour, une heure, un moment où la crue qui noie mon esprit refluera. On me l'a soutenu mordicus. Ce moment est peut-être arrivé. Ce déclic tant espéré et néanmoins inattendu. Un verrou est en train de céder.

Est-ce possible ?

Oui !

Je ne dois pas laisser passer cet accès de témérité aussi soudain qu'inédit.

Certes, je vais devoir commettre un vol, mais tant pis ! Je le rendrai, ce bateau – une fois sur l'autre rive.

Le fourmillement de l'espoir m'est presque insupportable.

Me voilà habillée. Prête. J'entrebâille ma porte et j'inspecte les environs comme si je m'apprêtais à commettre un crime – et d'ailleurs, c'est peut-être bien le cas. Le couloir est silencieux ; seul le détecteur de fumée me fixe en rougeoyant de son gros œil d'insecte.

Les clients de la 14 n'ont pas encore remis ça. Les femmes de chambre dorment.

Il n'y a rien ni personne pour me couper dans mon élan.

Je dévale le couloir en petite foulée, je prends à gauche. Pas question de cavaler, même si l'affaire serait plus vite expédiée. On risquerait de me voir. Or j'ai déjà assez fait parler de moi.

Encore un virage à gauche et me voici face à l'issue de secours. Une barre de métal transversale ferme la porte, mais je sais qu'il n'y a pas d'alarme. Je n'ai qu'à pousser le battant. De l'autre côté commence la plage de galets escarpée. Je dévalerai la pente, en faisant crisser les cailloux sous mes pas, je foncerai vers l'embarcadère, détacherai le bateau, démarrerai le moteur et, une fois aux commandes, je m'évaderai. Loin de ma prison.

Transpirant sous le coup de l'excitation, du stress, de l'invraisemblance de tout cela, j'ôte la barre métallique et, dans un couinement qui ressemble aux cris des oiseaux, la porte pivote sur ses gonds. J'ai à peine posé le pied sur les galets que cela me tombe dessus.

Évidemment. C'était trop beau. Qu'est-ce qui m'a pris d'y croire ? Qu'est-ce qui m'est passé par la tête ? À quoi bon ?

La peur nourrit la peur.

Les bernaches cacardent, se moquent. Elles huent la jeune idiote sur la plage assombrie, la femme effrayée, statufiée sous la lune, son cerveau grésillant à la façon d'une installation électrique défectueuse, comme celle de l'aile est de l'hôtel, qu'on n'a pas fini de rénover.

D'abord, ma gorge s'obstrue à m'en étrangler. Qu'a dit ma psy, déjà ? Le mot « anxiété » vient du latin *angere* : « suffoquer ».

S'ensuivent les étourdissements, atroces, mon cerveau submergé, la vision qui se brouille, jusqu'à défaillir, parfois. Puis c'est au tour de mon cœur : il cogne comme un sourd, un babouin armé d'un tambour, *boum boum*, douloureusement, hargneusement, dangereusement. Je sais jusqu'où ça peut aller ; parfois, je finis par perdre connaissance. J'ai même lu qu'on pouvait en mourir – c'est rare, mais ça s'est vu. Dans les cas extrêmes de tachycardie, la panique est telle qu'elle peut tuer. Rien que d'y penser, je sens la crise redoubler de violence.

La peur nourrit la peur qui nourrit la peur. J'ai le cœur qui bat à tout rompre, ce n'est pas normal. Cette douleur, c'est trop ! Mon cœur va me briser les côtes et crever ma poitrine !

Arrière toute. Précipitamment, je regagne le bâtiment, en tournant le dos au fleuve, toute tremblante. Je ne regarderai plus la Blackwater de la journée.

La porte claque et le silence m'emprisonne. Je suis vaincue. Comme chaque fois.

Consternée par ma lâcheté, je m'adosse au mur et glisse par terre.

Mon pouls ralentit, la panique reflue, mais alors survient la tristesse. Mes larmes coulent. Encore de l'eau, chaude et salée. Pourquoi produisons-nous de l'eau salée quand nous sommes tristes ?

Et pas qu'un peu, dans le cas présent. Elle dégouline le long de mon menton, ruisselle entre mes doigts pâles. Ce n'est que de l'eau.

Oh Hannah ! Scooby Doo, tu ne t'en sortiras jamais.

2

Mon jean est propre, mes yeux sont secs, mon chemisier est impeccable, blanc et bien repassé, et mon pull en cachemire rose confère à ma tenue la touche de luxe qui s'impose quand on travaille dans un hôtel de standing, même à l'abri des regards, comme moi, dans un bureau. Je n'ai pas besoin de porter l'uniforme, comme Leon, le concierge, ni le costume-cravate, comme Alistair, le gérant, mais on attend de moi que je présente bien pour les clients quand je traverse les espaces communs.

En revanche, on n'attend pas de moi que je sorte en catimini, à l'aube, pour voler des bateaux. Ça, ça présente mal. Il serait également préférable qu'Elena, la femme de chambre polonaise, ne me trouve pas recroquevillée par terre, en larmes, terrassée par la panique et le chagrin, lorsqu'elle arrivera dans le couloir les bras chargés de taies d'oreillers.

J'ai de la chance. Je parviens à regagner mon trou tant bien que mal sans me faire remarquer.

Entre-temps, Elena est à pied d'œuvre. Pour me saluer, elle lâche un instant son chariot garni de chiffons, de serpillières et de produits d'entretien, d'élégants petits savons, de sachets de thé Earl Grey, de mini-flacons de shampoing White Company et de capsules Nespresso. La direction l'adore : elle sait faire une chambre à la perfection en vingt-huit minutes chrono.

— Belle journée ! dis-je d'un ton faussement enjoué.

La mine espiègle, elle me fait signe d'approcher comme si elle avait un délicieux secret à me confier.

— Les clients de la 14, oh là là, Hannah !

— Quoi ? Ça y est, ils ont cassé le lit ?

Elle se penche à mon oreille, mais alors nous apercevons Owen, le jeune sous-chef aux joues roses, qui se presse vers les cuisines en boutonnant sa veste blanche. Le personnel a l'interdiction formelle de commenter les agissements de la clientèle, en public du moins. Penaudes, nous nous séparons.

— À plus, Elena !

Elle m'adresse un dernier sourire et chacune poursuit son chemin. Le mien longe la réception. J'y croise Danielle – une fille du coin, la petite trentaine, blonde décolorée, trop maquillée, mais pas dépourvue d'une certaine beauté un peu rude, dégourdie, sympa, quoiqu'un peu distante. Couche possiblement avec Logan Mackinlay, alias Mack le Crack, le chef du restaurant de l'hôtel (notre superstar !). Ou couchait avec, au passé. Les ragots n'épargnent pas les employés ; certains parviennent jusqu'à mes oreilles.

Danielle est en train de consulter la « bible ».

C'est ainsi que nous appelons le noble et majestueux registre à l'ancienne qui trône à l'accueil depuis la rénovation du Stanhope. Un parti pris délibérément suranné : il s'agissait d'évoquer la gloire passée du

Stanhope de la grande époque. D'ailleurs, l'idée était de moi. Danielle n'a pas émis d'objection.

Nous aurions pu avoir recours aux tablettes et aux signatures électroniques, comme nos concurrents, mais nous avons préféré nous démarquer en nous dotant d'un beau registre à la couverture de cuir repoussé ainsi que de stylos-plume Visconti, pour faire bonne mesure. Ce sont les détails de ce genre qui indiquent aux clients qu'ici, au Stanhope, on fait les choses différemment. Avec classe. Qu'ici, il est possible – et bien vu – de déconnecter. « Une signature, je vous prie. » Nous insistons pour que tous nos clients signent le registre, sans exception. Il constitue la bible de famille du Stanhope. Il ne ment jamais et renferme toute la vérité.

Chaque fois que je l'aperçois, je me rengorge malgré moi. C'était mon idée !

Je gravis à présent l'imposant escalier circulaire qui compte parmi les trésors de ce bâtiment historique. Aux murs, restaurés récemment et recouverts d'un papier peint rayé ivoire et bleu d'un goût exquis, sont encadrées des marines locales figurant les côtes d'Est-Anglie, des voiles rouges sur la Stour ou encore des ostréiculteurs au travail sur l'île de Mersea.

Chaque fois que j'emprunte cet escalier, c'est pareil : j'en ressens de l'orgueil. Parce que c'est moi qui ai aidé les architectes d'intérieur à dénicher le bon papier peint, qui devait évoquer les flots, l'azur et l'atmosphère particulière qui nous entourent. Quant aux toiles et aux esquisses, toutes plus ravissantes les unes que les autres, c'est à Oliver, le propriétaire, que nous les devons ; elles devaient déjà orner les murs de l'une de ses nombreuses résidences secondaires.

Le bureau, situé au premier, pile au-dessus de la réception, est un open space assurément moderne, non dépourvu, cependant, d'un certain cachet.

Lo, l'assistante de direction, est déjà à son poste, absorbée par l'écran de son ordinateur. Quarante-trois ans, divorcée, origines italiennes, marrante tendance humour noir. Penchant pour le sarcasme. Vapoteuse repentie redevenue fumeuse traditionnelle. Lo Devivo. Quand j'ai intégré l'équipe – j'ai l'impression que ça fait des siècles, mais c'était il y a moins de deux ans –, je l'ai interrogée au sujet de son prénom original. « Ma belle, m'a-t-elle rétorqué, mon nom de baptême, c'est Lola Devivo. Non mais Lola Devivo, tu imagines ! Avec un nom pareil, tu passes forcément pour une travailleuse du sexe. Quant à Lolita Devivo : même topo, mais en minijupe à carreaux. Alors j'ai opté pour Lo. »

Lo est silencieuse ce matin ; elle articule un vague coucou aimable et distrait à mon intention avant de se remettre au travail.

Je me laisse tomber sur mon fauteuil de bureau à mille livres (merci, Oliver) et j'allume mon ordinateur. Une immense photo du salar d'Atacama apparaît : mon fond d'écran. Garanti sans une goutte d'eau. Littéralement. Le désert d'Atacama, situé à Yungay, au Chili, est le plus sec du monde entier. En quelques clics je me connecte au site internet de l'hôtel, que j'ai intégralement conçu et développé quand j'ai rejoint l'équipe.

C'était l'une de mes missions principales en tant que Responsable marketing. Ce titre prestigieux, je le dois au chasseur de têtes qui m'a recrutée via les réseaux sociaux – je n'étais encore à l'époque que chargée de com externe dans un palace aux Maldives. Sacrée promotion ! Bâtir une marque forte, créer un site internet qui en jette, « glamouriser » l'image de l'établissement : telles étaient les consignes que m'a données à mon arrivée Oliver, plein d'enthousiasme et d'impatience, sa belle gueule illuminée par la passion de son métier.

Et je l'ai fait. La première étape a été de dépoussiérer le nom de l'hôtel. Depuis des décennies, il s'appelait le *Stanhope Gardens Island Hotel* – un nom à rallonge que j'estimais à la fois rébarbatif et mensonger. Ce n'est pas comme si le domaine abritait de somptueux jardins paysagés ! On y trouve tout au plus de jolies pelouses et autres coins de verdure. Il faut dire que l'île est petite, et recouverte à quatre-vingt-dix-huit pour cent par un parc naturel protégé jusqu'à la moindre pâquerette et pullulant d'arbres centenaires quasi sacrés, d'oiseaux rares et de mammifères menacés. Écureuils roux, campagnols, lièvres, martres des pins… Nous sommes particulièrement fiers de nos martres des pins.

Concernant nos jardins, en revanche, il n'y a pas de quoi pavoiser. Ils sont agréables, sans plus. Donc, j'ai rayé la mention *gardens* et achevé d'abréger le nom de l'établissement. Avec le Stanhope, j'ai tout de suite su que j'avais mis dans le mille. Ce nom faisait luxueux mais pas prétentieux, tout en restant dans la continuité de l'histoire de l'établissement. Quand je l'ai suggéré à Oliver, une flamme s'est allumée dans ses yeux vert-de-gris. Bingo !

Appuyée contre le dossier de mon fauteuil, je navigue sur le site de l'hôtel. J'en suis toujours fière. Quand je repense aux interminables séances photo ! Ça nous a pris des mois. Tout était millimétré : les bouteilles de vin savamment placées près de la fenêtre du restaurant, *le* rayon de soleil rétroéclairant la riche robe rubis, les yachts blancs qu'on devinait dans la baie.

Ce seul cliché nous a demandé pas moins de deux jours de travail. Il fallait que tout soit parfait, pour qu'il s'en dégage une impression de faste discret et de bon goût. Après sa diffusion – sur notre site, sur nos pubs, sur les invitations que nous avons envoyées aux journalistes –, le nombre de réservations a doublé en l'espace d'un mois. Puis il a quadruplé. Oliver a payé sa tournée de champagne à toute l'équipe.

Clic. Nouveau cliché. Extérieur. Vue sur le fleuve bleu et docile. Des huîtres chatoient dans leurs coquilles sur une table ensoleillée, sauce à l'échalote ; une jeune beauté en robe d'été, une ombrelle à la main. Je me rappelle qu'en réalité le mannequin était frigorifié ; c'était l'automne et elle insultait copieusement le photographe. « Magne-toi, putain, je me gèle ! »

Cliché suivant. L'embarcadère. Freddy Nix, le passeur, et sa navette. Cette photo-là sert un but bien précis, démontrer aux clients potentiels que le Stanhope ne ressemble à aucun autre hôtel, et pour cause : il est coupé du monde. Si six ans d'expérience dans le domaine de l'hôtellerie m'ont appris une chose, c'est que les touristes raffolent des mots « coupé du monde ». Dans le genre, le Stanhope fait très fort : avec une île anglaise pour lui tout seul, et des remparts de noisetiers grouillant de cerfs, c'est la planque de luxe par excellence.

Je lorgne mon écran et fronce les sourcils. Il me semble que je reconnais ce petit bateau, sur la photo. Ne serait-ce pas celui que j'ai admiré dans l'obscurité ce matin ? Ça se pourrait. C'est dur à dire.

Un malaise m'envahit, plus prononcé encore que d'habitude. J'en ai des fourmis dans les doigts. Je me redresse, cherche Lo du regard pour lui demander si le bateau lui dit quelque chose ou si elle connaît le propriétaire d'un beau hors-bord noir profilé, mais elle a disparu. J'étais si concentrée que je ne l'ai pas entendue se lever.

Ce doit être l'heure de sa pause cigarette.

Mon téléphone vibre. SMS. C'est Ben, mon fiancé ténébreux !

Hannah, mon amour, on l'a fait !!

Mon homme. Mon cuistot tatoué sexy rien qu'à moi. Il m'envoie un message et cela me suffit à savoir que tout ne va pas si mal que ça. Puisque je l'ai, lui.

Radieuse, je tape ma réponse.

Fait quoi ? Fait sauter le pub ?
Je t'avais prévenu que c'était dangereux,
les siphons à crème Chantilly

Haha très drôle mais non : service
complet ce midi ! C'est une première,
30 couverts, pas une annulation,
Kev dit qu'on a même refusé du monde !

Mon sourire s'élargit. Sa joie est évidente, sincère et légitime. Faire tourner un pub bistronomique, c'est plus dur qu'il n'y paraît. Peut-être parce qu'on a rarement l'occasion de voir ce qui se passe en coulisse.

Génial ! Je suis super fière de toi !

Si seulement j'étais là, on irait arroser ça.

C'est amplement mérité.

Tu as bossé tellement dur !

J'espère que tu vas fêter ça.

Une pause. Il est en train d'écrire…

Hannah, on fêtera ça ts les 2, ENSEMBLE.

Tu vas quitter cette foutue île.

Même si je dois te porter à bout de bras !

Mmm. Viril. Sexy.

Je dois te laisser, c'est la folie ici !

Je t'embrasse.

Il se déconnecte. Je repose mon téléphone et je m'étire en souriant encore à moitié. Ben croit en moi, lui. Peut-être qu'il a raison ? En tout cas, l'idée de me faire rapatrier dans ses bras musclés ne me déplaît pas. Ça fait très jeunes mariés franchissant le seuil du foyer, le soir des noces.

Je me lève et traverse l'open space, direction les fenêtres. Ben m'a remotivée : tâchons d'en profiter et d'apprécier, pour une fois, la vue spectaculaire sur la Blackwater en contrebas. Positive attitude, tout ça.

Le petit hors-bord noir a disparu. Il a regagné les ténèbres. Comme un contrebandier. Bizarre ? Pas forcément. Certains de nos clients sont très riches, et ils n'en font qu'à leur tête.

3

La bouteille de vin traîne par terre, vide ; nous avons dû la renverser dans le feu de l'action. Nos verres aussi gisent sur le sol. J'ai le cœur qui bat à cent à l'heure à cause du sexe, mais ce n'est pas désagréable.

Ben se lève et entreprend de se rhabiller : un jean brut par-dessus ses jambes galbées de rugbyman, une chemise blanche sur ses bras musculeux. Je resterais bien là à l'admirer, mais je tiens à le raccompagner. Chaque minute passée avec lui m'est précieuse. Je suis tellement seule…

— Hé, doucement ! Je viens avec toi.

Il se tourne vers moi tout en boutonnant sa chemise.

— Ce n'est pas la peine.

Je lui lance un regard éloquent.

— Si. Tu ne te rends pas compte à quel point tu me manques.

Les traits de son beau visage s'adoucissent et il revêt une expression de tendresse qui le rajeunit. On lui donnerait presque mon âge, 28 ans (il en a 34). Il se rapproche et m'embrasse langoureusement, amoureusement, sans sa voracité de tout à l'heure. Puis il jette un coup d'œil à la chambre en bazar. La bouteille, nos verres, les draps froissés par terre...

— On dirait qu'il y a eu une bombe ici, commente-t-il.

— Tu te flattes. Disons une grenade.

Il rit, joyeux, et j'enfile mes vêtements à la hâte.

— Allez, plus vite que ça ! me taquine Ben.

Me voilà prête. J'ai mis mes bottes et mon manteau, bien qu'il fasse encore doux dehors. Bras dessus, bras dessous, nous longeons le couloir, traversons la réception et quittons l'hôtel. Les galets claquent sous nos pas. Le bateau est à l'approche. Il brave gaiement les vagues de la Blackwater qui le ballottent. Avec sa coque rouge vif, il est digne d'un livre pour enfants.

Je laisse aller ma tête contre l'épaule de Ben. Comme souvent après l'amour, je me sens un peu déconnectée. En demi-teinte. Ben, lui, se tait. Je lève les yeux vers lui.

— Ça va ?

La mine pensive, il fixe l'aile est de l'hôtel et son enfilade de chambres inoccupées, au bout de l'île. À moins qu'il ne contemple les bois obscurs, juste derrière. Ou rien de tout cela. Peut-être est-il tout simplement perdu dans ses pensées ou dans ses souvenirs. Parfois, sans crier gare, il a des accès de tristesse. Il a perdu sa mère quand il était petit, comme moi. C'est l'une des choses qui nous ont rapprochés, au début.

— Ben ?

Il semble revenir à lui.

— Désolé. Je pensais au boulot. Les commandes, les factures. Tu vois le genre.

Je serre sa grande main puissante.

— Je suis fière de toi. Tu as réussi ! Les gens n'y croyaient pas, mais tu leur as montré ce que tu as dans le ventre.

— Merci, ma puce, mais… ce n'est pas encore gagné.

Son regard se dérobe.

— Bon, j'y vais. Il vaut mieux que je sois rentré avant que Charlie se lance dans les paupiettes. On attend du monde, ce soir.

Il me décoche un sourire que je lui rends, puis il embarque et on se fait au revoir de la main. Ben est pratiquement seul à bord. Je m'attarde un moment sur l'embarcadère pour regarder le bateau manœuvrer et s'éloigner vers cette terre qui m'est inaccessible.

Mon moral chute aussitôt. C'est pourtant vrai que je suis fière de mon fiancé ! Son pub cartonne. Ben y travaillait déjà comme chef depuis un moment, mais il en a repris la direction il y a quelques semaines. Et je suis ravie de son succès.

Ravie, mais un peu inquiète aussi. Et si son boulot l'accapare ? Il aura encore moins de temps pour moi.

Mon isolement n'est pas près de s'arranger.

4

— T'es où, Scooby Doo ?

— À ton avis ?

Kat se tait et je reconnais à l'arrière-plan le brouhaha typique d'un restau londonien. Il est 15 heures. Déjeuner tardif ? Cocktail prématuré ? Ou beuverie en mode journée continue ?

D'une voix traînante, elle me répond :

— Attends, j'essaie de deviner…

Le vacarme ambiant s'estompe un instant et, non sans une pointe d'envie, j'imagine Kat portant son verre à ses lèvres. S'en envoyer une copieuse lampée. Croquer une olive. Mais voici qu'elle reprend :

— J'ai trouvé ! T'es à Buenos Aires. Dans ce super steakhouse, celui où on a dîné ensemble pendant notre année de césure, tu sais, le restau les pieds dans l'eau, comment il s'appelait, déjà… ? Ah oui ! La Cabana Las Lilas ! Tu te souviens ? Je parie que tu y es retournée. Joli. Franchement, chapeau ! Ah mais non, attends, tu ne peux pas y retourner : on avait fait un restau basket. C'était mon idée d'ailleurs. Déso pas déso ! *Scusi-spaghetti !*

Je ris en arpentant l'un des sentiers étroits qui quadrillent les bois de Dawzy Island. Des pies jacassent dans les chênes, des brindilles craquent sous les semelles de mes chaussures de randonnée. On présume que l'île doit son nom aux *jackdaws*, comme on appelle ici les choucas. Elle aurait été baptisée en leur hommage il y a des siècles de cela. Pies, choucas, corbeaux... les oiseaux sont si nombreux dans ces bois ! Comme dans les marais salants, d'ailleurs. Il y en a partout. Ils se chamaillent dans les branches, fouissent la vase, effleurent les vagues... Ils nous observent. M'étudient.

Je rêve ou j'ai senti un regard, là ? Sur moi ?

Je fais volte-face et scrute l'horizon entre les rameaux d'un prunellier. Ce sentier de l'est de l'île est peu fréquenté.

Là-bas, quelqu'un ! Non... Personne.

— Hannah ?

Ma sœur.

— Raté. C'est de l'italien.

— Hein ?

— *Scusi-spaghetti*. À Buenos Aires on parle espagnol. Ou quechua, à la rigueur.

— Pff. OK, je ferai mieux la prochaine fois, ma Robinsonne Polissonne. Pardon ? Un autre martini ? Ma foi, je ne dis pas non ! Merci. Les martinis, ça va par six, c'est bien connu.

J'ignore avec qui elle entretient cet échange éthylique parallèlement à notre conversation. L'un de ses richissimes petits amis, sans doute. Elle en a tant ! Elle s'amuse avec eux et ils n'ont pas l'air de s'en plaindre. Moi, je m'en fiche, tant qu'elle me consacre un peu d'attention entre deux verres. Ma sœur me manque cruellement. Le plus dur, dans mon sort de Robinsonne, c'est d'être séparée d'elle. Elle est, ex aequo avec Ben, la personne dont je suis la plus proche. Ma vie, mon tout.

Enfants déjà, nous étions constamment fourrées ensemble. Avec nos treize mois d'écart, nos traits quasiment identiques, nous aurions pu passer pour des jumelles. Sauf que Kat a toujours été plus belle et plus intelligente que moi. À croire que j'étais la version bêta, le prototype, et elle l'alpha, le produit fini.

Ses pommettes sont saillantes juste ce qu'il faut, les miennes sont sans intérêt. Son petit nez est parfaitement retroussé, le mien, à mon grand dam, très légèrement bossu. Sa chevelure blonde est luxuriante, la mienne fait à peu près illusion après un brushing de deux heures.

Quand nous étions petites, tout le monde s'extasiait, nous trouvait tellement jolies. À l'adolescence, pour moi, rien n'a changé : je suis restée pas mal, plutôt mignonne. Tandis que ma frangine adorée, ma petite sœur outrancièrement gâtée par la vie, Katalina Langley, Kitty, ma Kat, ma Diabolo, l'experte en tarot divinatoire, l'astronome amatrice, la championne du monde de la vanne, la serial semeuse de sacs à main, la comique, la polyglotte, la fan de minijupes ras les fesses (petite culotte en option), la pro du ukulélé, la dyspraxique assumée, la fumeuse de joints invétérée, la chanteuse de ballades françaises, la liseuse de runes celtiques, la mégastar rebelle en chef de la cour du lycée de St Osyth, Maldon, est devenue canon.

C'est ce que me disaient les garçons aux fêtes où l'on nous invitait. Ils m'approchaient, louvoyants, un verre à la main, comme pour me draguer, mais au lieu de me faire des avances, ils se contentaient de siroter tristement leur bière, les yeux rivés sur le centre de la pièce où, fatalement, ma sœur ondulait, les hanches moulées dans un micro-short en jean ou dans une jupe de pom-pom girl rouge prétendument portée « au second degré », cernée par une horde de mecs rivalisant d'inventivité pour attirer son attention. Et les garçons au regard triste soupiraient, se penchaient vers moi et constataient : « Ta sœur, elle est vraiment canon. »

Après quoi ils s'absorbaient, moroses, dans la contemplation du fond de leur verre et, parfois, les plus polis d'entre eux bredouillaient un « Oh, pardon, je voulais dire, enfin… T'es pas mal non plus, hein ! ».

Parfois, j'embrassais ces garçons menteurs ; occasionnellement, même, je couchais avec. Je grappillais les miettes de Kat sans même qu'elle s'en rende compte.

Cela ne me dérangeait pas. Cela ne me dérange pas. Jamais. Kat, c'est ma Kat et je l'adore, et d'ailleurs elle me le rend bien. On fait tout ensemble. Meilleures amies, sœurs, alter ego, parfois même plus encore. C'est Kat qui, vers l'âge de 6 ans, a commencé à saupoudrer ses phrases de mots étrangers et de rimes rigolotes. Je me suis mise à l'imiter. Même papa et maman s'efforçaient de jouer le jeu, reprenant à leur compte certaines de nos expressions récurrentes, mais en réalité c'était notre code secret, notre langage privé rien qu'à nous. On s'en est payé des fous rires avec notre charabia.

Scusi-spaghetti.

Après tout, pourquoi pas.

— Kat ?

Le bar bourdonne dans mon téléphone.

— Kat, ne me lâche pas. Je suis coincée sur une putain d'île.

— Pardon. Je montrais au barman comment réaliser un Dirty Martini. Mais il s'est planté, il a mis de l'angostura. J'abandonne. Un coup pareil, ça me donne envie de rentrer chez moi tricoter des gilets pour chiens. Pour chiens aveugles. Des chiens aveugles pour les guides. Ça, ce serait une super œuvre de bienfaisance ! Ou alors des chattes dansant sur leurs pattes arrière, une chatte ayant la semblance de Jane Witham. Tu te souviens ? Trop fort. Hé, ça va ?

— Ouais, ça va.

— *Sicher*, ma sœur ?

— Oui. C'est dur, mais ça va. Je gère.

— OK, OK. Je viens te rendre visite asap.

Nouvelle coupure, rires enviables, puis Kat reprend la communication.

— Et Ben ? Comment il va, le beau ténébreux ?

— Super. Débordé. Le pub marche du feu de Dieu.

Ma voix s'est teintée d'autoapitoiement. Ma solitude affleure. Je presse le pas et m'efforce de la refouler. Le sentier débouche sur une énième plage de galets escarpée. Qui me rappelle pour la dix-neuvième fois de la journée que je suis coincée sur une île. Le ciel qui écrase de son immensité les côtes de l'Essex est bleu clair mais mouvant ; des nuages, éperonnés par une brise tiède qui n'a pas dit son dernier mot, y disputent une régate. Beau temps pour les voileux.

La marée doit être basse : au bout de la plage, j'aperçois dans la gadoue gris marronnasse qu'a laissée la mer en se retirant des empreintes d'oiseaux – avocettes, huîtriers ? Les traces sont si délicates. On dirait un kanji japonais répété inlassablement en une arabesque gracieuse et mélancolique.

Ma sœur est redevenue muette. Je ne perçois plus non plus le brouhaha du bar. Où se trouve-t-elle à présent ?

— T'es toujours là ?

— Ouais. Dans la rue. *Uber time, baby*. J'ai une session de tarot tout à l'heure. Ensuite, Deliveroo, branlette, dodo. J'ai trop bu.

— Il n'est même pas 16 heures !

— Je sais. Putain, c'est vrai. Tu crois que je suis alcoolo-barjo ?

— Tant que tu ne vires pas alcoolo-solo…

Nous pouffons toutes les deux, mais mon rire s'étrangle dans ma gorge. Toujours cette même question. Kat me promet sans cesse de venir me voir à Dawzy alors pourquoi persiste-t-elle à repousser l'échéance ? Je sais qu'elle est charrette, à Londres, entre son business de Madame Irma, ses déjeuners avec la brochette d'amoureux transis de la City qui financent sa collection de lingerie fine, son bénévolat au refuge pour les sans-abri et ses spectacles burlesques (elle a transcendé sa dyspraxie pour en faire une forme d'art érotique comique ; il faut la voir dégringoler de la barre de pole dance, perdre son soutif par mégarde, etc.). Mais quand même. Elle n'a pas un emploi du temps de chirurgien cardiaque ! Elle ne manque pas de temps libre. C'est elle qui décide quels jours travailler et quelles semaines envoyer bouler ses obligations pour se payer un périple au Kerala.

Alors qu'est-ce qui la retient de sauter dans sa voiture et de rouler pied au plancher jusqu'au ferry de Freddy

Nix ? Je suis à moins de deux heures de Londres. Or je n'ai pas vu ma sœur depuis des lustres.

Une pensée me traverse l'esprit. Une pensée triste, terrible. Je suis sûre que j'ai vu juste.

— Kat, dis-moi la vérité. Pourquoi tu ne viens pas me voir ?

Silence. Une portière claque.

— Kat. Crache le morceau.

Elle pousse un long, un profond soupir.

— Hannah, *bella*... C'est que…

— C'est à cause de ce qui s'est passé cette nuit-là ? C'est ça ?

Un silence bref, tranchant cette fois.

— Ben oui, Hannah, bien sûr ! Ça me hante ! J'en fais des cauchemars ! Je sais que pour toi c'est encore pire, mais merde ! C'était… horrible. Et en plus c'était ma faute ! C'est moi qui ai lancé le mouvement. Un bain de minuit, à poil. Bravo, Diabolo, brillante idée ! Lumineuse ! Pauvre conne, putain ! Mais pourquoi je suis aussi conne ? Je suis tellement, tellement désolée…

— Ce n'était pas ta faute ! Tu n'as forcé personne. On était tous bourrés…

— Non. Ne me cherche pas d'excuses. Fait chier.

— Kat ?

— Et voilà : je chiale ! Tu me manques tellement, Hannah, je suis bourrée et déprimée, et le chauffeur s'inquiète pour moi, il n'arrête pas de me mater dans le rétro.

Elle rit à travers ses larmes.

— Vaut mieux que je raccroche, sinon il va venir me consoler sur la banquette arrière. Qu'est-ce qu'ils ont tous, à vouloir toujours me consoler ? *Sayonara*, Hannah *mia*. Mon délicat brandon de paille. Je t'aime, bye. Je viendrai. Promis. Promis juré craché.

Elle raccroche et je rempoche mon téléphone. Devant moi, un oiseau vire au-dessus des eaux salées de l'estuaire. Gracieux et libre.

Je ressasse les propos de Kat et la culpabilité m'assaille. Parce que ce n'était pas sa faute, pas entièrement en tout cas, ce qui s'est passé cette nuit-là. J'aurais dû intervenir. Après tout, j'ai toujours été la plus responsable de nous deux, l'aînée, celle qui avait décroché son diplôme, et un vrai boulot. Le soir du drame, c'était à moi d'assurer, puisque j'étais un membre du personnel. Et je ne les ai pas arrêtés.

Pire : je suis allée me baigner, moi aussi. Avec entrain, plaisir et enthousiasme. Chose que je n'ai jamais vraiment admise. Pas même en visio devant la cour de Colchester, pendant l'enquête. J'ai prétendu que je les avais suivis parce que je me faisais du souci.

J'ai menti. Pas pu faire autrement.

Finalement, c'est peut-être une bonne chose que je sois séquestrée sur cette île. Coupée du monde, comme on dit, sur mon petit îlot-prison de plumes et de caillasse.

5

La nuit est en train de tomber, nettement plus tôt que la dernière fois que j'ai eu l'idée de regarder l'heure au coucher du soleil. Ma chambre s'assombrit ; dans un acte de résistance pitoyable contre l'automne à ma porte, je n'ai pas encore allumé la lumière.

Bon sang, comment vais-je survivre à l'hiver ?

J'essaie de ne pas y penser. Je regarde fixement par la fenêtre. Ce soir, je tirerai les rideaux. J'en ferai un suaire pour ma geôlière. Pas le choix.

Soigner le mal par le mal, je t'en ficherai ! Il y a des limites.

Je me rapproche de la fenêtre et… je ne tire pas les rideaux. Je contemple la vue, et me languis.

Ce soir d'automne est tristement beau. En suspens au-dessus des vagues, une fine couche de brouillard nappe la Blackwater d'ici jusqu'à Bradwell-on-Sea, semblant figurer l'âme longue et décharnée du fleuve qui expire.

Haut dans le ciel, les premières étoiles percent crânement les vapeurs, comme autant de diamants parant un riche velours bleu. Vénus ? Jupiter ? Kat le saurait.

En plissant les yeux, je distingue Freddy Nix sur la jetée. Il aide ses passagers à embarquer. La plupart d'entre eux traînent de lourdes valises : clients sur le départ. D'autres descendent d'un pas léger les marches qui mènent au gros bateau rouge, sans bagages, ou si peu : des employés. Freddy gratifie chacun d'eux du même sourire jovial. Freddy, la cinquantaine, est bel homme et le sait. Il est connu comme le loup blanc dans tous les pubs de Jaywick à Heybridge, et il est très apprécié des patrons. Il habite Goldhanger avec sa copine de 25 ans, enfin, la dernière en date. Georgia Quigley. Elle bosse pour Mersea Oysters. C'est elle qui fournit Logan Mackinlay, Mack le Crack, en poissons.

La moitié des employés du Stanhope, à la louche, font la navette tous les jours à bord du ferry de Freddy. Les autres logent à l'hôtel et rentrent sur le continent pour le week-end et les vacances. Quant aux directeurs, ils vont et viennent à leur guise.

Une seule personne ne bouge jamais d'ici, j'ai nommé la Robinsonne de l'Essex, alias bibi. Moi, Hannah. À jamais échouée parmi les hiboux petits-ducs et les putois. Qui seront bientôt mes seuls amis. Alors il ne me restera plus qu'à aller m'asseoir en tailleur dans les bois pour psalmodier des chants mystiques et communier avec l'esprit des ifs.

Assez ! Je ne passerai pas une nuit de plus claque-murée dans ma chambre à lire sans plaisir des pavés choisis pour leur seul volume dans le vain espoir de tuer le temps ou à traîner sur les réseaux sociaux en bavant sur le compte de gens qui ont une vraie vie.

Et si j'appelais Ben ? Mais non. Mon fiancé ténébreux doit patauger dans les moules et la julienne jusqu'au cou, à l'heure qu'il est. Quand on tient un gastropub à trois, on ne peut pas se permettre de décrocher son téléphone à 19 heures. Encore moins pour papoter en visio avec sa copine désœuvrée.

Il me reste une option : descendre boire un verre au Spinnaker, le plus décontracté des bars de l'hôtel. Officiellement, les employés ont également accès au Mainsail, mais en pratique celui-ci est réservé aux clients, et du reste c'est un restaurant.

Je me refais une beauté : j'enfile un pull plus seyant, des chaussures présentables, et c'est parti.

Le bar se situe au centre de l'hôtel, près de la réception, face au restaurant où officie Mackie. La salle est vaste, lumineuse, classieuse ; elle donne sur une petite terrasse chauffée attenante à la piscine où s'alignent des tables en bois pentagonales. Dedans, c'est une galerie de tableaux représentant des vaisseaux aristocratiques typiques des années 1920. Sans doute leurs propriétaires venaient-ils parfois jeter l'ancre à Dawzy, alléchés par les cocktails prodigieux de l'hôtel qui était, en ce temps-là, un vrai temple de l'hédonisme.

Ce soir, le Spinnaker est animé mais pas bondé. Tant mieux. Je n'ai pas le cœur à la fête. Je crois que la fête, j'en ai soupé, peut-être pour toujours. En cherchant où m'installer, je laisse mon regard dériver vers la piscine et le rempart de forêts obscures qui nous encerclent. La terrasse est déserte, le chauffage extérieur éteint. Il n'y a pas âme qui vive.

J'attrape un tabouret de bar et décoche un sourire à Eddie, le barman.

— Tout roule, Eddie ?

C'est un chic type, Eddie. Un Australien. Je le soupçonne de coucher avec une des femmes de chambre.
Tout le monde couche avec tout le monde, ici. C'est
toujours pareil dans les grands hôtels un peu isolés.
Quand je travaillais aux Maldives, les employés avaient
le choix entre deux activités : le snorkeling (une expérience inoubliable) ou les parties de jambes en l'air avec
les collègues (une expérience variable).

— Salut, Hannah, me répond chaleureusement
Eddie. Comme d'habitude ?

— Ça roule, ma poule.

Ça roule, ma poule. Non mais d'où je sors cette
expression ringarde ? De papa, je suppose. Eddie ne s'en
formalise pas. Il bosse. Je l'étudie attentivement. C'est
toujours fascinant de regarder les experts à l'œuvre, surtout quand ils aiment ce qu'ils font. Pour commencer,
le mixologue verse dans un verre à shot une copieuse
rasade de gin Mistley primé, puis le tonic, puis, armé
d'une pelle en argent, il transvase une généreuse quantité de glace grossièrement pilée d'un saladier à un verre
à long drink. Ensuite, avec des gestes adroits et effi-
caces, il ajoute l'orange confite, les baies de genièvre, la
cardamome et, pour finir, customise l'ensemble rien que
pour moi d'un soupçon de piment. Et un Framlingham
Tonic bien mousseux, un !

Eddie prend ses cocktails très au sérieux. Et quand
je picole, je fais ça sérieusement, moi aussi. C'est mon
échappatoire solitaire, mon ferry pour Goldhanger rien
qu'à moi. Je suis la seule qui ne couche avec personne,
ici, même pas avec mon propre fiancé, parce que c'est
vrai que ses visites se raréfient.

Je porte mon verre à mes lèvres, je hume son parfum pétillant, savourant d'avance sa saveur. Eddie est un virtuose du gin tonic.

— Vous êtes là depuis longtemps ?

Et merde. Un client bavard. Souvent, ça me fait plaisir de papoter avec les clients, mais pas ce soir. Ce soir, j'ai envie de m'enivrer peinarde. Seule. Hélas ! Je n'ai pas le droit de me montrer grossière.

Je me compose un sourire professionnel et je pivote vers mon voisin. Quadra, belle veste, mocassins en velours.

— Oui, je séjourne ici depuis… un moment. Et vous-même ?

Il me tend la main.

— Moi, c'est Ryan. J'attends ma femme, Melissa. C'est notre anniversaire de mariage. Douze ans ! C'est dingue.

Il ricane, comme si le fait d'être marié constituait en soi une bonne blague.

— On ne reste qu'une nuit, mais on a une table au Mainsail. Le restaurant est à la hauteur de sa réputation ?

— Absolument. Sans hésitation.

C'est mon boulot de promouvoir l'hôtel, mais le restaurant n'a pas besoin de publicité : il est exceptionnel. Quand Oliver Ormonde a racheté le Stanhope, il savait qu'il lui fallait un restaurant haut de gamme avec rien de moins qu'un génie aux fourneaux. L'hôtel dispose d'une salle de sport dernier cri, d'un adorable spa, d'une élégante piscine chauffée, mais c'est à peu près tout. À moins d'être un fan inconditionnel de voile, d'ornithologie, de promenades en dévers sur des plages

43

cailouteuses, de légendes de pirates, de contrebandiers ravisseurs de jeunes vierges, ou encore d'aimer échanger des banalités avec l'irritable et intimidant Leon, le concierge suisse-allemand aux improbables montres de luxe, il n'y a pas grand-chose à faire ici. Surtout hors saison, quand la piscine ferme et que les vents glaciaux découragent les voileux les plus hardis. C'est pourquoi Oliver a veillé à ce qu'on trouve au Stanhope les mets les plus raffinés et les vins les plus fins à cinquante kilomètres à la ronde.

J'enfonce le clou. Avec enthousiasme.

— Vous avez sûrement entendu parler du chef, Logan Mackinlay ? Un Écossais, débauché par le Stanhope alors qu'il travaillait au Connaught, à Londres. On raconte qu'il va obtenir sa première étoile Michelin le mois prochain. Ce dont il se moque, d'ailleurs : cet homme est un affranchi, un véritable virtuose de la gastronomie.

Ryan boit mes paroles comme du petit-lait.

— Formidable ! À vrai dire, je ne suis pas un grand gourmet moi-même, mais ma femme... Bah ! Tant qu'elle est contente.

Il hausse les épaules avec fatuité.

— C'était son idée de venir ici. Elle travaille avec l'un des patrons, on nous fera sûrement un prix d'ami. Si ce n'est pas la belle vie !

Il sirote son champagne, ravi. Nous poursuivons quelques instants notre futile bavardage, dont le but semble être de m'informer que Ryan a une carrière florissante dans l'immobilier. Je médite ses propos en faisant un sort à mon cocktail. Quant à sa femme, Melissa... J'ai déjà entendu ce prénom dans la bouche d'Oliver, je crois. Elle doit être dans la finance, ou dans la banque. À Londres, je présume. Ce n'est pas mon rayon.

Ryan lape la dernière goutte d'écume dorée au fond de sa flûte à champagne et me jette un regard complice.

— Vous êtes au courant de ce qui s'est passé ici l'été dernier ?

Un silence. Voilà ce qui me retient de passer toutes mes soirées à boire des cocktails au Spinnaker : la crainte qu'on me pose cette question. Que répondre ? « Tout à fait ! J'y étais, j'ai participé, je l'ai même caché aux flics ! »

— Vaguement. Une sorte de fête qui a… dérapé ?

Bel euphémisme, Scooby Doo.

Ryan secoue la tête.

— Un pote à moi était là, le jour J. À la fête. D'après lui, c'était chaud !

Ryan a légèrement rougi.

— Les filles… Comment dire ? Elles étaient nues ! Et d'après les rumeurs…

Parce qu'il y a des rumeurs ? Lesquelles ? Je croyais tout savoir sur les événements.

Je brûle d'entendre la suite, je tremble d'entendre la suite. Et si ces rumeurs me concernaient ? Ou Kat ?

Je ne le saurai jamais. Ryan, tout excité, s'est mis à digresser, comme souvent quand on est pressé de colporter des ragots.

— Mais le plus dingue, c'est qu'apparemment une femme en serait restée traumatisée à vie. Maintenant, elle a la phobie de l'eau, et n'arrive plus à quitter l'île ! Vous vous rendez compte ?

J'ouvre la bouche ; pour dire quoi, je ne sais pas. Rien ne sort. Ryan n'en prend pas ombrage. Il continue sur sa lancée :

— C'est dingue, hein ? Et attendez, ce n'est pas tout. D'après ma femme, la direction ferait n'importe quoi pour la dégager. Elle les encombre, la foldingue ! Ils sont prêts à tout pour s'en débarrasser, mais ils ne peuvent pas : sa phobie l'empêche de faire la traversée !

Satisfait de sa tirade, il s'appuie contre son dossier et guette sur mes traits l'expression de plaisir coupable que ne peut manquer de susciter sa croustillante anecdote. Je m'efforce de contrôler mes tremblements, de ne pas me trahir. Il s'agit de faire en sorte que mon encombrante folie ne saute pas aux yeux de façon trop flagrante.

— Ah ! s'exclame Ryan en regardant par-dessus mon épaule. Ma chérie, tu es là.

Je me retourne, dissimulant l'angoisse qui se déchaîne en moi. Enfin, j'espère.

Une grande blonde arborant un rang de perles discrètes s'est matérialisée au bar. Ryan se lève et dépose un baiser sur sa joue.

— Tu en as mis du temps !

La femme soupire et s'assied sur un tabouret.

— La baby-sitter a appelé. Louis faisait des siennes, j'ai dû lui chanter une berceuse.

Ryan glousse et promène son attention entre sa femme et moi.

— J'étais en train de raconter à madame l'histoire de la folle coincée sur l'île.

Ma tête… J'ai la migraine. À la périphérie de mon champ de vision, je surprends l'expression de Melissa.

Elle me fixe avec une intensité inhabituelle. Je connais ce regard par cœur ; ce n'est pas la première fois. Elle m'a reconnue. Elle a dû me voir en photo, sur les réseaux sociaux, peu importe. Ou alors c'est quelqu'un d'ici qui l'a rencardée. Un de ces patrons qui me détestent, apparemment.

Elle sait qui je suis.

Ryan poursuit sa logorrhée sans se douter de rien.

— La pauvre, quand même. Condamnée à moisir sur l'île jusqu'à ce que mort s'ensuive…

Melissa flanque un coup d'escarpin dans le pied de son tabouret. La pointe vernie de son soulier haute couture émet un claquement sonore. Ryan lui retourne un regard perplexe ; Melissa incline la tête vers moi discrètement, mais pas assez. Son silence signifie : « Mais tais-toi, gros boulet, c'est elle ! »

Les joues de Ryan virent du rose clair au rouge cramoisi.

Melissa déclare froidement :

— Ryan, il est presque 20 heures. Si on arrive en retard, on va perdre notre réservation. Il y a des huîtres…

Toujours écarlate, Ryan se lève, bredouille un au revoir confus et se sauve sans demander son reste, suivant sa femme comme un brave petit toutou.

Je reste seule avec mon gin, mes baies de genièvre et mes idées noires.

« Prêts à tout pour se débarrasser d'elle. »

6

Kat, la veille du drame

Kat Langley déambulait dans la rade de Goldhanger en roulant des hanches, un grand cabas de cuir divinement doux à l'épaule, et savourait la sensation du chaud soleil de juin sur ses bras nus. Ainsi que les regards lubriques dont les ouvriers couvaient ses longues jambes dorées. Elle était entourée d'hommes occupés à repeindre une barque, à inspecter une quille ou une voile, et la moitié d'entre eux s'interrompirent dans leur activité pour admirer la jeune femme qui ondulait sur le quai. Figés, outils en main. Bouche bée.

Profitez-en ! songea Kat. *Ça ne durera pas éternellement.*

À 26 ans, elle était renversante de beauté et de sex-appeal, mais un jour, fatalement, elle franchirait un cap et captiver l'attention des hommes deviendrait plus compliqué.

Kat avait décidé depuis longtemps que c'était là la clé du bonheur : vivre comme si elle était née à l'aube et qu'elle allait mourir le soir même. Cueillir chaque jour comme s'il s'agissait d'un fruit et qu'elle était affamée. C'était dans cet esprit que Kat se préparait à profiter de la fête de la Saint-Jean qui devait avoir lieu le lendemain soir au Stanhope, l'ancien hôtel ressuscité, entre autres, grâce au travail et au flair de sa sœur aînée. *Bien joué, frangine. Ton succès, tu ne l'as pas volé. Longue vie à ton île !*

Mais où était le ferry ? En plissant les yeux, Kat discernait entre deux bateaux fixés à leur portique de levage le scintillement argenté de la Blackwater et de Dawzy Island, verte et floue dans le lointain. La petite jetée, en revanche, était déserte. Bizarre. Il aurait dû y avoir des clients avec leurs valises, voire des employés. Surtout un jour comme celui-là, vingt-quatre heures avant le coup d'envoi des festivités !

Peut-être qu'elle s'était trompée d'horaire ? Il était midi. Mais Kat était sûre de son coup.

Elle s'accroupit, se délesta de son cabas et fourragea à l'intérieur à la recherche du précieux bout de papier. Pourquoi n'avait-elle pas enregistré l'horaire dans son portable ?

Le sac, plein à craquer, renfermait, comme toujours, un bric-à-brac indescriptible. Kat avait pensé à emporter : l'un de ses ukulélés préférés (pas le favori, mais son dauphin), un short en jean, une guimbarde, son vieux tarot Rider-Waite corné et recorné, une robe d'été diaphane à tomber qu'elle prévoyait de mettre pour la fête, deux paires de chaussures, des tongs, un maillot de bain, un gros livre d'Ursula Le Guin, quelques pierres ramassées à Avebury auxquelles elle tenait, une plume d'oiseau d'un blanc immaculé qu'elle venait de trouver, environ 3,5 grammes d'herbe, un demi-joint,

deux cartes de crédit dont une tartinée d'huile d'argan…
Mais, comme elle le craignait, elle n'avait pas pensé
à emporter la seule chose qui lui aurait été utile : les
horaires du ferry pour l'île de Dawzy.

— Merde.

Elle avait dû le laisser chez papa ce matin-là, dis-
traite par leurs évocations de maman, leurs spéculations
à propos des traits de caractère que Kat avait hérités
d'elle : son côté tête en l'air et déjanté, mais aussi son
aura et sa beauté.

Chaque fois qu'elle rendait visite à papa dans sa
résidence pour seniors, c'était la même histoire : il
s'évertuait à lui faire comprendre à grand renfort de
sous-entendus, de sourires, de plaisanteries, de gestes
tendres et de sablés aux cassis qu'elle était sa préférée,
elle, la cadette à qui il avait toujours tout passé. Et,
chaque fois, Kat se sentait mal à l'aise et avait envie
de lui dire : « Stop, papa, ça suffit, pense un peu à
Hannah. »

Parce qu'il en avait toujours été ainsi. Si, à 7 ans,
Kat cassait un verre, ce qui lui arrivait sans arrêt, Peter
Langley mettait cela sur le compte de sa dyspraxie et
excusait en riant sa maladresse. « Ma parole, Katalina,
tu as deux mains gauches pleines de pouces ! » Tandis
que si Hannah avait le malheur de casser quoi que ce
soit, ce qui se produisait environ une fois par an, elle
se faisait gronder.

So sorry, ma Scooby.

La dernière visite en date avait été particulièrement
pénible, et pour cause : papa avait fini par lui avouer la
véritable histoire de maman et de l'île. Briony Langley
avait voué un vrai culte à Dawzy, terre sacrée grouillant

de renards, de corbeaux et de vieux ifs aux allures de sorcières, et l'avait aimée pour d'autres raisons encore. Des raisons intimes, tristes et inavouables. Papa en pleurait encore quand il le racontait.

Le soleil dans les yeux, Kat s'interrogeait : fallait-il tout répéter à Hannah ? Tôt ou tard, sans doute. Mais pas ce week-end. Cela lui plomberait le moral. Elle s'était donné tellement de mal pour cette fête, ce ne serait pas sympa de casser l'ambiance.

Déstresse. Traverse le fleuve et savoure. Profite de la vie comme si tu étais née à l'aube et que tu devais mourir ce soir même.

Traverser, mais comment ? Elle avait perdu ce fichu papier ! Soupirant sans retenue, Kat exhuma son téléphone portable du fond de son cabas et écrivit à sa sœur.

Hannah mia c'est la cata, j'ai paumé
le papier où j'avais noté les horaires
du ferry. Help !

Non ?! Kat Langley a égaré quelque chose ?
Les bras m'en tombent.

Haha on n'est pas tous au taquet
comme toi, Hannah mia. Bon, je fais quoi ?
Il est où ? Le ferry, le gars. Frankie, Fred,
je ne sais plus quoi, tu sais, le vieux beau
de l'autre fois. On n'avait pas dit midi ?
Flash info : il est midi.

Dsl je viens de vérifier, pas de ferry
avant 16 h. C'est DEMAIN, pour la fête,
qu'il y en aura toutes les heures !

Chiotte. Suis coincée ici jusqu'à 16 h ? Pff.
Y a rien à faire ici, à part mater des bouées.
Ou se faire reluquer par des boscos.
C'est quoi d'ailleurs au juste, un bosco ?

Attends. J'ai peut-être une idée. Freddy Nix,
le vieux beau, comme tu dis, est toujours
fourré au Discovery, le pub du port.
Tu le vois ? Si tu bats des cils, y a moyen
qu'il te fasse traverser. Il a un faible
pour les jolies filles. J'imagine que
tu portes un truc indécent ?

Yep !

Ha ! Je l'aurais parié.

Je suis si prévisible que ça ? Pff. See U,
Scooby Doo ! Jtm ma frangine, à touuuuut'.

Moi aussi.

Rempochant son portable, Kat se dirigea vers le pub
d'un pas conquérant. À peine eut-elle poussé la porte
qu'elle repéra Freddy Nix. La cinquantaine grisonnante,
il discutait mollement avec le barman, une pinte presque
vide à la main.

Comme l'avait deviné Hannah, il ne se fit pas prier. Un coup d'œil à Kat, à son décolleté, à ses jambes, et c'était plié.

— Pas de souci, ma belle. Tu seras à Dawzy en un rien de temps.

Il la conduisit jusqu'à un recoin calme de la marina.

— Et voilà ! Le taxi de Madame est avancé.

Kat baissa les yeux et découvrit un petit hors-bord noir aux lignes étonnamment élégantes. Ce petit bijou devait coûter un bras.

— Embarquement immédiat ! lança Freddy. Monte.

Kat obéit. Freddy s'installa et alluma le moteur dans un ronronnement puis mit le cap sur l'île.

Kat constata que, telle qu'il l'avait fait asseoir, face à lui, sur le banc surélevé à l'avant de l'embarcation, il devait avoir une vue dégagée sur sa petite culotte. D'ailleurs, il ne se gênait pas pour la reluquer.

— Joli bateau, dit-elle.

Il lui décocha un sourire un peu lubrique sur les bords.

— Ouais, et rapide. Mais aujourd'hui, rien ne presse, pas vrai ? On a le temps. Profite du soleil.

Et toi de la vue, songea Kat sans répondre.

Au fond, il était plutôt touchant, ce Freddy, avec son désir vorace mais impuissant. Et la traversée se révélait, de fait, agréable. La brise, charriant les embruns du large, était divinement fraîche.

— Alors comme ça, t'es la sœur à Hannah ? On s'est déjà vus, non ?

— C'est ça.

— Chouette nana, Hannah. Elle bosse bien. Le patron l'adore. Son mec aussi est sympa. Ils se sont bien trouvés, tous les deux.

Kat opina du chef, les yeux rivés sur l'horizon.

Ils échangèrent des banalités. Les mouettes planaient au-dessus d'eux. Kat se pencha pour faire glisser une main lascive dans le courant. L'eau était étrangement froide au vu de la température de l'air.

Soudain, le bateau fit une embardée à gauche ; le courant déviait sa trajectoire. Comme en voiture, quand le vent bouscule le véhicule. Kat interrogea Freddy du regard.

Il hocha la tête.

— Ouais, il faut se méfier, par ici, fit-il avec une moue. Il y a un courant d'arrachement violent. Les anciens lui donnaient même un petit nom. Plus grand monde ne l'utilise, aujourd'hui, sauf les pêcheurs – et encore.

Kat attendait la suite, mais son pilote fixait la Blackwater comme s'il distinguait dans ses profondeurs quelque chose ou quelqu'un. Enfin, il leva les yeux et désigna une langue de terre verte à fleur d'eau.

— Tu vois cet îlot ? C'est la Stumble. Eh bien, derrière, entre Dawzy et Royden, c'est là qu'est le courant. Et vaut mieux pas s'y frotter.

Freddy s'assombrit. Kat insista.

— C'est-à-dire ?

— Dans le temps, on l'appelait l'Heure des Noyés. Tu devines pourquoi. Il frappait à midi, ou à minuit, à ce qu'on dit. Bon, ça fait un bail qu'il n'a plus noyé personne ; l'eau est trop froide pour qu'on s'y baigne et les bateaux sont costauds, de nos jours. Mais il y a quelques dizaines d'années, un paquet de pêcheurs y sont restés. Ce courant, de nos jours, c'est devenu comme qui dirait une légende. Plus personne n'y croit.

Si t'aimes les histoires dans ce goût-là, ce n'est pas ce qui manque à Dawzy ! Entre l'amiral pervers qui s'y faisait livrer des gamines, les petits orphelins de guerre, et les sorcières…

Il eut un petit rire incertain, ou involontaire.

— Bref ! Si je connais l'Heure des Noyés, moi, c'est que mon papi pêchait le cabillaud ici et qu'il m'en a parlé. Ceux-là qui pêchent pour le plaisir, à Goldhanger, ils connaissent pas !

— L'Heure des Noyés… murmura Kat.

L'embarcadère de l'île était en vue ; le soleil éclatant se mirait dans les grandes baies vitrées de l'hôtel.

— Ça fait froid dans le dos, commenta-t-elle.

Freddy sourit et secoua la tête.

— Pardon, ma belle ! Je voulais pas t'effrayer. C'est pas dans mes habitudes d'en parler. Va savoir pourquoi ça m'est venu.

— Oh, je n'ai pas peur, déclara Kat sans mentir.

Elle changea de position, pour être plus à l'aise mais surtout pour offrir au pauvre Freddy Nix un dernier aperçu cruel de ses cuisses dorées et le regarder souffrir.

7

Hannah, maintenant

— Hannah. Tu es occupée ?

Je détache les yeux de mon écran. Oliver, le big boss, se tient sur le seuil du bureau silencieux. Je l'ai vu arriver ce matin, franchir le hall d'entrée de son pas assuré, conquérant – le pas du gars qui n'a pas le moindre complexe. Il a de l'allure avec son jean, son pull, ses cheveux striés de quelques fils d'argent – c'est fou comme, sur lui, un simple jean fait sophistiqué. D'après Kat, j'en pince pour lui. J'ai peut-être un léger faible pour Oliver, mais je n'en laisse rien paraître, du moins je l'espère. C'est mon supérieur hiérarchique, il a quinze ans de plus que moi, et puis il est marié. Et moi, fiancée ! N'empêche, je lui dois beaucoup. Il s'est montré très compréhensif.

Je bredouille nerveusement :

— Oh… Euh, non, enfin, pas trop.

Pas trop ? Pas du tout ! La matinée a été particulièrement éprouvante. C'est rare, mais il arrive que le désespoir me rende apathique. Je perds toute motivation et je peine à envoyer un simple e-mail, malgré les heures devant moi. Je m'en veux, parce que j'ai du boulot à la pelle et que je vis dans la terreur de perdre mon emploi. Qu'est-ce que je deviendrais, alors ? Une ermite vivant dans une cabane en tourbe au fond des bois obscurs ? Oliver pourrait très bien me virer, s'il le souhaitait. Pour mon rôle dans le drame, pour ma conduite irréfléchie. Irresponsable.

D'ailleurs, d'après le client gaffeur du bar, la direction ne demanderait pas mieux. Mais à qui faisait-il allusion ? À Oliver et Alistair ? À leurs homologues londoniens ?

« Se débarrasser d'elle. » L'expression résonne dans ma tête. Le client était véhément. « Prêts à tout. » C'est comme si l'on ne cherchait pas seulement à me licencier ou à me faire dégager de cette île mais à m'éliminer, physiquement. À me tuer, quoi !

— Hannah ?

— Pardon, Oliver, j'étais ailleurs. Qu'est-ce que je peux faire pour toi ?

— On a un souci. Tu peux venir dans mon bureau ?

Il s'exprime du ton sec et autoritaire d'un proviseur mécontent.

— Oui, bien sûr.

Je me retourne précipitamment vers mon ordinateur. J'y ai ouvert un tas d'onglets, qui affichent tous des photos de destinations de rêve aussi lointaines qu'inaccessibles : déserts, glaciers, sommets. Rio, Londres. La supérette de Heybridge.

J'éteins mon écran et j'emboîte le pas au patron, comme une élève obéissante. Il s'installe. Moi, je promène mon regard dans la pièce ; je n'y ai que rarement été invitée. Elle dégage le même charme masculin discret mais indéniable qu'Oliver. Et la même impression d'opulence. Meubles en cuir lie-de-vin, essences nobles, art abstrait. La baie vitrée monumentale offre une vue grandiose sur la Blackwater. Je m'en détourne. Pas envie de la voir. C'est un jour sans.

— Viens voir, m'ordonne Oliver en me présentant un siège en cuir et acier à côté du sien.

Je le rejoins derrière son bureau, jetant un regard au passage aux photos encadrées à côté de son ordinateur. Je vois deux blondinets souriants juchés sur des poneys dans un paysage ensoleillé (Californie ?). Oliver lui-même, en Barbour, un fusil cassé sur un bras, flanqué de quelques faisans ou perdrix. Oliver et sa sublime épouse à la blondeur impeccable, riant, en tenue de ski dans un décor alpin de carte postale.

Je me demande s'il se lasse parfois de tant de perfection.

Mais sa vie est-elle réellement si parfaite qu'elle en a l'air ? Elle ne peut pas être complètement dénuée de tristesse. Rien ne l'est jamais. Parfois, Oliver a l'air déphasé. Je l'ai vu, ou plutôt surpris, seul, le regard vague, en plein accès de mélancolie. Ou de peur, ou de solitude, ou que sais-je. En tout cas, il y a de la vulnérabilité chez cet homme. Ce qui le rend plus attirant à mes yeux.

— C'est là, m'informe-t-il.

Je reconnais la photo que j'ai postée hier sur les réseaux : un verre à whisky en cristal taillé scintillant dans la bibliothèque de l'hôtel, un feu artistiquement flouté à l'arrière-plan et, sur un guéridon en acajou, un menu invitant à la consultation. Un cliché, quoi.

Mais c'est le genre de choses qui plaît aux clients. Le menu dévoile les spécialités d'automne de Mackie : civet de chevreuil, caille rôtie, canard sauvage, huîtres de Colchester et saucisses de sanglier.

Oliver m'indique la section des commentaires.

— Lis.

Je parcours le texte.

— Merde, dis-je.

Pile sous la photo, on peut lire ce commentaire anonyme :

« Réservez vite votre séjour au Stanhope, l'hôtel de l'ultime baignade ! La Blackwater vous attend, n'oubliez pas votre maillot de bain et votre ~~serviette~~ linceul ! » Emoji bikini, emoji cercueil.

Commentaire suivant : toute une ligne de smileys hilares. Plus une trentaine de commentaires de la même teneur. Moqueries, plaisanteries de mauvais goût. « Vous savez que l'île est maudite » « C'est là qu'ils noyaient les sorcières autrefois, on dirait que ça recommence ! » « Attention, il y a peut-être du poison dans le Pinot ! »

Oliver se laisse aller contre son dossier. Ses yeux brun-vert me toisent froidement.

— Eh bien ? me lance-t-il, sévère.

C'est mon rôle de remarquer ce genre de choses, de gérer les réseaux tous les jours et de réagir au quart de tour.

— Je suis désolée, Oliver, j'allais m'en occuper, ça m'est sorti de l'esprit…

Il soupire. Excédé. Il est compréhensif, mais il ne faut pas exagérer. Il aime que l'argent rentre dans les caisses ; le Stanhope, c'est pour ainsi dire son hobby de magnat. Il y a injecté des millions prélevés sur ses propres fonds, mais Oliver Ormonde est avant tout un homme d'affaires. Ce capital, il veut le faire fructifier.

— Action, réaction, Hannah ! Tu désactives immédiatement la fonction commentaires. J'ai vérifié sur les autres réseaux sociaux : pour le moment, pas de mèmes ni de bad buzz à déplorer. Je n'ai vu l'expression « Hôtel de l'Ultime Baignade » reprise nulle part, ni le coup des emojis. Mais ça pourrait bien devenir viral !

— Je m'y mets tout de suite. Désolée.

Nouveau soupir, bref et potentiellement réprobateur.

— Bon. Ensuite, tâche de faire diversion.

— Pardon ?

— Trouve un truc pour détourner l'attention. Un truc nouveau, original, un truc qui claque, quoi. Et pas une photo de perdreaux rôtis aux figues ! Il faut frapper un grand coup. Nous faire de la pub – de la bonne pub. Je ne sais pas, moi, un événement spécial pour Noël.

Il réfléchit un instant avant de reprendre :

— La saison des fêtes, ça peut être lucratif. On n'a pas droit à l'erreur.

— Compris. Je vais trouver, promis.

Il m'étudie. Son expression se radoucit.

— Je sais que c'est dur, ce que tu traverses, Hannah. Mais…

Il secoue la tête avec lassitude.

— Notre chiffre d'affaires est en baisse. C'est peut-être une coïncidence. Peut-être pas. Si on ne redresse pas rapidement la barre, si le nombre de réservations dégringole, je me verrai dans l'obligation de… Comment dire ?

Il pivote face à l'immense baie vitrée.

— J'aimerais éviter d'avoir à réduire nos effectifs. C'est tout. Je ne voudrais pas avoir à renvoyer tout le monde à la maison.

Il me lance un regard par-dessus son épaule. Il sait que je ne peux pas rentrer chez moi. En d'autres termes, il m'avertit : si je ne me ressaisis pas très vite, je risque de finir toute seule ici. Je visualise la scène. J'erre sur la plage dans la pénombre d'un soir de décembre, un grand bâtiment vide aux volets clos dans mon dos. L'obscurité s'intensifie. Isolée, entourée d'arbres et d'eau, je sursaute au moindre bruit, au moindre craquement de brindille signalant la présence… d'un animal, ou d'un intrus ?

— OK, Oliver, dis-je. Je suis sur le coup !

Il me sourit, muet. Sincère.

— Ça va s'arranger, Hannah. Continue la thérapie.

Je bafouille quelques promesses, prends congé et regagne l'open space désert (Lo est en réunion à Londres aujourd'hui). Et je me mets au travail, pour de vrai cette fois. Toute la journée, je passe en revue nos dernières réservations, je fais la somme en tenant compte de potentielles annulations, et j'envisage toutes sortes d'opérations promotionnelles, si bien que, quand je relève la tête, je suis surprise de constater que le ciel commence à se teinter d'un joli gris rosé. La nuit ne va pas tarder à tomber.

Kat adore ce moment de la journée. « Entre chien et loup », comme elle dit. Moi, je ne vois pas le rapport entre les chiens, les loups et le crépuscule, mais j'aime bien l'expression. Ou alors c'est la façon dont Kat la dit, avec une emphase outrée, qui me plaît. Elle me fait rire.

J'ai les épaules nouées à force de cliquer, de taper et de faire défiler des pages. Ça suffit pour aujourd'hui. Je m'étire en bâillant. Ça m'a fait du bien de travailler, ça m'a changé les idées. J'éteins mon ordinateur et, sans me presser, je me dirige vers la fenêtre. Même pas peur ! Non. Je n'ai pas peur du fleuve. Je dois l'affronter. Pas question de baisser les bras.

Je regarde au-dehors, et sursaute.

Sur la grève se tient un lièvre. Baigné par le clair de lune, parfaitement immobile, il me fixe avec intensité.

Je ne connais pas grand-chose aux lièvres. Tout ce que je sais, c'est qu'ils sont assez rares et plus « poétiques » que les lapins. Je sais aussi qu'ils sont censés vivre dans les champs et que personne ne comprend pourquoi les bois de Dawzy en sont truffés.

Si ça se trouve, ils sont coincés sur cette île, comme moi. Ils rêvent de s'échapper mais sont cernés par l'eau.

Bon, mais pourquoi il me regarde comme ça, celui-là ? J'ai déjà vu des lièvres dressés sur leurs pattes arrière, à la télé, dans un documentaire animalier, mais je croyais qu'ils ne faisaient cela qu'à la saison des amours. Qui est au printemps, me semble-t-il. En tout cas pas en plein automne. Il me met mal à l'aise, ce lièvre. C'est bête, ce n'est qu'un animal, charmant, soit dit en passant ! En plus, les murs de l'hôtel nous séparent. N'empêche, je voudrais qu'il s'en aille. Qu'il arrête de faire son intéressant et qu'il me fiche la paix. Allez ! Retourne dans les bois, rentre chez toi, où que ce soit.

S'il te plaît.

Mais le lièvre semble parfaitement en confiance : il ne remue pas d'un poil. J'entrouvre la fenêtre. Même le grincement de la fenêtre ne l'effarouche pas. C'est incompréhensible ! Il reste là, comme pétrifié, au beau milieu de la pente étroite qui va s'accentuant. À peine la brise agite-t-elle ses moustaches. Bête sauvage, mon œil !

Soudain, sans crier gare, il détale, sans demander son reste. Leon, le concierge, vient de lui crier de dégager. Visiblement, il était pressé de s'en débarrasser.

Et le voici qui se tourne vers le fleuve et sonde l'eau comme s'il se préparait à accueillir un invité important. Pourtant, la liste des réservations est toute fraîche dans mon esprit : nous n'attendons pas de nouveau client.

8

Je suis comme le lièvre d'hier soir : figée. Face aux vagues qui déferlent de Southey Creek à Tollesbury Fleet, je scrute l'onde.

C'est une matinée humide et venteuse. Il fait froid. Le long de la rive, les échassiers pêchent, indifférents à ma présence. Quelques longerons de bois érodé pourrissent à ma gauche – la carcasse d'un bateau à demi émergé. Les pointes caparaçonnées de moules s'alignent en rangs serrés, s'avancent jusqu'à la surface, plongent. Et disparaissent.

Un frisson. Un souvenir. L'air s'est rafraîchi. Je remonte la capuche de mon vieil anorak bon marché et déjà les premières gouttes de pluie crépitent doucement sur le polyester. Aussi agaçante qu'un gamin pianotant sur une table. Tap, tap, tap. Irritée, je continue néanmoins d'observer la marina de St Lawrence, au loin, sur la berge opposée, et les mornes tours blanches de l'ancienne centrale électrique. Où est le ferry ?

Je sors mon téléphone. Il n'y a pas de réseau téléphonique sur Dawzy, alors, pour compenser, Oliver a déboursé une fortune pour doter l'île de la meilleure couverture wifi possible. Oliver veut ce qui se fait de mieux et pour l'obtenir, il ne regarde pas à la dépense. D'où notre sauna de luxe en bois de cèdre, notre système de vidéosurveillance de pointe, notre café de petits producteurs éthiopiens torréfié artisanalement, et j'en passe. Bref, grâce à lui, il suffit d'ouvrir une appli et on peut téléphoner sans problème depuis la plage ou le bosquet le plus reculé de l'île.

Mais cela s'avère superflu. La vue aimable et familière du ferry rouge vif de Freddy me rassérène. Il est là, fendant les flots agités, naviguant entre les bouées rouges et blanches, en provenance de Goldhanger. Avec, à son bord, mon salut. Du moins je l'espère.

La minable petite averse s'est arrêtée. Je repousse ma capuche en me pressant vers la jetée. Freddy me lance une corde.

— Salut, Hannah. Tu veux bien… ?

Je tiens la corde, il me rejoint d'un bond et amarre son bateau en me décochant un clin d'œil.

— Merci. T'es resplendissante, dis-moi. C'est pour moi que tu t'es faite toute belle ?

— Freddy, je porte un vieux jean et un blouson pourri.

— Ah ! Mais moi, c'est comme ça que j'aime les filles : au naturel.

Il se remet au travail et moi, sur la pointe des pieds, je scrute les passagers. Quelques clients avec bagages, des collègues. Deux nouvelles femmes de chambre, des Polonaises, qui lorgnent du coin de l'œil, fascinées, la désormais célèbre recluse de Dawzy. Je leur souris, inébranlable, d'un air de défi. Où est-il ?

Ah. Vu.

Un homme s'avance à ma rencontre.

— Hannah Langley ? s'enquiert-il.

Une vague de déception s'abat sur moi. Je suis dépitée. Je ne sais pas pourquoi ; j'ai dû regarder trop de séries américaines. Quoi qu'il en soit, pour moi, un médecin, ça a une certaine classe. Surtout un médecin héroïque, ce que devra être le mien. Je ne m'attendais pas forcément à un sex-symbol mais j'espérais au moins qu'il aurait du charisme ou un physique intéressant.

Hélas. Mon nouveau psy a la soixantaine bien tassée, une veste en tweed, un gilet jaune moutarde, des lunettes démodées et des bajoues. Bon, on m'assure que c'est un as. Un spécialiste des phobies. C'est mon ancienne psy elle-même, une femme maternante et vaporeuse, quoique bourrée de bonne volonté, qui m'a confiée aux bons soins du docteur Robert Kempe. Il paraît que je représente « un cas compliqué », mais « pile dans son rayon ».

Je me lance.

— Bonjour, docteur.

Il étudie d'un œil sceptique le ciel blanc qui larmoie.

— Appelez-moi Robert, je vous en prie. Le temps n'est guère engageant. Si nous allions nous mettre à l'abri ?

— Volontiers.

Nous gagnons l'hôtel à grands pas. Dans le hall d'entrée, je surprends Alistair le gérant en plein conciliabule avec Leon le concierge. Entre deux hochements de tête, Alistair me jauge du coin de l'œil et jette un regard au docteur Kempe. Une ombre passe sur son visage gris émacié. Il est contrarié que nous l'ayons interrompu ou que nous ayons surpris son propos. À moins qu'il ne me reproche de caser une consultation sur mes heures de travail. Le connaissant, ça doit être ça. Si cela ne tenait qu'à lui, il me virerait sur-le-champ.

On n'est pas copains, Alistair et moi.

Il m'a prise en grippe dès le début. D'après Kat, c'est parce qu'il veut coucher avec moi et qu'il perçoit cela comme une faiblesse de sa part. Mais Kat voit le désir partout, parce que tous les hommes qu'elle rencontre ont envie de coucher avec elle. J'ai même vu Logan la mater un jour depuis ses fourneaux, lui dont le cœur ne bat que pour ses tourteaux et qui ne laisse jamais rien s'immiscer entre son art et lui.

Mon nouveau psy ne paraît pas remarquer qu'il y a de la tension dans l'air. Ce n'est pas pour me rassurer. Pour un expert, il n'est pas très observateur.

Nous nous installons dans un coin de la bibliothèque déserte. Il y a une belle flambée dans la cheminée et je nous commande deux cafés. Une fois servi, Robert dégaine un carnet et déclare :

— Pour cette première séance, nous n'entrerons pas dans le vif du sujet. D'abord, j'aimerais que nous fassions connaissance. Vous allez me raconter votre histoire. L'histoire de votre vie, pour ainsi dire.

Je suis déconcertée.

— Mais… Ursula ne vous a pas tout raconté ? Elle m'a dit qu'elle vous transmettrait ses notes.

D'un sourire discret, il m'apaise :

— Et elle l'a fait, soyez-en assurée. Cependant, si j'en crois mon expérience, mieux vaut entendre les choses directement de la bouche du patient. À vrai dire, c'est même essentiel.

— Bon. Par où je commence ?

— Par le commencement. Enfance, parents, scolarité, et ainsi de suite.

Mon histoire. Depuis quelques mois, je commence à avoir l'habitude de la raconter. Aux médecins, aux psys, aux curieux. Je déroule mon topo point par point – je suis rodée.

Nos cafés refroidissent. On nous en apporte d'autres. Je raconte. Petite enfance dans le nord de Londres. Déménagement peu avant mon septième anniversaire. Découverte de Maldon, pour mon plus grand plaisir : une maisonnette au bord de l'eau, une vue qui a éveillé en moi mes premières envies de voyages. Où il va, ce fleuve ? Où pourrait-il m'emmener ?

Le psy noircit de notes les pages de son calepin. Puis relève le nez.

— Parents ? Frères et sœurs ?

— Ma mère nous a eues jeune, elle était pleine de vie. Galloise, baba cool. Férue d'astrologie. Elle a transmis le tout à Kat. Moi, il faut croire que j'ai hérité de la conscience professionnelle de mon père… Peu importe, Kat et moi étions inséparables quand nous étions petites. Elle n'a que treize mois de moins que moi.

Je poursuis sur ma lancée.

— Quand maman est morte, d'un cancer fulgurant, ça nous a encore rapprochées. J'avais 11 ans, Kat 10.

— Je suis désolé. C'est une épreuve terrible pour un enfant.

— En effet.

Je cligne des paupières pour chasser les larmes qui menacent. Maman…

— Et votre père ?

— Il était nettement plus vieux. Prof au collège. Avec le recul, je me dis qu'il n'était pas assez bien pour elle. Vous voyez ce que je veux dire ? Ma mère, c'était une femme superbe, tandis que mon père… Bref. Aujourd'hui, il est à la retraite. Et il vit toujours à Maldon. Dans une résidence pour seniors.

— Je vois.

Il note toujours. En louchant sur son carnet, je lui demande :

— En quoi ça vous est utile, ces informations ?

Il se fige, le stylo en l'air.

— La perte d'un parent constitue chez l'enfant une cause notoire de troubles anxieux. En outre, les personnes ayant été élevées par des parents âgés, comme l'était votre père, ont souvent une conscience précoce et aiguë du déclin et du vieillissement.

Il me fixe sans ciller.

— La combinaison de ces éléments, c'est la double peine ! Il s'agit d'une expérience hautement déstabilisante. Mais ne mettons pas la charrue avant les bœufs, ajoute-t-il avec un petit soupir. Reprenez, je vous prie.

Je lui débite machinalement la suite (ça devient franchement lassant) : mes études, mon année de césure pour sillonner l'Asie, l'Afrique et l'Amérique latine avec Kat, les petits boulots qu'on enchaînait pour payer nos billets d'avion, mon coup de cœur pour les îles en tout genre mais surtout pour les plus obscures et romantiques d'entre elles : Koh Tao, Chiloe, Saint Kilda, Andaman… Je me dispense de souligner l'ironie de la situation : amoureuse des îles, j'ai choisi de travailler ici et c'est ce qui me vaut mes déboires actuels.

— Kat, rien à voir. Elle, elle est tombée sous le charme de l'Inde et du Pérou. Et de Los Angeles.

— Et après vos études ?

Je ne m'étends pas sur le sujet. Parcours classique : une série de petits boulots insignifiants, une ribambelle de mecs nuls, mes débuts dans les relations publiques... Robert m'interrompt d'un geste.

— Pourquoi ce choix de carrière ?

Je hausse les épaules.

— Je ne sais pas. Je crois que je suis douée pour ça ? Je suis physionomiste, j'enregistre naturellement les conversations, les opinions, les envies des uns et des autres. Et j'ai de bonnes intuitions pour le packaging, le marketing... J'ignore d'où ça me vient !

Plus doucement, j'ajoute :

— C'était aussi un prétexte pour voir du pays.

— Compris.

Je reprends le fil de mon récit. En résumé. Premier job à Londres, deuxième job à Malte (une île !). Troisième job, le jackpot : un palace aux Maldives. La barrière de corail. Les rascasses volantes. Ma rencontre avec Ben, le chef sexy. L'amour. Les fiançailles. Puis le second job de rêve. Le Stanhope. Encore une île. Ma promotion. Ma terre natale, mon papa veuf tout près, ma sœur chérie aussi. Je conclus en ajoutant la cerise sur le gâteau :

— Et là-dessus, miracle, au moment même où le Stanhope fait peau neuve, j'entends parler d'un super pub à Maldon qui cherche un nouveau chef. Le poste a un potentiel de dingue. Ben a postulé et il a été pris. C'était parfait. Il est rentré en Angleterre quelques mois avant moi. Je connaissais un peu Dawzy, on y venait

parfois en famille quand j'étais petite, avant la rénovation. Je me rappelle l'ancien hôtel dans son jus, la
forêt… Mais, après la mort de maman, on a cessé de
venir.

Je me tais. Mon silence confine au mensonge, au
moins par omission. Concernant les Maldives, je passe
sous silence la visite de Kat. La fois où elle est allée
faire du snorkeling complètement bourrée. La fois où
elle s'est baignée à poil, de nuit, devant un groupe de
clients. Et Ben, sorti voir ce qui provoquait l'attrou-
pement, à savoir ma sublime frangine, nue et hilare
sous les étoiles au milieu des récifs de corail. Sa fureur.
« Elle pourrait nous faire virer tous les deux ! »

Cela n'avait pas été le cas, mais il avait raison : on
l'avait échappé belle. Depuis, leur relation a toujours été
épineuse. Kat trouve Ben trop sérieux, trop tendu. Elle
lui reproche d'être carriériste et obsédé par son boulot.
Quant à lui, il la trouve agaçante, bordélique. C'est vrai
qu'elle sème constamment ses affaires partout.

Ces derniers temps, j'évite de lui parler d'elle. C'est
plus simple.

J'évite également de relater l'épisode à mon nouveau
psy. Les actes de ma sœur adorée la font paraître fau-
tive, ou du moins jettent un doute sur sa santé mentale.
On serait tenté d'y voir un schéma, qui se serait répété
le soir du drame, il y a quelques mois de ça. Un schéma
que j'aurais dû repérer et étouffer dans l'œuf, parce que,
quoi qu'elle fasse, ma Kat avait le chic pour susciter
l'émulation.

— C'est tout, dis-je, sèchement, injustement.

— C'est bien. Très utile. Merci.

Pendant les minutes qui suivent, nous discutons. Il me parle des phobies. Plus spécifiquement, de la mienne et du stress post-traumatique dont elle découle selon lui.

— Vous souffrez vraisemblablement d'une forme d'agoraphobie, un trouble mental reconnu depuis des siècles. La peur des espaces vides, ainsi qu'on l'appelait autrefois. Les Allemands l'appellent *Platzschwindel* : le vertige des grand-places. J'ai toujours aimé ce concept.

Il sourit. Moi pas.

— Comme je vous le disais, vous êtes pour ainsi dire atteinte d'une variante de ce trouble, qu'on pourrait nommer aquaphobie ou thalassophobie, mâtinée d'un soupçon de topophobie, peut-être – la peur d'un lieu spécifique. L'aquaphobie est relativement répandue. De nombreuses personnes ont peur de l'eau, surtout quand elle est profonde. La différence, c'est que, dans votre cas, la peur est très intense et, conclut-il avec un petit sourire empreint de compassion, que vous avez la malchance de vous trouver sur une île.

Je hoche la tête, mutique. Bon sang, mais quand est-ce qu'on attaque la thérapie ?

Robert soulève délicatement sa tasse comme si elle était faite en coquille d'œuf.

— D'après Ursula, vos symptômes cochent toutes les cases du diagnostic, c'est exact ?

— Toutes.

Je pourrais en dresser l'inventaire. Flash-back. Anhédonie. Vomissements. Hallucinations. Cauchemars. Engourdissement. Crises de déréalisation. Suffoquements. Catalepsie. Contractions involontaires des muscles des mains. Violentes douleurs thoraciques. Troubles de la vision. Pertes de connaissance. Colère. Irritabilité.

Bouche sèche. Boule dans la gorge. Impression de devenir folle. Diarrhées. Nausées. Brouillard mental. Accès de paralysie physique totale.

— Il m'est arrivé plusieurs fois de me faire pipi dessus. En public. Très sympa.

Le docteur secoue la tête d'un air mélancolique et repose son café.

— Alors, dis-je. Vous avez de bonnes nouvelles pour moi ? Parce que je vous avoue que ce n'est pas la joie.

La flamme de l'espoir vacille. Mais il répond :

— Ma foi, je crois bien que oui. J'ai déjà traité des cas similaires au vôtre, avec succès. Ce n'est pas incurable, loin de là. Je suis convaincu qu'avec le bon cocktail de thérapie comportementale, de séances d'analyse et de thérapie d'exposition, nous viendrons à bout de votre problème.

Encore de l'exposition. Génial. Je m'efforce de masquer mon scepticisme, mon défaitisme. Après tout, ce type est censé être un expert. Il fera peut-être mieux que sa prédécesseure. Il le faut !

Je lui demande :

— Et il faudra combien de séances ?

Le psy incline la tête, songeur.

— Au moins dix. Vingt, peut-être. Il ne s'agit pas d'une science exacte.

— Et on se verra tous les combien ?

— Tous les quinze jours. Peut-être un peu plus fréquemment.

Je dévisage mon prétendu sauveur.

— Mais ça fait vingt... Non, quarante semaines ! Pratiquement un an !

— Non, non, non ! Je vous en prie. C'est une estimation pessimiste. J'ai bon espoir de vous permettre de quitter l'île d'ici le printemps prochain.

Il se penche vers moi, me tapote le genou avec un mélange de bienveillance et de condescendance.

— Vous ne passerez qu'un hiver ici. Ce ne sera pas long. Trois petits mois de rien du tout !

9

Mon unique jour de congé. À 9 heures du matin, je me trouve donc au Spinnaker, à boire un thé en solitaire. L'endroit est désert. C'est souvent le cas, à cette heure-ci – il s'agit d'un bar, après tout –, mais, aujourd'hui, je le trouve particulièrement calme. Pas un client sur la terrasse, malgré le soleil d'automne. La piscine chauffée a disparu sous la bâche qui n'en bougera plus jusqu'au printemps prochain.

Comme moi, dixit le docteur Kempe. Jusqu'au printemps prochain, je resterai statique, immobilisée sur mon île. Une paysanne du temps jadis changée en statue de pierre pour avoir surpris un sabbat de sorcières.

Cette perspective me donne vaguement la nausée. Pour tenir le coup, j'ai décidé de ne pas regarder vers l'avenir. Parce que le mien est fait, au mieux, de terreur, de chagrin et de solitude. Quand on marche sur un fil, on ne regarde pas en bas. Moi, c'est pareil. Je me concentre sur l'ici et maintenant. Ce jour, ce thé, cet instant.

Et le boulot ? C'est mon jour de congé, certes, mais les jours se ressemblent tous à présent, se brouillent, se confondent. J'oublie de plus en plus souvent quel jour de la semaine on est, je suis obligée de demander à Lo, à Leon ou à Freddy. Je demanderais bien à Ben, mais il a du travail par-dessus la tête, et Kat, elle, est très occupée et même si je l'adore, même si elle me fera toujours rire, le contraste entre sa liberté absolue et ma captivité m'est difficile à supporter.

Quand elle me téléphone – ce qu'elle fait souvent, c'est une super frangine –, il m'arrive de fixer sans décrocher mon portable, qui vibre et danse gaiement sur la table. Puis, rongée par la culpabilité, j'écoute ses messages pleins d'entrain : « Hey, Hannah *mia*, ça roule à l'Hôtel Sans Retour ? Allez, rappelle-moi. Tu filtres mes appels ou quoi ? » Et parfois je pleure en silence.

Mais j'y pense. Le travail. Oliver veut que je lui concocte un gros événement pour les fêtes, quelque chose de taille à faire oublier les commentaires négatifs des internautes. Des commentaires plutôt isolés, pas très malins et pas franchement viraux, pour le moment, mais il a raison, c'est une menace potentielle. J'ai vu le même genre de phénomène couler d'autres établissements en l'espace de quelques mois.

Au boulot, Hannah.

Qu'est-ce que je vais bien pouvoir inventer ? Il me faudrait quelque chose d'original, qui crée la surprise. Quelque chose de propre à l'île ou à l'hôtel, une spécificité qu'on n'ait pas encore exploitée…

Ben aura peut-être une idée ? J'attrape mon portable.

T'es dispo ?
SOS Demoiselle en détresse !

Il me répond aussitôt.

Tjs dispo pour toi ma belle.
OK ptêtre pas tjs mais là le pub est fermé.
Qu'est-ce que je peux faire pour toi,
mon amour ?

Ah, Ben. Merci. Ces deux croix symbolisant des baisers me rappellent la première fois qu'on s'est embrassés. C'était sur la plage aux Maldives, près du studio de yoga. Un vrai cliché digne d'un film hollywoodien ! Les vagues tièdes sur mes pieds nus, le bras musclé de Ben autour de ma taille, ma bouche qui s'offrait à la sienne, puis l'amour, et cette folle impression de crever la surface d'un océan de solitude. Je ne m'étais même pas rendu compte que j'en souffrais jusqu'à ce que je le rencontre ! Avec Ben, je n'étais plus seule.

Tant d'autres baisers après cela… Le tendre baiser qui avait accompagné sa demande en mariage. Notre baiser torride à mon retour des Maldives, quand il m'avait fait visiter son tout nouveau pub en travaux. On s'était embrassés comme des morts de faim, avides l'un de l'autre. Après, dans la cuisine, il m'avait concocté une salade italienne.

Quels baisers ! Et quel homme ! J'épouse la bonne personne. Enfin, je l'épouserai si j'arrive à quitter cette île.

Oliver veut que je trouve une idée
pour relancer les ventes. J'ai beau me creuser
la tête, je sèche complètement !
Des idées ?

Je patiente, il répond.

> Ah ouais, chaud ! Je ne sais pas
> si je vais pouvoir t'aider. Je suis chef, moi.
> L'événementiel, j'y connais rien !
> Toi, si. T'es douée, tu vas trouver !

Merci, mais là je galère. 0 idée.
On a déjà fait tellement de coups de pub,
il y a des limites

Il me répond avant que j'aie le temps d'envoyer mon message.

> Je sais ! La Strood !
> C'est un truc de dingue, la Strood.
> Et ça n'existe qu'à Dawzy !

Un frisson me parcourt. Oui, on tient peut-être quelque chose.

Ah ouais, PAS MAL ! Merci mon Ben.
Merciiii.

> De rien ma belle. Je te laisse, livraison !

Je repose mon portable et je me concentre de toutes mes forces. La Strood. Un monument. Non : un phénomène unique dont le seul nom suffit à me donner la chair de poule.

Il s'agit de l'ancienne voie romaine qui reliait autrefois Dawzy au continent. On suppose qu'elle a été construite pour faciliter la récolte des huîtres de Dawzy Island – les Romains raffolaient des huîtres de l'Essex, surtout celles de la Blackwater, et plus particulièrement celles de Dawzy. On dit qu'ils en remplissaient des chars qui, depuis Colchester, ralliaient Rome en trois jours. Personnellement, je doute que ce soit vrai. Tout ce que je sais, c'est que Pline l'Ancien, l'historien, affirme qu'en Grande-Bretagne « on ne trouve qu'une seule chose d'intérêt : les huîtres ». D'après ce qu'on m'a dit, il faisait expressément allusion aux huîtres de notre région. Aujourd'hui encore, on peut admirer sur le pourtour de l'île les vestiges des parcs à huîtres des Saxons et des Romains. De nos jours, les ostréiculteurs travaillent uniquement sur le continent. Il faut croire que les huîtres ont migré.

Personne ne sait à quelle époque la Blackwater a submergé la Strood. La circulation, présume-t-on, y avait toujours été assujettie à la marée ; la longue voie serpentine disparaissait lorsque la marée haute coupait l'île du continent. Puis, les siècles passant, courants et marées ont changé, le niveau de la mer est monté et la Strood a lutté de toutes ses forces comme un baigneur en difficulté – chasser cette image de mes pensées, vite, vite – avant de se laisser engloutir. C'était vers le Xe siècle, semble-t-il. Et Dawzy est alors devenue une île à part entière.

Pour autant, l'ancienne route n'est pas complètement perdue. Parfois, mystérieusement, quand les conditions climatiques sont réunies, que soufflent certains vents du nord et que la mer, à marée basse, se retire plus loin que de coutume, comme par magie, la Strood réapparaît pendant une heure ou deux. Une revenante. Un spectre de l'Empire romain, semblable au fantôme d'un légionnaire. Cela se passe le plus souvent en hiver, par temps orageux. À ce que m'a dit Freddy Nix à mon arrivée ici, la dernière fois que ça s'est produit, c'était à la mi-décembre, il y a trois ans. Ça n'a duré qu'une heure. Des gens du coin sont venus admirer le phénomène. Certains auraient même fait la traversée, à pied, au clair de lune : quarante minutes de marche le long d'une chaussée vieille de deux mille ans.

En général, je m'efforce de ne pas penser à la Strood. Parce qu'elle me nargue, cette route éphémère qui pourrait me permettre de m'évader de ma prison. Je n'aurais qu'à fouler les pavés jusqu'à ma destination ! Ce serait l'issue idéale. Seulement, personne ne peut prédire quand elle refera surface. Les marées sont capricieuses, dans le coin, et la météo, eh bien, c'est la météo. La Strood et ses lubies font donc partie intégrante de mon châtiment ; elles en sont, pourrait-on dire, un bonus cruel. Oui, l'issue existe, en théorie, mais non, elle n'est pas praticable, inutile d'y compter.

Toutefois, le moment est venu pour moi de concentrer sur elle mes pensées. Qui sait si elle ne fera pas une apparition par un soir d'automne clair et venteux ? Et quand bien même ce ne serait pas le cas (il ne faut pas rêver), voilà qui représente un super angle d'attractivité pour l'hôtel.

Je zippe mon anorak.

En route, Scooby Doo. Cap sur la Strood !

10

Le sentier qui mène à la Strood – ou du moins à l'endroit où est ensevelie la Strood – doit être le plus long de toute l'île. Il en fait pratiquement le tour, par le sud. C'est pourquoi j'attrape le premier vélo que je trouve, appuyé contre le tronc d'un sorbier près de la piscine, son cadre en acier scintillant comme un squelette d'argent. Ces vélos robustes, tout terrain, mis à la disposition des clients, c'était mon idée. Il y en a une trentaine, répartis un peu partout sur Dawzy ; on n'a qu'à se servir et les abandonner où on le souhaite.

Ce n'est pas comme si on risquait de nous les voler. Sur le ferry de Freddy, un client encombré d'un gros vélo estampillé THE STANHOPE, dans notre élégante police de caractères reconnaissable entre toutes, ça ne passerait pas inaperçu.

Quand je lui ai soumis l'idée, Oliver a tout de suite été emballé. « Des vélos ? Oui. À fond ! » Il avait compris le concept : faire de l'île un lieu digne des aventures du Club des cinq, un repaire pour grands enfants, une retraite magique pour des vacances en pente douce. Que chacun ait l'impression d'avoir de nouveau 13 ans.

Et ça a marché. Les vélos ont beaucoup de succès. Un peu trop, peut-être. Qui sait s'ils n'ont pas contribué à l'atmosphère de jeunesse et de liberté, le soir du drame ? Lors de cette fatidique soirée, tout le monde se comportait en ado débridé.

Je pédale à perdre haleine le long du sentier boueux jonché de feuilles d'érables, dépassant un vieux couple qui se promène main dans la main.

— Bonjour ! Pardon ! Merci !

Ils me sourient, m'adressent un petit signe incertain – je les vois dans le rétro dont est équipé mon vélo. D'habitude, je me déplace sur l'île à pied, comme eux, parce que marcher prend plus de temps et que le temps, j'en ai à ne plus savoir qu'en faire. Mais à cet instant, je me sens pressée, allez savoir pourquoi. La probabilité que la Strood réapparaisse là, tout de suite, maintenant, est d'environ zéro pour cent. Pour que la Strood nous fasse son tour de passe-passe, son numéro à la Coucou-me-revoilà, il faudrait une « décote » extrême, comme dit Freddy : une marée anormalement basse. Rien de tel prévu aujourd'hui. Et une grosse tempête (raté). Et que ce soit l'hiver (on est en octobre).

Je perds mon temps. Enfin, pas forcément. Qu'est-ce qu'il en sait, Freddy ? Il me trouve sexy en anorak, jean boueux et baskets crottées. Il est idiot ! Adorable, charmant, certes, mais sa libido lui vrille le cerveau. Il faut le voir reluquer ma sœur. Il était là, le soir de son bain de minuit. Il l'a vue se déshabiller. Il en salivait ! À sa décharge, il n'était pas le seul. Tous les mecs sur la rive l'ont matée, ivres de désir, tandis qu'elle courait vers le fleuve en s'effeuillant, aguicheuse, et en riant comme une forcenée. D'ailleurs, je ne l'avais jamais entendue rire comme ça. Sa voix était étrange.

Il lui est arrivé quelque chose, ce fameux soir. J'en suis convaincue. Mais quoi ? Elle ne m'en a jamais rien dit. Elle refuse d'en parler. Je suppose que la culpabilité la mine, comme moi.

Me voici parvenue à hauteur des anciens parcs à huîtres. Construits par les Romains, exploités par les Vikings, abandonnés par les Normands. Des grilles faites d'antiques pieux de bois sombre semblables à des crocs putrescents saillent des eaux, enrubannés d'algues vertes et fauves.

Je me trouve à la pointe sud-ouest de l'île. La Blackwater y est particulièrement profonde : profonde et rapide. Je pose un pied à terre et, en équilibre précaire sur mon vélo, je fixe le fleuve à l'endroit où il se mue en estuaire et fait fougueusement corps avec la mer du Nord. Les vagues tumultueuses sont typiques de Dawzy : elles s'affolent, insensées, deçà delà, dans un grand désordre, si bien qu'il est impossible de distinguer à l'œil nu la direction du courant. Elles paraissent furieuses. Chaotiques, en tout cas. Comme mes pensées, où s'entrechoquent voix et visions. Hallucinations…

Reste cool, Scooby Doo.

Je m'applique à respirer lentement l'air mordant. Je m'en gave comme s'il recelait le remède à la paranoïa. D'ici, j'aperçois le relief bas et verdoyant de Royden Island, la réserve naturelle d'oiseaux où nul n'est autorisé à mettre le pied. On les entend s'en donner à cœur joie, là-bas : ça cancane, ça cacarde, ça jargonne, ça siffle, ça nasille, c'est toute une fête invisible qui bat son plein en l'absence des humains.

Peut-être que la bande-son du monde ressemblera à cela quand notre espèce se sera éteinte. Cela me donnerait presque envie que le monde se débarrasse des Hommes. On a eu notre chance et on n'a pas su la saisir. Rendons le monde aux oiseaux !

Je reprends la route, en danseuse, faisant gicler la boue sous mes roues ; le sentier contourne la plage abrupte et grise et enfin, j'y arrive. Le cap ouest de Dawzy. D'ici, je distingue les quais de Heybridge et je devine même au-delà les maisons et clochers de Maldon, étagés de manière pittoresque sur la colline, en face, comme un charmant village de poupée. Les vitraux de l'époque médiévale scintillent sous les rayons obliques.

Maldon. Connue pour son sel, sa bière et ses batailles. Lieu de résidence de mon père. Il s'y trouve en cet instant, tout seul et toujours pas remis de la mort de maman. Il faudrait que je l'appelle. Mais ça me pèse. Il ne me facilite pas la tâche.

C'est là. Le point de départ de la Strood. À l'extrémité de l'île, la terre se dérobe soudain mais, en contrebas, surgit un renflement de sol pavé.

Qui aussitôt disparaît.

Je laisse tomber le vélo et je me fais une raison, malgré la déception cuisante. Qu'est-ce que je m'imaginais ? Que la Strood réapparaîtrait cet après-midi rien que pour mes beaux yeux ? Mais bien sûr. Malheureusement, j'y croyais un peu. C'est dire si j'ai besoin d'espoir.

Allez, la Strood, sois sympa !

C'est fichu. Pas de traversée à sec aujourd'hui. La vieille route n'a pas d'ordre à recevoir de ma part.

Je m'avance jusqu'au bord de l'eau. Mes semelles claquent sur les galets et sèment la panique parmi une nuée de bécasseaux. Ils se dispersent et s'envolent en une admirable chorégraphie. Je regarde mes pieds. J'ai comme une impression de déjà-vu. Nous étions venus voir la Strood avec maman, papa et Kat. Je devais avoir 7 ou 8 ans. Le souvenir s'effiloche – il est si loin à présent.

La Strood, en revanche, n'a pas changé. Elle est toujours aussi enjôleuse. À peine s'est-elle révélée sur la rive que déjà elle se soustrait aux regards, glissant de plus belle sous les eaux froides et grises. On devine sa trajectoire subaquatique sur une centaine de mètres. Elle me nargue. Avec ses beaux pavés romains bien taillés, elle ondule, nébuleuse, sous la surface, avant de plonger dans l'eau noire des profondeurs et d'y disparaître tout à fait.

Jusqu'où la marée doit-elle reculer pour que la Strood émerge et redevienne praticable ? Je me redresse et scrute l'horizon. Si j'avais pensé à emporter mes jumelles, je la verrais sans doute émerger sur la rive opposée, non loin de Mundon Wash, ce réseau de digues et de canaux aménagé par les Jutes et les Angles, où la boue est tellement profonde et visqueuse entre les roseaux frémissants qu'on la prétend capable d'engloutir un cheval, et où la marée monte parfois plus vite que ne peut courir un homme. Parfois, à ce que j'ai lu, la Strood s'extirpe péniblement de ce marécage et s'affale, exsangue, sur le rivage, comme un naufragé dans un film.

Je reviens sur mes pas, m'assieds sur une souche. C'est la désillusion. Je ne peux pas me servir de la Strood pour mon opération de promo. « Venez admirer une voie célèbre… mais invisible ? » Ça ne marche pas. Ben a raison, c'est un monument unique en son genre, mais je ne vois pas ce que je pourrais en faire.

Alors quelles sont mes autres options ?

Je dégaine mon téléphone et, bénissant une fois de plus le Wifi parfait d'Oliver (même ici, le débit est nickel), je tape « Stanhope + Histoire + Dawzy Island » dans le moteur de recherche. Dans l'ensemble, les résultats ne m'apprennent rien que je ne sache déjà ; je m'étais renseignée à mon arrivée, quand j'ai rafraîchi l'image de la marque. Les Romains, les Saxes, je connais tout ça par cœur. Je sais aussi que Dawzy a hébergé un pavillon de chasse élisabéthain – c'était déjà une véritable réserve de cerfs. Je sais que c'est l'amiral Stanhope qui, ayant fait un mariage avantageux et amassé une fortune grâce au commerce de sucre jamaïcain, s'était fait construire ce qui constitue désormais le cœur de l'hôtel. Mariage avantageux mais malheureux, si je me souviens bien, en tout cas pour son épouse : l'amiral passait son temps à exercer son droit de cuissage sur les bonnes et, ayant fini par en faire le tour, se serait même fait livrer sur l'île une cargaison de vierges plus ou moins consentantes… Cela fait longtemps que les femmes souffrent sur Dawzy ; je ne suis que la dernière en date d'une longue lignée.

Des cris d'oiseaux me déconcentrent. Les bécasseaux sont de retour. Sur l'eau, ils jacassent et criaillent pendant que je poursuis mes recherches. La bise est en train de se lever.

Les pages défilent.

À l'époque victorienne, l'édifice s'agrandit et gagne en prestige. Un magnat de l'industrie (du cuivre, du fumier ou que sais-je) se paie un *ego trip* en le dotant de ses ailes Est et Ouest, grosses comme des cathédrales. En ce temps-là, Dawzy est déjà réputée pour ses forêts densément boisées et les nombreuses espèces qu'elle abrite. Enfin, dans les années 1920, la demeure privée est transformée en hôtel et devient la coqueluche des jeunes Londoniens qui, dans l'immédiat après-guerre, ne demandent qu'à faire la fête et jettent leur dévolu sur ce petit jardin d'Éden anglais du dernier chic, idéalement situé (à savoir ni trop près ni trop loin de la capitale) et d'une discrétion à toute épreuve. C'était le rendez-vous des couples adultères, avec option chasse au faisan et champagne en room service. Visuel : flûtes renversées sur les tapis, draps froissés au soleil de l'après-midi.

C'est peut-être ça, mon filon ? Ce parfum de libertinage qui colle encore obscurément à la peau du Stanhope ? On pourrait organiser une grande fête de Noël costumée sur le thème des Années folles. Ambiance Charleston... Oui, ça pourrait être une idée.

En tout cas je l'espère, parce que je n'ai pas la moindre piste alternative. Pendant la Deuxième Guerre mondiale, l'hôtel sert d'orphelinat pour des enfants juifs. Quand il reprend ses fonctions, dans les années 1950, il a perdu de sa superbe. Personne n'a déboursé un centime pour l'entretenir et il commence à faire un peu décrépit. Ainsi commence la lente déchéance du Stanhope Gardens Island Hotel. Les riches Londoniens le boudent. Seule une poignée de locaux fidèles le fréquente encore. Dans les années 1960, l'établissement refait brièvement parler de lui quand la presse à scandale le dépeint comme une sorte de château hanté, au motif qu'autrefois, les chasseurs de sorcières s'y réunissaient pour livrer aux courants de la Blackwater de malheureuses vieillardes « pour voir si elles flottaient » (ô surprise : non).

Après ce modeste chant du cygne, l'hôtel disparaît des radars une fois de plus. Il vivote pendant un moment grâce à la popularité de ses buffets dominicaux et des légendes qui font sa réputation, mais il est voué à faire faillite. Tel est l'hôtel défraîchi de mes souvenirs d'enfance. Je me rappelle les promenades en forêt, les friands à la viande un peu secs, les sauces un brin granuleuses. Nos gloussements, à Kat et moi, et les remontrances de papa.

Deux décennies plus tard, Oliver Ormonde déboule avec ses millions, et abracadabra !

Les vagues lapent le rivage avec une force redoublée. Les bécasseaux tanguent, placides, ballottés par le sillage d'un bateau de pêche. Mes yeux fatiguent.

Au boulot.

J'ouvre une appli et je note quelques idées.

Fête de Noël ambiance Halloween ?
Exploiter les légendes : fantômes & sorcières + enlèvement de vierges.
Interroger...

Non. Non, non, non ! Je m'arrête brusquement. C'est n'importe quoi. Vu les rumeurs du moment, ce serait se tirer une balle dans le pied. « Vous savez que l'île est maudite ? » « C'est là qu'ils noyaient les sorcières. » On ne va quand même pas en remettre une couche !

Agacée, je soupire et j'efface mes notes. Il faut que je remonte plus loin dans le temps. Pas la peine de chercher midi à quatorze heures : je reviens à ma première idée.

Oui. Oui, oui, trois fois oui. La soirée années 1920, c'est LA bonne idée. Rendons au Stanhope sa splendeur d'antan, ressuscitons les Années folles. Retour aux origines, à son heure de gloire, quand l'hôtel était encore une adresse confidentielle, sexy en diable, au milieu de la Blackwater. J'entrevois des femmes lascives en robes fluides dansant au son scandaleux du jazz.

Je pianote sur mon téléphone. Cette fois-ci, je le sens bien. Ça m'inspire. Je suis à fond. Mais soudain quelque chose me coupe dans mon élan.

Des cris d'oiseaux, comme tout à l'heure, mais beaucoup plus virulents. Assourdissants, même. Tous les oiseaux des alentours poussent des cris d'alarme. Leurs ailes font comme un tonnerre d'applaudissements. Que se passe-t-il ? Qu'est-ce qui les a effrayés ?

Là. Il y a quelque chose, dans l'eau. Qu'est-ce que c'est ? Il y a tellement de vagues…

C'est alors que je l'aperçois. Un petit chien.

En train de se noyer.

11

D'où sort-il ? Qu'est-ce qu'il fait dans l'eau ? Affolée, je scrute les vagues, la plage, le sentier derrière moi. Déserts. Pas un client à la ronde, personne à appeler en renfort. Il n'y a que moi, le fleuve agité et ce chien qui se noie.

Il a l'air jeune, presque un chiot. Où est son maître ? Comment l'animal a-t-il atterri dans l'eau ? Il est peut-être tombé d'un bateau. À moins qu'un salopard l'ait balancé exprès par-dessus bord. Il y en a qui ne reculent devant rien pour se débarrasser d'un animal de compagnie devenu encombrant.

Je regarde le chien en détresse, complètement paralysée.

Je n'envisage même pas d'y aller. J'ai trop peur. Je suis impuissante. Pourtant, je ne peux pas rester les bras croisés pendant que cette pauvre bête se noie sous mes yeux ! Je me mets à hurler :

— Au secours ! À l'aide ! Il y a quelqu'un ? J'ai besoin d'aide !

Mon faible cri se réverbère contre les troncs des arbres qui me toisent avec dédain. Il me semble que le monde entier me regarde avec mépris. « Qu'est-ce que t'attends, pauvre empotée ? Saute à l'eau et sauve ce chien ! » Et, il y a quatre mois, c'est exactement ce que j'aurais fait : j'aurais plongé, sans l'ombre d'une hésitation. Évidemment ! Parce que c'est ce qu'on fait dans ces cas-là. Et que je nage très bien, comme Kat. Comme nous vivions au bord de l'eau, papa et maman y ont veillé.

Mais à présent… Je n'ai plus rien d'une nageuse. Je suis incapable de nager. Des souvenirs de ce soir-là grondent dans mon esprit tandis que j'assiste, passive, à la noyade du petit chien. Je revois des corps sous la lune, des corps nus folâtrant, riant, flirtant, puis paniquant. Hurlant. Mourant. Et ces vagues grondantes… Je ferme les yeux. Je frémis.

Je dois sauver ce chien. Mais je ne vois que du noir. Non !

Je rouvre les yeux, me rapproche de l'eau.

Je ne peux pas. Je tremble sous l'assaut de l'angoisse, ça recommence : ma gorge se serre – je me noie en plein air. Mon cœur devient fou. Nausée, raideur. Je vois flou.

Mais j'y vois encore assez clair pour constater que le petit chien m'a repérée. Il m'aboie : sauve-moi, repêche-moi, et disparais sous un rouleau. Il va mourir d'une seconde à l'autre. Et moi, je suis plantée là comme un piquet, bonne à rien, un filet d'urine dégoulinant le long de ma jambe. Ça recommence. Ma honte est incommensurable. Voilà à quoi j'en suis réduite : infichue de sauver un chien à dix mètres du rivage, infichue de contrôler ma vessie. Il vaudrait mieux pour moi ne pas exister.

Une fois de plus, le chien est submergé. Peut-être pour de bon.

Je m'avance.

Dans l'eau.

Je m'avance dans l'eau et, en moi, c'est un déferlement d'horreur et d'épouvante. Mes pieds sont dans l'eau froide froide froide.

J'entends des cris. Des gens qui crient. Cette nuit-là. La terreur.

Un pas de plus. Les cris redoublent. « AU SECOURS ! »

Je ne vais pas y arriver. Le chien faiblit, il a presque cessé de se débattre. Encore une vague et ç'en est fini pour lui. Je n'ai pas le choix. Je refais un pas. J'ai de l'eau jusqu'à la taille. Le chien glapit en me voyant toute proche puis il s'enfonce une nouvelle fois sous la surface, agitant désespérément les pattes. Je me mets à vomir. Un pas de plus. Je vomis à nouveau, terrorisée.

La voilà : l'ultime lame, la vague fatale. Je suis couverte de vomi et d'urine, mais j'avance malgré tout dans l'eau qui me répugne et, convulsant de peur, j'empoigne le chien on ne sait comment, son corps est entre mes mains. Un corps tiède dans l'eau froide. Un corps. Un contact.

Sauve-le.

J'affermis ma poigne. J'arrache le petit bâtard à la Blackwater. Pauvre petite boule de poils gris-brun trempée.

Sauve-le. Allez !

Je peux le faire. Je noue les bras autour du chien et recule, chancelante, manquant tomber. Plus que quelques mètres. Le rivage. La Strood. Les bois. Ma geôle. Laissez-moi la regagner. Pitié ! Un pas, deux pas, trois pas, pitié, pitié, je dois y arriver... Je vais y arriver !

Oui !

Vase, galets, nouveau vomissement. Au-dessus de moi les échassiers planent en égrenant leur chant d'alarme. Mais je l'ai fait. Je me laisse tomber à genoux et, tout en régurgitant quelques tasses d'eau, je rouvre les bras et relâche mon rescapé. Il grelotte, s'ébroue, traçant avec les gouttes un arc-en-ciel fugace sous les rayons obliques et froids. Je suis trempée, couverte de vomi, d'urine, de larmes. Et de morve.

Toujours à genoux, je hoquette et la peur reflue. Je lève les yeux. Je halète, frigorifiée, ridicule. Mais vivante.

Le chien me regarde. Incline sa jolie bouille. M'a l'air parfaitement, absurdement indemne.

Et me donne un grand coup de langue.

Coucou, toi.

12

— Hannah, ma puce, tu vas devoir t'en séparer.

Je dévisage Ben. Il a les traits tirés. Mais un chef, ça a toujours l'air fatigué, surtout quand il s'échine à transformer un pub tout ce qu'il y a de plus basique en bistro gastronomique.

— Pourquoi ?

— Réfléchis. Ce serait un vrai casse-tête. Tu bosses ! Tu vas faire quoi ? L'enfermer dans ta chambre toute la journée ? La pauvre, ce serait cruel.

— Le pauvre. C'est un mâle. J'ai vérifié.

— Ah. OK.

Il a un petit rire et se frotte le visage d'une main rouge et écorchée. Cloquée et pansée. Il travaille dur, mon cuistot. Sa barbe de trois jours qui me plaît tant d'habitude a laissé place à une toison broussailleuse, et il aurait également besoin d'une bonne coupe de cheveux : des mèches négligées tombent devant ses yeux gris et épuisés.

C'est la première chose qui m'a plu chez lui : ses yeux. Ses yeux et son énergie, sans oublier ses bras bronzés, tatoués, musclés. Dont les biceps se bombaient avantageusement lorsqu'il manipulait les entrecôtes de bœuf wagyu marbré et les dômes de foie gras dans la cuisine du palace aux Maldives. Un chef en cuisine, ça peut être super sexy. Ben ne fait pas exception à la règle.

— En plus, ce chien a forcément un maître.

— Je ne crois pas. Il n'a pas de collier ni rien. Pas de puce électronique. Je me suis renseignée. J'ai lu toutes les annonces d'animaux disparus dans la région. Rien qui corresponde à sa description. À mon avis, il a été jeté d'un bateau. C'est la seule explication. Le chiot devenait trop gros, ils l'ont balancé dans le fleuve pour s'en débarrasser. Ça arrive.

— Bon. Admettons.

Ben me décoche un sourire conciliant.

— Hannah, écoute, je sais que tu te sens seule, et que rien ne te ferait plus plaisir qu'un compagnon à quatre pattes. Mais s'il se sauvait ? S'il s'introduisait… ici, par exemple ?

Je promène mon regard dans l'imposante bibliothèque du Stanhope, tout en chêne, en marines et en majesté historique. Depuis leurs cadres, marins et boucaniers contemplent les fauteuils clubs vides. Où sont donc passés les clients ? En temps normal, il y en a toujours au moins une dizaine ici, en train de savourer des Spritz, des kirs royaux ou des gin tonic. Ou encore de bavarder, debout, devant la cheminée, de jouer aux cartes ou au backgammon.

Ben a raison. Un chien a peu de chance de passer inaperçu ici, même par un soir de grande affluence. Les animaux de compagnie ne sont pas explicitement interdits à l'hôtel mais ils n'y sont clairement pas les bienvenus. À ma connaissance, le fait que j'en héberge un actuellement représente une grande première.

Pourtant, je suis prête à tout pour garder mon petit rescapé. J'ai bravé l'enfer pour le secourir. J'ai surmonté ma phobie, ne serait-ce que quelques minutes, et l'expérience s'est révélée tellement atroce que ma terreur, depuis, a décuplé. En conséquence de quoi, ce petit chien – mon petit chien ! – m'est plus précieux que jamais.

— Mais Ben... c'est vrai que je suis seule, dis-je en le défiant du regard. Un chien, ça m'aiderait. Et puis qui s'occuperait de lui, sinon ?

— Une famille...

— Je lui ai trouvé un nom.

— Ah ?

— Oui : Greedy. Comme Greedygut, le chien de ma mère. Ça lui va bien : c'est un vrai ventre sur pattes !

— Ça promet !

Il commence à m'énerver. Je sais que Ben essaie de m'aider mais je n'ai pas besoin qu'il joue les rabat-joie. Je veux du positif ! Je pose la main sur son bras, ce bras musculeux que j'aime et désire.

— Je me sentirais peut-être moins seule si tu venais me voir plus souvent, lui dis-je. C'est ta première visite en, quoi... quinze jours ?

Ben secoue la tête, navré, et avale une gorgée de bière.

— Tu connais ma situation, Han. Je suis sur le pont sept jours sur sept, vingt-quatre heures sur vingt-quatre. On commence tout juste à faire des bénéfices...

Un coup d'œil à sa montre, et il ajoute :

— D'ailleurs, je ne vais pas tarder.

— Tu ne passes pas la nuit avec moi ?

Regard penaud.

— Non. Désolé.

Silence douloureux. Je proteste :

— Mais ça fait des semaines. Des mois, même.

— On a besoin de moi au pub.

— Tu es débordé, je sais. Mais à ce point ? Tu restais dormir, parfois, avant l'été. C'est à cause de... tu sais quoi ?

Il me dévisage avec méfiance ou suspicion. À moins que ce soit de la crainte ?

J'insiste :

— Tu ne souffrirais pas d'une forme de stress posttraumatique, Ben ? Revenir sur les lieux de la tragédie, tout ça... Je peux comprendre. Mais dis-le-moi ! Personne ne peut rester indifférent...

Il paraît soulagé.

— Non. Non. Ça n'a rien à voir.

— C'est quoi, alors, le problème ? Tu en as marre de moi ? Je suis trop barrée, c'est ça ?

— N'importe quoi ! Je t'aime. Qu'est-ce que tu crois, c'est pour notre avenir que je me tue à la tâche ! On en avait parlé, non ?

Il se montre presque convaincant. Presque. Je le soupçonne d'être gêné, voire traumatisé. Il y aurait de quoi. L'ennui, c'est qu'il est trop macho pour le reconnaître. Trop orgueilleux. C'est à peine s'il arrive à se montrer poli quand il croise Logan Mackinlay, alias Mack le Crack ! Son succès le défrise. C'est bien beau, la testostérone, mais si ça empêche mon fiancé de me révéler sa vulnérabilité...

Je vide mon verre de blanc. Un couple pénètre dans la bibliothèque. Il me rappelle celui qui fêtait son anniversaire de mariage. Cette femme qui m'avait reconnue…

Je dois saisir l'occasion. Tant pis si ma question tombe comme un cheveu sur la soupe.

— Dis-moi, Ben, tu n'aurais pas eu vent de rumeurs, par hasard ? À propos des patrons de l'hôtel… et de moi ?

Il fronce les sourcils, perplexe. Il faut reconnaître que ma question sort de nulle part.

— Des rumeurs ? Comment ça ?

— Tu vas me trouver parano, mais j'ai rencontré par hasard une femme qui travaille avec la direction du Stan, à Londres. D'après son mari, on cherche à se débarrasser de moi. Je ne sais pas qui, précisément, mais ça viendrait d'en haut. Le type n'avait pas saisi qui j'étais…

— Merde !

Ben secoue la tête.

— Hannah, les rumeurs, c'est inévitable. C'était dans la presse. Franchement, c'est même un miracle que l'hôtel y ait survécu ! Tu veux un conseil ? Arrête de ressasser le passé. Ça ne sert à rien et tu vas finir par te faire remarquer. Et là, oui, tu risques de devenir indésirable. Or, si tu te fais virer…

Il gesticule, son verre vide à la main.

— Bon, marmonne-t-il, baissant la voix. Je crois qu'on a besoin d'un deuxième verre. Tu commandes ?

Je connais ce ton : la discussion est close. Et dire qu'il ne reste pas cette nuit…

Dans son dos, j'aperçois Julia, la serveuse. Une locale, jeune, blonde, délurée.

— Julia, tu nous remets la même chose ?

Elle pivote vers nous et affiche un air surpris. Elle pose sur mon fiancé un regard… Comment le qualifier ? Il me semble y déceler un certain malaise. C'est comme si elle flashait sur lui, ou plutôt comme s'ils avaient couché ensemble.

Mais non. Ce n'est pas le genre de Julia. Encore moins celui de Ben ! Je délire.

— On n'a plus de Peroni, Hannah, désolée. Je peux vous apporter autre chose ?

Ben lui sourit et répond à ma place :

— Pas de souci. J'ai mon compte, de toute façon. Merci !

Apparemment, il n'a rien remarqué. Julia s'éclipse et nous restons un moment sans rien dire.

— On va dans ma chambre, Ben ? Puisque tu n'as plus qu'une heure devant toi…

— Bien sûr, me répond-il en ébauchant un sourire coquin.

Ma chambre n'est pas loin. Dès que j'ouvre la porte, Greedy me saute dessus pour me faire la fête.

Ben éclate de rire.

— OK, je dois bien admettre qu'il est craquant.

— Tu vois !

— Il n'a pas l'air vieux. Croisé épagneul, je dirais. Ou beagle, ou peut-être springer. En tout cas, il doit avoir un sacré flair.

Greedy aboie, tout excité. Ben m'interroge du regard.

— T'inquiète, j'ai de quoi le distraire. Un os ! Avec les compliments du chef.

J'attrape le sac en plastique rangé en haut de mon armoire et j'offre à mon chien le gros os de bœuf juteux que j'ai récupéré en cuisine. Greedy se jette dessus et l'attaque gaiement.

Pour la suite, Ben et moi connaissons la musique. Pas besoin de parler. Avec des gestes vifs, experts, il me déshabille tandis que je déboutonne sa chemise et baisse la fermeture Éclair de son jean. Puis nous basculons sur le lit. Il me prend avec fougue, à la hussarde, me retourne sans ménagement, plaque mon visage contre l'oreiller, m'empoigne les cheveux comme il tiendrait les rênes d'une monture sauvage. Je me soumets. J'aime assez ces rapports brutaux. Quand Ben est aux commandes, je n'ai qu'à me laisser guider. Au lit, il a toujours été du genre bestial, bien que la tendance se renforce, depuis quelque temps.

Il doit avoir besoin de se défouler. Le boulot, le stress. Ou alors il m'en veut. Sa copine perd la boule et il ne peut pas la larguer, sauf à passer pour le dernier des salauds. Je me surprends à me demander s'il rêve de se débarrasser de moi, lui aussi.

Quand il a fini, il se relève d'un bond et se rhabille aussitôt en me disant :

— Putain, c'était bon.

— En tout cas c'était rapide.

— Mais tu as joui, quand même ?

J'enfile mon chemisier et lui retourne un regard éloquent :

— « Veux-tu donc partir ? Le jour n'est pas proche encore : c'était le rossignol et non l'alouette... »

Il esquisse un sourire penaud.

— OK, désolé pour le manque de romantisme. Mais je ne peux pas toujours me livrer à dix heures de sexe tantrique.

Il glousse et se penche vers moi pour m'embrasser sur la joue.

— Je viendrai passer un week-end sur l'île, promis. Dès que possible. En décembre, ça devrait se calmer au pub. Enfin, jusqu'à Noël.

Décembre.

Pendant que j'enfile mon pull, je revois le docteur Kempe me tapoter le genou, paternaliste. « Ce ne sera pas long. »

Tu parles ! Je ne suis pas du tout sûre de tenir le coup.

Une idée me tenaille depuis des mois. Une idée dangereuse, désastreuse, mais tenace. Je me lance.

— Dis… si je craque… tu m'aideras, tu sais, comme on en a parlé ? Tu le feras pour moi ?

— Ah, tu ne vas pas remettre ça !

— Faut croire que si.

— Le coup de la drogue ? Tu es sérieuse ?

— Oui.

Il se rembrunit ; il est farouchement opposé à ce projet. Il fait la gueule chaque fois que je l'évoque, mon projet insensé d'évasion nocturne. Il s'agirait de me faire avaler une poignée de somnifères, histoire de m'assommer, plus une demi-bouteille de whisky pour faire bonne mesure, à la suite de quoi Ben n'aurait plus qu'à m'embarquer, littéralement : il coucherait mon corps sans connaissance dans un bateau et, sur les coups de minuit, je quitterais enfin Dawzy.

Il ne soupire pas, il grogne.

— Tu sais très bien ce que j'en pense, Hannah. Rappelle-toi ce que disait ta psy : on ne joue pas avec les phobies. Et ce cocktail d'alcool et de médocs, c'est non. Je ne veux pas être tenu pour responsable si ça tourne mal.

— Mais…

— Même en admettant que ça marche, et j'en doute, tu ne serais pas guérie. Tu perdrais ton emploi, parce que tu ne pourrais jamais retourner sur l'île…

— Mais Ben, en tout dernier recours ? Je t'en supplie !

Il me dévisage. Sonde mon regard.

Puis il m'embrasse à nouveau sur la joue.

— Continue la thérapie, c'est la seule solution. Il faut vraiment que je file, le ferry sera là d'une minute à l'autre.

— OK.

Je me sens soudain profondément abattue. La visite de Ben n'a fait qu'intensifier mon sentiment de solitude.

— Désolée pour ma mauvaise humeur, dis-je dans un murmure. Je t'aime, tu sais.

— Moi aussi.

Nous échangeons un dernier baiser. Un vrai, cette fois, Dieu merci. Puis la porte s'ouvre et se referme sur mon fiancé. Greedy ronge son os. Je m'assieds sur le lit défait. Un ciel de plus en plus sombre se presse à la fenêtre. Je repense à l'expression qu'a eue Julia en nous voyant, tout à l'heure, Ben et moi.

Elle était présente le soir du drame. Des noyades. Mon malaise s'intensifie ; la curiosité me démange. Pourtant, Ben a sûrement raison : je ferais mieux de lâcher l'affaire.

Des rumeurs ?

Je fouille dans mes contacts et m'aperçois que je n'ai pas le numéro de Julia. En revanche, elle utilise le groupe de discussion de l'hôtel. Tout le personnel s'en sert ; c'est pratique pour organiser les emplois du temps, se répartir les tâches ou prévoir les événements. *Stanhope Forum.* J'ouvre le fil de discussion et je repère l'avatar de Julia. Elle est en ligne. Elle a donc fini son service. Parfait : elle doit être en train de s'ennuyer dans sa chambre, comme toute l'équipe.

Hey Julia. Je me fais peut-être des films
mais j'ai eu l'impression tt à l'heure
qu'il s'était passé quelque chose ac Ben ?
Tu avais l'air tendue.

Sa réponse ne se fait pas attendre.

Haha, pas du tout ! C'est juste que
je ne m'attendais pas à le voir ici.
Ça marche fort son restau à ce qu'il paraît.
Il doit être super busy, non ?

Je repose mon portable. J'ai rêvé.

Ben a raison : ça suffit, la parano.

Je contemple Greedy. Il a fini son os et me fixe, interloqué, dans l'expectative. Comme si je lui préparais un incroyable tour de magie.

À moins qu'il ne s'apprête à faire pipi sur la moquette.

Il a besoin de prendre l'air. Moi aussi, d'ailleurs.

C'est toute une expédition mais je parviens à le faire sortir en douce. Pendant combien de temps y arriverai-je avant qu'on ne remarque mon manège, c'est une autre question. J'oblique vers la plage, d'où l'on voit scintiller les lumières de la ville qui me narguent depuis la rive opposée. Le fleuve est baigné de lune et la nuit est calme, à peine troublée par le bruissement d'une brise, on détecte même un fond de tiédeur dans l'air salé. Le vieil hôtel aux nombreuses fenêtres diffuse sa riche lueur. Je vois des clients se rendre à la salle à manger, gravir le grand escalier central, fermer des rideaux de velours.

Seule une partie de l'établissement est plongée dans l'obscurité : l'aile Est. Tout en longueur et percée de hautes fenêtres en ogive, on dirait une nef. Bordée de part et d'autre par des bois denses, elle est sombre, muette. Le vaste chantier de rénovation du Stanhope n'a pas encore atteint ce côté de l'hôtel, qui résiste à la modernisation tel un vestige du monde d'hier. L'aile entière est déserte, on n'y installe de clients qu'en tout dernier recours. Traduction : personne n'y met jamais les pieds.

Greedy me devance en trottinant, cap à l'est. Il s'enfonce dans la nuit opaque, en quête d'oiseaux, sans doute. Greedy nourrit pour les oiseaux une curieuse obsession. Leur existence le met en joie mais il semble déstabilisé par leur faculté de voler. Peut-être a-t-il été oiseau dans une vie antérieure. Peut-être possède-t-il le don de métamorphose, comme les compagnons des sorcières dans l'effroyable livre de ma mère. Celui avec la pendue. Je me demande ce qu'il est devenu. Papa doit encore l'avoir quelque part. Ou alors Kat l'a récupéré à la mort de maman. Grand bien lui fasse ! Personnellement, je n'en veux pas. J'en ai eu bien trop peur enfant. Même s'il m'arrivait de le feuilleter exprès pour me procurer des frissons. Ça ne loupait jamais !

Mon chien a pratiquement disparu. Je l'appelle doucement dans la pénombre enveloppante, puis soudain je me tais. Alarmée.

Pire.

Terrorisée.

Mon cœur cogne comme si j'essayais de traverser le fleuve à la nage.

Là.

Un visage pâle se découpe dans l'encadrement d'une fenêtre. Celui d'une belle jeune femme qui regarde au-dehors, l'air mélancolique. Mais déjà, elle s'est volatilisée. Qui était-ce ?

Cela ne tient pas debout. Cette pièce se situe dans l'aile Est, qui est déserte. Même les femmes de chambre n'y vont jamais !

J'en aurai le cœur net. Je m'élance en petite foulée le long de la plage de galets. J'y suis. Quelle fenêtre était-ce, déjà ? Elles se ressemblent toutes. Je colle le nez à une vitre et plisse les yeux. Je ne vois rien, seulement de vagues formes de meubles. Autour de moi, l'obscurité s'accentue.

Il n'y a personne dans l'aile Est.

Derrière moi, Greedy aboie.

13

Kat, la veille du drame

En jupe droite et chemisier bleu bien repassé, Hannah traversait le hall d'entrée d'un pas vif.

— Han ! l'interpella Kat.

Hannah pivota, accourut et elles s'étreignirent. Puis relâchèrent leur étreinte exactement au même instant.

— Salut !

Chacune avait fait un pas en arrière. Échange de sourires radieux. Kat considéra son aînée. Mêmes yeux bleus, mêmes cheveux blonds, même sourire Langley. Et voici qu'elles éclataient de rire, pile au même moment.

Les deux sœurs avaient toujours été connectées par un lien quasi télépathique. Tandis que Hannah l'abreuvait d'un joyeux flot de paroles, Kat se souvint du jour où elles avaient appris la mort de leur mère. Guidées par quelque mystérieuse prescience du malheur, les deux fillettes avaient couru l'une vers l'autre, en larmes, sur le palier de la maison de Maldon, celle qui donnait sur le fleuve résonnant des cris des courlis cendrés.

À ce moment-là, Kat et Hannah savaient seulement que leur maman était à l'hôpital et que son état de santé faisait chuchoter les adultes ; pourtant, obscurément, elles avaient deviné que le pire venait d'arriver.

Elles avaient pleuré ensemble une heure durant, assises côte à côte en haut de l'escalier à la rampe défraîchie, sur la moquette orange usée. Enlacées, les mains jointes, conscientes uniquement d'une chose : leur maman était morte.

Kat s'arracha à ses réminiscences. Ce n'était pas le moment de parler de maman. Pas après les confidences de papa.

Maman et Dawzy… Qui aurait pu se douter ?

Hannah n'arrêtait pas de parler.

— Respire un coup, Scooby Doo ! lui dit Kat. T'as l'air stressée. Prends une banane.

Hannah gloussa.

— Pas le temps ! C'est la course depuis ce matin, que dis-je, depuis le début de la semaine ! L'organisation de cet événement, je te jure, Kat, c'est une vraie opération militaire. Bon, le Bollinger en plus !

D'un geste, elle engloba les couloirs voisins, la brasserie, le grand escalier, et ses collègues affairés qui transportaient, assemblaient et disposaient une foule de choses. On se serait cru à la veille d'un mariage princier de second ordre. Chaque porte, chaque fenêtre avait été ouverte pour laisser entrer le soleil de juin et l'hôtel tout entier était en ébullition. Il faisait chaud et, le lendemain, le mercure devait encore grimper.

Une voix d'homme retentit, autoritaire, tombée du ciel comme celle de Dieu le père :

— Hannah, tu as deux minutes ?

Hannah leva aussitôt la tête.

Kat l'imita. Bien sûr : le grand manitou. Le fameux patron plus âgé au charisme fatal. Oliver Machin-Chouette. Il descendait l'escalier en costume de lin clair et chemise immaculée déboutonnée juste ce qu'il fallait pour laisser entrevoir un torse bronzé et quelques poils sombres. Un bouton ouvert de plus, et il aurait plutôt évoqué un type en route pour Dubaï dans son jet privé. En l'état, il présentait parfaitement.

Amusée, Kat regarda sa sœur se mettre à battre des cils.

— On a un problème, annonça Oliver en les rejoignant. Une sombre histoire de caviar. Pas assez d'oscietre, si j'ai bien compris…

Hannah fronça les sourcils.

— Oh. Je vois.

Sir Oliver le Bien-Fait-de-sa-Personne posa la main sur son épaule.

— Je sais que ce n'est pas ton domaine, mais tu es la reine de la diplomatie… Je peux te laisser aller arrondir les angles ? Si le chef me plante aujourd'hui, c'est la cata.

Hannah hocha la tête, sourit, battit des cils de nouveau. C'est tout juste si elle ne fit pas une révérence ! Oliver se retira. Hannah pivota vers Kat.

— Désolée, je dois filer. Tu l'as entendu…

Kat lui sourit de toutes ses dents.

— Pas de souci ! Va travailler.

Hannah lui fit un petit signe de la main – elle s'éloignait déjà.

— Au fait, lui lança-t-elle par-dessus son épaule, pour ta chambre, adresse-toi à Danielle à la réception ou à Julia. À plus !

111

— Ça marche !

Kat se retrouva seule. Des éclats de voix lui parvinrent des cuisines – le cuisinier devait passer ses nerfs sur un commis. Puis on n'entendit plus que le cliquetis assourdissant des flûtes et des couverts : toute une brigade venait de débouler dans le hall armée de grands chariots et de nappes blanches, de chaises et de bouquets luxuriants, et se mit à dresser des tables dedans, dehors, dans tous les coins possibles et imaginables.

Kat dégaina son portable et envoya un texto à Julia.

T'es où ? Je suis arrivée !
Dispo ?

Yes, nickel ! Je suis au bar.

Kat connaissait le chemin. On prenait d'abord à gauche, puis à droite et voilà : les tableaux, les carafes de Pimm's et le barman australien. Il y avait du monde et l'ambiance battait son plein. Les portes de la terrasse, ouvertes en grand, laissaient voir des enfants qui chahutaient dans la piscine.

Julia était au bar, en uniforme.

— Kat !

— Hey ! On peut se parler deux minutes ?

Julia lui adressa un sourire et lui fit signe de la suivre. Tournant le dos au bar bruyant elle attira Kat dans un coin discret, au bout d'un couloir écrasé par le portrait d'un imposant inconnu.

— Pour ce soir, tu as une chambre dans l'aile Ouest, comme ta sœur…

— Super ! Euh, et sinon, t'as pu… ?

Kat laissa sa phrase en suspens, au cas où. Mais Julia hochait la tête :

— Ouais. Livraison demain.

— Sérieux ?

— Ouais. 2C-B, ket, et quelques grammes de coke. La totale !

Kat battit des mains.

— Yes !

Julia marqua alors une hésitation.

— Par contre, demain soir, on devra te changer de chambre, parce qu'on est complet de chez complet.

Kat haussa les épaules.

— Oh, moi, je m'en fiche. Je dormirai à la belle étoile, s'il le faut ! Pourquoi tu fais cette tête ? Je dors où, demain, pour de vrai ?

— C'est-à-dire que… Dans l'aile Est. Ce n'est pas la partie la plus glam de l'hôtel.

Mais elle eut un rictus et une étincelle de malice fit pétiller son regard.

— En même temps… tu ne te rendras compte de rien !

— J'espère bien ! renchérit Kat, hilare.

14

Hannah, maintenant

Sur la plage escarpée, je caresse Greedy entre les oreilles – il adore ça. Il halète, dévoile sa jolie langue rose, fou de joie et d'amour pour moi. Débordant de loyauté.

Je progresse à son contact. J'apprends à me calmer, à penser à autre chose qu'à mon confinement, à la tragédie et à la laideur des choses. Il m'ancre dans la réalité. Il faut bien. Je dois prendre soin de lui, le nourrir, le promener, jouer avec lui ! Il me laisse entrevoir un espoir.

Oui, Greedy m'aide à garder la tête froide. Cela fait trois jours que j'ai aperçu ce visage à la fenêtre et, maintenant, je suis presque certaine d'avoir rêvé. Pourtant, en flânant sur les galets qui crissent sous mes pieds, je ne peux empêcher mon regard de filer vers l'est, vers la façade du long bâtiment victorien et son interminable rangée de fenêtres obscures.

Greedy jappe et me ramène à la réalité. Pile au bon moment. Car j'ai un problème pressant à régler : comment obtenir le droit de garder mon petit rescapé ? Alistair, lorsque je lui en ai parlé, s'est montré intransigeant : pas d'animaux de compagnie, point final. Lo, auprès de qui j'ai plaidé ma cause, a refusé d'intercéder en ma faveur. Elle s'est littéralement planquée derrière l'écran de son ordinateur quand Alistair m'a annoncé avec un plaisir non dissimulé que mon chien allait devoir partir.

— Il y a un refuge pour animaux abandonnés à Chelmsford, m'a-t-il informée. Ils te le prendront.

« Mais il n'est plus abandonné, puisque je l'ai recueilli ! » ai-je failli protester.

J'ai gardé le silence. Ma situation est suffisamment précaire comme ça. Mieux vaut faire profil bas.

Je suis vaincue.

Greedy aboie joyeusement après un héron perché sur une motte herbeuse. Je le caresse de plus belle en retenant mes larmes.

— Chut, mon chien. Du calme. Ce n'est qu'un oiseau.

Greedy se tait et se lance soudain dans une ronde canine insensée. Il tourne, tourne, tourne… À sa vue, en dépit de tout, j'éclate de rire. Ce chien, c'est une source de distraction, de joie, de vie. Et il faudrait que je l'envoie moisir dans une sorte de fourrière ?

Pendant qu'il va et vient ventre à terre sur la plage, je laisse mon regard dériver vers le large.

C'est un froid après-midi d'octobre qui déjà confine au soir. Dans le lointain, des bateaux émergent de la pénombre puis s'y engouffrent à nouveau, comme s'ils n'avaient pas la volonté nécessaire pour exister tout à fait.

Des lumières s'allument.

Je me retourne. L'hôtel s'illumine à mesure que la nuit tombe. Une lumière, en particulier, attire mon attention : celle qui éclaire soudain la grande baie vitrée du premier étage. Le bureau d'Oliver. J'ai vu son grand bateau blanc à quai, tout à l'heure. Il est là, sur Dawzy.

Un espoir.

Si j'osais ?

Un argument pourrait jouer en ma faveur. Hier soir, je lui ai soumis mon plan d'action pour sauver notre réputation : une saison de Noël particulièrement festive, avec de grands dîners ambiance années 1920, des bals, des parties de Cluedo grandeur nature… Mes recherches frénétiques sur Internet ont porté leurs fruits. Je suis tombée sur de vieux cartons d'invitation ainsi que sur des menus datant de l'époque où l'hôtel était au faîte de sa gloire et attirait tout le gratin mondain (et, accessoirement, adultère) de la capitale. Mon idée consiste à reproduire à l'identique ces invitations, mot pour mot, en reprenant leur jolie typo à la Gatsby. Concernant les menus, même topo : on ira déterrer de vieilles recettes françaises emblématiques des années 1920 – caille double périgourdine, darne de saumon à la Royale, salade Mimosa – et charge à Mack le Crack de les remettre au goût du jour. Saupoudrez le tout d'un soupçon de jazz remixé avec un beat contemporain, ajoutez de copieuses doses de cocktails Années folles qui en jettent (Brandy Alexander, Hanky Panky) et les clients, ai-je soutenu à Oliver dans mon e-mail, se bousculeront au portillon. C'est l'automne, il pleut, il fait gris, l'hiver s'annonce glacial. Les gens s'ennuient. Ils ne demandent qu'à danser. Et, en décembre prochain, c'est au Stanhope qu'ils se déhancheront au son du charleston.

Telle était mon idée, et Oliver l'a adorée. Il l'a validée dans l'heure par retour de mail : « Génial, banco ! »

Il doit se trouver dans de bonnes dispositions à mon égard. Il m'accordera peut-être une audience.

Je ramène prestement mon chien dans ma chambre. Je lui donne une basket à mâchouiller et je ressors vite, avant de me dégonfler.

Au pied du mur, je me sens flancher. Mais finalement je toque à la porte.

La voix grave, familière, d'Oliver retentit :

— Entrez.

Je n'ai pas plus tôt franchi le seuil de son bureau que je me décompose. Alistair est là, avec lui. Debout face à la vitre, en grande conversation avec le patron, lequel a les pieds croisés sur son bureau.

Il m'adresse un large sourire.

— Tiens ! La star de l'événementiel, la fille aux idées lumineuses !

Je rougis.

— Hannah, ça suffira. Mais merci pour le compliment.

— Que puis-je faire pour toi ? s'enquiert-il en reposant les pieds par terre.

Il est manifestement occupé. J'ai peu de temps devant moi. Ma gorge s'assèche.

Alistair me toise, un sourire mauvais aux lèvres. Je crois qu'il se doute de la raison de ma présence et, à mon avis, il se réjouit d'assister à ma déconfiture. Il en jubile d'avance.

Qu'à cela ne tienne, je me lance.

— Oliver, tu dois être au courant, j'ai trouvé, enfin… j'ai repêché un petit chien.

Je fais abstraction de son froncement de sourcils, et poursuis :

— Alistair s'y oppose, et je sais que c'est interdit, mais je me demandais si… Comment dire ? Pourrait-on faire une exception ?

Oliver s'assombrit et soupire.

— Alistair m'en a parlé, en effet. Je regrette, mais il a raison.

Il ne faut pas que je pleure. Je méprise les femmes qui amadouent les hommes à coups de larmes. Malgré mes efforts, une larme m'échappe. Oliver n'est pas aveugle à mon désarroi.

Il me considère. Ses mains jointes forment comme une tente sous son menton.

— Voyons, dit-il. Réfléchissons.

Un silence s'étire. Je suis à la torture. Il a un mouvement de tête à mi-chemin entre l'acquiescement et la protestation. Suivi d'un soupir précis, contenu.

— Il te faudrait une chambre avec un accès direct à la plage ou aux bois. Pas question qu'un chien traverse les parties communes.

À la fenêtre, Alistair se raidit.

— Oliver…

D'un signe, le patron le fait taire.

— L'aile Est.

De nouveau, Alistair proteste :

— Certainement pas !

Oliver lui décoche un coup d'œil un rien méprisant.

— Calme-toi, Alistair. Ce n'est qu'une chambre. Une chambre qui ne sert à personne. L'aile entière est inutilisée.

Son regard est glacial.

— Et, dans cette aile, il y a une chambre dotée d'un accès extérieur, précise-t-il sans cesser de fixer le gérant.

— Oliver, dis-moi que tu déconnes ! Cette aile…

Sa grossièreté me sidère.

— Assez, gronde Oliver.

Il s'est levé. Il mesure une vingtaine de centimètres de plus qu'Alistair, et il est mieux bâti.

— Ma décision est prise.

Il pivote vers moi et m'adresse un sourire fugace qui signifie : je te fais une sacrée fleur, j'espère que tu es contente.

C'est vrai. Et je le suis.

— Hannah, tu prendras la dernière chambre au bout du couloir, celle qui a la porte-fenêtre et l'accès à la plage.

Il hausse les épaules.

— Elle n'est pas en très bon état, mais, si tu acceptes, va pour le chiot.

— Merci, dis-je. Merci, merci infiniment !

Je me sauve sans demander mon reste mais, en refermant la porte derrière moi, j'entends Alistair qui laisse éclater sa fureur. Mon déménagement le fout en rogne. Je me demande bien pourquoi. Est-ce que cela aurait un rapport avec ce que j'ai vu ? Ce visage sorti de nulle part… Non, théorie stupide, puisque je n'ai rien vu.

Ou alors c'était une femme de chambre – il faut bien faire le ménage de temps en temps.

Encore que, de nuit, ce ne soit pas banal.

Je ne comprends rien à ce qu'il se trame ! Mais je m'en fiche. Je peux garder Greedy ! Pour la première fois depuis des mois, une douce chaleur se répand dans ma poitrine, près de mon cœur. Un sentiment léger, pétillant, réconfortant.

Le bonheur, je crois. Mais il s'est déjà évaporé.

15

Ma nouvelle chambre est immense, mais en piteux état – Oliver ne m'avait pas menti. Le papier peint jauni se décolle par endroits et la moquette années 1970 est criblée de brûlures de cigarettes comme autant de cicatrices d'acné. Pas de parquet blond en chêne huilé ici, ni de tapis persans tissés à la main ! Quant au lit, un grand machin en laiton, il est plein de bosses et il grince.

Les seuls signes de rénovation sont le plafond, qui a été repeint, les spots, et l'élégant miroir mural. Ils en étaient là quand les travaux ont été brusquement interrompus, quelques mois avant mon arrivée à Dawzy. À l'origine, la rénovation de l'aile Est devait être bouclée cet automne mais, après les événements de l'été et tout ce qui s'est ensuivi, il avait fallu remettre ce projet à plus tard. Oliver prétend que c'est prévu pour l'année prochaine.

Ma nouvelle chambre a un défaut majeur : elle est super excentrée, séparée du cœur de l'hôtel par un dédale de couloirs. J'occupe en effet la toute dernière chambre de l'aile, entièrement déserte. Même pas un visage fantomatique à la fenêtre – sauf le mien, bien sûr, mais ça ne compte pas.

Par-delà les murs de ma chambre, ce sont les bois, les plages et les oiseaux beuglards. J'habite désormais aux confins de la civilisation.

Greedy somnole sur le lit, à mes côtés. Il ronfle, même. Je referme mon ordinateur portable, je me lève doucement, j'enfile mes baskets et je m'avance jusqu'à la lourde porte victorienne. Je l'ouvre. Et sonde les profondeurs du couloir sombre qui s'étire à l'infini.

Mon regard ne rencontre qu'un silence absolu. Des rangées de portes résolument closes. Pas un bruit. Pas âme qui vive. Nul ne va, nul ne vient. Pas de femmes de chambre pour faire les chambres inoccupées, pas de clients pour s'envoyer bruyamment en l'air au milieu de l'après-midi, pas le moindre employé pour échanger les derniers potins en fumant discrètement à la fenêtre. Ce qui signifie que, primo, j'ai vraiment dû rêver l'autre jour, et deuzio, je vais devoir nettoyer ma chambre moi-même. Peu importe. Tant que je peux garder mon chien ! Je me demande quand même si on m'entendrait crier, si quelque chose m'arrivait. Je crois que je pourrais hurler à m'en rompre les cordes vocales : personne n'entendrait le son de ma voix.

De retour dans ma chambre. Mes fenêtres en ogive ont ce style gothique, presque ecclésial, qui caractérise toute l'aile et ouvrent, des fois que l'envie me prendrait de la regarder, directement sur l'estuaire où déferle la Blackwater. Entre ces espèces de vitraux se trouve la raison de ma présence en ce lieu : une issue, une vraie. Une porte donnant sur la plage de galets. Peut-être que cette chambre servait aux livraisons au siècle passé, ou peut-être que celui ou celle qui l'occupait avait besoin de pouvoir entrer et sortir à sa guise.

Sur le lit gigantesque, Greedy s'est réveillé. Il a l'air de s'ennuyer. Moi, en tout cas, je m'ennuie. J'ai fini mon travail. L'après-midi touche à sa fin. La lumière morbide s'évanouira sous peu.

Je fixe mon petit chien tristounet.

— On y *go, amigo* ?

La métamorphose est instantanée. Il n'a pas mis long-temps à intégrer le code de Kat. Remuant la queue comme s'il avait un petit moteur dans l'arrière-train, il bondit de ma couette et se rue vers la porte, tout guilleret. Il en couine d'envie. Sa queue s'agite de plus belle. Je glousse. J'attrape un manteau et mes jumelles. Pour étudier les oiseaux, mais aussi pour ma thérapie.

Robert Kempe m'a donné des consignes explicites : plus je regarderai l'eau, mieux je la supporterai. C'est aussi simple que ça. Et mieux je la supporterai, plus je tendrai vers ce moment imprévisible et merveilleux : celui de ma libération. Un moment qui semble reculer à mesure que je m'en approche.

L'après-midi est frais, humide. J'observe l'horizon. Un vol d'oies sauvages décrit un grand V languide dans le ciel gris ; il ondule comme une sinusoïde. Un vent du sud charrie l'odeur des fermes sur le continent. Ensilage ? Ça sent le cèdre, l'Angleterre profonde et les routes de campagne.

Avidement, goulûment, j'en gorge mes poumons. Je paierais cher pour me trouver dans une ferme en cet instant. Pour me promener le long des champs. Repaître mes yeux du spectacle de doux prés verdoyants. Sur Dawzy, tout est circonscrit par ces forêts hautes et noires qui débouchent immanquablement sur des grèves si raides qu'on croirait des falaises. Hormis cela, et les galets, Dawzy n'a que le grand hôtel et les minuscules jardins clos à proposer.

Au moins, j'ai la plage. Tandis que Greedy cavale devant, toute langue dehors, je saisis mes jumelles pour admirer les oies. Elles planent en cercle en une manœuvre parfaitement exécutée. Pour la frime, on dirait. Bien qu'elles n'aient que moi pour public.

Tiens, non : il y a aussi Danielle, la réceptionniste.

À quelques mètres de moi, elle n'a pas l'air d'avoir remarqué ma présence. Emmitouflée dans un gros anorak fourré, la capuche enfoncée sur la tête, elle fume une roulée, le regard perdu vers les flots.

Greedy fait demi-tour et galope vers moi. Surprise par le claquement des galets, Danielle fait volte-face, aperçoit le chien, puis sa maîtresse. Moi. Son expression se radoucit.

— Salut, dis-je.

— Salut, me répond-elle avec un signe du menton.

On s'en tient là. Danielle et moi, on n'a jamais vraiment sympathisé. Ce n'est pas qu'on ne s'apprécie pas. Mais on est débordées, enfin, on l'était. Je ne sais pratiquement rien d'elle, si ce n'est qu'elle a rejoint l'équipe du Stanhope quelques mois avant moi et qu'elle passe tous ses week-ends chez son nouveau mec sur le continent. (Si jamais elle a eu une aventure avec Mack le Crack, c'est bel et bien fini entre eux.)

Et nous voici seules sur une plage où il commence à pleuvoir. Pour changer.

Danielle secoue la tête en recrachant la fumée.

— Putain d'île.

Elle tire sur sa cigarette. Nouveau panache de fumée bleu-gris.

— Quelle putain d'île de merde !

Elle me jette un coup d'œil.

— Désolée, Hannah. Je sais que c'est mille fois pire pour toi.

— Ne t'excuse pas. Vraiment. J'en ai marre de la pitié des gens.

Elle hausse les épaules, tire une dernière fois sur sa clope, lâche le mégot et, avec lenteur et détermination, l'écrase contre les galets comme pour faire mal à l'île.

Je suis curieuse. Greedy commence à avoir froid et la pluie ne se calme pas, alors je me lance :

— Je t'offre une tasse de thé ? J'ai une bouilloire dans ma nouvelle chambre.

Danielle semble surprise mais pas mécontente de ma proposition.

— Pourquoi pas ? Je prends le ferry de 18 heures. Et putain, c'est pas trop tôt !

16

Je pousse le lourd battant et nous voici à l'abri de l'averse. La porte-fenêtre se referme dans un claquement ; l'incessant raffut des oiseaux s'assourdit instantanément.

Danielle retire son anorak et le balance sur le lit. Sous sa capuche, elle a les racines apparentes. Elle fait un petit tour sur elle-même, considérant bouche bée mes nouveaux quartiers.

— Mais qu'est-ce que t'as fait pour mériter ça ?!

— Je dois bien admettre que j'ai connu mieux. Mais cette chambre communique avec l'extérieur et, franchement, c'est tout ce que je lui demande.

— Ah, ouais. Pour ton chien, c'est ça ?

Sur son socle, la bouilloire s'anime et bourdonne.

— Oui. Greedy. Je t'en prie, assieds-toi, profite de ce luxe incomparable. Je dois même avoir un biscuit, quelque part.

Elle me sourit poliment et s'exécute. Je la vois examiner d'un œil critique le miroir, le lit, le tapis miteux, la pile de livres que je n'ai pas encore pris le temps de ranger.

— À ta place, je demanderais une augmentation, commente-t-elle. C'est abusé !

— Pardon ?

— Non, j'ai rien dit. Désolée.

Elle me sourit tristement, dévoilant des dents légèrement tachées de vin rouge. Je détecte à présent les tanins sur ses lèvres. Elle a bu. En plein après-midi. Maintenant que j'y pense, sa voix est un peu traînante. Ça se remarque à peine, mais quand même.

Elle prend la tasse que je lui tends, me remercie et me demande trois sucres. Son pull bleu est plus confortable qu'élégant ; son jean est déchiré à plusieurs endroits. Elle est moins maquillée que d'habitude. C'est le week-end. Elle est en mode *off*. N'empêche.

— Tout va bien, Danielle ?

Elle rit, mais d'un rire sombre.

— Dès que je me serai cassée de cette île de merde, ça ira.

— Qu'est-ce que tu veux dire ?

Elle boit son thé brûlant un peu trop vite.

— Il me saoûle tellement, ce job. Mais il paie bien, alors je m'accroche. Pas le choix, hein ? On en est tous là. Faut s'accrocher. Franchement, j'en reviens pas qu'ils t'aient exilée ici. Te faire ce coup-là à toi, la damnée de l'Essex ! C'est sadique…

— Je ne comprends pas, Danielle. Qu'est-ce qu'elle a, cette chambre ?

Je commence à paniquer. Ça faisait longtemps, tiens.

J'attends sa réponse.

Greedy gémit. Il doit avoir faim. Danielle le regarde avec attention.

— Il paraît qu'il a surgi des flots, comme par magie. Près de la Strood.

— C'est ça.

— Et t'as plongé. T'as pas froid aux yeux.

— Je n'allais pas le laisser se noyer.

— Ben non. Mais le chien, le chiennn, ça...

Son élocution se dégrade.

— En gros, reprend-elle, à cause de lui, t'es forcée de vivre ici. Dans l'aile Est. C'est abusé...

Elle me fixe. Sans ciller. Elle est peut-être ivre, mais son regard est d'une acuité totale. Et je lis de la peur au fond de ses yeux bruns.

— Tu sais pourquoi ils ont renoncé à rénover cette aile ?

— C'est temporaire, non ? Les travaux avaient commencé mais après le... l'accident, ils ont préféré...

— C'est mort. Y aura plus de travaux, ici. Fini.

Elle observe le miroir.

— Tu sais, ajoute-t-elle, il y en a dans l'équipe qui refusent de mettre les pieds ici.

— Danielle, tu veux dire que, d'après eux, l'aile Est serait... ?

Je n'arrive pas à lâcher le mot. C'est si absurde.

Mais Danielle hausse les épaules.

— Qui sait ? T'imagines ? T'achètes un super hôtel et une fois propriétaire, tu découvres qu'il y a cette espèce de... d'atmosphère. Mais trop tard. T'es baisé !

Elle se lève. Vacillante.

— Le ferry. Merci pour le thé. Désolée, il faut que je file. Désolée.

Elle empoigne son manteau, l'enfile lentement.

— Tu sais, poursuit-elle, quelques semaines avant que t'arrives, il y avait une femme de chambre…

Greedy gémit de plus belle. J'ai la bouche sèche.

— Mira, poursuit Danielle, une nouvelle. Elle venait de Hongrie. Elle ne parlait pas très bien anglais, la pauvre. Bref, le premier jour, elle s'est trompée d'aile et elle est venue faire une chambre ici. Elle est revenue en courant, elle sanglotait, elle hurlait, comme si elle avait vu un truc horrible, un truc qui te marque pour la vie, voire pire.

— Comment ça ?

— Elle était superstitieuse. Tu sais, le genre catho avec une grosse croix autour du cou… Elle a démissionné le jour même, sans un mot d'explication. Elle s'est envolée ! Qu'est-ce qui s'est passé ? Mystère ! En tout cas, les patrons nous ont défendu d'en parler. Forcément, ça la fout mal pour eux.

Danielle boutonne son manteau et se tourne subitement vers moi.

— Merde ! Pardon, je ne voulais pas te faire flipper, hein…

Elle me serre l'épaule, fermement, amicalement. Pleine de bonne volonté.

Le contraste entre ce contact humain et mon isolement m'émeut pratiquement aux larmes. Pourtant, le récit de Danielle m'a troublée.

— Mais à toi, personne ne dit jamais rien, Hannah, à cause de ce que tu traverses. On marche tous sur des œufs avec toi, et c'est pas juste. Donc voilà, je suis désolée, mais finalement je ne regrette pas de te l'avoir dit, t'as le droit de savoir, merde ! Je me sauve. Si tu veux me faire virer, fais-toi plaisir, je ne demande qu'à quitter cette putain d'île. Bye.

Elle ouvre la porte. Ma chambre se remplit d'air frais. Danielle est partie.

Et moi, je reste là, le regard perdu au-dehors, tandis que mes pensées fusent comme des lièvres coursés par un limier. Et si... M'aurait-on relogée ici dans un but précis ? Il pourrait s'agir d'un stratagème alambiqué pour se débarrasser de moi. Mais comment ? Et pourquoi ?

Je respire les embruns de la Blackwater, une douleur sourde dans la poitrine. Cette douleur, je la connais bien. Tachycardie. Emballement du rythme cardiaque.

Un effet secondaire du sentiment qui m'habite en cet instant.

La terreur.

17

Kat, la veille du drame

— C'est... Waouh !

— Tu aimes ?

Kat hocha la tête, poussa un soupir théâtral et se resservit. Les yeux fermés, la tête en arrière, le menton pointé vers le plafond du Mainsail, elle se demanda brièvement si elle avait l'air ridicule et constata qu'elle s'en foutait.

— C'est une tuerie. C'est quoi, ce fruit ? De la poire ?

Hannah la gratifia d'un grand sourire.

— Oui, une variété locale. Logan Mackinlay, le chef, se fournit directement auprès des producteurs, une fois par semaine. Il n'arrête jamais.

— Mack le Crack, hein. C'est un génie ! Qui aurait cru que la poire se marierait si bien avec, euh... qu'est-ce que je mange, déjà ?

— De l'anguille fumée.

— Hein ? T'es sérieuse, de l'anguille ? Ça fait deux fois dans la même semaine !

— Pardon ?

Kat reposa sa fourchette.

— J'ai mangé de l'anguille mercredi dernier avec mon nouveau mec. Il me sort que dans des restaus de fruits de mer hors de prix, c'est une vraie obsession, chez lui, parce qu'il est fan de… comment ça s'appelle, déjà ? Un truc trop bon… Ah oui : le crabe royal de Patagonie !

Hannah se rapprocha, intriguée.

— Quand tu dis « mon nouveau mec », c'est le même que la dernière fois, ou bien ?

— Non, non, un nouveau, je te dis ! Nouveau de chez nouveau.

— Je vois. Et tu comptes le garder combien de temps, celui-là ? Une semaine ?

Kat fit mine de s'offusquer.

— Je ne te permets pas ! Bon d'accord, c'est mérité. Mais celui-là, il me plaît. Je crois que je vais le garder au moins un mois !

Tout en savourant leur plat d'anguille relevé par un mystérieux condiment vraisemblablement japonais, Kat remarqua que sa sœur était passée chez le coiffeur. Ses cheveux blonds étaient plus courts qu'à l'accoutumée et impeccablement coupés. Il fallait que tout soit parfait pour sa grande journée.

— Laisse-moi deviner, reprit Hannah.

— Quoi ?

— Ton fan de fruits de mer. Quarante-cinq ans. Banquier. Une maison chez les bourges de Chelsea.

Kat pouffa.

— Tu brûles ! Quarante-sept ans. Avocat. Une maison chez les bourges de Knightsbridge.

— Zut ! J'y étais presque.

— Madame ?

Kat se retourna et accepta avec enthousiasme le vin que lui proposait le serveur. Pendant qu'il lui en versait une généreuse rasade, elle promena son regard dans le restaurant. Il y régnait juste ce qu'il fallait d'animation ; il y avait de l'ambiance mais on s'entendait parler. L'architecte qui avait conçu l'espace s'y connaissait manifestement en acoustique.

— Ça ne fait pas un peu vieux, 47 ans ? s'étonna Hannah. Même pour toi. T'en as pas marre des figures paternelles ?

— Nan. J'adore.

— T'as pas réglé ton complexe d'Électre.

— Haha, pas faux ! Mais il n'y a pas que ça.

Baissant la voix, elle ajouta sur le ton de la confidence :

— T'as jamais remarqué ?

— Quoi donc ?

— Les mecs, de nos jours. Les jeunes. C'est quoi, leur délire ? T'as bavardé avec un mec de 25 ans, récemment ?

— Euh, oui. Enfin, non, pas vraiment. Pourquoi ?

— Ils sont…

Kat leva les paumes vers le ciel et chercha le mot juste.

— Creux. Ils parlent de jeux vidéo, ils rient à des blagues pourries, ils prennent aucune initiative… C'est d'un chiant ! Ceux que je fréquente, c'est pas des trouillards. Et ils sont bien meilleurs au lit !

— Si tu le dis.

— Je te jure, c'est… Oups !

Elle avait lâché son couteau. Un serveur s'empressa de lui en apporter un autre. La dyspraxie avait encore frappé. Kat y était habituée. Sa maladresse n'avait d'ailleurs pas que des mauvais côtés. Quand elle trébuchait, les mecs se bousculaient pour la rattraper.

— Où est-ce que j'en étais ? Ah, oui : tu sais que le QI de la population est en chute libre ? Eh bien, crois-moi, chez les mecs de 20 ans, ça se voit !

— Pas chez les filles ?

— Un peu moins, peut-être… On n'a pas peur de choquer. En tout cas, pas moi ! Mince, j'ai encore faim. On partage un dessert ?

C'est ce qu'elles firent. La première bouchée de la *Coupe de fruits de saison pochés et son caramel de prunelles de Dawzy* fit naître chez Kat un rire jubilatoire. C'était divin. Clairement, il n'y avait pas lieu de s'inquiéter pour le QI de Logan Mackinlay. Elle songea à ses épaules de rugbyman et son accent écossais sexy. *Mais non, Katalina. Chasse cette pensée. Sois sage, cette fois. Rien qu'un week-end.* En serait-elle capable ?

Hannah, de son côté, évoquait ses souvenirs de leur mère, et Kat se prêta au jeu, y ajoutant les siens, résistant à l'envie de lui parler des révélations de leur père. C'était tentant, mais non. Cela n'empêchait pas de se rappeler maman, après tout. De la faire revivre, ne serait-ce que pour quelques minutes, ici, sur l'île que les Langley avaient fréquentée en famille.

— Tu te rappelles ce livre dément qu'elle avait ? Celui sur les forces occultes, la grosse encyclopédie qu'elle avait annotée…

Hannah éclata de rire.

— Celui avec la sorcière ? Comment l'oublier ! Je le détestais. Il me filait les chocottes !

— Sérieux ? Moi, je l'adorais ! Il y avait tout, dedans : formules, potions, onguents… Même si je ne sais toujours pas ce que c'est, au juste, un onguent.

— Et ce dentifrice qu'elle confectionnait toujours à la pleine lune ?

— Oh la vache, mais oui ! s'exclama Kat, hilare, trop fort, s'attirant les regards courroucés de leurs voisins de table.

Elle s'en moquait. Hannah et elle continuèrent de revisiter le passé, jusqu'à ce que Kat se souvienne.

— Merde, Hannah, j'ai oublié. Je dois te dire un truc. C'est grave.

Hannah écarquilla les yeux.

— Quoi ? Dis-moi, tu me fais peur !

Un silence. La mine sombre, Kat déclara :

— C'est à propos de cellulite.

— Hein ?

— J'en ai. Je m'en suis rendu compte ce matin.

Cette fois, plus de doute, on leur jetait des regards en biais. Kat sourit à la ronde.

Hannah, pour sa part, riait aux larmes.

— Parce qu'avant t'en avais pas ? Moi, j'en ai depuis mes 15 ans !

— Sans blague ? Pas moi ! Fait chier !

Kat secoua la tête, exagérant à dessein son air affligé. Cette saynète absurde la ravissait.

— J'en ai partout, je te jure ! J'étais dans la douche, tranquille, je me mate les fesses – normal – et là, vision d'horreur : du papier bulle jusqu'à mi-cuisse ! Un vrai skatepark pour fourmis !

Hannah en grognait de rire. C'était grisant. Kat n'aimait rien tant que rendre sa sœur heureuse.

Hannah vida son verre de vin.

— Ta chambre te convient ? s'enquit-elle une fois calmée.

— Elle est top, merci, Scooby. Et aux frais de la princesse, en plus ! J'ai vraiment de la chance.

— Je t'en prie, Diabolo. C'est la moindre des choses.

Kat secoua gaiement sa chevelure.

— Quand même, ton patron est super généreux.

— C'est vrai.

— Et carrément beau gosse… J'ai pas raison ?

Le sourire de Hannah vacilla.

— Arrête, Kat, dit-elle à sa sœur avec un regard appuyé.

— C'est bon, déstresse. Je te taquinais.

Kat bâilla tout son saoul.

— Tu sais quoi, je suis vannée. Je vais me coucher.

— Ça doit être le décalage horaire, ironisa Hannah.

— Bon d'accord, je suis bourrée. Je vais cuver. Tout le monde a été super sympa avec moi, même le gros pervers du port avec son Heure des Noyés et ses histoires de naufragés. On se voit demain ! Pour l'addition, tu veux que… ?

Hannah lui adressa un sourire rassurant. Un sourire qui voulait dire : T'occupe. C'est pour moi.

Reconnaissante et rassasiée, Kat quitta le restau de sa démarche chaloupée, elle se dirigea vers sa chambre, là, tout droit, à deux pas, en s'efforçant de ne pas tomber. Elle était complètement saoule. Elle réussit cependant à insérer sa carte magnétique dans la fente, à entrer, à se déshabiller, à se coucher.

Ding !

Un texto. Dans le gaz, elle consulta son portable...
Lui !

Non. Pas cette fois. Plus jamais.

Kat éteignit son téléphone, trouva l'oreiller et, étendue sur le dos, fixa le plafond dans le noir. Le lendemain, elle irait trouver cet endroit où maman... Où tout avait basculé.

18

Hannah, maintenant

Le soleil matinal bigarre de touches claires l'eau sombre de la Blackwater. Je l'ignore résolument. Ce n'est pas un bon jour. Je me suis réveillée triste et vaguement effrayée. Même Greedy n'a pas réussi à me dérider.

Je ne crois pas aux fantômes. Je ne suis pas ma pseudo-sorcière de sœur, avec son tarot divinatoire. Ni mon astrologue de mère, avec ses horoscopes. Je suis Hannah, la pragmatique, la sérieuse. J'ai la tête sur les épaules. Pourtant, les révélations de Danielle m'ont perturbée.

C'est pourquoi je me trouve dans un coin désert du Mainsail, à faire le plein de tartines et de caféine. J'enfouis mes craintes sous un copieux petit déjeuner et me remémore, malgré moi, ce dîner avec Kat, avant le drame. Aurais-je dû repérer les signes avant-coureurs à ce moment-là ? Les prémices qui l'ont conduite à cette folie ? Aujourd'hui encore, elle refuse de me confier ce qui a motivé son geste. Pourtant, j'ai besoin de savoir.

J'entends les clients bavarder près du buffet ; ils hésitent entre plusieurs types d'omelettes, s'extasient sur le jambon ibérique Bellota, un jambon entier de cochon noir de la région d'Estrémadure, nourri aux glands, embroché sur son pal de fer forgé.

Les clients sont invités à le trancher eux-mêmes, à volonté, bien que ce produit de luxe coûte une petite fortune. C'est avec ce genre de détails qu'Oliver a réussi à appâter Logan jusqu'ici, loin des flashs et du cash londoniens : des produits d'excellence en toutes circonstances.

La cuisine de Logan n'est pas prétentieuse ; il peste régulièrement contre les espumas et autres chichis moléculaires. Son style est plus percutant, genre terroir british revisité. Il concocte des plats élaborés, d'une simplicité déroutante en apparence. Mais pour les matières premières, il ne transige pas : il lui faut le meilleur.

Prenons ce café que je suis en train de déguster : les grains viennent directement d'Éthiopie. Je m'en verse une seconde tasse en consultant mon téléphone. Il me reste dix minutes avant d'attaquer ma journée. Je suis impatiente. J'ai besoin de travailler, de me concentrer sur quelque chose de terre à terre, d'ordinaire.

Si j'en profitais pour appeler quelqu'un ? Kat ? Non, il est trop tôt. Elle doit cuver, à cette heure-ci, ou roucouler avec son dernier amant en date. Un énième quadra plein aux as pour sa collection.

Je serre les dents et me prépare mentalement à téléphoner à papa. Il se lève à 5 heures du matin, histoire de profiter à fond de ses folles journées de désœuvrement total.

Je sélectionne son numéro dans la liste de mes contacts. Ça sonne dans le vide, encore et encore, puis je tombe sur la boîte vocale. « Bonjour, vous êtes sur le répondeur de Peter Langley. Merci de me laisser un message », m'invite sa voix rauque et chevrotante.

Bip.

Vraiment, papa ? Pas cool.

Je sais pourtant qu'il souffre de la solitude. Il est veuf et s'ennuie à mourir, tout seul, dans sa petite résidence. Étant moi-même esseulée et désœuvrée, je pensais qu'on aurait pu s'épauler. Discuter isolement et ennui, comparer nos sorts respectifs. J'aime mon père, et il me manque. Je regrette qu'il se montre si distant envers moi, si froid, si prompt à prendre la mouche. Il n'agit pas comme ça avec Kat. Jamais. Mais j'évite de lui parler d'elle, je ne voudrais pas qu'il s'imagine que je suis jalouse de leur relation. Parce que ce n'est pas le cas. Et pourtant, ce serait légitime.

Je retente ma chance.

Allez, papa, réponds-moi. Je suis là pour toi, moi. Tu pourrais me rendre la pareille !

« Bonjour, vous êtes sur le répondeur de Peter Langley… »

Bip.

Je ne laisse pas de message. Pour dire quoi ?

Je fixe le fond d'écran de mon téléphone : une photo de Kat et moi, enfants, courant main dans la main le long du chemin de halage, radieuses, face à l'objectif. C'est l'une de mes photos préférées. Je crois que c'est maman qui l'a prise. Nous avons dans les 7 et 8 ans et nous sommes heureuses comme on ne peut l'être qu'à cette époque bénie de l'enfance comprise entre 4 et 9 ans, quand rien n'a encore jamais mal tourné, que la vie dans sa globalité n'est qu'une vaste source d'émerveillement, que tout ce qui existe à la surface de la terre paraît miraculeux en soi. Les coccinelles, les trains, les jours de vent.

Le vent… De l'air, voilà ce qu'il me faut. J'ai besoin de prendre l'air avant d'attaquer ma journée. Je rassemble mes affaires et je me faufile entre les clients, direction la réception. Danielle n'est pas là, ce dont je me réjouis.

En sortant, je croise Leon, le concierge, à son poste, sur le seuil de la porte.

Il me fusille du regard. Rien d'exceptionnel à cela ; il toise tout le monde comme ça. Et il ne peut pas me faire de commentaire : il sait qu'il n'a aucune autorité sur moi. D'une main, il aplatit ses cheveux noirs au sommet de son crâne épais et bombe le torse tel un membre de la garde royale.

Non, mais d'où lui vient cette arrogance ? Il était déjà là quand je suis arrivée ; pourtant, il reste une énigme à mes yeux. Je ne sais pas grand-chose de sa vie. Suisse allemand d'origine, établi dans l'Essex depuis un bail. Financièrement, il a l'air nettement plus à l'aise que ses fonctions de concierge ne le laisseraient supposer. Peut-être qu'il est surpayé. Cela expliquerait sa fatuité.

Je me dirige vers la plage où le soleil brille, malgré la bise, et j'aperçois Logan et Owen, son sous-chef. Ils discutent, en veste blanche, près du fleuve qui clapote à leurs pieds. Je m'approche. Owen me salue et prend congé de son chef ; le devoir l'appelle, j'imagine. Logan, en revanche, s'attarde un moment et tourne vers moi son visage au charme discret : dents blanches, saines, crinière blonde de Viking, l'ombre d'une barbe tirant sur le roux.

— Tiens ! Hannah. Tu ne t'es pas encore téléportée à Goldhanger ? Ta machine n'est pas au point ?

Il aime bien me taquiner. Je ne m'en plains pas. Il n'y a guère plus qu'avec Lo et lui que j'arrive à entretenir des conversations amicales et légères.

— Pas tout à fait, non.

— Dommage !

— T'inquiète, j'ai un plan B : les pirates. De cruels flibustiers vont accoster sur l'île, me kidnapper, me ligoter au grand mât et m'embarquer contre mon gré. Et à moi la liberté !

Logan rit doucement de sa voix grave. Très grave.

— Mille sabords ! Je croise les doigts pour toi.

Nous échangeons un regard empreint de bienveillance. Dans le sien, je détecte également de la nervosité.

— Tout va bien en cuisine ?

Son soupir en dit long. Il se passe la main dans les cheveux.

— Pas terrible. Je ne t'apprends rien : les réservations sont en baisse. Ce n'est pas la cata, mais on a connu mieux.

— Bonne nouvelle : j'ai quelques idées qui pourraient bien nous aider à remonter la pente. Une série de fêtes costumées, sur le thème des Années folles, grandioses, façon Gatsby, avec robes charleston, cocktails Sazerac…

Il me sourit, affable.

— Ouais, Oliver m'en a parlé, il a l'air emballé. Mais…

Un coup d'œil à sa montre.

J'hésite à le questionner. Il ne m'en laisse pas le temps.

— Je te laisse, Georgia m'attend. Mon turbot ne va pas se commander tout seul !

Georgia Quigley, des entreprises West Mersea Seafood qui fournissent le Stanhope en poissons et crustacés. Accessoirement, la copine de Freddy Nix. Tout est lié. Parfois, j'ai l'impression que ces innombrables connexions forment les maillons de la chaîne qui m'emprisonne ici.

Tant pis, je me lance.

— Logan, dis-moi. Tu n'aurais pas eu vent de… rumeurs à propos de l'aile Est ? À ta connaissance, il s'y est déjà passé, euh… des phénomènes étranges ?

Logan Mackinlay me dévisage en silence. Puis il rougit légèrement.

— Logan ?

Il réfléchit, atermoie. Aurais-je mis dans le mille ? Mais il me répond :

— Ça ne me dit rien, non. Ne te monte pas le bourrichon, Hannah. Cette aile a juste besoin d'un bon coup de peinture. Bon, je suis à la bourre, j'ai une grosse commande à passer, pour l'arrivée des Espagnols.

— Ah, oui. Désolée de t'avoir dérangé avec ça. Je me fais des films, c'est bête, hein ?

Il me jauge d'un regard incertain. Serait-ce de la compassion que je décèle dans ses yeux ?

— Logan, je t'en prie, ne répète à personne ce que je t'ai demandé. On me prend déjà pour une folle…

Après une nouvelle pause, il déclare :

— Tu sais, Hannah, je ne te prends pas pour une folle, moi. Pas du tout.

Son visage reprend une expression neutre et il s'éloigne.

19

Le docteur Kempe est assis dans le vieux fauteuil avachi de ma chambre poussiéreuse au papier peint défraîchi, et me couve d'un regard ouvertement navré. Pourtant, si je me fie à mon ressenti, ce qu'il y a de plus vieux ici, c'est moi. Je me fais l'effet d'une relique du XVIIe siècle, gâteuse, délirante, édentée. Entourée d'esprits maléfiques. Le lièvre au regard de défi. Le chien jailli des eaux. Le visage à la fenêtre, celui de cette femme inexistante.

Je suis l'une des sorcières noyées jadis dans la Blackwater.

— Alors, Robert, votre verdict ? Je perds la boule ?

— Non.

— Mais le lièvre ? La femme ? J'ai des hallucinations, ou quoi ?

— Ce n'est pas impossible. Toutefois, il s'agit d'un symptôme rare dans les cas de phobies et de troubles de l'anxiété. Et ses manifestations, le cas échéant, sont généralement limitées…

— Limitées ? C'est-à-dire ?

147

— Disons qu'il s'agit plutôt d'hallucinations auditives modérées, qui prennent la forme d'acouphènes, ou à la limite de bribes de voix. Rien de plus.

— Ah. Ça, je n'ai pas.

Sa main sur la tasse. Une gorgée de thé. Un sourire bienveillant.

— C'est bien la raison pour laquelle je vous invite à vous tranquilliser. L'esprit humain a naturellement tendance à projeter des silhouettes et des visages là où il n'y en a pas. Des manteaux deviennent des monstres dans la pénombre. Des râpes à fromage se parent de sourires. Chez les enfants, c'est même un phénomène universel. Il ne s'agit pas d'hallucinations pour autant.

Je me rappelle la robe de chambre qui se métamorphosait en pendue lorsque j'étais petite. Le docteur marque un point. Peut-être que la petite Hannah vit encore quelque part au fond de moi, tout simplement.

— Et le lièvre, vous en faites quoi ?

— Ma foi, vous êtes tombée sur un lièvre peu farouche, voilà tout !

Son rire part d'une bonne intention, mais il me vrille les nerfs. Constatant mon malaise, il redevient sérieux.

— Je ne plaisante pas, Hannah. Vous avez vu un animal. Rien de plus. La faune est riche, sur l'île. Quant au dernier point que vous avez soulevé, cette histoire de fantôme que votre collègue vous a racontée : c'est un racontar. Une affabulation. De plus, votre amie était un peu éméchée…

— Elle était complètement ivre, oui !

— Vous voyez bien ! On peut donc raisonnablement oublier ses propos.

J'acquiesce sans grande conviction.

— Toutes ces craintes, ces angoisses finiront par se dissiper. Nous parviendrons à les chasser, affirme-t-il.

— Et Alistair ? On ne pourrait pas le chasser, lui aussi ? Ça m'arrangerait.

Robert me gratifie d'un sourire en coin.

— Ah, le gérant. Celui avec qui vous ne vous entendez pas.

— Lui-même.

— Je crois l'avoir rencontré. Un triste sire, petit, fluet ?

— Voilà.

Le docteur se penche, tend le bras et caresse la tête de Greedy, qui somnole à ses pieds. Pile entre les oreilles, comme il aime. Mon chien émet une sorte de ronronnement et remue paresseusement la queue.

— Alistair était opposé à ce que vous gardiez le chien, si je ne m'abuse ?

— C'est ça.

— Eh bien, je vous félicite de lui avoir tenu tête. Notre cher Greedy me semble constituer pour vous un atout formidable. La nécessité de le sortir vous contraint à vous exposer quotidiennement à la vue de l'eau : c'est une excellente chose. Sans compter qu'il vous tient compagnie.

Il plisse le front, songeur.

— Il est fascinant, en vérité, que vous soyez parvenue à entrer dans l'eau pour le secourir. Cela prouve qu'en dernier recours, vous en êtes capable, contrairement à ce que vous pensez.

— Mais c'était d'une telle violence, Robert ! J'ai vomi tripes et boyaux, je me suis uriné dessus, c'était l'horreur. Je ne veux jamais revivre une chose pareille, jamais. J'ai failli faire une crise cardiaque ! L'enfer, je vous dis. Alors que ça n'a duré qu'une minute !

— Mais vous l'avez fait, malgré tout.

Son sourire est paternel, plein d'encouragement.

— Cet épisode constituera la base de notre travail ensemble.

Il plonge la main dans son gilet couleur moutarde, examine le cadran d'une montre à gousset, tel un personnage tiré d'un roman de Dickens. Je crois que je commence à l'apprécier. Il m'apaise, désamorce mes angoisses. Il va me soigner.

Il le faut.

— Je ferais bien de me mettre en route. Le ferry passe à 18 heures, c'est bien cela ?

— Tout juste.

Le ferry de Freddy. Une pensée m'effleure. Je pourrais interroger Freddy à propos de cette histoire de fantômes. En matière de mythes et légendes de la région, il n'y a pas plus calé que lui. Qu'est-ce que je risque ?

L'ennui, c'est que Freddy a la langue bien pendue, et que Danielle m'a avertie : les patrons ne veulent pas qu'on aborde cet épisode. Je ne peux pas me permettre de me faire virer.

Je ne peux donc pas enquêter. Je suis pieds et poings liés.

Le docteur Kempe se lève, sort quelque chose de son attaché-case.

— Voici un récapitulatif des diverses formes de thérapie que nous avons abordées ensemble aujourd'hui. Ce sont essentiellement des exercices cognitifs. Lors de notre prochaine séance, nous tâcherons de passer à la pratique. Je suis sûr d'arriver à vous faire patauger.

Patauger, moi ? Dans la Blackwater ?

Ma gorge se noue à cette seule idée.

Robert pousse la porte et je m'engouffre à sa suite dans l'après-midi venteux. Bourrasques salées et nuages renflés.

Le psy contemple le vaste horizon.

— Il n'est plus beau ciel en Europe que celui de l'Essex, récite-t-il. Vous savez qui a dit cela ?

— Oui. John Ruskin. Et je crois qu'il parlait de Thanet.

Les galets crissent sous nos pas. Robert sourit.

— Thanet n'est qu'à quelques kilomètres d'ici. Avouez que le ciel est magnifique, dans le coin. Cela tient à la combinaison de l'eau, de ces collines au loin, des marais salants... Tant d'immensité sous le firmament.

Je soupire.

— Enfin, ce n'est pas le paradis. Ça vous ennuie si je ne vous raccompagne pas ? J'ai du travail.

— Non, non, je vous en prie.

Il boutonne son imperméable.

— J'ai juste une dernière question à vous poser. Une question un peu insolite.

— Je vous écoute.

— Vous n'avez pas envisagé de quitter l'île par voie aérienne ? En hélicoptère ? Le coût serait exorbitant, certes, mais en cas d'absolue nécessité, d'urgence médicale, par exemple...

Il n'est pas le premier à me suggérer cette solution.

— Si, bien sûr. J'en ai rêvé ! Mais il n'y a pas la place. On ne peut pas poser un hélico n'importe où. Il lui faut une surface plane et un minimum d'espace.

151

Les plages de Dawzy sont trop escarpées, et le reste de l'île est recouvert de forêts protégées. Il faudrait abattre des centaines d'arbres centenaires et décimer une partie de la faune sauvage, autant dire la prison assurée à la sortie. Quant à l'hélitreuillage, je me suis renseignée : la pratique est réservée aux opérations de sauvetage.

— Je vois, fait Robert en opinant gravement.

— De toute façon, je ne me sens pas capable de survoler le fleuve, que ce soit en hydroglisseur, en avion ou en navette spatiale.

— Soit. En ce cas, on s'en tient à la thérapie.

— Voilà. Tout repose sur vos épaules. Pas de pression, surtout.

Il m'adresse un sourire qui se veut rassurant mais que je trouve un peu crispé. Et il fronce les sourcils.

— Je vais m'efforcer d'accélérer la procédure, m'assure-t-il. Je dégagerai du temps pour nos séances, afin que nous nous voyions de façon plus rapprochée. On ne peut pas vous laisser moisir ici.

D'un regard oblique, il inspecte l'hôtel, qui se dresse dans toute sa majesté face à la côte anglaise, comme dédaigneux de notre existence.

— Dawzy Island n'est pas un endroit propice pour vous, j'en ai conscience. Et même parfaitement conscience.

Il me présente sa main, saisit la mienne, y imprime une petite pression. Il m'adresse alors un sourire délavé. Puis il me tourne le dos et se dirige d'un pas pesant vers l'embarcadère. Dernier départ à 18 heures.

Et je reste à méditer ses propos. Est-ce que l'île est néfaste pour moi, ou néfaste en soi ?

20

Kat, le jour du drame

Les rayons matinaux se déversaient en cascade à travers l'immense fenêtre ; l'eau de la Blackwater n'avait sans doute jamais paru plus bleue. Le jour de la fête était arrivé et, dans sa chambre, Kat terminait une pomme chipée au buffet du petit déjeuner tout en examinant la robe estivale et décontractée qu'elle allait porter pour la fête... Avec un bikini en dessous, évidemment.

Elle se dévêtit, enfila son maillot et sa robe courte et ondoyante. Puis elle laça les lanières de ses spartiates.

Un coup à la porte. Discret. Un deuxième.

Kat alla ouvrir.

Julia se tenait sur le seuil, un sourire aux lèvres.

— Prête pour ton déménagement ? Désolée mais il faut que je libère ta chambre pour...

— Les vrais clients, ceux qui paient. Oui, bien sûr !

— Génial. Tu me suis ?

— Donne-moi deux secondes.

D'un grand mouvement, Kat rassembla tout ce qui traînait sur son lit et en remplit son cabas : roman, jeu de tarot, carnet à dessin, écouteurs, ambre solaire, robe, mini-short.

— Waouh, c'était du rapide ! s'esclaffa Julia.

— Savoir décoller en vitesse, c'est mon super-pouvoir, plaisanta Kat.

Elle suivit Julia le long des couloirs de l'hôtel. Au niveau de la réception, celle-ci pila.

— Mince ! s'exclama-t-elle.

— Un souci ?

— J'ai oublié de te faire signer le registre.

Elle ouvrit un imposant volume à couverture de cuir auquel ne manquaient que des enluminures, et Kat y inscrivit ses coordonnées. Elle sourit. Au Stanhope, décidément, on ne faisait pas les choses à moitié.

Elles longèrent ensuite la salle de sport, le spa, le petit atrium vitré qui reliait le bâtiment principal à l'aile Nord, avant de contourner le sauna et de pénétrer dans un long couloir défraîchi où Kat n'avait encore jamais mis les pieds.

Enfin, Julia dégaina une carte magnétique et Kat découvrit sa nouvelle chambre. Elle n'était pas bien grande, très simple et datée. La pièce sentait un peu l'humidité et semblait mal isolée, mais pour une nuit, c'était sans importance. Et puis Kat n'avait pas prévu de passer sa journée enfermée ! Elle abandonna son cabas et se laissa tomber à la renverse sur le matelas – on y rebondissait comme sur un trampoline. Julia lui glissa :

— Je t'ai mis les 2 grammes de coke. Le reste suivra.

Kat prit le petit sachet, fourragea dans son cabas, en extirpa son porte-monnaie turquoise brodé de perles et tendit les billets.

Julia la remercia puis, levant les yeux au ciel, annonça :

— Je dois y aller, c'est le branle-bas de combat.

— *No problemo ! Ciao !*

Julia s'éclipsa et Kat s'assit au bord de son lit, les yeux rivés sur le sachet. Après tout, pourquoi attendre ? Elle l'ouvrit délicatement et, du bout du doigt, fit tomber dans sa paume quelques grains de cocaïne pareils à de minuscules cristaux de quartz. Elle traça une ligne sur la couverture de son manuel d'astrologie. D'un billet, elle se fit une paille. Inspira. Et soupira.

Kat admira la vue, toute à la sensation qui se propageait dans son corps. Soleil, ciel bleu, tout l'appelait dehors. Mais elle avait la flemme de refaire le parcours jusqu'au lobby de l'hôtel. Il y avait peut-être une issue plus proche ?

Elle gagna le couloir et prit à droite, pour voir. Il devait forcément y avoir une autre sortie par là. La dernière porte était ouverte. Kat entra. Grand lit en laiton, papier peint pelé, miroir étonnamment grand et – bingo ! – entre les fenêtres de style gothique, une porte-fenêtre donnait sur la plage de galets. L'atmosphère laissait à désirer mais cette voie privée si près de la nouvelle chambre de Kat, voilà qui était bien pratique. La jeune femme poussa le battant et s'offrit au délicieux soleil d'été.

La drogue chantait dans ses veines.

Que la fête commence !

21

Hannah, aujourd'hui

Greedy couine dans son panier.

Il est 21 heures passées et j'essaie de dormir, parce que j'ai besoin d'une bonne nuit de sommeil réparateur, mais pas moyen de fermer l'œil.

Pour autant, la perspective de sortir dans l'automne humide et froid, de côtoyer la Blackwater, m'emplit de malaise et d'effroi.

Mais Greedy n'arrête pas de gémir et je ne tiens pas à ce qu'il se soulage sur la moquette. Elle est déjà en piteux état. Alors je trouve à tâtons l'interrupteur de ma liseuse.

— C'est bon, Greedy. J'arrive. Tu ne pouvais pas prendre tes précautions il y a deux heures ?

Il lève les yeux vers moi, tout content, et me répond en haletant : si, bien sûr, mais c'est plus sympa comme ça, non ?

Ah, mon chien. Mon assistance respiratoire à pattes, mon miraculé aquatique.

Avant de m'aventurer dans le froid, j'empile les couches : chaussettes épaisses, gros pull, manteau, écharpe. Enfin prête, j'ouvre la porte et Greedy déguerpit dans la nuit qui résonne de cris d'oiseaux. Les mouettes appellent, invisibles, dans les salants. Un échassier non identifié s'égosille, plus proche, indiscernable dans les ténèbres. Cri d'alarme ou parade nuptiale ? Je l'ignore. Et toute une nichée d'oiseaux piaille et trille en filant à tire-d'aile devant la lune voilée.

Greedy a disparu, il doit faire ses besoins. J'inspire l'odeur rafraîchissante des marécages, le remugle des enchevêtrements d'algues en putréfaction. Je me calme. Il a plu fortement dans la soirée mais le ciel s'est dégagé.

Les nuages s'écartent. La lune qu'ils découvrent est presque pleine, éclatante, telle une lanterne brandie par quelque loyal serviteur soucieux de me rendre service, de me guider… mais où ? Je n'ai nulle part où aller.

— Greedy ?

Où est-il passé ? Je scrute la plage. Silex et galets humides luisent comme du fer poli sous cette lune généreuse. À ma gauche, rien. C'est alors que j'entends un jappement joueur. Il s'amuse. Il veut jouer dehors un moment. Et pourquoi ne pas lui faire ce plaisir ? Je n'ai rien de mieux à faire. Robert, qui insiste toujours pour que je m'expose à la Blackwater, serait fier de moi. Fixer l'estuaire une heure durant, en pleine nuit, dans le froid, qui dit mieux ?

Assise sur une touffe d'algues sèches, je frissonne. J'attends et je contemple. Cela suffit, qui sait, à me faire avancer sur la voie de la guérison. Alors, oui, je patiente. L'hôtel auquel je tourne le dos est plongé dans le silence et dans la nuit ; le nombre de clients décline doucement mais sûrement, seule l'aile Ouest sert réellement, en ce moment. Tant de parties de l'édifice sont perpétuellement plongées dans l'obscurité, dernièrement…

La tentation d'aller me recoucher est grande. Mais j'ai envie de poursuivre l'expérience. Envie d'affronter longuement le fleuve, de le braver comme jamais auparavant.

22 h 30. Rien. La peur commence à clapoter à mes pieds ; j'ai dû dépasser la dose prescrite. Scruter le fleuve d'aussi près, aussi longtemps d'affilée, cela ne m'était pas arrivé depuis le drame. Je repense à cette femme de chambre hongroise, Mira je crois. Qu'a dit Danielle, déjà ? « Elle est revenue en courant, elle sanglotait, elle hurlait, comme si elle avait vu un truc horrible, un truc qui te marque pour la vie. »

Non. Ce n'est qu'une histoire d'épouvante. Or ma situation est assez épouvantable comme ça, pas la peine d'en rajouter, merci ! Je relève les yeux, pivote légèrement vers le sud et fixe la rive opposée. Quelque part dans cette direction se déploie l'étendue boueuse et sans relief de la péninsule de Dengie.

J'y suis allée avec Kat quelques mois avant de me retrouver prisonnière de Dawzy. J'avais un jour de congé et elle était d'humeur à faire une excursion, alors nous sommes allées explorer le coin : la longue voie romaine plate comme le dos de la main et, tout au bout, la chapelle saxonne de Saint-Peter-on-the-Wall.

Sa situation reculée m'avait plu, alors ; à Kat, nettement moins. En revanche, la chapelle l'avait enthousiasmée, parce que ses murs de pierre abritaient un vide absolu. « Une carcasse nue renfermant la sainteté », comme elle l'avait définie.

Nous nous étions attardées dans la chapelle pendant une vingtaine de minutes avant de retrouver la fraîcheur printanière, réduites au silence par cet écrin vide, vieux de mille cinq cents ans ans, cerné par ses remparts de pourpiers et de panicauts. Des vanneaux et des huîtriers tourbillonnaient dans un ciel splendide, à l'horizon se dressaient des éoliennes géantes et néanmoins silencieuses. Pour fêter ça, Kat s'était roulé un pétard.

Ah, Kat. Si seulement elle était là, avec moi, pour faire tourner le joint, s'étouffer avec la fumée et en rire…

23 heures. Des bruits me parviennent. Une porte qui se ferme dans le lointain, une conversation étouffée.

Deux hommes ont émergé de l'hôtel. Silhouettes noires en imper, ou en Barbour peut-être, plus sombres que le ciel lui-même – la lune a entièrement disparu derrière un nuage noir.

Ils se dirigent vers l'embarcadère à grandes enjambées ; les voilà déjà au bout de la grève. Que font-ils là à cette heure ?

À nouveau du mouvement. Une lumière approche au ras de l'eau. C'est le bateau de l'autre jour, le hors-bord noir aux lignes élégantes. Celui qui va et vient à des heures insensées. C'est le même, j'en mettrais ma main à couper. Je l'observe qui approche de l'embarcadère – avec ce ronronnement assourdi qui caractérise les moteurs très chers. Je crois reconnaître Freddy Nix à la barre, mais je peux me tromper. En haut des marches de bois gluantes, les deux autres s'apprêtent à embarquer. D'ici, impossible de les discerner…

Mes jumelles ! Flûte, je les ai laissées dans ma chambre. Si je me dépêche, peut-être… ? Non.

Les deux hommes sont à présent au bout du ponton. Ils portent des manteaux foncés, c'est tout ce que j'arrive à distinguer. Celui de droite, ne serait-ce pas Alistair ? Il me semble que c'est sa démarche mais je n'en jurerais pas.

C'est le moment que choisit mon chien pour aboyer et accourir vers moi.

— Chut ! Chut, Greedy. Pas de bruit !

Trop tard : les hommes du ponton ont pivoté vers moi et leur posture m'apparaît menaçante. De toute évidence, ces types n'ont pas envie d'être vus. Et s'ils découvraient ma présence ?

« Ils sont prêts à tout pour se débarrasser d'elle… »

— Greedy, chut. Je t'en prie, tais-toi !

Je me fais toute petite, je retiens mon souffle et mon chien m'obéit. Nous sommes loin des individus, nous ne formons à leurs yeux que des ombres indistinctes. Voire invisibles.

De toute façon, ils s'en vont. Ils descendent à l'échelle, embarquent. Le moteur vrombit. Le mystère restera entier.

À moins que ? À l'instant précis où le hors-bord s'élance sur la surface, la lune réapparaît. Le pilote me tourne le dos, pas moyen de l'identifier.

Mais l'autre se tient de profil et je l'ai déjà vu quelque part. C'est un homme d'âge mûr. La quarantaine bien tassée. Cheveux poivre et sel. Nez aquilin, menton affirmé.

Quelque part, mais où ?

Et soudain, ça me revient.

22

De retour dans ma chambre. Greedy a regagné son panier. Les rideaux me cachent le fleuve. Pour ce soir, j'ai eu ma dose.

L'œil rivé à mon téléphone, j'écume toutes sortes de sites et de pages.

Le quadra au nez aquilin, il passe à la télé. J'en suis sûre et certaine. Il me semble qu'il est banquier, avocat ou homme d'affaires. Ou alors c'est un acteur spécialisé dans ce genre de rôles. Oui, je brûle. Je le sens.

Pourtant, impossible de retrouver sa trace. Je jongle avec les combinaisons de mots-clés dans l'espoir de retrouver sa piste : « acteur anglais plus de 40 ans », « banquier d'affaires + Essex », « avocat anglais + télé +… ». Mes pensées fatiguées s'enlisent comme des bottes dans la boue, et mon affairement me vaut des regards intrigués de la part de Greedy. Mon drôle de chien qui se prend pour un oiseau… C'est à croire qu'il perçoit mes peurs et qu'elles nourrissent les siennes. Si ça se trouve, il est télépathe.

Je me demande ce qu'a vu Mira dans l'aile Est, ce jour-là.

Il est 2 heures et le sommeil s'abat sur moi comme un sac de briques. Assez ! J'ai à peine la force de pousser mon ordinateur sur un coin du matelas. Je sombre dans un sommeil épais et poisseux comme la boue tueuse de Mundon Wash, capable d'engloutir un cheval, un homme… le visage à la vitre… je…

Non, stop !

NOOOOOON !

Je suis arrachée au sommeil par ce cri, non : ce hurlement de terreur. Un hurlement de femme, poussé d'une voix horrifiée, impuissante. Une peur abjecte. Ou alors j'ai rêvé ? Mais je n'ai pas rêvé !

Peut-être que si. Peut-être que je me suis vue aux prises avec les courants mortels de la Blackwater. J'ai dû abuser de la thérapie par l'exposition.

Non. Ce n'est pas ça. J'ai entendu une femme en détresse. Je l'ai entendue. C'était déchirant – atroce. Ça résonne encore dans ma tête !

Et ça se passait ici, dans l'hôtel. Le cri ne provenait pas de la chambre voisine, mais il n'était pas si distant. La femme se trouve dans l'aile Est, ou à l'extrême rigueur dans l'aile Nord.

Je jette un coup d'œil aux rideaux. L'étoffe noire est frangée de lueur gris bleuté. L'aube point.

Et quelqu'un vient de pousser un hurlement à glacer le sang. Tout près de ce lit où je gis, paralysée d'effroi.

23

Je dois faire quelque chose. Je me lève tant bien que mal, j'ouvre la porte, je scrute le couloir. Rien à signaler. Portes closes sur chambres vides. Autant de rectangles sombres qui conspirent à démentir ma conviction. Les veilleuses luisent innocemment.

Rien de rien.

Je l'ai pourtant entendu, ce cri ! Ce n'est pas le moment de tergiverser.

Je me hasarde à sortir, lentement, aux aguets. Je m'attends d'un instant à l'autre à entendre retentir un nouveau cri. Mais rien. Un tel silence après un hurlement pareil, c'est pesant. Oppressant.

Peut-être que j'ai rêvé, après tout ?

Je n'ai pas rêvé. Ça venait d'ici. Pas loin. Je crois.

Je m'immobilise devant une porte, la numéro 6, et j'y colle l'oreille. Je n'entends rien, hormis le grondement assourdi des eaux glaciales de la Blackwater, dehors, semblable à une respiration encombrée.

Nouvelle porte. Verrouillée, bien sûr – elles le sont toutes. Nouveau silence. Mais ce hurlement, alors ? Je ne peux pas rester les bras croisés.

Je sors mon téléphone. Pas le choix.

Je compose le numéro d'urgence.

Une femme à l'accent gallois me répond d'un ton chaleureux :

— Service d'urgence, bonsoir, avec quel service souhaitez-vous être mis en communication : les pompiers, la police ou les urgences ?

— Euh… euh… je ne sais pas. La police.

— Un instant, je vous prie.

Une pause.

Nouvelle voix féminine, accent du coin, cette fois.

— Police de Colchester, quelle est votre localisation ?

— Le Stanhope…

Je n'ai pas plus tôt prononcé ces mots que le doute germe dans mon esprit. J'en ai des fourmillements, des élancements. Mais qu'est-ce que je fabrique ? J'organise une descente de police dans mon propre hôtel ?

— Pardon ? Je n'ai pas bien entendu.

— Je suis au Stanhope. C'est un hôtel. Situé sur Dawzy Island. Sur la Blackwater. Le fleuve, vous savez ? En face de Maldon…

— Ah, oui. Je vois. Bien. Et ?

— Je vous en prie, on a besoin d'aide.

— Nous allons vous aider. Est-ce que vous vous trouvez en danger immédiat ?

— Non, oh !… non.

— Bien. Quelle est la raison de votre appel ? En quoi puis-je vous aider ?

— Eh bien voilà, je… J'ai entendu quelqu'un crier dans l'hôtel. Une femme, ou une fille. Je venais de me réveiller.

166

— Vous avez entendu un cri, répète mon interlocutrice. Pourriez-vous me le décrire ?

— La voix disait « non, stop ». Comme si on lui faisait du mal. Comme si on la battait ou qu'on la torturait ou que... ou qu'on l'assassinait.

— Ces violences que vous évoquez, en avez-vous été témoin ? Y avez-vous assisté personnellement ?

— Non, je n'ai rien vu, enfin je veux dire... Il est tôt, je venais juste de me réveiller.

Je veux battre en brèche le doute, me rappeler tout ce que ce cri contenait de douleur authentique, de déchirement inhumain.

— Mais je n'ai pas rêvé, je suis sûre de ce que j'avance, alors envoyez-nous quelqu'un, je vous en prie, il faut faire quelque chose, intervenir, il se passe un truc, je vous jure...

— Madame, essayez de vous calmer. Nous allons vous envoyer une équipe. Je vais devoir recueillir quelques informations. Votre nom, s'il vous plaît ?

— Hannah Langley.

— Vous êtes une cliente de l'hôtel ?

— Non, je travaille ici. Pour le Stanhope. Je loge dans la chambre 46, c'est au bout de l'aile Est. C'est pour ça que j'ai dû mal à vous dire précisément où se trouvait la fille, enfin le cri.

— Entendu. Une équipe est en route. Nous avons votre numéro.

— Attention, il n'y a pas de réseau sur Dawzy, il faut se connecter au Wifi...

— Pas de problème, nous arriverons à vous joindre. Regagnez votre chambre et restez-y.

Un clic, la communication est coupée. Je fixe mon téléphone et je regagne ma chambre comme j'y ai été invitée. Greedy dort paisiblement. Il n'a donc rien entendu ? Le doute me submerge comme une marée. Je me dirige vers la fenêtre et je tire les rideaux pour m'exposer un bon coup. Le soleil s'est levé, il dessine des motifs abstraits sur le fleuve argenté. L'eau s'est retirée, les échassiers fouillent la vasière de leurs becs. En somme, tout est normal.

Qu'ai-je fait ?

Tout de même. Ce bateau noir dans la nuit, ces deux types. Et la terreur de cette Mira, et le visage derrière la vitre, et mon psy qui fait la grimace et s'inquiète pour moi… Je retourne dans le couloir. Cette fois, le silence m'accuse, me reproche mon coup de sang. Tout est exactement comme d'habitude. L'hôtel est en train d'émerger ; au loin j'entends un cliquetis de vaisselle en cuisine, le doux carillon d'alarmes de téléphones portables signalant le réveil des femmes de chambre, les douches qui se mettent à bruire, il flotte dans l'air un parfum de café et de petits pains chauds, on bâille, on murmure, hello, bien dormi ? Je pense à tous les gens que je fréquente et que j'apprécie, ici : Logan, Eddie, Oliver, Lo, Elena.

Je viens de leur envoyer les flics.

Alors que personne ne hurle. Tout est parfaitement normal.

C'est une catastrophe.

Vite, je rappelle le 999. La même standardiste me met en relation avec la même policière.

— Bonjour, ici Hannah Langley, je vous ai appelée tout à l'heure…

— Oui, je me souviens. Un bateau est en route. Restez calme, tout va bien se…

— Non, ne venez pas, s'il vous plaît, c'est une erreur, désolée.

— Pardon ?!

— Je me suis trompée. J'ai rêvé. Je fais des cauchemars, parce que je suis coincée sur l'île, vous comprenez, je vous en prie, il faut leur dire de faire demi-tour…

— Vous souhaitez annuler votre demande de secours ?

— Oui ! Ne venez pas, ce serait terrible pour la réputation de l'hôtel, si les clients vous voient, la police, tout ça… Tout va recommencer…

— Je vous demande pardon ?

— En fait je travaille dans la com, je dois penser à notre image, j'ai commis une grave erreur et je regrette de vous avoir fait perdre votre temps…

Mon interlocutrice hésite, agacée ou préoccupée, je ne saurais le dire. Son ton se fait tranchant.

— Je vous signale que cette conversation est enregistrée, madame. Maintenant, j'ai besoin de m'assurer que vous annulez de votre plein gré. Répondez simplement par oui ou par non à mes prochaines questions. Êtes-vous seule actuellement ?

— Oui.

— Est-ce que vous me parlez sous la contrainte ?

— Non.

— Souhaitez-vous des renforts, oui ou non ?

— Non.

— Très bien, nous allons annuler la demande.

Elle s'absente un instant, reprend le combiné.

— Reposez-vous, madame, conclut-elle. Vous paraissez tendue.

— Je sais. Vraiment, je suis navrée…

L'appel est terminé. Mon portable pèse lourd dans ma main inerte. Le doute me tenaille. Ai-je entendu crier ou pas ? Peut-être que c'était un couple de clients branchés BDSM, du genre qui prend son pied à se ligoter au lit et à se faire subir je ne sais quels outrages consentis. J'ai pu mal interpréter. Après tout, Dawzy est connue pour être un lieu de débauche.

Et de violences faites aux femmes…

Non, stop.

Si ça se trouve, c'est moi qui ai crié. Parce que ces mots, je les vis dans ma chair.

Stop. Que ça s'arrête…

24

Dans l'open space, je bâille et fais semblant d'être occupée, espérant donner le change à Lo, alors qu'en réalité je traîne sur Google.

J'avale une gorgée de café. Me frotte les yeux. Tâche vaguement de travailler. J'ai remisé dans un coin de ma tête le sketch avec les flics. Je prie pour qu'ils m'aient oubliée, eux aussi. Je ne peux pas jurer avoir entendu quoi que ce soit. Quand bien même quelqu'un aurait réellement poussé un cri, j'ignore bien ce que cela pouvait signifier. J'y ai perçu de la douleur, de la terreur, oui, mais j'étais encore à moitié endormie. C'était peut-être une partie de jambes en l'air pimentée, ou autre chose. Ou alors j'ai halluciné et il faut que je revoie mon psy de toute urgence.

Foutue île…

Je repense au type d'hier soir, celui que j'ai vu à la télé. Qui est-ce ? Un acteur, un expert régulièrement interviewé, à moins que… Non. Stop. Je bâille à m'en décrocher la mâchoire. Je me donne de petites gifles pour me réveiller.

Nooooon, stooooop.

N'empêche. Ce cri était intense. Il était à la fois bestial et désespéré…

Lo finit par s'inquiéter de mon état.

— Tout va comme tu veux ?

— Ouais, pardon. Je suis fatiguée, c'est tout. Greedy m'a empêchée de dormir toute la nuit.

Lo se déride.

— J'adore les chiens, mais ils peuvent être sacrément pénibles. Comme les nourrissons, à ce qu'on dit. C'est pour ça que je n'ai ni l'un ni l'autre !

Elle se remet au travail. Elle n'a pas décollé les yeux de son écran de toute la matinée. Apparemment, les réservations repartent à la hausse et, pour une fois, on ne le doit pas qu'à Logan : mes fêtes de fin d'année sur le thème des Années folles commencent à faire parler d'elles. Le Stanhope est en train de remonter la pente. Tout le contraire de moi.

« Non, stop. »

— Lo, on a un problème.

Je la vois lever les yeux et froncer les sourcils. Leon se dresse sur le seuil de l'open space.

— Oliver et Alistair sont à Londres. Tu vas devoir gérer la situation.

— Quelle situation ?

Il grimace.

— Les flics débarquent.

— Hein ?!

— Freddy vient de m'appeler : il est en route, ils seront là d'une minute à l'autre.

Lo en reste bouche bée.

— Mais qu'est-ce qu'ils nous veulent ?

Moi, je me tapis derrière mon écran. Il ne peut pas s'agir d'une coïncidence. Ma demande n'a pas été annulée. Peut-être que le protocole le leur interdit ? J'ai signalé un hurlement. Peut-être qu'ils sont légalement tenus d'enquêter.

Je suis prostrée sur mon bureau, pratiquement couchée sur mon clavier, telle une gamine craignant les foudres de ses parents. Je n'ai plus qu'à croiser les doigts pour que les flics restent discrets. Ils ne révéleraient pas mon nom, tout de même ? Pas s'ils pensent que cela peut me mettre en danger.

Mais s'ils me croient folle…

D'un pas vif, Leon va se poster devant la vaste baie vitrée et observe l'embarcadère. Le ciel est orageux.

— Ils sont là, nous apprend-il, furieux. Bon, allons-y.

Lo me regarde avec dépit, mais sans suspicion. « Encore une tuile ! » semble me dire son expression. Elle lève les yeux au ciel, soupire sans retenue, empoigne son manteau et se hâte de rattraper Leon, qui est déjà dans le couloir.

Je reste seule. Je quitte mon poste et vais remplacer Leon près de la fenêtre. Le voici déjà sur la plage de galets gris, Lo sur les talons. Deux policiers, la casquette sous le bras, s'avancent à leur rencontre. Freddy Nix patiente dans sa cabine. Une conversation s'amorce.

Je tente de lire sur leurs lèvres ; peine perdue. Les flics pourraient être en train de dire n'importe quoi. « Nous avons des raisons de penser qu'une femme vient d'être assassinée ici. Permettez qu'on jette un coup d'œil ? » Ou : « Votre responsable marketing est en pleine crise de démence et doit être internée au plus vite. »

Il fait froid pour la saison, tout le monde est en bottes et en manteau. Lo et Leon gesticulent de façon univoque : entrez, suivez-nous, venez vous mettre au chaud, un café ? J'imagine la réaction du client qui surprendra la scène en se dirigeant vers le restaurant. Je le vois d'ici écarquiller les yeux et tendre l'oreille pour ne pas en perdre une miette. La nouvelle se répandra comme une traînée de poudre, les questions fuseront, cela tournera au psychodrame. Des flics sur l'île ! Qu'est-ce qu'ils font là ? D'abord les noyades et maintenant ça ! Qu'est-ce qui se passe cette fois ?

Je dois faire bonne figure. Je regagne mon poste en vitesse et je m'efforce de travailler. J'envoie une nouvelle salve d'invitations et m'abrutis frénétiquement de relations publiques. Mon cerveau est saturé d'images de robes Charleston, de langoustines et de foie gras, de serre-tête à plumes et à strass, de cocktails d'époque : Sazerac, Savoy, Sidecar, Dubonnet, Bee's Knees…

Lo est de retour. C'était rapide. Un quart d'heure après son départ, la voici qui suspend son manteau à la patère en soupirant. Je me compose un air que j'espère dégagé et l'interroge du regard. Son sourire incertain me prend au dépourvu.

— C'était un canular, m'annonce-t-elle. Un putain de canular. C'est tout ! Sans doute un coup de la concurrence. Perso, je parierais sur le nouvel hôtel prout-prout à Burnham. Une chose est sûre : au Stan, on ne s'ennuie pas !

Elle se mord la lèvre.

— Pardon, Hannah. Je sais que toi, tu tournes en rond, ici…

— T'inquiète, lui dis-je avec un sourire forcé. Fausse alerte alors ? Rien à signaler ?

— Non, les flics se sont déplacés par acquit de conscience. Pas d'arrestations groupées ni de procès médiatisés à redouter ! Au fait, t'as vu les chiffres ? Ton événement démarre sur les chapeaux de roues, c'est top !

Elle est déjà repartie en mode boulot. La luminosité de son écran éclaire son visage. C'est une bûcheuse, Lo. Elle aime ce qu'elle fait et elle le fait bien. Quant à moi, je me sens modérément soulagée. On a frôlé le drame mais je crois que je suis tirée d'affaire. Pourtant, Lo faisait une drôle de tête en revenant. Son sourire ne paraissait pas tout à fait franc. Est-ce qu'elle me ment ? Ou bien est-elle simplement préoccupée par autre chose ?

J'ai besoin de réponses. Il faut que j'aie une conversation avec une certaine personne de ma connaissance. La seule à pouvoir me les apporter.

25

Je n'ai pas plus tôt composé le numéro de Kat qu'elle décroche et m'annonce de but en blanc :

— Je viens d'aligner ma colonne vertébrale avec un tronc d'arbre.

— Quoi ?

— C'était une expérience de dingue. Faut que t'essaies. Je suis à Primrose Hill, pas loin de l'endroit où on a dispersé une partie des cendres de maman. La colline où William Blake a vu des esprits. On en a vraiment éparpillé partout, de ces cendres, pas vrai ? Ah, maman. Dans la vie comme dans la mort, la terre était son cendrier ! Hé, tu te rappelles les fois où on l'a grillée en train de fumer un spliff dans le jardin, à Maldon ? Elle se sifflait toujours un verre de whisky après, pour masquer l'odeur. T'as raison, maman, t'es pas une junkie, juste une alcoolo…

— Kat !

Ma sœur se tait. Des murmures dans mon dos. Je pivote. Deux femmes de chambre en promenade m'adressent des regards de pitié. J'ai l'habitude. Je suis celle sur qui tout le monde s'apitoie.

Je poursuis mon chemin le long du sentier boisé et m'engage sur une corniche tapissée de galets. Un frou-frou. Dans sa course, le fleuve en contrebas froisse les prunelliers. Je suis à l'orée de la Strood et elle est particulièrement provocante, aujourd'hui. C'est marée basse et je pourrais parcourir une bonne dizaine de mètres sans me mouiller sur les pavés gris solidement fichés dans la terre. Ce n'est qu'un peu plus loin que la voie romaine se dérobe et plonge dans les profondeurs telle une sirène effarouchée.

Ce n'est qu'un peu plus loin que je me noierais.

— Kat, j'ai besoin de te poser quelques questions. Et tu sais lesquelles.

Son silence est maussade.

— C'est à propos de ce jour-là, de ce soir-là. Il est temps.

Silence obstiné dans le combiné. Les vaguelettes taquinent la pointe de mes bottes en caoutchouc vertes. Un cormoran dressé sur un rocher vaseux lustre ses plumes et me toise soudain, outré, comme on fusillerait du regard un voyeur pris sur le fait. Greedy, lui, examine ouvertement l'oiseau, fasciné, comme toujours.

Et toujours ma sœur se tait.

— Kat, s'il te plaît.

— Oui ? Que vous siérait-il que je dise ?

— Tout ! Parle.

Elle soupire avec humeur.

— Mais, Hannah. Je ne peux pas. Tu le sais très bien.

Sa voix est tendue comme un arc.

— On en a déjà parlé, ajoute-t-elle.

J'entends le cliquetis d'un briquet, une inhalation de fumée. Je visualise ma sœur en train d'arpenter Primrose Hill, je vois Londres alanguie à ses pieds tel un banquet dressé pour elle sous les rayons rasants de l'après-midi qui s'étire. Je vois les tas de feuilles d'automne invitant les enfants et les couples joueurs à y donner des coups de pied.

Dans mon univers solitaire, le tableau est tout autre. Le ciel commence à rosir au-dessus de Maldon, par-delà la Blackwater. Le continent inaccessible. L'échappatoire interdite à ma réclusion infernale.

J'insiste.

— Essaie, Kat. Je t'en prie. Je sais que c'est dur…

Elle me rétorque sèchement :

— Dur ? Sans déconner ! Je les ai vus mourir, putain ! Se débattre, se noyer, en direct live ! Non, je ne peux pas revivre ça. C'est trop. Traumatisant. Traumaternant. Traumarrant que t'aies appelé ton chien Greedy, comme maman. Greedygut et Rutterkin. Avoue que c'est bizarre, comme nom !

Elle délire. Je la pousse dans ses retranchements.

— Je comprends, Kat, mais…

— Tu ne comprends rien du tout !

Je me mords la lèvre. Son traumatisme n'est pas feint, peut-être même est-elle plus gravement atteinte que moi. Elle n'a jamais reparlé des événements de cette fameuse nuit. Mais peut-être pourrait-on aborder ensemble les heures qui les ont précédés ?

— D'accord, oublie la soirée. Parle-moi de ce qui s'est passé avant… avant que ça dégénère. La fête. Tu étais déchaînée ! Pourquoi ? J'ai vraiment besoin de savoir. J'ai mes raisons. Il se passe des trucs pas nets, à Dawzy, et je crois que c'est lié.

Je l'entends tirer sur sa clope (ou sur son joint) tout en regagnant son charmant appartement de Belsize Park, dans son quartier grouillant de pubs et de restaus. Ce soir, elle couchera peut-être avec son nouvel amant (46 ans, trader, une maison chez les bourges de Hampstead).

Je sens l'aiguillon de la jalousie : elle souffre peut-être autant que moi, mais au moins, elle est libre.

— Je t'en supplie. Tu ne peux vraiment rien me dire ? Rien du tout ?

Morose, elle rétorque :

— Quel genre de trucs tu veux savoir ?

Je saute sur l'occasion.

— Pour commencer, j'ai entendu des rumeurs à propos du week-end en question. Et à l'hôtel… Comment dire ? On raconte de drôles d'histoires. Des histoires d'épouvante, non, disons le mot : de fantômes. Il se serait passé un truc dans l'aile Est. Et quelqu'un veut se débarrasser de moi, genre physiquement. Ce matin, j'ai même surpris un hurlement de femme. Il se trame quelque chose et je n'y comprends plus rien. Mais je me demande si ça n'aurait pas un rapport avec… avec ce qui s'est passé cette nuit-là.

Ma frangine se tait. Bruit de voitures en fond sonore. Nouvelle pointe de jalousie. Combien de temps avant que je ne revoie une voiture, un camion bruyant, que j'assiste à un accrochage, que je m'inquiète de la pollution, ou que sais-je encore ? Je prends le lot ! Les détritus, la délinquance, les bouchons. Je n'ai pas vu un papier gras depuis des mois.

Soudain :

— Tu as raison d'avoir peur, Hannah.

Son affirmation me fait l'effet d'une gifle. Littéralement : je chancelle et recule d'un pas.

— Qu'est-ce que tu veux dire ?

Une nouvelle bouffée de tabac. Pas de doute, elle fume. Pour calmer ses nerfs ?

— Si je ne t'en ai pas parlé plus tôt, c'est parce que tu es coincée dans cet endroit ignoble, je ne voulais pas en rajouter, mais…

— Quoi, Kat ?

Je la sens tendue. Hésitante.

— Hannah *mia*, tu crois vraiment que c'était un accident, cette nuit-là ? Sur Dawzy, il y a des gens, des phénomènes dangereux, diaboliques. Désolée de te dire ça, mais tes craintes sont justifiées. Fiche le camp de cette île. Comment, je ne sais pas, mais fais-le. Je t'en prie. Tu n'es pas en sécurité. Vraiment pas. À cause… d'eux. Ces bêtes. Au regard fixe, hanté. Ces monstres.

La panique monte en moi.

— Quoi ? Qui ?

— Je ne peux pas t'en dire plus. Tu… tu ne comprendrais pas.

— Comprendre quoi, Kat ? Qu'est-ce que je ne comprendrais pas ? Dis-moi !

— *Scusi*, Scooby. Je ne peux pas. Pas le droit. J'en ai déjà trop dit.

Voilà qu'elle pleure à présent. Ma sœur est tellement affectée par ce que nous avons vécu qu'elle en sanglote encore des mois après.

Le ciel s'assombrit.

181

— Kat. Respire. Explique-toi. S'il te plaît. Tu me fais vraiment flipper.

— Désolée. Je ne peux pas. Pardonne-moi. Je n'aurais pas dû te le dire, mais fiche le camp de cette île, coûte que coûte, c'est un lieu maudit, je t'aime et je te demande pardon.

Puis le néant résonne à mon oreille. Le silence, à nouveau. Elle a raccroché.

Inutile de la rappeler : elle n'en dira pas davantage ; d'ailleurs, en un sens, ses révélations me suffisent amplement.

Seule, échouée, désemparée, je contemple l'eau grise qui s'agite à mes pieds. La marée monte à toute allure, submergeant la Strood. Kat n'a fait qu'empirer les choses. Elle n'a rien expliqué du tout, tout ce qu'elle m'a appris, c'est que je suis en danger. À cause de quoi ? Ça, elle s'est bien gardée de me le révéler. Quelqu'un l'en empêche – quelqu'un ou quelque chose. Quelque chose d'ignoble, de diabolique. Des bêtes. Des monstres.

Un bruissement. Le cormoran déploie ses ailes noires huileuses et décolle. Greedy lui aboie après comme s'il voulait le suivre. On dirait que tout, sur cette île, cherche à s'évader.

La peur me brûle la gorge.

26

Tu as appelé les flics ???

Les doigts frémissants, je réponds à Ben.

Oui. J'étais sûre d'avoir entendu crier.
Je te jure, c'était glaçant !

J'ai attendu deux jours avant de lui en parler ; je ne veux pas qu'il s'imagine que je débloque complètement. Mais il faut bien que je me confie à quelqu'un. Or Kat élude le sujet et papa est aux abonnés absents. Ben n'est pas que mon fiancé, il est aussi mon ami. Et il a un don : il sait garder la tête froide en toute situation. Enfin, sauf quand un chef de sa génération décroche une étoile Michelin.

Je suis prête à partir travailler mais je pianote sur mon téléphone dans le silence de l'aile Est que ne trouble pas le moindre cri. Enfin, quand je dis prête, disons que je suis habillée. Pour ce qui est de me comporter normalement, je vais faire de mon mieux. Mais l'angoisse me ronge.

Je comprends pas. T'as rappelé
pour annuler mais les flics sont venus
quand même ?

C'est ça. Je sais, c'est taré. D'après Lo
ils ont conclu à un canular, mais pas sûre.
Je ne sais plus à qui faire confiance.

Moi, tu peux me faire confiance.
On va te faire quitter cette île de malheur.
Plus le choix.

Mon cœur fait un bond.

Sérieux, Ben ? Tu serais d'accord ?
Pour mon plan tordu à base d'alcool
et de somnifères ?

Une pause. Il est en pleine mise en place – son
moment préféré. Je me le représente dans sa cuisine,
ses couteaux à portée de main, prêts à être aiguisés.

Non. Dsl, trop dangereux. Putain,
tu me fais douter. Peut-être qu'il faudra
en passer par là ! En attendant, garde ton
sang-froid. On se parle ce soir ? Boulot.
Je dois te laisser.

Pas de souci. Je t'aime.

Je suis un peu déçue, mais le miracle opère, comme toujours. Ben m'a rassérénée. Je me sens plus forte qu'avant notre échange. Je vais y arriver. Je suis tout à fait capable de simuler la normalité.

Couloir, réception, grand escalier. Open space.

Lo est déjà là, une tasse de café vide sur son bureau. Elle me gratifie d'un sourire et d'un coucou rapide et se remet aussitôt au boulot. Les réservations continuent d'affluer.

Il faut que je lui parle. Ou je vais me remettre à battre la campagne. À cueillir des fruits sombres dans des fourrés épineux… J'ai besoin de parler normalement avec quelqu'un de normal, dans la vraie vie, pas par écrans interposés. J'ai besoin d'être humaine.

— Tout va bien, Lo ?

Elle relève la tête.

— Pardon ?

— Le boulot ? On s'en sort comment ?

Cette fois, elle rayonne.

— Pas mal, pas mal du tout. Ton idée marche du feu de Dieu. Les gens accrochent carrément. Ressusciter les Années folles, le fox-trot, le tango, le whisky… Manque plus que papa et Charlie !

Elle pouffe, s'étire les doigts et reporte son attention sur son ordinateur.

— Justement, à ton avis, est-ce qu'il faut réserver les suites aux habitués ? Certains nouveaux clients sont pleins aux as…

Elle réfléchit à voix haute, comme souvent. Elle n'a pas besoin de mon aide. Elle a des années d'expérience : attribution des chambres en fonction de l'importance, du prestige et de la fidélité des clients, gestion de notre image sur les réseaux sociaux, filtrage plus ou moins modéré des Russes et des Chinois parce que aucun hôtel ne l'admettrait jamais, l'info ferait aussitôt le tour des réseaux sociaux et coulerait un établissement en un rien de temps, comme ça a fini par couler le palace aux Maldives, mais c'est une pratique quasi systématique… Lo Devivo connaît tout ça comme sa poche.

Un élancement douloureux. Je donnerais tout pour me trouver actuellement dans ce palace ! Un siècle avant le cauchemar. Mon éden d'amour et d'azur. Le snorkeling avec Ben, les bancs de poissons comme autant de flocons dorés dans un paysage bleu outremer…

— C'est quoi ce bordel ? s'écrie soudain Lo.

Elle plaque son dos contre le dossier de son fauteuil comme si elle venait de contracter une violente allergie aux ordinateurs.

— Qu'est-ce qui se passe ?

Machinalement, elle porte la main à sa bouche. Sourde au monde extérieur, moi comprise. On dirait qu'elle visionne un film d'horreur. Je la vois grimacer, plisser les yeux, grimacer de plus belle.

— Encore un ?! lâche-t-elle, effarée.

Elle fait défiler une page et la lit en accéléré. Elle secoue la tête. *Clic.* Nouvel onglet.

— Mais putain ?!

Je traverse l'open space et, d'un geste hésitant, pose la main sur son épaule. Elle sursaute et pivote vers moi.

— Il y a un problème, Lo ?

Elle expire à fond et, d'un moulinet du poignet, me désigne l'écran.

— Regarde.

— Oh, merde.

186

Des annulations. Une bonne demi-douzaine d'annulations, si ce n'est plus. Je suis en train de lire le texte qui accompagne la dernière en date, un message court et impersonnel, envoyé via un site de réservation en ligne, quand un nouvel e-mail apparaît dans la boîte de réception. « C'est avec regret que je dois annuler notre séjour au Stanhope. Je suis sûr que vous comprendrez... »

Je dévisage ma collègue.

— Mais... pourquoi ?

— Qu'est-ce que j'en sais ?

Elle darde sur son écran un index accusateur.

— Et bim, deux de plus ! C'est la cata. Ils annulent tous !

Nous fixons l'écran. Horrifiées mais hypnotisées, comme les témoins d'un accident de la route. D'un coup, Lo reprend ses esprits.

— Va chercher Oliver. Et Alistair. Il faut qu'ils voient ça.

Je les trouve dans le bureau d'Oliver, où ils discutent avec enthousiasme du programme des festivités de Noël.

Cinq minutes plus tard, changement de décor et d'ambiance : ils s'agglutinent autour de l'écran de Lo et découvrent avec effroi la version hôtelière d'un carambolage sur une quatre- voies.

Oliver est livide, renfrogné, tendu ; Alistair me coule des regards furtifs et néanmoins appuyés. Il semble avoir déjà décidé que c'était moi la coupable. Et il n'a peut-être pas tort.

— Certaines de ces annulations viennent de nos habitués, annonce Oliver à la cantonade. Nous avons leurs coordonnées. Alistair, Lo, contactez-les. Tâchez de découvrir ce qui s'est passé.

Ils s'isolent chacun dans un coin de l'open space pour téléphoner. Je reste pétrifiée, fascinée par le flux continu d'e-mails d'annulation. C'est un vrai déluge. Nous prenons l'eau comme un vieux rafiot.

Oliver a les yeux rivés à l'écran, le front barré d'un pli. L'heure est grave. Il n'en va pas uniquement de notre réputation.

Lo raccroche.

— J'ai eu Helen Bradyll. Elle prétend avoir reçu un e-mail menaçant ce matin. Elle va nous le faire suivre. Elle dit qu'elle est désolée.

— Trop aimable, ironise Oliver.

L'e-mail apparaît dans la boîte de réception. Oliver s'empresse de l'ouvrir.

Chère madame Bradyll,

Nous savons que vous prévoyez de séjourner au Stanhope le week-end prochain. Vous n'êtes pas sans savoir que, l'été dernier, l'hôtel a été le théâtre d'un sinistre accident, lequel s'est soldé par la noyade de plusieurs clients. Mais peut-être ignorez-vous que les eaux dans lesquelles ces clients ont perdu la vie sont connues dans la région pour le courant fatal qui y sévit : l'Heure des Noyés. En permettant à sa clientèle de s'y baigner, le personnel s'est rendu coupable de négligence criminelle. Séjourner au Stanhope, c'est visiter la scène d'un meurtre. Vos festivités risquent fort de se voir interrompues par l'irruption de policiers. Voyez plutôt la photo ci-jointe, prise à l'hôtel il y a quelques jours. Pour en savoir plus, cliquez sur ce

Sans surprise, l'e-mail n'est pas signé. Quant à l'adresse électronique de l'expéditeur, elle a été créée spécialement pour l'envoi de ce message. En pièce jointe, nous découvrons un cliché des deux policiers sur la plage, vus d'en haut. Ils s'entretiennent avec Leon tandis que Lo se dirige vers la réception. Tous font grise mine. Et de toute évidence, la photo a été prise par quelqu'un qui se trouvait à l'intérieur de l'hôtel.

Sinistre tableau.

Oliver prend une profonde inspiration puis clique sur le lien. Rien. Le site a déjà été désactivé.

— D'après Helen, nous fait savoir Lo, le site internet temporaire citait un vieux bouquin où il était question du courant tueur…

— Mais c'est n'importe quoi ! C'est des conneries ! glapit Alistair d'une voix de fausset.

— Peu importe, lui signale froidement Oliver. C'est un coup de maître. Pas étonnant que tout le monde annule. Qui maintiendrait sa réservation après un tel e-mail ?

De nouveau, Alistair aboie :

— Mais je ne comprends pas ! Pourquoi ne pas tout balancer sur les réseaux sociaux et faire le buzz, tout simplement ? Ce ne serait pas plus simple ? Pourquoi procéder de cette façon… clandestine ?

Oliver hausse les épaules.

— Pour ne pas se faire remarquer ? Pour éviter d'éventuelles représailles, est-ce que je sais ? Fichue photo ! C'est parfait, comme attaque. Subtile. Discrète. Précise et fatale. Des e-mails ciblés envoyés à nos plus fidèles clients. Par quelqu'un qui avait accès à leurs coordonnées.

Il se tait. Il me semble que, dans l'open space, tout le monde se retient de me dévisager.

27

Il est 2 heures. Greedy dort, la respiration sifflante.

Les yeux secs, je regarde fixement le peu que je distingue du plafond. Ma chambre, comme l'hôtel, comme l'île, est plongée dans le noir. J'écoute la complainte stridente des oiseaux de nuit qui planent au-dessus de la Blackwater. Je n'arrive pas à dormir. Normal : mon cerveau survolté me rejoue les fausses notes de la semaine en une boucle cauchemardesque. Le bateau noir surgi de nulle part, le cri que j'ai inventé de toutes pièces, mon appel au secours avorté, la visite désastreuse des policiers. Et cerise sur le gâteau aujourd'hui : cette nouvelle menace planant sur l'hôtel. Sur mon boulot. Sur tout.

L'enfer.

Je retourne un oreiller. Allez, ma tête, assez turbiné ! J'ai besoin de dormir. D'oublier. Si seulement mon cerveau était une machine. Je n'aurais qu'à appuyer sur le bouton MARCHE/ARRÊT. Les téléphones ont bien de la chance : ils ont le mode « silencieux ».

Peut-être qu'il fait tout simplement trop chaud ? Je me traîne hors de mon lit et j'ouvre péniblement la grande fenêtre rouillée. Là, c'est mieux. Je me blottis sous la couverture et je sens la brise agiter les rideaux puis me caresser le visage et m'endormir… Mais non. Ça ne vient pas. Je suis toujours réveillée.

J'abandonne. Autant me concentrer sur le moment présent. D'ailleurs, j'ai une idée.

Cet e-mail de sabotage, il évoquait un phénomène bien particulier : l'Heure des Noyés. D'après la cliente à qui Lo a téléphoné, le site internet entre-temps désactivé citait un ouvrage sur le sujet. Prise dans le tourbillon des événements de la journée, je ne me suis pas encore penchée sur la question. Mais du temps, à présent, j'en ai, et plus qu'il n'en faut. L'hiver s'abat sur l'île et je n'ai rien pour me divertir.

Je m'empare de mon téléphone et, dans le moteur de recherche, je tape « l'Heure des Noyés ».

Rien.

En tout cas, rien de pertinent. La formule, accrocheuse il faut bien le dire, revient dans les paroles de deux chansons (l'une de death metal, l'autre de folk). Mais c'est à peu près tout. J'en trouve une occurrence dans un étrange chant folklorique celtique ou écossais.

C'est l'heure des noyés où gît dans les tréfonds l'austère bastion des instincts dévoyés amères libations plus pâle est son emprise je suis joyau de mousse sans fers et la callune.

Hors sujet. Je creuse et plonge dans les entrailles d'Internet. Rien à faire : je ne trouve pas.

C'est à n'y rien comprendre. Ce courant tueur aurait donc été inventé de toutes pièces ? Il s'agirait d'un *fake* bien ficelé ? Je passe au crible les ultimes suggestions du moteur de recherche, mais toutes me renvoient vers des pages déjà consultées. Se peut-il qu'un phénomène échappe à Internet ? Internet englobe tout. Il contient le monde tout entier ! Apparemment, j'ai affaire à quelque chose qui n'est pas de ce monde.

Abandonnant mon téléphone, je réfléchis.

La cliente parlait d'un extrait de livre.

Je retente ma chance en orientant ma recherche en ce sens. Et…

Oui. Là !! Visiblement, l'expression « heure des noyés » figure dans le volume suivant : *Mahalah, ou l'Histoire des marais salants*, par le Rév. Sabin Baring Gould, Londres, 1884. Un vieux roman oublié de la fin du XIXᵉ siècle. Pas étonnant que j'aie eu du mal à mettre la main dessus.

Le jour se lève et Greedy s'agite au son des chants d'oiseaux. Je lis.

Apparemment, le roman décrit une idylle virant à la tragédie ici même, dans la région de Maldon, de Mersea, de Virley, de Dawzy. L'intrigue s'inspire également de l'histoire des contrebandiers qui firent jadis commerce de brandy, de tabac et de dentelle hollandaise, effectuant leurs tractations de nuit entre le canal de Pyefleet et l'île de Ray. Des hommes aux agissements nocturnes, fuyant la clarté de la lune, comme ceux dont j'ai surpris le manège, l'autre jour.

J'ai accès à un fac-similé de l'ouvrage. Les pages sont densément imprimées de caractères sombres et flous à l'aspect presque gothique.

Je lis l'incipit.

Entre l'embouchure de la Blackwater et
celle de la Colne, sur la côte est de l'Essex,

*s'étire un vaste marais que l'eau marbre et
tavelle à perte de vue. C'est un vaste désert
d'âpre tempérament que se disputent terre
et mer...*

D'âpre tempérament. Je n'aurais pas mieux dit. Elle
est sacrément caractérielle, cette terre. La Strood, n'en
parlons pas !
Je saute quelques lignes.

*On aurait peine à concevoir paysage plus
désolé, cependant il est pourvu d'une insolite
beauté. L'été, l'armérie déploie sur les marécages son manteau soyeux dans une palette
riche allant du blanc de lin au cuisse-de-
nymphe. Peu après, quand fleurit la lavande,
la lande se pare d'un éclat violet et c'est alors
que chaque crique...*

La prose n'est pas désagréable, quoiqu'un peu
désuète. Mais je ne lis pas pour mon plaisir. Ce que
je veux, c'est retrouver cette expression inquiétante :
l'Heure des Noyés.
Je repère l'icône en forme de loupe. La page est dotée
de son propre moteur de recherche.
Dehors, les oiseaux crient, effarés par ma découverte,
tandis que je tape les mots fatidiques.
Bingo. Dans les premières pages du roman, cachée
parmi un nouveau bloc de description. La cliente n'avait
pas menti. Il n'y a qu'une seule occurrence, mais il ne
m'en faut pas davantage.

*Parfois, à midi, ou au printemps, au sol-
stice ou à l'équinoxe, la mer affirme sa sou-
veraineté suprême sur la région en créant des
courants âpres et versatiles qu'il convient
de négocier avec précaution. Entre la belle
île boisée de Dawzy et Royden, sa voisine
sauvage et désolée, non loin de l'endroit où
affleure la Stumble, sévit, quand l'heure y est
propice, un courant d'arrachement qui sème
l'effroi parmi les populations de marins. Il a
englouti par le passé quantité de nageurs
inexpérimentés et plus d'un frêle esquif
maladroitement piloté. Dans les tavernes de
Maldon, pêcheurs et contrebandiers aiment à
raconter les récits des anciens pour effrayer
le visiteur autour d'une chope de bière ; ils
affirment que même les loutres et les goélands
ont appris à éviter l'Heure des Noyés, ainsi
qu'ils surnomment le phénomène.*

C'est tout. C'est suffisant. Mon cerveau insomniaque
déjà mis à mal par l'épuisement crépite à présent, rongé
par d'effrayantes pensées.

Je viens de me rappeler un truc. Une réplique de Kat,
la veille de la grande fête qui a si mal tourné. C'était
pendant notre dîner en tête à tête. Entre deux tirades
dithyrambiques sur Mack le Crack, elle avait déclaré :
« Tout le monde a été super sympa avec moi, même le
gros pervers du port avec son Heure des Noyés et ses
histoires de naufragés. »

Sur le moment, pour moi, c'était du charabia. Elle
avait débité ça très vite et elle avait un coup dans le nez.

Mais à présent, tout s'éclaire. Une chance que j'aie le don de me rappeler les conversations pratiquement mot pour mot.

Kat savait pour l'Heure des Noyés.

Elle s'est donc baignée ce soir-là en connaissance de cause.

Elle l'a fait exprès.

Pourquoi ? C'est une nageuse hors pair, certes. Elle ne craignait pas le courant, soit. Mais les autres ? Elle devait bien se douter que des clients l'imiteraient. Ça finissait toujours comme ça. Personne n'a jamais su résister à son corps de sirène, à son rire communicatif. Elle finit invariablement par déclencher un mouvement de foule. Comme aux Maldives.

Tout s'explique. C'est pour ça qu'elle refuse de reparler de l'épisode.

Kat a entraîné ces malheureux dans un courant fatal.

Elle les a piégés.

28

Kat, le jour du drame

Le soleil était brûlant. Presque autant qu'aux Maldives. Alanguie sur une chaise longue design en bois exotique, Kat s'étira, les yeux clos, et savoura l'instant. Soleil d'été, sons apaisants, elle absorbait le tout. Les rires des jeunes femmes chahutant dans la piscine. Le tintement délicat de verres que l'on repose. Le plaisant ping-pong des questions des serveurs et des réponses des clients : « Un autre cocktail, mesdames ? Monsieur, une serviette rafraîchissante ? » Tout cela était si relaxant !

Kat rêvassait. Elle envisageait de se faire tatouer sur la cheville une rosette à six branches. Maman adorait ce symbole, prétendument le signe de reconnaissance des sorcières. Gare à toi qui brandis cette cheville nue : tu as une sorcière dans ton lit ! Kat pouffa. Autant afficher la couleur !

L'île de maman… Maman la dévergondée…

— Madame ?

Kat rouvrit un œil. Un jeune serveur au style élégant mais décontracté (chemise en lin amidonnée, bermuda blanc cassé, mollets galbés, bronzés à souhait) se tenait près d'elle, ni trop loin ni trop près, disponible mais pas intrusif. Un plateau en équilibre sur la main. Ses doigts écartés formaient une autre sorte de rosette.

— Désirez-vous quelque chose à boire ?

Kat ouvrit son deuxième œil et médita la question. Elle surprit le regard du serveur sur son bikini, sur son corps. Un regard concupiscent quoique fugace. Déjà, il avait retrouvé son professionnalisme.

— Il est quelle heure ? demanda-t-elle.

— Je vous demande pardon.

— S'il est midi passé, je peux me permettre un petit… remontant, dit-elle en laissant exprès dévier son propre regard vers la braguette du serveur.

Un petit rire entendu.

— Au Stanhope, madame, tout est permis.

Ils échangèrent un regard. Un flash magnésique de désir réciproque. Cette drogue… Mais Kat se rappela à l'ordre. *Reste sage !* Au moins pour le moment.

— En ce cas, je prendrais bien des bulles. Qu'est-ce que vous me conseillez ?

— Nous avons du Nyetimber, un excellent mousseux anglais. Servi glacé.

— Hmmm ! Ce sera parfait, merci.

Le serveur disparut comme par magie. Kat se redressa, s'assura qu'elle avait tout ce dont elle avait besoin. Portable : check. Lotion après-soleil Shiseido : check. Ambre solaire artisanale à la noix de coco infusée aux herbes récoltées sous la lune nouvelle, roman d'Ursula Le Guin, écouteurs : check, check et check.

Il ne manquait qu'une chose : un serviteur dévoué pour astiquer les verres sales de ses lunettes de soleil.

Il y avait un gars préposé à ce genre de tâches, dans le palace où travaillait Hannah, avant. Aux Maldives. Un type obséquieux qui patrouillait inlassablement autour de l'énorme piscine à débordement avec pour unique mission de nettoyer les verres des lunettes des clients. Il est vrai que ce palace avait un restaurant sous-marin d'où l'on pouvait voir les requins loucher sur le risotto, un hammam entièrement sculpté dans des blocs de sel rose de l'Himalaya ainsi que toute une gamme de spas où des masseurs aux muscles fuselés vous prodiguaient des soins ayurvédiques à quatre mains et vous enduisaient la poitrine de baumes à base de coquillages plongeant le client dans un état oscillant entre le sommeil et l'extase.

Non, le Stanhope n'arrivait pas à la cheville du palace des Maldives. Mais, pour l'Angleterre, cela restait un hôtel de premier ordre.

Où régnaient présentement une chaleur et un soleil pratiquement équatoriaux.

Des bribes de conversation interrompirent la réminiscence de Kat. À la table voisine, deux hommes décortiquaient leur déjeuner d'un ton badin. Tataki, ceviche. L'aîné, un jeune quinquagénaire, respirait l'opulence : montre luxueuse sans être clinquante, sandales d'un goût exquis. Son compagnon – la vingtaine, physique d'Apollon, polo rose en coton – minaudait comme une jeune fille.

Un couple gay, conclut Kat.

Elle tendit l'oreille. Le quinqua était anglais, l'Apollon américain.

— Je t'assure, déclara l'Anglais, le Stanhope s'érige sur un véritable terreau de l'occulte.

— Un terreau de l'occulte, George ? Vraiment ?

Ils rirent de concert, tout en retenue.

— Tu ris, reprit l'Anglais, mais c'est la vérité. La qualité de la lumière, ici, l'immensité du ciel, la densité de ces bois que j'imagine ancestraux, le vacarme incessant de la faune… cela crée une atmosphère singulière. Mais ce qui confère à l'ensemble son caractère étrange, envoûtant et, pourrait-on dire, paranormal, c'est le contexte dans lequel cette île s'inscrit.

— C'est-à-dire ?

— Le contraste avec le paysage de ruines et de désolation qui l'entoure est des plus réussis. Cette centrale à l'abandon, par exemple… C'est proprement saisissant.

L'Apollon sourit.

— Si tu le dis. Mon tataki est à tomber. Je rêve où ce sont des fanes de fenouil ?

Appuyé contre le dossier de la chaise, l'Anglais aérait son verre de vin blanc.

— J'ai souvent pensé que c'était de la juxtaposition de pans de nature immaculée et de paysages sordides que naissait le sublime. Les extrêmes se touchent. Prends le désert de Sonora qui jouxte la banlieue de Phoenix, par exemple : chacun confère à l'autre sa magnificence. Et ces petites villes minières sinistrées qui grêlent la verte vallée galloise : l'une n'irait pas sans les autres. Hampstead la cossue blottie contre…

— L'A406 ? lui souffla l'Américain, sardonique.

Un rire amusé.

— C'est un peu tiré par les cheveux, reconnut l'autre. Mais oui, tu as raison, ce sont des fanes de fenouil ! Quelle audace...

Kat médita sa théorie à propos de l'atmosphère de Dawzy. L'Anglais avait raison : l'île ne devait pas son pouvoir de fascination uniquement à sa beauté intrinsèque, mais à l'écrin de laideur dans lequel elle fleurissait : marais boueux, plages désolées, centres de vacances bétonnés, marinas venteuses. Ruines. Vieux mâts grinçants. Jetées encroûtées de sel. Drapeaux raidis par les intempéries. Vieillards à canne et casquette fixant les vagues grises à travers leurs lunettes tandis qu'un vent brutal secouait sans répit les chaînes et les anneaux destinés à des bateaux absents.

Maisons aux fenêtres condamnées. Mines marines à la dérive. Fortins militaires érodés. Vieux bancs rongés par la bise salée. Et puis la Saltmarsh dépeuplée, les mâts aux voiles enroulées, rudoyés par les bourrasques, dans les marinas stagnantes, dressés dans la nuit glaciale comme autant de colonnes vertébrales décharnées. De longs os saillants, voilà ce qui entourait Dawzy la coquette. Avec ses lièvres et ses faucons merlins.

Kat était en train de s'endormir. Elle fut tirée des limbes par le retour de son serveur.

— Votre Nyetimber, madame.

— Ah ! Merci.

Le serveur déposa la flûte. Ainsi qu'une soucoupe remplie d'olives et d'un assortiment de noix.

— Waouh, *aperissimo* !

Le serveur gloussa et se volatilisa comme il en avait le don. Kat sirota sa flûte de vin pétillant bien frais. Quatre hommes qui se promenaient sur le sentier la couvaient du même regard que Mollets Galbés – un regard que Kat connaissait bien. Ses admirateurs, sitôt démasqués, s'empressèrent de mettre leurs appétits virils en sourdine : ils détournèrent les yeux et poursuivirent leur promenade dans les bois éclaboussés de lumière.

L'un d'eux n'était autre qu'Oliver, le patron de Hannah – le beau gosse. Et le petit pâlichon, ce devait être Alistair, le gérant. Quant aux deux autres : inconnus au bataillon ! L'un était grand, bien fait de sa personne. Profil altier, cheveux poivre et sel. L'autre, une version plus jeune de lui, au regard pénétrant, devait être son fils.

Katalina Langley glissa entre ses lèvres une amande torréfiée et mordit dedans à belles dents. Délicieux.

29

Hannah, maintenant

La pluie de novembre cingle les vitres en ogive du grand hall de l'aile Nord, où l'on était censé danser lors des soirées Années folles. Mais il ne reste plus qu'à annuler l'événement.

Ce matin, l'ambiance y est feutrée. Les serveurs échangent des murmures, Logan discute à mi-voix avec Danielle. Il fait une tête de six pieds de long. Parlent-ils de phénomènes paranormaux ? Ou de l'inconsciente qui a délibérément attiré des innocents en eaux dangereuses, à savoir ma sœur ?

Je chasse cette pensée. Pour ma part, je ne bavarde avec personne, bien que nous soyons tous présents : Oliver nous a expressément convoqués à cette réunion extraordinaire. Cela couvait depuis un moment. Il vient de passer trois jours enfermé dans son bureau à faire le point avec Alistair et Lo. Il a reçu également Leon et Logan, et même moi, une ou deux fois.

Quelle décision a-t-il prise ? Je l'ignore.

Dehors souffle un vent bruineux. Je scrute les arbres centenaires qui tanguent et courbent l'échine, résignés. Impitoyablement les bourrasques les dépouillent de leurs feuilles, qu'elles leur arracheront une à une jusqu'à la dernière. L'automne est une forme de torture lente.

Je sors mon téléphone et j'écris un texto à Kat, pour changer.

Kat, il faut qu'on parle. ASAP.

Tu savais, pour l'Heure des Noyés ?

Pas de réponse. Pour changer. Ma sœur ne me répondra peut-être plus jamais.

Le brouhaha s'interrompt. Je pivote sur mes talons.

Ils sont là : Oliver, Alistair et Lo gravissent les marches de l'estrade. Tel un trio de magistrats pénétrant dans la cour.

— Je serai bref, commence Oliver.

Mon cœur s'emballe. Le suspense me tue.

— Je serai bref, reprend-il, parce que nous allons devoir mettre les bouchées doubles pour éviter la fermeture hivernale. Nous y sommes déterminés.

Le soulagement se propage dans les rangs ; c'est palpable. Les épaules se dénouent, les visages se détendent. Notre big boss est admirable de calme et d'assurance. C'est un leader-né.

— Nous avons étudié attentivement la courbe des réservations et la situation n'est pas aussi dramatique que nous l'avions redouté. Elle est problématique, certes, mais pas catastrophique. La vague d'annulations se trouve en partie compensée par de nouvelles réservations. Logan reste le chef le plus en vue de la région ! Et puis nous baissons nos tarifs. Comme après les événements de l'été dernier…

Il laisse ces derniers mots résonner et observe un silence, ménageant ses effets.

— Nous nous sommes relevés de la terrible tragédie de cet été. C'est pourquoi je vous l'affirme : nous nous relèverons de cette épreuve qui se présente à nous. Le Stanhope reste, grâce à Logan, grâce à chacun d'entre vous, un établissement de standing et, en janvier, nous prendrons un nouveau départ.

Du haut de son estrade, il considère son auditoire.

— Toutefois, vous comprendrez que quelques restrictions s'imposent. Une partie de nos effectifs sera mise au chômage technique. De manière temporaire, cela va sans dire. Le Stanhope ne fermera pas pour la saison ! Alors je vous demande de rester forts et de continuer à donner le meilleur de vous-mêmes. Ensemble, nous surmonterons cette difficulté passagère.

Il parcourt du regard l'assemblée.

— Des questions ?

Eddie, le barman, lève la main. Oliver lui donne la parole.

— C'est à propos de l'e-mail anonyme. Vu qu'on a été victimes d'une attaque informatique, certains d'entre nous se demandent… Nos bases de données ont été piratées ? Est-ce que la police va s'en mêler ? Il va y avoir une enquête, comme l'autre fois ?

L'autre fois.

Oliver opine, pensif.

— Ces questions sont légitimes, et pertinentes…

Nous sommes suspendus à ses lèvres. Mais Oliver se tourne vers Lo, puis vers Alistair. Lo ouvre la bouche pour répondre, mais Alistair lui coupe l'herbe sous le pied :

— Certainement pas. Ça reste en interne.

Mes collègues, réjouis, esquissent des sourires. Je n'en ai pas vu beaucoup depuis l'annonce de la cyberattaque. Je ne suis pas sûre de partager leur soulagement. D'un côté, je crois que cela me rassurerait que la police revienne faire éclater la vérité. Me protéger, si les craintes de Kat sont fondées. D'un autre côté, vu ce que j'ai découvert à son sujet… Si Kat est responsable des noyades, mieux vaut garder le secret.

Oliver a fini. C'est au tour d'Alistair de s'avancer vers nous.

— Merci, Oliver, pour ces bonnes nouvelles. Passons aux mauvaises, maintenant…

Les sourires ont disparu. Logan fixe même notre gérant d'un air de dégoût. Je ne suis donc pas la seule à ne pas le porter dans mon cœur.

— Nous avons soigneusement analysé le phénomène, affirme Alistair en nous regardant de haut. Pour rappel, je fais allusion à l'e-mail anonyme envoyé à l'ensemble de nos clients afin de les dissuader de séjourner chez nous. L'auteur de cet e-mail avait non seulement accès aux coordonnées de nos clients, mais aussi à la liste de nos réservations. Il ne s'agit pas de piratage informatique. Nous avons vérifié. Par deux fois.

Il nous fixe sans ciller. Imperturbable.

— En outre, ajoute-t-il, la photo envoyée en pièce jointe a clairement été prise de l'intérieur de l'hôtel. On peut en déduire que l'auteur de l'e-mail anonyme était quelqu'un de chez nous.

Il se tait, tenant son public en haleine. Je ne lui connaissais pas ces talents dramatiques.

— Le saboteur, reprend-il, celui ou celle qui a voulu couler le Stanhope, au prix de nos emplois à tous, se trouve actuellement dans cette pièce.

Il ne précise pas « et nous le coincerons », mais son expression en dit long. Démasquer le saboteur et le neutraliser, c'est son devoir, celui de la direction. C'est notre devoir à tous.

Les patrons se retirent et le grand hall se vide. Je me retrouve bientôt seule dans la vaste salle aux pignons victoriens aux allures de nef de cathédrale.

La pluie repart à l'assaut des carreaux. Comme le tueur fou du film, avec son couteau. *Chlac, chlac.*

30

J'ai renoncé à joindre Kat au téléphone. Et pour ce qui est de Ben, en ce moment, il est obsédé par une nouvelle recette d'os à moelle. Alors, une fois de plus, je tente d'appeler papa.

Une fois n'est pas coutume, il daigne décrocher. Il est tendu. Sa voix est rauque, éraillée. Oh, papa.

— Peter Langley, j'écoute ?

Pourquoi s'obstine-t-il à débiter cette introduction ridicule ? Il voit pourtant mon nom s'afficher sur l'écran de son téléphone ! Il sait pertinemment qui est au bout du fil, c'est ce qui lui permet de filtrer si souvent mes appels !

— Merci, papa, je connais encore ton nom. Je suis quand même ta fille.

Sa respiration se fait chuintante. Il est en train de s'asseoir. Dans cette pièce mal aérée, à Maldon. Des biscuits roulés à la figue disposés sur une petite assiette. Un mug de thé.

— Je sais que tu es ma fille, merci, maugrée-t-il.

— D'accord...

— Je ne risque pas de l'oublier.

Déjà, notre échange est crispé. Pourquoi ?

Il marmonne quelques mots, plus d'eau dans la théière ou que sais-je.

— Ne bouge pas, Hannah.

Le portable à l'oreille, je contemple désespérément la Blackwater qui se rue vers la mer sous le froid soleil de novembre, les rochers, les galets, la crambe maritime, la bette maritime, le silène maritime... Ici, tout finit par devenir maritime. Tôt ou tard. Si je suis coincée ici assez longtemps, sans doute deviendrai-je l'Hannah maritime, moi aussi.

Papa reprend le combiné.

— Qu'est-ce que tu veux ?

Je me hérisse. Je ne peux donc pas téléphoner à mon père comme ça, sans raison particulière ? Alors que je suis confinée sur Dawzy ? Je crois qu'il s'est senti abandonné lorsque je suis partie à l'étranger. D'abord Malte, puis les Maldives. Alors que Kat, la pimpante Katalina, lui a toujours tenu compagnie entre deux voyages – entre deux cuites. Elle est restée au pays.

— J'avais envie de bavarder, papa. C'est tout. Je m'ennuie toute seule, ici, tu sais. Bon, mais toi, quoi de neuf ? Comment tu vas ?

Il est muet comme une carpe, j'entends distinctement sa cuillère cliqueter dans son mug. Deux sucres. Un biscuit, qu'il trempe invariablement dans son thé.

— On fait aller, Hannah. Je n'ai pas à me plaindre.

Sa voix trahit l'effort que cette phrase lui coûte.

— Tant mieux. Tant mieux. Tu me manques, tu sais. Vous me manquez tellement, toi et Kat ! Dès que j'aurai réussi à quitter cette île de malheur, on se fera un goûter en famille. Avec deux gâteaux !

Il émet un « hum » dubitatif. Quoi ? C'est le gâteau qui ne lui plaît pas ?

— Comment se passe ta thérapie ? me demande-t-il.

— Plutôt bien, je crois. J'ai un nouveau psy : Robert Kempe, un spécialiste des phobies. Il estime pouvoir me guérir en quinze à vingt séances. Bon, ça veut dire que je vais devoir passer l'hiver ici, toute seule sur mon île-prison…

— Oh.

— Quoi ?

— Rien. Ce n'est pas marrant. Mais…

— Oui ?

— Eh bien… Tu as un bon travail. Cela pourrait être pire.

Il n'en a donc vraiment rien à faire ? Nous étions si proches, autrefois. Pas autant que Kat et lui, mais quand même. Je me rappelle, dans notre ancienne maison à Maldon, quand il faisait beau, on s'asseyait côte à côte sur le canapé avec le chien et il me lisait des histoires de son ton docte et bienveillant pendant que maman apprenait à Kat à faire du vélo le long du chemin de halage. Notre famille était tellement soudée. Avant que tout déraille.

— Merci, papa.

Il renifle. Se tait.

Le silence entre nous me met au supplice. Pour le meubler, j'ouvre la fenêtre. Les huîtriers fendent le ciel infini qui recouvre la Blackwater. Leurs cris sont plus stridents que jamais. Une bise qui gagne en puissance dans le jour déclinant fait crépiter les tiges de berce desséchées.

Sur mon lit, un œil entrouvert, Greedy me surveille.

Assez. Allons droit au but. Je suis pour ainsi dire séquestrée au milieu d'un fleuve : je n'ai rien à perdre.

— Papa, pourquoi tu es comme ça ? Je n'arrive jamais à te joindre et quand tu décroches enfin, je te sens super distant. C'est ridicule ! Tu ne te sens pas seul, toi aussi ? Je t'aime. Tu es mon père !

— Si, me répond-il d'un ton de reproche, je suis seul.

Oh, papa.

— Alors… discutons. Vraiment !

Un nouveau silence pénible s'installe sur la ligne.

— Pas aujourd'hui. Je ne me sens pas d'attaque. Trouve-toi un bon livre, Hannah. Tu as toujours aimé les livres. Les atlas, les polars… Tu lisais plus que Katalina. Même plus que… maman.

Sa voix chevrote. Tant de souvenirs sont contenus dans ces deux petites syllabes prononcées d'une voix enrouée.

Je réplique :

— Dès que je serai de retour, on fera la fête tous ensemble, moi, toi, Ben, Kat. Tout le monde !

Le silence est total. Lancinant. Palpitant de… de colère ? D'exaspération ?

— Je dois te laisser, me dit-il. Au revoir.

Et il raccroche. Voilà ce que consent à m'accorder mon père : trois petites minutes de conversation en trois semaines.

J'ouvre encore plus ma fenêtre, je hume l'air frais, salé. Je m'efforce de me calmer.

Les rayons rasants font étinceler les vagues endiablées. Le courant doit être rapide en ce moment.

Mes pensées tournent en boucle et font remonter inexorablement les mêmes souvenirs. Quand tout a déraillé… L'après-midi où il nous a appris que maman était morte.

Nous l'avions pressenti. Je nous revois, Kat et moi, deux sœurs assises, main dans la main, sur le palier en haut de l'escalier. Mais cela n'avait pas dispensé papa de nous l'annoncer. Officiellement, comme dans un communiqué.

Notre tante Lotie était venue s'installer chez nous. Elle veillait à ce qu'on s'alimente correctement, elle nous faisait des tartines et s'efforçait de nous changer les idées, sans grand succès. Kat reniflait en permanence et j'avais comme un voile noir devant les yeux. Puis un soir papa était rentré de l'hôpital le visage tout chiffonné, la mine sinistre, et il nous avait appelées : « Les filles, vous pouvez venir dans le salon ? » Dociles, nous étions allées nous asseoir sur le canapé recouvert de ces plaids bariolés que maman aimait tricoter. Quand papa s'était installé en face de nous, la peau sous ses yeux caves avait la couleur des cendres refroidies. Il portait son pull troué au col (on avait constamment des mites à Maldon).

Il s'était incliné vers nous et je l'avais entendu avaler sa salive. Un rictus tordait sa bouche comme s'il avait mal quelque part. Il semblait incapable de prononcer les mots.

C'est Kat qui avait rompu l'horrible charme en lui criant :

— Dis-nous, papa. Dis-nous ! Qu'est-ce qu'elle a, maman ? Elle est où ? Quand est-ce qu'elle rentre à la maison ?

Nous savions que son cancer était agressif. De jour en jour, le mal la dévorait de l'intérieur. En l'espace de quelques semaines, elle s'était flétrie. Les enfants sentent ces choses-là. Les murmures étouffés des adultes ne peuvent pas tout leur cacher.

— Elle est morte, avait brusquement lâché papa. Maman est morte. Je suis désolé.

On aurait dit qu'il se ratatinait en articulant ces mots. Ses épaules s'étaient contractées et il s'était mis à sangloter. Je l'avais déjà vu pleurer deux ou trois fois, mais là c'était différent. Mon papa s'était effondré, la tête dans les mains comme pour s'empêcher de s'éparpiller en mille morceaux.

Kat s'était enfuie de la pièce. Moi, j'avais tout d'abord ravalé mes larmes pour aller le consoler. « Là, là. Ça va aller », lui disais-je en tapotant son épaule toute secouée de spasmes, mais il ne semblait pas remarquer ma présence. Alors je m'étais retirée, j'avais lentement gravi l'escalier, je m'étais rendue dans la chambre de mes parents et là, j'avais trouvé le parfum préféré de maman, l'un de ceux qu'elle confectionnait elle-même, un mélange aux notes d'hamamélis, de bois de santal, de géranium et d'amande douce, et je m'en étais vaporisé sur tout le corps pour la retenir, ma maman chérie, ma maman. Ne pars pas, ne pars pas, maman, ne pars pas…

Le parfum avait fini par s'évaporer. Des heures plus tard, Katalina m'avait trouvée cramponnée au flacon vide dans un coin de la chambre. Les yeux secs et le regard éteint. Ma sœur s'était assise à côté de moi et nous n'avions rien dit jusqu'à ce qu'il fasse entièrement, totalement nuit. Et devant la maison courait le fleuve, inlassablement, et je sentais toutes mes joies d'enfant s'écouler avec lui.

31

Silence. Il règne au Stanhope un silence outrancier. Par un dimanche de novembre, il est normal, bien sûr, que les affaires tournent un peu au ralenti, mais le taux d'occupation actuel de nos chambres est de vingt-quatre pour cent. L'hôtel est tellement vide que cela s'entend. Allongée sur mon lit, les yeux rivés aux spots, j'écoute le bruit oppressant du néant qui émane du bar, du restaurant, du spa et de la réception, ainsi que des kyrielles de chambres vides aux portes laissées grandes ouvertes ou au contraire fermées à clé. Et l'hémorragie se poursuit, jour après jour.

Les rideaux sont tirés, cachant le ciel gris de l'après-midi. Greedy folâtre dehors, je ne sais où. Je le laisse désormais aller et venir à sa guise, pourquoi l'en priverais-je ? Les clients sont si rares ! Du reste, je l'ai dressé pour qu'il évite la réception et l'embarcadère. Résultat, personne ne s'est encore plaint de lui.

Le voilà, justement. Il gambade vers l'est, cap sur les vestiges de fortifications qui se dressent à la pointe orientale de Dawzy, d'où l'on peut admirer High Collins et Mersea, les gazomètres et les chalutiers, puis les infatigables éoliennes du parc offshore qui agitent leurs grandes pales comme si elles s'évertuaient à nous signaler un danger sans parvenir à capter notre attention.

Mon moral est en chute libre. Si je reste allongée ici une minute de plus, ça va être la spirale. Je connais mon fonctionnement. La morosité se mue en angoisse, qui se change à son tour en terreur et en désespoir...

Debout ! Je m'oblige à enfiler mes chaussures, à sortir dans le couloir vide, à traverser cette aile à la fois déserte et hantée. Je gravis le grand escalier et me dirige vers le bureau. On est dimanche, et alors ? Il faut bien s'occuper !

Je pousse le panneau de verre.

Il résiste.

La porte serait verrouillée ? Elle ne l'est jamais. C'est même l'un des modestes avantages de mon poste : je suis libre d'aller et venir à ma guise, de monter travailler au milieu de la nuit, d'aller me promener dans les bois à l'aube.

— Ils ferment à clé, maintenant. Le dimanche et le soir.

Je fais volte-face. C'est Elena, la femme de chambre. Elle doit être en train de finir son service.

Je m'étonne :

— Ah ? Depuis quand ?

Elle hausse les épaules.

— Quelques jours. Beaucoup pièces fermées, maintenant. Moins de ménage pour moi ! pouffe-t-elle, chaleureuse, comme toujours.

Elle s'éloigne en fredonnant un air. Un coup de fil à son fiancé à Wrocław, et au lit. J'aime bien Elena.

Je me demande combien de temps elle restera parmi nous.

Je fusille du regard la porte de l'open space, puis, résignée, je descends au Mainsail. Je commande un macchiato à Eddie, qui me le prépare machinalement. Ses boissons chaudes sont aussi délicieuses que ses cocktails. Je bois en solitaire, car le bar est désert à l'exception de nous deux. Je tourne le dos à la vue qui fait le charme du bar. J'ai la flemme de me forcer à contempler le fleuve, aujourd'hui. De toute façon, la Blackwater m'observe. Je le sens.

Mon portable attend patiemment que je me décide. Je pourrais téléphoner à Ben. Mais il travaille, ce soir. Allez, tant pis, je l'appelle ! À part Kat, il n'y a qu'auprès de lui que je puisse vider mon sac, laisser tomber le masque. Enfin, tant que je ne lui parle pas de ma sœur. Il suffit que je prononce son nom pour qu'il se hérisse.

— Toi, me siffle une voix hargneuse.

Je sursaute. C'est Alistair. Je ne le savais pas sur Dawzy. En général, il rentre chez lui le week-end, il s'échappe. Le veinard.

Il s'achemine vers ma table, son visage étroit tordu par la colère.

— T'as foutu la merde, Hannah ! me crache-t-il en dardant sur moi son index. Qu'est-ce qui t'a pris, putain ?

Bien qu'interloquée, j'essaie de ne pas me démonter.

— Je te demande pardon ?

— On a passé la liste du personnel au peigne fin, on planche dessus depuis des jours. On a étudié toutes les possibilités. Tu avais accès à toutes les infos. Même cette obscure histoire d'Heure des Noyés, tu devais la connaître. Tu es forcément tombée dessus pendant tes recherches, à ton arrivée sur Dawzy.

— Je ne comprends pas.

Il se rapproche, de plus en plus hostile.

— L'e-mail anonyme. C'est toi qui as fait le coup.

Je me demande s'il a vu Eddie, qui lustre discrètement un verre derrière son comptoir. Je me demande s'il m'agresserait de la sorte s'il savait qu'il a un témoin. Mais peut-être qu'il le sait et qu'il n'en a rien à cirer. C'est la première fois que je le vois dans un tel état.

Je proteste mollement :

— Mais Alistair, pourquoi aurais-je fait une chose pareille ?

— Parce que tu es folle à lier ! me rétorque-t-il, sa main fendant l'air comme une lame. C'est pas plus compliqué que ça !

— Je ne suis pas folle. Je suis phobique.

Il ricane, méprisant, et je décèle une faille. Alistair n'est pas seulement hors de lui. Il a aussi peur.

Quoi qu'il en soit, il semble convaincu de ce qu'il avance.

— On t'a tous vue parler toute seule, Langley. Errer sur l'île, au téléphone. Mon œil ! Tu vois des fantômes partout. Il faut être malade dans sa tête pour faire un truc pareil, et t'en connais beaucoup, des fous, ici ? C'était forcément toi. C'était toi !

— Mais non, je…

— Qui, alors ?

— Je n'en sais rien !

— Ça profitait à qui, chez nous, ce… ce sabotage ? Personne ! Ce qui nous laisse un seul suspect : toi.

— Alistair, arrête !

218

Mais il repart à la charge :

— Tu es coincée ici et ça te rend dingue et tu en veux à la terre entière, à cause de ce qui s'est passé. Et comme tu ne vas pas bien, on est censés la fermer, par respect envers toi, toi et ta pute de sœur ! C'est toi qui as fait le coup.

Je me lève d'un bond, toute mollesse envolée.

— Alistair, je regrette que tu mesures 1 mètre 43 les bras levés. Je regrette que tu aies la masse musculaire d'un poulet anémié. Et je regrette que ça te complexe et te pourrisse l'existence, mais moi, je n'y suis pour rien, alors garde tes accusations pour toi.

Il se fige une fraction de seconde mais cela me suffit à constater que le coup a porté. Puis il persifle :

— Tu t'es bien défoulée ? Ça va mieux ?

— Ça va nickel, merci.

— Dégage, va promener ton crétin de chien.

— À plus, minus.

Je m'en vais. Je suis blessée mais remontée à bloc. Je ne vais pas me laisser faire.

Bon, j'ai besoin de m'épancher auprès d'une oreille compatissante. Une fois en sécurité, loin du bar, je m'empare de mon téléphone et je décris la scène à Ben.

Il ne tarde pas à me répondre.

Jamais pu l'encadrer.

C'est un connard frustré !

Mais qu'est-ce qui lui a pris ?

Aucune idée, peut-être qu'il croit vraiment
à sa théorie. Tt le monde est en PLS
à cause des résas, c'est la débandade.

Si l'hôtel ferme, qu'est-ce que tu feras ?

M'en fous. Il faut que je parte.
Il faut que le psy me guérisse.

J'avoue que ça serait pas mal.

Sympa.

Dslé, je suis sous l'eau.

Bon. Je vais prendre le taureau
par les cornes. Résoudre cette énigme.
Le bateau, le visage, le type de la télé.

Quelle énigme ? Quel type ?

Je t'en ai pas parlé ? Tout part en vrille.
Entre le fantôme de l'aile Est et le gang
de mecs louches qui va et vient la nuit...

Pète pas les plombs stp chérie.

Je te dis qu'il se passe un truc !
Pour de vrai.

OK, mais reste calme. Déconne pas.
Je viens te voir bientôt. Promis.

T'as intérêt. C'est pas la joie ds l'aile Est,
tu sais. Je suis vraiment isolée.

Mais pquoi ils t'ont fichue là ?

C'est moi qui l'ai demandé.

C'est pas un peu… glauque, là-bas ?

Grave ! Mais tu connais ? Je savais pas
que tu y étais déjà allé. Bon, tant qu'il y a
un lit et un accès direct à la plage,
ça me va. Mais viens me voir !

Dès que possible. Juré. Je te laisse,
livraison de St-Jacques.

Oh putain !

??

Et si c'était lui ?

Qui ?

Alistair ! Je suis sûre qu'il manigance
qqchose. Si ça se trouve, c'est lui l'auteur
de l'e-mail anonyme !
T'imagines le scénario ?

Franchement tu délires, là.

ARRÊTE avec ce mot !
JE NE SUIS PAS FOLLE.
Il se trame qqchose.
Réfléchis, si c'est lui le coupable
il a tout intérêt à m'accuser.
Pour noyer le poisson, faire peser
les soupçons sur moi, tu vois ?

Alistair n'a rien à gagner à couler
son propre business. C'est le gérant !
En + il pue l'ambition à plein nez. Il tient
pas debout, ton scénario, c n'importe quoi.
Allez je file. Bisous.

Ou alors, c'est Leon. Ou Oliver ?
Non, pas logique. Fait chier.

À +.

Viens me voir dans ma chambre glauque
au bout de mon couloir hanté ! STP !

32

Il règne plus d'animation dans l'open space qu'au bar, à la réception et au restaurant réunis. Et même que sur l'île entière.

Dans un coin de la pièce, Logan, Alistair et Eddie revoient le menu du Mainsail. Nous devons réduire nos dépenses et donc tout repenser. On rogne un peu par ici, on racle un peu par là. Le tout en veillant à ce que ça ne se voie pas. D'où ce nouveau menu de saison, plus « innovant », avec davantage de plats végétariens (car plus économiques) et de « réinterprétations tendance » de plats terroirs à base d'abats (comprendre bon marché). Pas de *jamon iberico* à la découpe cet hiver.

Il n'y a pas que le menu qu'on écrème. Le personnel aussi. Julia et Kaitlyn ont été les premières victimes des « restrictions » évoquées par Oliver : à compter d'aujourd'hui, elles sont au chômage technique. C'est temporaire, et elles continueront de percevoir la moitié de leur salaire pendant les semaines à venir. C'est plutôt généreux de la part d'Oliver. Il aurait pu se contenter de les licencier. Mais il tient à « préserver les effectifs ». Est-ce qu'il y parviendra, c'est une autre histoire.

Je regarde Logan. Tout dépend de lui. Ça me fait bizarre de le voir à son bureau. La configuration est identique à celle des autres : fauteuil grand luxe, table de travail, et ordinateur portable fixé au plateau par toute une série de câbles, comme si quelqu'un risquait de le faucher. Ou comme si tout, ici, était étroitement lié. Ce qui est d'ailleurs le cas. Logan travaille avec Georgia qui est la copine de Freddy qui a dragué ma sœur qui...

Alistair et Logan collaborent poliment mais je remarque qu'ils se tiennent aussi éloignés l'un de l'autre que possible. On dirait un couple de la famille royale qui n'aurait pas encore officiellement annoncé sa séparation. De toute évidence, Logan n'est pas ravi d'être ici. J'imagine qu'il préfère ses fourneaux au travail de bureau ; en général, il expédie sa paperasse à côté de son piano de cuisson (et barbouille ses factures de passata). Il part au quart de tour, en ce moment. Quand je longe la cuisine pour monter dans l'open space, le matin, je l'entends passer ses nerfs sur les poissons et crustacés. Il y a des homards qui doivent déguster. Il se sent frustré. Je le sais parce qu'il nous arrive de boire une bière ensemble, et je trouve son humour de plus en plus noir.

Il croise mon regard, lève discrètement les yeux au ciel à mon intention. Je lui adresse un sourire de connivence. Il n'est pas plus fan que moi d'Alistair.

Je me demande pourquoi il ne démissionne pas. Rien ne le retient ici. Des dizaines de restaus branchés à Londres ne demandent qu'à lui dérouler le tapis rouge, que ce soit à Soho, à Shoreditch ou à Mayfair. Le genre de restau avec liste d'attente qui grouille de traders et de top models. Les étoiles Michelin pleuvraient, en mode éruption du Krakatoa ! Alors qu'est-ce qu'il fait encore ici ? Ça me dépasse. Je veux bien qu'il soit investi dans son boulot, mais à ce point ? Une histoire de cœur, je ne vois que ça.

Oliver discute avec Lo et Leon. Le challenge, en ce qui les concerne, consiste à fermer certaines parties de l'hôtel sans suggérer à nos clients qu'on est au bord du gouffre financier. Il ne faut surtout pas que nous ayons l'air désespérés. D'ailleurs, Oliver nous assure qu'il n'y a pas lieu de l'être. Le nombre de réservations pour la période des fêtes n'est pas ridicule, on garde la tête hors de l'eau – pour le moment. Nous n'en avons pas moins du pain sur la planche : stopper l'hémorragie causée par la cyberattaque, préparer Noël, et surtout, une fois les fêtes passées, réussir à se réinventer. Nouvel an, nouveau départ. Les gens oublieront, les rumeurs cesseront.

Mais une déconvenue de plus et on est foutus.

J'espère de tout cœur qu'on parviendra à remonter la pente. Parce que je ne tiens pas à finir toute seule ici mais aussi parce que, malgré tout, je reste attachée au Stanhope. Je me suis démenée pour cet hôtel, j'ai tout donné, avec passion. Et ça reste un chouette cadre de travail, même si les ombres s'allongent dans les coins et qu'un silence oppressant s'appesantit peu à peu sur les bois. J'imagine que certaines personnes trouveraient ce calme ressourçant. Ce matin, j'ai vu un faisan qui se promenait, serein, au bord de la piscine couverte et lorgnait le bar par la fenêtre. Comme au zoo. Ce qui fait de nous les bêtes en cage.

Je jette un coup œil à Oliver. Et si c'était lui, le saboteur ? Je ne vois pas bien dans quel but il chercherait à faire fermer son hôtel. Peut-être s'agit-il de dissimuler un crime. Ce truc qui terrorise les femmes de chambres et Kat. Et moi aussi.

Non, ça ne tient pas debout. C'est son affaire, après tout. Et Oliver est une crème. Il m'a permis de garder Greedy. Il a trouvé des solutions pour que ça puisse se faire. Il m'a fait savoir que Ben était toujours le bienvenu, même en journée, pendant les heures ouvrées. Il est très bienveillant.

Oliver Seymour St John Ormonde.

Un lien avec ma sœur, peut-être ? Non, Oliver fait partie des rares personnes sur qui le charme de Kat n'a jamais opéré. Ce n'est pas de ce côté-là que je dois creuser. Et le désespoir qu'on lit dans ses yeux quand il parle de l'éventuelle fermeture du Stanhope ne peut pas être feint.

Reste Alistair. Lo. Leon. Freddy.

Freddy Nix… Fort en gueule. Un penchant pour la bière et les plaisanteries salées. Salaces. Freddy qui a des potes dans les pubs de tous les ports du coin. Freddy, qui a la langue bien pendue et qui a fait flipper ma sœur avec l'Heure des Noyés. Mais il roule toujours des mécaniques avec les jolies filles, il ne pouvait pas se douter de ce qu'elle ferait. Et peut-être que c'était lui qui pilotait le hors-bord, la nuit où j'ai vu embarquer les deux types, dont celui de la télé, mais je n'en jurerais pas. D'ailleurs ça n'avait peut-être aucun rapport.

Alistair. Lo. Leon.

Leon ? Rigide, froid, guindé. Des revenus inexpliqués. Oui, ça se tiendrait… Sauf qu'il figure sur la photo prise par le saboteur. Ce qui le raye de la liste. À moins qu'il ait eu un complice ?

Alistair. Ou Lo ?

Pour moi, elle a toujours été au-dessus de tout soup-çon. Mais si je me trompais ? Lo Devivo, avec sa verve, son humour pince-sans-rire, ses clopes, sa spontanéité. C'est plus qu'une collègue, presque une copine, du genre qui recueille volontiers les confidences, et je l'apprécie d'autant plus que les visites de Ben se raré-fient. Pour autant, je reste sur la réserve, avec elle. Elle aussi. Au fond, je la connais très peu. Elle a accès à toutes nos bases de données. Envoyer cet e-mail aurait été un jeu d'enfant pour elle. Mais, comme Leon, elle figure sur la photo. Ne parlons pas de son mobile : là, je nage en plein brouillard ! Il est vrai que j'ignore tout de ce qui peut la motiver en général. Comme le fait d'accepter un poste sur une île perdue au milieu d'un fleuve, pour commencer.

Lo me dévisage.

— Tu as besoin de quelque chose, Hannah ?

Tous les regards convergent vers moi. Leon, Alistair, Oliver, Logan, Lo, Eddie. Si ça se trouve ils sont tous dans le coup. Ou alors je suis parano et délire à plein tube. Ce ne serait pas étonnant. La paranoïa, c'est le dix-septième symptôme de ma maladie. Ma topophobie. Mon vertige de la mer, mon aqua trauma. Je suis la fille qui criait au loup, non : la fille qui n'était pas là.

— J'étais dans la lune, dis-je en me composant un sourire forcé. Désolée.

Ils me scrutent. Je les scrute.

Puis je baisse la tête et me concentre sur mon écran. Mon écran noir. Je n'ai pas commencé à travailler. Le rectangle sombre me renvoie mon reflet. Yeux écar-quillés. Préoccupés.

Le type de la télé, celui aux cheveux poivre et sel. Un fourmillement m'envahit. Une intuition, injectée directement dans le crâne. Ça me revient. Ce n'était pas dans une émission, ni dans un film ou une série. C'était sur l'écran d'un ordinateur, pas sur celui d'une télé.

L'impression s'affermit.

J'ai vu ce type sur mon ordi perso, dans mon ancienne chambre. Pas au bureau. Dans quel contexte, ça, je ne sais pas. Il faut dire que j'en ai vu, des visages, sur cet écran, entre les appels vidéo, les conf calls en visio, et j'en passe. Tout ce que je sais, c'est que l'un de ces visages appartenait à ce type et qu'il s'exprimait avec assurance. Qui peut se rappeler tous les visages qu'il a vus défiler sur son écran ? J'ai une excellente mémoire, je suis plutôt physionomiste et je me rappelle aisément les prénoms et les conversations ; c'est essentiel, dans ma branche. Mais les visages sur les écrans ? Il y en a des millions !

Je pourrais demander à Kat. Elle se dérobe chaque fois que je l'interroge mais peut-être qu'elle m'accordera la réponse à cette unique question. Parce qu'elle, elle n'oublie jamais une belle gueule. Ni le numéro de portable qui va avec !

Dans un coin discret de l'open space, je l'appelle.

Répondeur. Alors comme ça, elle m'ignore, maintenant ? Peut-être qu'elle a deviné mes soupçons. Peut-être que notre lien télépathique se retourne contre nous et nous éloigne, désormais.

Oh, Kat, ma Kat. Pourquoi cette île t'effraie-t-elle à ce point ? Que s'est-il donc passé en ce radieux week-end d'été ?

33

Kat, le jour du drame

— Madame ? Vous permettez ?

Kat détourna son attention de sa tablée de nouvelles connaissances (le couple gay, l'actrice danoise au nez refait, la gloussante étudiante en histoire de l'art et une autre fille). Mollets Galbés était de retour et lui présentait le menu.

— Oh oui, volontiers.

Elle parcourut la carte.

Filet de rouget à la plancha et son caramel
de chicorée de Dengie, sauce herbacée

Barbue de la mer du Nord et sa mayonnaise
à l'ancienne, salade d'obione faux pourpier
de la Blackwater, câpres

Rôti de porc braisé et ses pommes de terre Tollesbury,
jardinière de légumes croquants de Dawzy

Malin, nota Kat en son for intérieur. Très malin. Non seulement Mack le Crack proposait une carte à base de produits régionaux, mais il composait ses plats avec les ressources de l'île, piochant légumes et condiments sur Dawzy. Les ingrédients du repas qu'elle s'apprêtait à commander avaient dû être cueillis le matin même à quelques mètres du restaurant.

— Le ceviche du Suffolk est à damner un saint, lui glissa le quinquagénaire anglais avec un sourire affable.

Kat lui en décocha un de son cru. Il l'avait invitée à s'asseoir à leur table le temps de prendre un verre. À ce verre en avait succédé un deuxième, puis d'autres convives les avaient rejoints et l'apéro s'était changé en déjeuner. Amuse-bouches. Bavardage. Commandes. Bises. Musique. Ambiance. Météo parfaite. Félicité.

— Non, mais des fanes de fenouil ! s'extasiait le jeune Américain. C'est du génie.

— Pour moi, le crabe de Cromer, s'il vous plaît.

Le serveur pianotait sur sa tablette.

— Et pour vous, messieurs ? Un café, peut-être ?

Le couple déclina.

— Remettez-nous plutôt une bouteille de cet excellent vin blanc… Qu'est-ce que c'était, déjà ?

— Notre Rebula de Goriska Brda, monsieur.

— C'est où, ça ? demanda le jeune Américain, les joues un peu rouges.

— En Slovénie, monsieur, le renseigna le serveur.

— Ah ! Je ne savais pas qu'il y avait des vignes là-bas.

— Mais si, voyons, s'esclaffa son amant. C'est l'équivalent du Ribolla italien. Même cépage. Ce sont d'excellents vins.

Le serveur acheva de prendre la commande tandis que Kat s'efforçait de mémoriser le prénom de ses nouveaux camarades. Le quinqua, c'était George. Son mec, Joshua – prononcé à la mode d'outre-Atlantique, en étirant bien les syllabes, Djoshwâââ, comme une marque coréenne de technologies de pointe. L'étudiante : Phoebe. Sa copine : Alice. La Danoise : Signe, mais dans sa tête Kat l'avait déjà rebaptisée Nez Raté, tant le résultat de son opération de chirurgie esthétique était fascinant. Il n'était pas loin d'être parfait, à ceci près qu'il était trop pointu. On aurait pu décacheter des enveloppes cartonnées avec ce nez, ce qui était d'autant plus regrettable que Signe, au demeurant, était une belle femme.

Tout le monde commentait le menu et spéculait au sujet du chef qui officiait en cuisine.

— Il s'appelle Logan Mackinlay, révéla Kat à sa tablée. Un Écossais charmant.

— Tu connais personnellement tous les chefs de la région, ou quoi ? s'étonna Djoshwâââ.

Kat se sentit rougir. Mais elle contint son émoi.

— Ma sœur travaille au Stanhope. D'où ma présence ce week-end. En fait, je viens souvent ici. L'hiver, il règne sur Dawzy une atmosphère quasi mystique. Je vous ai entendus l'évoquer, tous les deux. « Étrange et envoûtante », tels étaient vos termes, je crois. C'est tout à fait ça ! Pour moi, la plage est une entité animée, qui fait rêver même ! Et où d'autre peut-on se vanter d'embrasser d'un seul regard Goldhanger et la Blackwater ? Ah ! Voilà le vin, super.

Le serveur remplit les verres. Kat vida le sien en deux gorgées. En redemanda. Fut exaucée. Les plats

231

arrivèrent. Elle avait envie de se refaire une ligne. La contacterait-il ? Elle espérait qu'il s'abstiendrait. Pas de tentation. Pas ce soir. Des joies simples. Mais lesquelles ? La ket, le 2C-B, la coke, certes. Et puis la danse. Et peut-être qu'elle piquerait une tête.

Ah, mais non. Qu'avait dit le vieux dragueur, déjà ? L'Heure des Noyés. Mieux valait éviter de se baigner. Trop risqué. Dommage, par cette divine chaleur, sous ce soleil torride…

Avec le repas, la conversation s'anima et bientôt on bavardait à bâtons rompus. La discussion était simple et fluide et tous y participaient. Londres, la monarchie, le Danemark, le mariage délicat du poisson et du lard, les plats « terre et mer », les requins fantômes, les revenants, la superstition, l'astrologie – tout y passait. Djoshwâââ qui, nonobstant son homosexualité, vouait un intérêt marqué au mini-short de Kat, haussa un sourcil sceptique.

— Tu crois vraiment à l'astrologie ?

Kat siffla son énième verre de vin et répondit :

— L'astrologie est à mon sens une œuvre d'art. C'est un portrait de l'univers saisi à l'instant T, dans lequel tout et tous sont intimement liés, intrinsèquement interdépendants, comme les personnages des toiles de maîtres de la Renaissance qu'on ne peut pas interpréter isolément – je pense notamment à *L'École d'Athènes*, de Raphaël. Eh bien, l'astrologie, c'est la même chose, mais peinte avec des constellations sur la voûte céleste.

Tous les convives la dévisageaient. Kat adorait faire son numéro. Prendre les gens de court. Parfois, elle brandissait son ukulélé et se lançait dans l'interprétation de mélodies klezmer ou de chants traditionnels albanais qu'affectionnait Byron, quand son choix ne se portait pas sur du Simon & Garfunkel. Parfois, elle parlait flamand aux Belges, portugais aux Brésiliens, latin aux universitaires âgés. Son répertoire détonnait avec son look de bimbo et ne manquait jamais de dérouter ses interlocuteurs. Elle aimait les voir se troubler, réviser discrètement leur jugement.

Kat poursuivit sur sa lancée.

— Et puis quiconque aime l'astrologie s'intéresse aux étoiles. Or je trouve qu'on ne les regarde pas assez. Nous les avons pour ainsi dire perdues. Prenez l'interaction constante de Jupiter et de Polaris. Il fut un temps où les écoliers connaissaient l'amitié de ces astres qui veillaient sur eux tandis qu'ils regagnaient la chaleur du foyer et le giron maternel. L'humanité pleure éternellement ses paradis perdus, enténébrés. La mort, cependant, est parfaitement nyctalope. La courbe d'une hanche de femme épouse à la perfection celle que décrit Vénus autour de notre soleil. C'est la même. Oups, j'ai un coup dans le nez, moi.

George rit. Nez Raté se rembrunit légèrement, possiblement contrariée. Kat en faisait trop, et puis elle avait envie de faire pipi, et d'une ligne de coke pour se calmer.

Mollo, Diabolo. La journée ne fait que commencer.

Kat prit congé de ses convives et les laissa méditer sa tirade. Elle se faufila entre les coquettes tables de jardin qu'on avait disposées partout sur la terrasse, esquiva chaises longues et fauteuils en osier, clients hilares, éméchés, trinquant, somnolant sous leur chapeau de paille, flirtant éhontément, se bécotant, déjà. Obéissant à un mot d'ordre : l'hédonisme.

Elle entra par la petite porte qu'elle avait découverte tout au bout du bâtiment. À l'abri du soleil, il faisait frais. Fenêtres au look gothique, moquette affreuse, miroir massif. Kat quitta la chambre et s'empressa de gagner la sienne. Et la promesse qu'elle recelait, sous la forme d'une poudre blanche lovée au fond d'une jolie pochette turquoise perlée qu'elle avait chinée à Tanger.

Le sachet en papier blanc. Les cristaux miniatures. Le goût alcalin qui vous tapissait le fond de la gorge. L'acuité argentine qui s'ensuivait, affûtant l'esprit, les pensées. Inspirer. Rejeter la tête en arrière. Là. *La mort est nyctalope.* D'où sortait cette phrase ? Pourtant, c'était vrai. Kat sniffa une seconde fois. Oui.

Le flash était tellement puissant qu'elle dut s'asseoir par terre, sur la moquette. Wow.

Elle y demeura un moment. Visiblement, on n'avait pas passé l'aspirateur ici depuis des mois. Le vin et la coke turbinaient dans sa tête. Et dans sa poitrine. *Boum boum boum.*

Kat connaissait la marche à suivre. Ce n'était pas la première fois. Elle s'allongea, s'étira pour faire redescendre son rythme cardiaque. Complètement relâchée.

Sur sa gauche, elle remarqua alors un morceau de papier plié calé entre le matelas et le sommier. Invisible pour quiconque ne se couchait pas à même le sol. Kat devait être la première à le faire depuis l'époque où les Romains pavaient la Strood.

Tendant le bras, elle cueillit le billet et le déplia, le brandit à bout de bras au-dessus de ses yeux, et le lut.

Il consistait en deux mots, tracés d'une main frêle et vraisemblablement féminine.

Au secours

34

Hannah, maintenant

Là-bas, à l'est de Dawzy, se trouve l'île de Foulness. Et la ville de Brightlingsea. Et Churchend. Et Wakering. Si seulement je n'étais pas coincée ici, je prendrais le volant et je roulerais cap au nord jusqu'au berceau de toute chose, jusqu'aux origines de l'Angleterre : le bateau-tombe de la sépulture de Sutton Hoo, un site archéologique vieux de mille quatre cents ans entouré de patelins qui sonnent comme autant de noms de guerriers saxons des temps jadis : Uffield. Snape. Falkenham. Sweffling. Yoxford.

Sweffling. On dirait un verbe inventé pour décrire mes symptômes. « Effet de sweffling » : sensation d'oppression pouvant conduire à l'aphonie. Fréquent chez les personnes coincées sur l'île de Dawzy. Mais je vais me battre. Je vais m'enfuir. Le sweffling ne passera pas par moi !

Inspirant profondément, j'approche la pointe d'une de mes bottes en caoutchouc des langues d'eau du fleuve. Je suis tout à l'est de l'île, loin des regards moqueurs.

Seul Greedy m'observe, intrigué, immobile, telle une statue égyptienne. Il y a peu d'oiseaux pour le distraire par ce gris et froid après-midi. Je porte un manteau d'hiver, un pull, une écharpe ; j'ai mes jumelles autour du cou. Je me suis fait croire que je sortais étudier la nature, guetter les lièvres, ou que sais-je. Une chatte dansant sur ses pattes arrière. Mais je me mentais à moi-même. Je suis là pour m'exposer.

— Je vais le faire, Greedy. Je vais patauger.

Il opine vaguement comme s'il me comprenait. Soudain une mouette passe dans son champ de vision et il lève le nez et jappe et jappe de plus belle. Nouvelle volée d'oiseaux – des harles bièvres ? Non, des pluviers, oui, c'est ça. Greedy en couine d'envie. Des oiseaux !

Je place ma botte droite dans l'eau ; elle s'enfonce de cinq ou dix centimètres. Une terreur froide me glace les membres, j'en ai des frissons, et pas de ceux qu'on se paie en s'offrant un tour de montagnes russes, non, c'est de la terreur à l'état brut, c'est la sorcière morte pendue au crochet à la porte de ma chambre d'enfant et je déguste salement.

Pourtant, je n'éprouve pas le besoin viscéral et immédiat de retirer mon pied de l'eau comme si ma vie en dépendait. Le phénomène serait en train de s'estomper ? Peut-être. Je me sens mal, nauséeuse, et mon cœur tambourine, évidemment, mais je n'ai pas l'impression d'avoir plongé le pied dans de la lave en fusion.

Je tente le pied gauche ? Au point où j'en suis ! Très concentrée sur ma respiration, je plie le genou, ferme les yeux, et, vivement, résolument, je tends la jambe. Les galets claquent sous ma semelle et l'eau de la Blackwater gicle, tirant à Greedy, mon spectateur enthousiaste, deux aboiements consécutifs.

J'ai les deux pieds dans le fleuve.

Mais mes yeux sont clos. Il faut que je les rouvre, sinon, c'est de la triche.

J'ouvre les yeux. Je me tiens dans dix centimètres d'eau par un sinistre jour d'automne et, pour moi, ce n'est pas un exploit mais un triomphe qui passera à la postérité.

— Greedy, regarde : j'avance ! Chiche, j'y vais jusqu'aux chevilles.

Je ne suis pas sûre d'en être capable. Je commence à avoir mal dans la poitrine. Les décharges d'adrénaline se font douloureuses, la nausée me comprime la gorge et je commence à voir des images danser devant mes yeux, les noyades, les visages des malheureux engloutis par la Blackwater, celle-là même qui m'encercle à présent, ce lieu de mort, puis les corps inexorablement emportés vers le large pour qu'ils s'y fassent déchiqueter par les porte-conteneurs chinois quittant les havres de Felixstowe et de Tollesbury…

C'est la spirale. Elle m'entraîne vers les ténèbres.

Ce qui veut dire que je dois faire vite. Serrant les poings je m'apprête à faire un grand pas en avant, j'arme le pied, je le repose d'un mouvement volontaire, *splash*, quarante centimètres plus loin, j'ai réussi. J'ai réussi ! Au tour du deuxième pied. Ma cage thoracique se débat sous les assauts violents de mon cœur mais je ne renonce pas. *Splash*. C'est fait. Vingt centimètres de fond !

— Greedy ! J'ai réussi !

On dirait que mon chien me sourit. Il est probablement en train de loucher sur un lapin qu'il aura repéré dans les parages ; n'empêche qu'il est trop chou avec sa bonne bouille penchée sur le côté. Je sais que j'ai tendance à l'humaniser mais je m'en fiche. Parfois, je jurerais qu'il est sur le point de me parler. « Bien joué, Hannah. Je pense que t'en as fait assez pour aujourd'hui ! Hé, t'as vu comme je bats vite de la queue ? Dis, on peut aller se promener dans un coin avec plus d'oiseaux ? »

Greedy a raison, ça suffira pour cette fois. J'ai plongé les deux pieds dans l'eau jusqu'aux chevilles. J'ai affronté vingt centimètres de Blackwater, c'est mon record depuis le drame ! Dès que je serai bien au chaud dans ma chambre, j'enverrai un texto à mon psy.

Je jubile. Je vais finir par y arriver, à quitter cette île de cauchemar. La thérapie fonctionne.

Je ne suis pas pressée de rentrer. Je veux savourer cette victoire. La lumière poussive du jour s'embrume et s'estompe, de pittoresques rubans de brouillard festonnent ce crépuscule automnal. La grisaille alentour se mue en noirceur. Je regagne le rivage à pas lents, prudents, comme on évoluerait sur un terrain miné, sauf que mes mines à moi se trouvent dans ma tête, puis je gravis la plage de galets pour aller m'asseoir sur une touffe d'herbe couverte de cristaux de sel.

Je vais le dire à Ben.

J'ai réussi ! J'ai pataugé dans la Blackwater.
Je crois que ça marche enfin !

Il me répond immédiatement.

C'est super ma chérie ! Tu veux fêter ça ?

Carrément ! Mais comment...?

J'ai pris ma soirée. Charlie a envie
de gérer la brigade, ce soir. Si je saute
ds un bateau-taxi je peux être là ds 30 min.
Je ne resterai pas lgtps, par contre.

Je t'attends !!

Je glisse mon portable dans ma poche. Un sentiment
proche du bonheur pétille en moi, si fugace soit-il.
Même au plus noir de la nuit, on trouve des pépites
d'espoir. J'ai affronté mes peurs et mon amoureux est
en route pour me rendre visite. Peut-être qu'on fera
l'amour. En tout cas, je vais pouvoir toucher et être
touchée. Moi qui suis en manque de contact humain.

Et un jour, je m'enfuirai loin d'ici.

Jumelles en position, je scrute l'estuaire étranglé par
la brume. Le crépuscule est trouble, presque opaque, et
à travers les voiles je distingue à peine les gros cubes
blancs de la centrale électrique désaffectée. Ainsi que
quelques petits bateaux de pêche rentrant au port.

Satisfaite, je gratte paresseusement l'oreille de
Greedy, qui grogne de plaisir. La lune se lève, assombrie, brumeuse, imposante néanmoins. Suffisant à éclairer doucement le fleuve enrubanné de brume.

J'aperçois un autre bateau. Là-bas. Je ne le connais
pas, celui-là. Serait-ce le taxi de Ben ? Mais qu'est-ce

qu'il fabrique ? Il n'a pas l'air de se diriger vers l'embarcadère, ou alors il fait un sacré détour, et il n'est pas pressé. Je refais la mise au point et alors je discerne deux silhouettes sombres et floues, plus le pilote.

L'une d'elles pourrait correspondre à Ben. C'est un homme, il est grand. Je crois reconnaître sa grosse doudoune noire. L'autre est plus fine, une femme, sans doute, et il me semble qu'elle a la tête posée sur son épaule. C'est dur à dire, d'ici ; le brouillard s'interpose. Mais le langage corporel des deux passagers ne ment pas : il s'agit d'un couple, ils sont intimes, ils viennent de s'embrasser, peut-être. Le bateau glisse sur la surface froide du fleuve sous la lune incertaine et l'inconnue s'abandonne contre le torse de l'homme.

— Ben !

J'ai crié, bien qu'ils ne puissent pas m'entendre. Ils sont trop loin. Je panique, je ne veux pas voir ça. Non !

— Ben !

La femme se redresse, on dirait qu'elle m'a entendue, pourtant c'est impossible. Elle est pâle, triste peut-être. Comme la femme que j'ai cru voir à la fenêtre de l'aile Est. C'est la même personne, j'en suis sûre. J'ignore d'où me vient cette certitude, mais je le sais. Et voici qu'elle pivote vers moi. Les doigts tremblants, crispés sur mes jumelles, je refais la mise au point jusqu'à ce qu'enfin l'image soit assez nette pour me permettre de l'identifier.

Kat.

35

Le bateau disparaît derrière un rideau de brume. Je reste figée là, des heures, des minutes, je ne sais pas. La tristesse me paralyse. Qu'est-ce que c'est que cette trahison ? Kat fréquente l'île à mon insu, elle voit Ben en cachette ? Je ne comprends rien, mais je suis percluse d'angoisse. Peut-être que j'ai mal interprété la scène... Mais non, je sais ce que j'ai vu. Soit ils couchent ensemble, soit c'est imminent. En tout cas ils sont nettement plus proches qu'ils me l'ont laissé entendre.

Mais pourquoi choisir Dawzy pour leurs rendez-vous ? C'est absurde. Ma sœur déteste cette île ! Enfin, c'est ce qu'elle prétend. Peut-être qu'elle ment pour m'embrouiller ? C'est idiot ! Partout ailleurs, ils seraient tranquilles. Pourquoi venir précisément ici, au risque que je les surprenne ?

J'en aurai le cœur net.

Déterminée, je me lève et dévale la grève jusqu'à l'hôtel et sa jetée. Greedy me suit en aboyant, croyant à un jeu. L'air est froid dans ma bouche, les larmes dans mes yeux aussi, et le brouillard n'en finit pas de s'épaissir…

Là. Il y a bien un bateau amarré à l'embarcadère, j'en devine à peine les contours dans la pénombre mais il ressemble effectivement aux bateaux-taxis de Maldon. Et j'aperçois quelqu'un, une silhouette qui gravit la pente, seule dans le froid crépuscule bruineux, et se dirige vers le Stanhope et ses lueurs hospitalières.

C'est Kat. Long manteau noir claquant au vent, grandes bottes de cuir à lacets. Elle ne se cache même pas. J'imagine qu'elle ignore que je l'ai surprise avec Ben.

Je m'approche mais elle ne paraît pas m'entendre ; pourtant les galets crissent bruyamment sous mes pas.

— Kat.

Dix mètres seulement nous séparent. Ma sœur ne se retourne pas.

— Kat, je t'ai vue. Sur le bateau. J'ai tout vu !

Elle regarde droit devant elle, en direction de l'hôtel, elle fixe quelque chose, ou quelqu'un, que je ne vois pas. Quelqu'un qui l'attend à l'intérieur. Prêt à l'accueillir. Mais qui ?

— Kat, parle-moi. Qu'est-ce que tu fais ici ? Merde ! Kat, c'est quoi ce délire ?

Enfin elle se retourne, mais elle ne semble pas me voir. Elle a l'air défoncée. Stone. Je reconnais la Kat qui a trop fumé. Trop bu. Belle mais inexpressive, vide. Perdue dans son monde. Où elle contemple les Pléiades et s'extasie sur le Verseau.

— Kat ? Ça va ?

Une ombre voile son regard. Un regard qui me transperce, ou me contourne, ou m'esquive, mais en tout cas qui m'évite. La perplexité plisse son front ; on dirait qu'elle perçoit ma voix sans en distinguer l'origine.

— Kat ! Arrête !

Une autre voix.

— Qu'est-ce que tu fais ?

C'est Ben. Il s'avance vers moi à grandes enjambées. Me hèle :

— Hannah, stop…

Furieuse, je fais volte-face.

— Tu oses me dire stop ? C'est ma sœur, putain ! Tu l'as amenée ici ?

Je reporte mon attention sur elle.

— Kat, je vous ai vus ensemble, sur le bateau, Ben et toi. Qu'est-ce qui se passe ?

Elle esquisse un signe de dénégation, mais ne dit rien. Puis, très lentement, elle hoche la tête. Une tristesse infinie se dégage de son expression. La femme qui m'est apparue l'autre soir à la fenêtre avait la même.

C'était elle. Elle fréquente l'île derrière mon dos.

— Hannah, qu'est-ce que tu fous, bon sang ? Arrête !

Je toise Ben. Mon fiancé. Ce traître.

— Toi, la ferme ! J'ai le droit de savoir. Qu'est-ce qu'elle fait là ? Qu'est-ce que vous faites ensemble ? Je vous ai vus sur le bateau, vous étiez pratiquement en train de vous rouler des pelles !

Il secoue la tête, les traits déformés par une émotion que je ne lui avais jamais vue. Est-il horrifié que j'aie découvert le pot aux roses ?

— Hannah. Tu n'as pas pu voir Kat avec moi sur le bateau.

— Mais si !

— Non.

— Je te dis que je l'ai vue, Ben. Pas la peine de mentir. Je vous ai vus !

— Non, Hannah. C'est impossible.

— Pourquoi ? Qu'est-ce qui te permet de dire ça ?

Il fait un pas vers moi, les yeux pleins d'appréhension, et il me présente la paume de sa main dans un geste de conciliation.

— Hannah, me dit-il doucement, tu crois avoir vu Kat et lui avoir parlé, mais ce n'est pas le cas. Kat est morte, rappelle-toi. L'été dernier. Elle s'est noyée.

Je me tourne vers ma sœur. Il n'y a plus personne. Elle a disparu. Et je comprends, d'un coup, que Ben dit la vérité.

36

Ben me prend dans ses bras. Tout en moi se révulse à son contact, alors qu'il y a une heure encore, j'étais assoiffée de tendresse. Je crevais d'envie qu'on me touche, à présent ça m'est insupportable. Mon chagrin a besoin de solitude. Ma peine n'est encore qu'un feu de petit bois mais j'ignore jusqu'où l'incendie s'étendra et ce qu'il consumera. Tout, peut-être.

— Va-t'en, Ben, s'il te plaît.

— Quoi ?

Le vent froid qui souffle du fleuve l'ébouriffe, dégageant son beau front. Il ne demande qu'à m'aider, son amour pour moi est sincère. Seulement, je ne peux endurer la compagnie de personne. Pas à présent que Kat est morte.

— Je t'en prie, rentre à Maldon. J'ai besoin de réfléchir. S'il te plaît.

Il commence à protester, puis il remarque mon air déterminé. Ma mine neutre. Pas de larmes pour le moment. Mais elles viendront. Elles seront légion.

— Si c'est vraiment ce que tu veux, cède Ben. Mais je reviendrai. Il ne faut pas que tu restes seule trop longtemps. Tu as besoin de soutien. De… de l'amour de tes proches.

Il me gratifie d'une dernière accolade un peu gauche, puis il s'en retourne d'où il est venu. Je le suis en silence, à quelques pas de distance. Greedy trottine à nos côtés, un peu déconcerté par notre interaction. Ou par moi, sa maîtresse qui parle dans le vide et poursuit des visions.

J'assiste au départ de Ben. Il échange quelques mots avec le pilote, lui explique la situation, remonte à bord. Le moteur vrombit, le taxi s'éloigne. Je longe la jetée et le regarde s'enfoncer dans le brouillard. Le camaïeu de noir et de gris, de fleuve et de brume engloutit le bateau et ses passagers.

Je baisse la tête. L'eau de la Blackwater défile sous les planches usées de la jetée. Le vieux, très vieux fleuve qui emporte tout avec lui. Tous mes espoirs, si ténus soient-ils.

C'est comme la fois où papa nous a appris la mort de maman.

Les larmes ne sont plus très loin, à présent.

Parvenue à l'extrémité de la jetée, je plisse les yeux. Il y a quelque chose, là, dans l'eau sombre. Quelque chose de pâle, ou de blanc. Une raie, peut-être. Ou un gros poisson ?

Ou alors c'est un membre. Un morceau de chair humaine. Un bout de ma sœur.

N'importe quoi. Impossible.

La forme blanche fait surface et c'est bien une raie – je crois. Je redouble d'attention, de concentration, non ce n'est pas une raie, c'est un visage humain.

C'est Kat. C'est son visage figé qui affleure au ras de l'eau tel un masque japonais sur une scène d'un noir d'encre. Le visage crève les vagues, tout à fait mort et immobile, flottant comme une dépouille d'animal. Penchée au-dessus du fleuve, je le fixe, épouvantée. Incapable d'en détacher le regard.

Soudain, le visage se fragmente et se mue en une chose difforme, un cri déchirant, une bouche grande ouverte, tournée vers moi, qui me crie : non, stop, pitié. Au comble de la souffrance, mais muette.

Effarée, je plaque mon bras sur mes yeux, me détourne, et m'enfuis. Aussi vite que mes jambes consentent à fouler ces galets qui freinent ma course. Loin, loin, loin de cette horreur qui s'apprête à tout saccager. Je fuis.

37

Kat, le jour du drame

Au secours

Kat se redressa. Étudia le billet de près, puis à bout de bras. Recto et verso.

La feuille était lignée comme une page de cahier d'écolier. Kat eut beau la tourner et la retourner en quête d'un indice – trace quelconque, larme, tache de sang ou de café : rien. Seulement ces deux mots.

Le morceau de papier blanc ligné était comme neuf, pas le moins du monde décoloré par le soleil, mais il n'était pas forcément récent pour autant : dans sa cachette, il avait pu être préservé des rayons jusqu'à ce que Kat l'exhume à la manière d'un fossile.

Au secours

Ses mots s'imprimaient dans le cerveau de Kat avec une netteté croissante à mesure que l'euphorie initiale de la coke refluait sous son crâne. Qui avait besoin de secours ? Et pourquoi ?

Kat colla pratiquement son nez sur le billet.

Lettres bleues, encre de stylo-bille. Caractères simples, arrondis, tracés d'une main vraisemblablement féminine, jeune sans doute, mais pas enfantine.

Kat reposa le message, perplexe. Pourquoi cacher un appel au secours dans une chambre inoccupée d'une aile d'hôtel à l'abandon ?

Au secours... À présent Kat entendait pratiquement la voix dans sa tête. Implorante et féminine, elle résonnait, doucement, trop doucement, dans le long corridor, se réverbérait au fil des portes closes, au fil des ans, de plus en plus assourdie, à jamais réduite au silence. Un appel resté sans réponse, un ultime râle, hélas étouffé. Peut-être Kat était-elle la première à le découvrir. C'était comme ces bombes n'ayant jamais explosé, ou ces chats qu'on emmurait vivants pour repousser les sorcières et que l'on trouvait, momifiés, des siècles plus tard. Ce billet, de quand datait-il ? L'avait-on déposé ici des mois ou des années plus tôt ? Vingt ans plus tôt ? Au temps où maman fréquentait Dawzy ?

Non. Idée idiote. Pas envie d'y penser.

C'était un radieux week-end d'été, la fête battait son plein sur une île que sa mère avait chérie, venait-elle d'apprendre. Ce bout de papier était insignifiant. Il s'agissait certainement d'un jeu, d'une plaisanterie. D'une partie de cache-cache. Des gosses avaient dû inventer une histoire au temps où le Stanhope s'appelait encore le Stanhope Gardens Island Hotel, où les chambres coûtaient trois francs six sous, tranche de gigot trop cuit comprise.

Replier le bout de papier, planquer les mots…

Au secours

Faire taire le cri qui venait d'éclater par-delà les décennies…

Au secours

Kat remit le message là où elle l'avait trouvé. Puis elle se leva, lissa ses vêtements, s'inspecta dans la glace, sortit dans le couloir d'un pas léger et se dirigea vers le soleil brûlant qui embrasait la Blackwater, muant ses remous scintillants en une coulée de pièces d'or et d'argent tout juste frappées.

38

Hannah, maintenant

Je suis recroquevillée par terre dans ma chambre, le menton calé entre les genoux, les bras noués autour de mes jambes. Ma respiration est superficielle parce que, lorsque j'essaie d'inspirer à fond, c'est comme si j'inhalais de la souffrance pure, la douleur me submerge et les larmes reviennent.

Au plafond, les spots sont éteints, les rideaux entrouverts dévoilent une lune argentée pareille à une rognure d'ongle. Que strie un vol de minuscules oiseaux blancs.

Hurlant.

Il pourrait être 21 heures comme 2 heures du matin. J'ai pleuré si longtemps qu'il me semble que j'ai glissé dans une faille spatio-temporelle. Ma chambre, qui m'apparaissait tout à l'heure vaste comme une cathédrale, se réduit à néant, les murs se resserrent, le plancher se soulève pour m'écraser contre le plafond, au rythme de ce mal sans nom qui me comprime la poitrine et des sanglots spasmodiques qui étranglent ma respiration.

Katalina.

Je sais que je le savais, je savais, je le sais.

Elle est morte.

Je sais que tu es morte, ma Kat. Je l'ai toujours su.

Mais je ne pouvais pas l'accepter, c'était trop douloureux. Alors je t'ai laissée exister dans ma tête, pour que tu vives, Kat, pour que tu reviennes à la vie, parce que assumer la réalité était au-dessus de mes forces, le déni était mon unique antalgique ; je ne pouvais pas te perdre, pas après maman, pas toi aussi, toi, ma sœur quasi jumelle, mon alter ego, l'adorable fillette qui me tenait la main quand nous dévalions en courant le chemin de halage longeant les parcs ostréicoles et la Strood, quand on était petites, jusqu'au front de mer de Mersea où se dressaient les murs en bardeaux du restaurant Company Shed, par les jours venteux et ensoleillés qui résonnaient des cris des mouettes survolant les flots émaillés de voiliers scintillants pendant que nous faisions la queue au stand où maman nous achetait de grands bols de soupe de homard épicée servie dans des récipients en polystyrène qu'on retournait déguster sur les bancs en face de la mer pour admirer les yachts en rigolant, joyeuses, les joues barbouillées de beurre jaune et d'épais velouté orange tant nous étions avides de cette belle crème fraîche qu'on mettait dessus et des grosses frites bien salées qu'on trempait dedans et papa au moment de reprendre la route de nous répéter : pas de soupe sur la banquette, les filles ! À la maison, c'était reparti, on bondissait hors de la voiture, irrépressiblement heureuses, on emmenait Greedy se dégourdir les pattes au square, toujours main dans la main – la tienne, plus petite, logeait parfaitement au creux de la mienne, on les aurait crues taillées sur mesure l'une pour l'autre, pour que nous restions ainsi imbriquées, liées, à jamais.

Kat.

Tu es partie. Tu ne me parleras jamais plus, désormais. Si ?

Le silence qui plombe la chambre est solide, définitif. Il m'encercle.

C'est à cause de lui que je t'ai retenue, Kat : le silence. Je ne le supportais pas, en plus de mon confinement. Tu as toujours été la plus bruyante de nous deux. Tu étais la mélodie de ma vie, avec tes concerts de ukulélé improvisés, tes psalmodies avinées, ton rire caquetant, tes Hannah *mia*, et puis le bruit de tes couverts tombant par terre, et les pouffements que nous tiraient tes grivoiseries, tes chutes innombrables, toujours accompagnées de rires, tes blagues de mauvais goût, mes gloussements de gamine et nos coups de fil éplorés qui par je ne sais quel miracle finissaient toujours en fous rires, tous nos fous rires, toutes nos disputes, nos questionnements, et ce soir où âgées de 7 et 8 ans nous avions veillé tard pour admirer une étoile dont tu affirmais qu'elle était spéciale, qu'elle bougeait, et cette ode qu'on avait composée pour elle, ensemble, et qu'on avait chantée de nos voix fluettes, flûtées, tous ces sons, tout ce bruit, ce vacarme, cette musique qui était toi, Katalina, c'était le pouls qui rythmait ma vie et voilà que je l'ai perdu.

Il me reste le silence. Et ce petit coup sec frappé doucement à ma porte.

Ma chambre est plongée dans le noir. Une languette de lumière filtre sous ma porte – le couloir est éclairé derrière le battant.

J'ignore comment je parviens à articuler, mon visage est tout endolori d'avoir autant pleuré :

— Oui ?

— C'est moi.

Ben.

— Freddy a bien voulu me ramener. Ouvre-moi, ma chérie, je t'en prie. Il ne faut pas que tu restes seule en ce moment.

Tant de bonté pourrait me refaire pleurer. Mais assez pour aujourd'hui. Je pleurerai de nouveau demain et après-demain. Et ainsi de suite. Toute ma vie, si ça se trouve. Pour l'heure, cependant, mes yeux sont secs.

— C'est ouvert.

Le liseré de lumière s'agrandit.

Puis Ben appuie sur l'interrupteur et la clarté inonde ma chambre. Je le vois baisser les yeux sur sa pathétique amoureuse, prostrée dans un coin de la pièce, pieds nus, en pyjama, défaite. Il se décompose.

— Oh, merde, Hannah, ça fait longtemps que t'es là, comme ça ?

Il s'installe par terre à côté de moi, pose une main sur mon épaule. Je me dégage brusquement ; pourtant, j'ai tellement envie qu'il me touche.

Sans se vexer, il se contorsionne, ôte sa doudoune, son sac à dos, et en extrait des documents. Que je ne veux pas voir. Malgré moi, j'y jette toutefois un regard en biais. Ce sont des journaux.

— Je me suis rappelé que je les avais gardés. Tu sais, à l'époque où l'on espérait encore… Quand on était sans nouvelles.

Il en dépose deux par terre. L'*Essex Chronicle* et le *Daily Telegraph*, ouverts à la bonne page et repliés bien proprement pour me permettre de lire plus facilement les titres.

En ai-je envie ? Non, mais je ne peux pas résister.

NOYADES À DAWZY : TROIS PERSONNES TOUJOURS PORTÉES DISPARUES

Les corps de deux individus, identifiés comme étant ceux de Jamie Caule et de Najwa Haddad, ont été repêchés dans la Blackwater hier à proximité de la marina de Goldhanger. Trois autres personnes, Katalina Langley, Cicely de Kerlesaint et Toby Wyne, demeurent à ce jour disparues. L'espoir de les retrouver vivantes s'amenuise à mesure que les heures passent...

Le second article est daté du mois de juillet, soit deux semaines plus tard.

DISPARUS DE DAWZY : LES RECHERCHES ABANDONNÉES

Les autorités ont annoncé hier mettre fin aux recherches pour retrouver les trois jeunes gens disparus lors des noyades survenues dans le cadre de festivités au Stanhope, sur l'île de Dawzy. Notre interlocuteur à la station de sauvetage en mer de Southend-on-Sea affirme que, du fait de la présence de fortes marées, de

courants froids ainsi que d'un important trafic de navires marchands dans
la région, il est impossible que les
disparus aient survécu…

À nouveau le silence. Que seul froisse le souffle de Ben.

— Je suis désolé, murmure-t-il.

Je me tais. Il poursuit.

— Cela faisait un moment que je m'interrogeais… Je me demandais ce qui se passait dans ta tête. Ton père m'avait laissé entendre… Et le bruit courait qu'ici, on t'avait vue téléphoner à… tu sais…

— Ma sœur décédée.

Il hoche la tête, mal à l'aise.

Je prends une profonde inspiration. J'ai besoin de parler. J'ai vraiment besoin de parler.

J'ouvre la bouche mais rien ne sort, c'est la panne généralisée. Mon cerveau, ma langue – tout est gelé.

L'expression de Ben est soucieuse mais bienveillante. Elle me dit : *Essaie, je t'en prie.* Alors j'essaie, j'ouvre la bouche, mais je n'émets qu'un borborygme.

Sa main se resserre sur la mienne. Je crois qu'il tente de me transmettre le courage nécessaire.

Curieusement, ça marche : je me mets à parler. De façon cohérente.

— Tu n'as jamais perdu de proche, Ben. Pas comme moi. D'abord ma mère, et maintenant ça…

— Continue, m'encourage-t-il d'une voix infiniment douce.

— J'ai disjoncté. Parce que tout m'est revenu d'un coup. Maman… Et parce que j'étais là quand c'est arrivé, ça s'est passé sous mes yeux, j'ai vu Kat se noyer, j'y étais, dans l'eau, j'ai tout vu jusqu'à ce que je me fasse assommer par le canot. Je l'ai vue emportée vers le large, hurlant, aux prises avec le courant, l'Heure des Noyés. Le noir, ses cris… C'était trop. Alors j'ai disjoncté.

Sa main me paraît brûlante. Je continue sur ma lancée, avec une ardeur redoublée.

— Quand j'ai repris mes esprits, elle était déjà en moi. La peur. J'étais bouleversée, je partais en vrille, et puis un jour, peut-être dès la semaine suivante, elle m'est réapparue, dans mon portable. Je veux dire… J'ai toujours son numéro, tous ses textos, tous ses e-mails, ses anecdotes, ses blagues, son visage, sa vie – tout ! En photos, en vidéos, en messages audio, tout, je te dis ! Parfois, c'est comme si elle était en vie, et les premiers jours il m'arrivait d'appeler son répondeur rien que pour entendre le son de sa voix, tu sais, ses mots chantants, sa voix joyeuse et drôle sur son répondeur : « *Caramba !* Encore raté ! », alors je lui laissais un message et un jour… Un jour, elle m'a rappelée. Et je savais que ce n'était pas elle, je savais que je me faisais des films, mais j'avais envie d'y croire, tu comprends, parce que si j'y croyais, mon calvaire s'arrêtait. Ma douleur était physique, c'était comme si on me poignardait le cœur en continu, c'était une fracture ouverte de mon âme, je n'avais pas une seconde de répit, je souffrais tout le temps, je souffrais tellement, dans mon corps, alors… j'ai décroché. Quand ma sœur morte m'a appelée. Et c'est là que tout a commencé. Et l'illusion était totale ! Tu connais Kat, elle est… Elle était tellement pleine de vie, de… de présence, d'énergie ! Kat avait toujours été un peu plus vivante que moi. Il était impossible qu'elle soit morte, alors je lui ai permis de ressusciter. Dans mon portable, dans ma tête, dans mon cœur. Ce n'est pas un crime, si ? Puisque ça m'a permis de tenir le coup. D'endurer… ça. Cette putain de prison. L'île. Tout. Ma Kat, celle de mon téléphone, c'était mon échappatoire. Tout est parti de là.

Je retire ma main de celle de Ben et me tourne lentement vers lui.

— Et maintenant, c'est fini. Tu as rompu le charme. Elle m'a quittée, une fois de plus. Mais cette fois pour toujours.

Il secoue la tête. Je vois des larmes frémir au bord de ses paupières. Lui qui pleure si rarement.

Dans un cri déchirant, mes propres larmes rejaillissent, couplées à des sanglots si fracassants que je crains pour mes côtes. J'oscille d'avant en arrière, comme une épileptique, disloquée par le chagrin.

Je sens Ben qui se rapproche et m'ouvre ses bras et cette fois, je cède, je m'abandonne à son étreinte et j'enfouis contre sa poitrine mon visage déformé par la peine et je pleure à m'en écorcher la gorge.

39

Tu es assise sur la balançoire de notre aire de jeux préférée à Maldon, celle avec le kiosque, près de la promenade qui surplombe la Blackwater. Greedy premier du nom jappe et fait le fou près de nous.

Tu as dans les 7 ans, donc j'en ai 8, et c'est moi qui te pousse. Le soleil d'été cogne fort, des pistils de pissenlit flottent dans l'air et tu ris de les voir scintiller comme des paillettes dorées.

— Encore, Scooby Doo, encore ! Plus fort ! Plus fort !

Tu as toujours aimé le risque, le danger. J'ai toujours aimé le son de ton rire. Il me contamine ; ça fait un duo. Docile, je redouble d'ardeur et tu décolles droit vers le ciel bleu dégagé. Greedy, percevant ton excitation, jappe de plus belle. J'ignore où sont passés papa et maman, mais c'est sans importance. Nous sommes ensemble et bien vivantes dans l'écrin de verdure qu'est Promenade Park d'où le regard embrasse le fleuve et Royden Island, les landaus et les nappes de pique-nique, les glaciers ambulants, les chiens qui se chamaillent, les joggeurs qui trottinent et cette fillette émerveillée qui reçoit un beau ballon rose.

— Allez, Scooby, encore encore encore encore encore…

Je me démène pour le plaisir de t'entendre gazouiller de bonheur, mais j'y suis allée trop fort, cette fois, et quelque chose se détraque. On dirait que tu te détaches. Tu pars trop loin. Et tu ne redescends pas. Tu te contentes de monter, monter, monter, monter, et disparaître, et je reste plantée dans le square à te regarder t'envoler.

La main en visière, je fixe en tremblant le point où tu as quitté mon champ de vision et voici que l'azur du ciel vire au noir, il fait sombre, à présent, je fixe une tête d'épingle lumineuse dans le ciel en me demandant si c'est toi, cela ressemble à cette étoile mouvante, celle qui nous avait inspiré une chanson que nous avions chantée une nuit à la fenêtre, main dans la main, et voici qu'il ne reste plus rien de toi, pas même un minuscule corps céleste traçant sa course dans le firmament.

Je regarde autour de moi. La nuit est tombée et le square est fermé, désert. Promeneurs, joggeurs, pique-niqueurs sont tous rentrés chez eux. Un vent mordant caresse la Blackwater et balaie les allées, faisant valser les détritus. Les emballages de fish & chips roulent comme des boules d'amarante dans le désert.

— Maman ?

J'ai peur. Comment me suis-je retrouvée toute seule au parc en pleine nuit ?

— Papa ?

Personne ne me répond. Je m'élance au pas de course le long de l'allée, vers le portillon qui me ramènera à la maison et, à ce moment-là, il me semble que je te vois, sauf que tu t'éclipses à mon approche tel un voile de vapeur, une lueur frissonnante et diffuse, tu dévales la route et je te cours après jusqu'à ce que s'interpose un haut portail cadenassé, j'en suis réduite à te crier « Kat ! Diabolo ! Reviens ! Pars pas ! Aide-moi ! ».

Puis je sens à mes trousses quelqu'un de grand et de puissant et...

Je me réveille. Le souffle court et le cœur battant à tout rompre. Seule, dans ma chambre. Greedy dort dans son panier. L'hôtel est calme, taciturne. Quel jour sommes-nous ? Samedi ? Quand ai-je vu Ben ? Il y a trois jours ?

Exsangue, privée de forces, je contemple le plafond. Ma solitude est tellement intense qu'elle a durci comme un diamant.

Mon psy doit venir demain. Il m'aidera peut-être. Il le faut.

À tâtons, je cherche mon verre sur ma table de chevet, j'avale l'eau tiède et m'en renverse un peu sur le menton. Je bois encore, et encore. Je m'efforce de calmer mon cœur.

Je fais ce genre de rêve toutes les nuits, désormais. Des rêves pleins de chagrin et de nostalgie. Pas tout à fait des cauchemars. Autre chose. Des rêves d'absences et de départs.

Pas de doute : je suis en deuil. C'est bien plus douloureux que je ne m'y attendais. Et je ne comprends pas bien pourquoi. Comment se fait-il que l'absence soit tellement plus dure, plus pesante que la présence ? Pourquoi la perte fait-elle souffrir à ce point ? Car je t'ai perdue, Katalina, tu t'en es allée dans les ténèbres et parfois j'en ai la respiration coupée, comme si j'étais enterrée, ensevelie à la manière d'une civilisation passée. Ou comme si j'avais un fossile à la place du cœur.

Je me rappelle qu'un jour, nous parlions de maman et tu as prononcé cette phrase étrange qui m'a marquée. « Le deuil, c'est la version fossilisée de l'amour. Le deuil est à l'amour ce que l'empreinte délicate dans la pierre est à la main, à la fleur, à la fougère : l'objet éphémère n'est plus, mais sa trace perdure, bien qu'elle soit plus rude et plus froide. » Je n'avais pas tout à fait compris ce que tu voulais dire ; cependant j'ai retenu ta phrase, mot pour mot, et je sais maintenant pourquoi : parce qu'elle est profondément vraie. Ta perte a laissé, pétrifiée dans mon âme, une empreinte immortelle, quand bien même ta vie aura été d'une fulgurante brièveté.

Un bruit retentit soudain.

La pluie martèle les carreaux comme autant de gravillons que jetterait quelque impatient Roméo cherchant à m'attirer dehors. Je rejette ma couette, me lève et tire les rideaux. Pas de Roméo. Seulement l'aube et sa brume onctueuse, frigide et pâle qui nimbe l'estuaire.

Un corbeau croasse en picorant une arête de poisson.

Je passe en pilote automatique. Je me douche. Je m'habille. J'avale machinalement un petit déjeuner. Puis je me dirige vers les bureaux déserts mais ouverts le samedi. Je travaille, je saute le déjeuner, je travaille encore et je rentre du boulot. Puis j'attends, assise dans ma chambre, tandis que le soir m'enveloppe et que Greedy gambade sur les galets.

J'essaie de lire. Les pages se succèdent, les mots se brouillent.

Mon téléphone signale un texto. C'est Ben.

Comment tu te sens ?

C'est un mec bien. Malgré sa charge de travail, il prend le temps de s'assurer que je ne me suis pas fichue en l'air à force d'angoisse et de solitude.

Ça va. Enfin bof. Le psy revient demain.

C'est bien, ma puce. Il saura t'aider.

J'hésite, les doigts en suspens au-dessus du clavier tactile.

C'est dur, qd même. Rien à faire, personne à qui parler. Avec les réductions d'effectifs et tout… Je suis toute seule ds ma chambre, j'essaie de garder le moral ms c'est glauque.

Je sais ma chérie. C'est n'importe quoi de t'avoir installée ds cette putain d'aile Est. Ils sont fous.

Mais non. L'accès à la plage, tu sais…

Une pause. C'est samedi soir, Ben doit avoir un tas de casseroles sur le feu, un bouillon ici, une bisque là, les commandes qui arrivent, coup de feu, et on enlève !

> Qu'est-ce qui te gêne tellement,
> par rapport à l'aile Est…?

Je vois qu'il a lu mon message, mais la réponse se fait attendre. Et attendre. Comme s'il tournait et retournait la question dans sa tête. Bon, je suppose qu'il est simplement en train de vérifier ses cuissons.

Ding. Ah ! Enfin.

> Je sais pas, je trouve ça sordide, à cause
> des gens qui dorment là. Je dois te laisser,
> c'est le rush. On se reparle + tard.
> Sois forte. Je crois en toi.

Fin de la conversation.
Je ressasse les mots de Ben.
Les gens qui dorment là.
Est-ce que c'est un lapsus ? Pourquoi au présent ?
Non, c'est ridicule. Je ne dois pas m'engager sur cette voie. Je suis seule dans l'aile Est. Restons rationnelle. Il devait faire allusion aux personnes qui se sont noyées. Certaines devaient loger dans l'aile Est le week-end de la fête. Ça me dit vaguement quelque chose ; seulement, depuis des mois, je vis dans le déni et m'interdis d'y repenser. J'ai même réussi à me persuader que ma sœur avait survécu ! Or ce n'est pas le cas. Elle est morte

et son souvenir me hante. C'est son visage qui m'est apparu derrière la vitre, son cri de détresse que j'ai entendu dans le couloir.

Tout ça, c'était dans ma tête.

Est-ce que Kat couchait dans l'aile Est ? Julia l'avait-elle installée ici par manque de place ? Je crois me rappeler que le samedi, les invités du personnel avaient dû être déplacés afin de libérer les chambres pour les clients payants. Julia serait sûrement en mesure de me le confirmer, seulement, elle est rentrée chez elle, chômage technique oblige. Un à un, les témoins sont muselés, congédiés loin de l'île. Une à une, les portes se ferment.

Un aboiement. Greedy est à la porte, il veut entrer.

Je lui ouvre. Il halète gaiement, repu d'air frais et de pistes de lièvres.

« Croisé épagneul, ou springer. Un sacré flair. »

Une pensée. Mon chien m'a été offert, miraculeuse-ment, par le fleuve. La Blackwater m'en aurait-elle fait don dans un but précis ?

— Attends, Greedy. Ne bouge pas.

Il me présente sa longue langue rose et m'obéit bien volontiers.

Je sors de ma penderie ce cabas que je n'ouvre jamais, celui que je pensais rendre à Kat quand elle viendrait me voir. Mais entre-temps j'ai accepté la vérité : elle ne reviendra pas récupérer les affaires qu'elle avait empor-tées ce week-end-là. Vêtements, maquillage, ukulélé, lunettes de soleil, jeu de tarot.

Quand je pose le sac sur mon lit, une partie de son contenu se déverse sur la couette : le parfum de ma sœur et son ambre solaire embaument la pièce. Une odeur estivale de vanille et de noix de coco m'assaille. Les émotions jaillissent en raz-de-marée, en ouragan, mais je dois rester forte, contenir la houle, refouler mon chagrin et garder mon sang-froid. Je dois découvrir ce qui lui est arrivé cette nuit-là. Ce qui l'a poussée à affronter en connaissance de cause l'Heure des Noyés.

— Tiens, Greedy.

Je me baisse et lui tends un des T-shirts de Kat.

Il le renifle consciencieusement et me retourne un regard intrigué.

— Tu sens, Greedy ? C'est Kat. C'est ma sœur. Tu sens ?

Dans mon empressement, je l'étouffe à moitié avec le tissu. Il toise d'un œil méfiant sa maîtresse qui déraille. Est-ce qu'il a compris ? Une fois de plus, j'enfouis sa truffe dans le T-shirt. L'odeur qui s'en dégage est puissante et les larmes me brûlent les yeux.

— C'est bien, Greedy. Renifle.

Greedy aboie. Ce doit être son instinct. Moitié beagle moitié springer. Il s'y connaît en chiens, mon Ben.

Je conduis Greedy dans le couloir – si on nous voit, tant pis ! D'ailleurs, le risque est quasi nul. Personne ne vient ici, à part moi.

— Cherche, Greedy. Cherche Kat. Vas-y !

Il trottine le long du couloir, colle sa truffe à la moquette usée. Il se retourne, sa jolie bouille concentrée, et revient sur ses pas. Renifle. Me regarde. Renifle de plus belle. Il a trouvé quelque chose… Ou pas. Mais si ! Sa truffe s'enfonce entre les poils de la moquette et son corps se raidit. Il m'indique quelque chose !

Une porte.

Bien sûr, elle est fermée à clé. Et, comme on est samedi soir, les tiroirs de la réception doivent l'être aussi. Jusqu'à lundi matin.

Greedy aboie doucement et plaque sa truffe humide contre le battant.

Chambre numéro 10.

40

Robert Kempe met pied à terre et, tout essoufflé, appuie sa bicyclette contre le tronc d'un frêne. Je l'imite. Le soleil de novembre pèse lourdement dans le ciel de nacre et fait miroiter l'eau du fleuve, qui semble d'humeur placide.

C'est moi qui ai eu l'idée de prendre des vélos pour échapper un temps au silence et aux araignées de l'aile Est. Ainsi qu'à sa kyrielle de chambres vides. Aux portes soigneusement closes.

La chambre numéro 10…

— C'était amusant, quoiqu'un peu douloureux, admet Robert. Je ne me rappelle pas la dernière fois que je suis monté sur un vélo. Cela doit bien faire vingt ans !

Je me tais, comme souvent, ces jours-ci. Seul Greedy parvient à me faire communiquer. Au pied. Couché. Va chercher.

Robert m'observe tandis que je scrute les eaux de la Blackwater.

Mon psy s'éclaircit la voix.

— Alors nous y sommes. C'est bien ici que… ?

— Oui. C'est là que Kat a couru se baigner.

Je zippe mon imper jusqu'au menton. Ce soleil est trompeur.

Robert pivote et fait face au fleuve, décidément bien calme, aujourd'hui. Il s'en dégage un silence maussade et intense, tel qu'il doit en régner sur les champs de bataille.

— Et à présent ? m'interroge Robert. Revenir sur ce lieu, qu'est-ce que cela vous fait ?

Je hausse les épaules.

— C'est gérable. Je supporte la vue de l'eau. Mais je ne peux pas m'approcher. J'en ai encore plus peur qu'avant. J'avais réussi à patauger, l'autre jour, mais là, je suis revenue au point de départ.

— Depuis que vous avez accepté la mort de votre sœur ?

Son sourire est triste et prévenant.

— Oui.

Le vent ébouriffe ses cheveux gris, lui donnant un bref instant une allure juvénile.

— Vous ne voyez pas d'objection à ce que nous en parlions ?

— Non. Pas de problème. Il faut bien, si je veux qu'on avance.

— Bien. En ce cas, commençons par la question la plus évidente. À quelle fréquence Kat se matérialisait-elle physiquement ?

Ma perplexité doit se lire sur mon visage, car il s'excuse d'un geste de la main.

— Pardon, je reformule. Avant d'admettre la mort de votre sœur, l'avez-vous vue souvent en chair et en os, pour ainsi dire ? Dans votre chambre ou sur la plage ?

— Non, pratiquement jamais. J'ai vu son visage derrière une vitre il y a des semaines, puis j'ai entendu son cri.

Il opine du chef. Assimile les informations. Jauge la gravité du cas. Je poursuis :

— La seule fois où je l'ai vue, c'était juste avant que Ben… Quand il m'a dit qu'elle était morte. Sur la plage. D'abord, je l'ai vue en entier, puis j'ai aperçu son visage dans les vagues. C'est tout. Les autres fois, c'était toujours au téléphone.

— Bon. C'est peut-être bon signe. L'illusion n'était probablement pas extrême…

— Vous plaisantez ? J'y croyais dur comme fer ! Au téléphone, ma sœur était plus vraie que nature !

— Je n'en doute pas. Cependant, quantité de personnes en deuil croient entendre le défunt, reconnaître le bruit de sa clé dans la serrure, ou ses pas dans l'entrée…

— Non, mais je vous parle de conversations entières, Robert ! J'ai discuté pendant des heures avec une morte !

Il tente d'intervenir mais je lui coupe la parole :

— Et vous savez ce que ça veut dire ? Ça veut dire que Danielle avait raison : il y a des fantômes dans l'aile Est. Un fantôme, en tout cas, sauf que c'est moi qui l'ai invoqué. Je l'ai inventé de toutes pièces. J'ai créé le fantôme de ma sœur ! Ces textos qu'on échangeait, c'était du spiritisme !

Je suis complètement flippée. Mais Robert secoue tranquillement la tête.

— Hannah, c'est un coup dur, je ne vais pas le nier. Votre cas se révèle, effectivement, plus complexe que nous ne le pensions. Toutefois, je reste persuadé qu'avec la bonne thérapie, nous parviendrons à vous faire quitter l'île.

Je ne veux pas avoir l'air désespérée.

— D'ici au printemps prochain ?

— Oui.

J'encaisse en silence. Puis je lâche :

— Il le faut, je vous en supplie. Je dois à tout prix partir d'ici.

— Et vous partirez. En attendant, prenez soin de vous, rappelez-vous…

— De faire de l'exercice, oui, oui. Je sais.

J'esquisse un pas vers l'eau. J'admire les vaguelettes qui soupirent à mes pieds.

— Je sais, je sais… C'est ce que tout le monde me conseille : de l'air frais, du sport, cinq fruits et légumes par jour… Je suis au courant. Je suis sur le coup. Mais ça ne m'avance à rien !

Ma voix s'est faite implorante. Je me fais pitié.

— Comment voulez-vous que je guérisse alors que je suis prise au piège sur le lieu de mon traumatisme ! La situation ne peut pas s'arranger, elle ne fait même qu'empirer !

Le désespoir enfle en moi. Je revois dans l'eau ce visage déformé par la peur.

Je dois chasser cette apparition, vite.

— Robert, dis-je d'une voix étranglée, si Kat revient me hanter, pour de vrai, en chair et en os, comme vous dites, maintenant que je sais qu'elle est morte… je fais quoi ?

Je suis au bord des larmes. Vaillamment, je reprends :

— Si seulement on pouvait retrouver son corps ! On pourrait l'enterrer ! Une tombe, des cendres à disperser... ça m'aiderait. Mais non. Son cadavre flotte quelque part, au large, parmi ces affreux cargos. Ma sœur qui était si belle et si spirituelle...

Mon psy plisse les yeux, m'adresse un regard incertain.

J'ai besoin de tout, sauf d'incertitude.

— Robert, il faut m'aider.

Le silence nous enveloppe.

Robert contemple Royden Island, ses arbres bas que le vent fait danser, leurs dernières feuilles d'or frissonnant sous le soleil froid. L'île aux oiseaux. Enfin, il reprend :

— Votre sœur aimait le tarot, si je ne dis pas de bêtises.

Ce souvenir me fait l'effet d'une décharge. J'ai encore dans son sac son jeu de tarot Rider-Waite aux couleurs éclatantes. La Tour frappée par la foudre. Le Diable et ses amants enchaînés. J'imagine Kat dans son appartement, à Londres, abattant sur la table le Cavalier de Bâton, recrachant la fumée de son joint et déclarant : « Ha ! J'en étais sûre. »

— Elle utilisait ses cartes sans arrêt, dis-je.

Puis je dévisage mon psy. Où veut-il en venir ?

— Elle avait raison, me répond-il avec un sourire affable. Pourquoi ? Parce que le tarot divinatoire, ça marche. L'interprétation que nous faisons des cartes nous révèle nos peurs et désirs inconscients. En ce sens, le tarot peut effectivement prédire l'avenir, puisque ce sont ces mêmes peurs et ces mêmes désirs qui motivent l'essentiel de nos actes.

Moi, c'est lui que je m'efforce d'interpréter. J'étudie son sourire.

— Poursuivez, dis-je après une pause.

— Vous dites que vos conversations avec… celle que vous preniez pour votre sœur étaient assez élaborées.

— Oui.

— Rappelez-vous que c'est votre propre esprit qui les a façonnées, intégralement, de A à Z. Ainsi, elles sont apparentées à des rêves : il faut y voir des messages de votre subconscient.

— Ah. OK.

Il incline la tête.

— J'ai peut-être une idée. Un fil d'Ariane pour vous aider à sortir du dédale de votre phobie. Tâchez de vous remémorer ce que Katalina vous a dit lors de vos échanges. En réalité, c'était votre subconscient qui vous parlait. Qui s'efforçait de vous envoyer un message, pour vous aider. Si vous parvenez à déchiffrer le sens de ce message, cela accélérera votre processus de guérison.

Je m'autorise un pâle sourire. Je crois que je vois ce qu'il veut dire. Il s'agit d'interpréter les mots de Kat comme elle interprétait les cartes. L'idée me séduit, mais elle m'effraie aussi.

Trop risqué, Scooby, trop risqué.

Mais tout m'effraie, alors au point où j'en suis !

— J'essaierai, dis-je. Merci.

— Bien.

Il consulte sa montre.

— Je vais devoir…

— Oui, je sais : le ferry de Freddy. À 18 heures pile.

— C'est cela.

Nous retrouvons nos vélos. Les enfourchons. L'un derrière l'autre nous pédalons le long de l'étroit sentier bordé, à gauche, par les arbres obscurs. Les oiseaux sont profondément, singulièrement silencieux. Comme s'ils attendaient patiemment la scène suivante.

Et je sais déjà en quoi elle consistera.

Je dois élucider le mystère de la chambre 10. Je dois y entrer.

41

L'open space n'a jamais été aussi calme. Lo se tapote les incisives du bout de son crayon tout en analysant je ne sais quelles données. Un grand soleil d'automne éclate derrière la baie vitrée. Pas un nuage en ce lundi. Le ciel de l'Essex est fidèle à sa réputation : immense, bleu, immaculé. Comme le jour où Kat s'est noyée, sous ce même ciel parfait. Qui me tourmente, aujourd'hui, comme il l'a aguichée ce jour-là : viens te baigner…

Ou alors c'était autre chose. Quelqu'un peut-être ?

Ou bien c'est elle qui a lancé le mouvement. Déclenché le désastre.

Le soleil brille peut-être mais cette journée, comme les autres, est frangée de ténèbres et assombrie par l'angoisse.

Je me détourne de la vitre et me concentre sur mon écran.

Hein ?

L'accès à ces fichiers est protégé par un mot de passe.

Quelqu'un a reclassé tous les fichiers clients du mois de juin, et notamment ceux du week-end fatidique, dans un dossier protégé. Je suis pourtant sûre d'y avoir eu accès par le passé.

Je tente un vieux mot de passe.

Mot de passe incorrect. Réessayer.

Pourquoi ? Pourquoi maintenant, des mois après le drame ?

J'imagine qu'au moment de l'enquête, ça aurait fait louche. Et je comprends qu'on redouble de vigilance depuis l'affaire de l'e-mail anonyme. Le traître parmi nous a forcément eu accès aux dossiers pour faire le coup.

Quand je pense à l'éventualité que l'hôtel ferme ses portes définitivement, je me sens flancher. Mais je reprends le dessus. Je finirai peut-être seule sur Dawzy, mais je m'accrocherai à ma lucidité. Pas question de perdre de nouveau les pédales. J'ai compris que ma sœur était morte, et je l'accepte, bien que j'en sois malade de chagrin.

Surtout, j'ai compris autre chose. Si sa mort se révèle si obsédante, si déroutante pour moi, c'est parce qu'elle est suspecte. Ma sœur adorait la vie, elle était déjantée mais pas folle, elle savait qu'un courant meurtrier sévissait au large de l'île, alors pourquoi s'est-elle jetée dans la gueule du loup ? Est-elle vraiment allée se baigner de son plein gré ?

Il s'est passé un truc. Et, si j'arrive à découvrir quoi, mon « processus de guérison » s'en trouvera « accéléré ». Dixit mon psy.

Je tente encore un ancien mot de passe.

Et merde. Je ne vais pas y arriver comme ça. Je lève la tête. Lo est absorbée par sa tâche, quelle qu'elle soit. J'admire son chignon serré. Elle soigne toujours son apparence. J'ai remarqué un certain relâchement chez mes collègues, ceux qui n'ont pas encore été renvoyés chez eux. Des cravates de travers, des chemises portées deux jours de suite. Personne ne leur en fait le reproche.

Je pourrais demander le mot de passe à Lo, mais rien ne me garantit qu'elle le connaisse, ni qu'elle consente à me le confier. Et puis elle me soupçonnerait (à tort) de préparer un coup fourré. Ou (à raison) d'enquêter sur les noyades. Alistair et Oliver en seraient aussitôt informés.

Je sors. Je dévale le grand escalier au mur décoré de marines. Je rêve ou on a un client ? Je patiente sur la troisième marche, aux aguets, en épiant la réception.

Le client, la cinquantaine, blouson cher mais discret, a l'air plutôt sympathique. Sans doute un gourmet appâté par les fameuses tripes de Logan.

— Ma femme arrivera par le ferry de 18 heures, annonce-t-il.

— Bien, monsieur. Je vous souhaite un agréable séjour parmi nous.

Danielle décoche au client son sourire le plus professionnel. Qui s'efface dès que l'homme lui a tourné le dos. Lorsqu'elle m'aperçoit, son expression se radoucit. Enfin, un peu. Nous n'avons jamais reparlé de ce qu'elle m'a raconté la fois où je lui ai offert le thé dans ma chambre. Elle doit être gênée ; elle était bourrée.

283

Je ne tiens pas à remuer le couteau dans la plaie. Ses confidences m'ont effrayée, certes, mais, sans le savoir, elle m'a rendu service.

La chambre numéro 10…

— Salut, Dani.

— Hannah. Ça va ?

— Oui. Je me demandais si je pourrais jeter un coup d'œil au registre.

— Tu veux dire la bible ?

J'ai un mensonge à lui servir. Tout droit sorti de mon imagination.

— Oui. Je suis en panne d'inspiration et ça m'aide de le feuilleter. Tu t'y connais en graphologie ? L'écriture des clients en dit long sur leur personnalité. Si j'arrive à cerner ceux qu'on attire encore malgré les circonstances, ça m'aidera peut-être à en attirer d'autres.

C'est tiré par les cheveux mais ça marche. Danielle hausse les épaules.

— Pas de souci. Fais-toi plaisir.

Puis elle m'agite son paquet de cigarettes sous le nez.

— Tu me remplaces ? Je suis en manque.

— Bien sûr.

Parfait. Je la regarde enfiler son manteau puis pousser la porte vitrée à travers laquelle filtre le soleil. Cigarette aux lèvres, les mains en dôme autour de son briquet, elle sort dans la bise et s'éloigne.

La bible. Le sacro-saint registre des entrées. Les tablettes de la Vérité.

En ouvrant la lourde couverture de cuir, je m'aperçois d'une chose : je n'ai pas consulté le registre après le drame. Je n'ai jamais eu l'idée de regarder qui l'avait signé. J'y répugnais probablement. Peur de remuer les souvenirs. Cela faisait partie de mon déni, de mon illusion savamment entretenue à coups de mensonges éhontés.

Cette peur, il me faut à présent la surmonter.

J'ai la gorge un peu nouée. Mes mains tremblent légèrement. Les pages épaisses au parfum capiteux d'autorité se tournent dans un froissement jusqu'à ce que… voilà : le 23 juin. Le jour des noyades. Tout est là. Personne n'a arraché la page. Cela aurait sans doute été trop flagrant. S'il y a eu crime, le coupable a dû craindre de s'incriminer. Ou alors il s'agit d'un oubli. Ou alors il n'y a pas eu de crime et c'est à cause de la cyberattaque que les dossiers correspondant à cette date clé sont dorénavant protégés. Tant de possibilités… Mais la bible ne ment jamais.

Qu'est-ce qu'il y a comme noms ! Normal : c'était une fête. L'hôtel affichait complet. Et j'avais vu juste : une poignée de clients couchait dans l'aile Est, malgré son état de décrépitude avancée et son atmosphère si particulière.

Je suis du doigt les lignes de noms, égrenant lentement le terrible chapelet.

Cicely de Kerlesaint
Toby Wyne

Tous deux portés disparus, tous deux morts.

Logés dans l'aile Ouest, pas loin de mon ancienne chambre. Nous aurions dû être voisins, cette nuit-là. Sauf qu'ils n'ont jamais regagné leurs chambres. Ils ont été happés par l'Heure des Noyés, aspirés par le fond de la Blackwater, sans doute recrachés près du havre de Seawick et broyés par des porte-conteneurs. Sous la lune, il n'y avait personne pour repérer les lambeaux de chair et le sang mêlés à la mer.

Disparus. Comme Kat.

J'ai de plus en plus de mal à respirer. Je ne retrouve pas ma sœur noyée. C'est curieux. Et cet autre individu que je cherche ? L'homme au nez aquilin que j'ai vu sur l'écran de mon ordinateur portable. Son nom figurerait-il dans la liste ? Hélas ! Je n'ai aucun moyen de le savoir : des noms, il y en a des dizaines. Les adresses ne m'aident pas davantage. Certains clients venaient des quartiers huppés de la capitale, d'autres de Paris, de Bruxelles, d'Édimbourg, et même de Dubaï, de New York, de Los Angeles. D'autres encore de Goldhanger, Maldon, et Mersea. Il ne faut pas croire, il y a de l'argent dans l'Essex !

Des voix me distraient. Oliver et Alistair. Ils se trouvent dans le couloir, non loin de l'entrée du Mainsail. Trop tard pour me cacher. S'ils arrivent, je n'ai plus qu'à prendre l'air naturel. Dégagé. Sachant qu'Alistair me déteste et qu'Oliver est de plus en plus contrarié par ma présence encombrante et mon manque de productivité, bien qu'il ait l'élégance de ne pas le montrer. La plupart du temps, du moins.

Les voix se rapprochent. Je commence à transpirer. S'ils me surprennent, seule, à la réception, en train de décortiquer la bible comme une espionne, ça ne va pas manquer de soulever des questions.

Mais les voix s'estompent. Ils se sont éloignés.

Il n'y a pas une seconde à perdre. Où est Kat ? C'était le branle-bas de combat quand elle est arrivée. Je la revois s'élançant à ma rencontre, ici même, dans le hall. Je revis la scène : sa petite jupe fluide, ses longues jambes bronzées, son parfum d'ambre solaire, notre étreinte, nos rires. Ma Diabolo, ma sœur.

C'est Julia qui s'est occupée de son enregistrement. Tout le Stanhope était en émoi, en ébullition, en joie. Puis en état de choc. En deuil. Peut-être que Julia avait été interrompue par une urgence, ou que sais-je, et qu'elle avait remis le check-in de Kat à plus tard ?

Je ravale ma peine et tourne la page. Une part de moi espère faire chou blanc, parce que l'expérience promet d'être atrocement douloureuse. Si je vois le nom de ma sœur tracé de sa main, ces infimes molécules venues d'elle, par-delà la mort, je vais fondre en larmes.

Non. Ne pas pleurer.

Trouvé. Réprimer ma peine me demande un effort surhumain. Son écriture est tellement unique – ravissante, extravertie, à son image. Chaque lettre ressemble à un petit dessin.

Katalina Langley, 47, Belsize Park Gardens, Londres NW3 7JL !!!

Pourquoi ces points d'exclamation, allez savoir ! C'est typique de Kat, de jouer librement avec la ponctuation et d'insuffler de l'énergie aux choses les plus rébarbatives. C'était. Je savais que je trouverais là un atome de sa personnalité. Franchement, c'est un exploit que je ne pleure pas.

Je ne peux pas m'arrêter en si bon chemin. Je dois lire ce que Julia a écrit. Je suis pratiquement sûre de ce qui m'attend dans la colonne suivante mais je dois le voir de mes yeux.

23 juin, aile Ouest, chambre 39
24 juin, aile Est, chambre 10

J'en étais sûre. J'avais beau m'y attendre, je n'en suis pas moins troublée. Ainsi, elle était censée dormir dans l'aile Est la deuxième nuit. Bien qu'au final, sa tête n'ait pas effleuré l'oreiller.

Qui était au courant, à part Julia ?

— Hannah ?

Sur le seuil de la porte entrouverte, Danielle m'interpelle. L'odeur de la Blackwater me chatouille les narines. Danielle brandit une nouvelle cigarette.

— Je peux ? Je ferai vite.

— Je t'en prie.

Elle ressort et s'octroie quelques bouffées supplémentaires de nicotine. Je viens de gagner une minute. Je referme le registre d'un coup sec puis je me baisse, je sors un tiroir de ses rails et je fouille à toute allure parmi les petites pochettes en papier. Des clés magnétiques. Toutes nos chambres, suites comprises, en sont équipées. Aile Nord, aile Ouest, aile Est.

Là.

La pochette est frappée du chiffre que je cherche.

Le 10.

Je l'empoche.

42

Cette fois-ci, je n'ai pas besoin de feindre la désin-volture. Je n'ai rien à cacher. Quiconque me croiserait ici penserait que je me rends à ma chambre pour nourrir ou sortir Greedy. Il devient de plus en plus autonome. Je le laisse souvent folâtrer tout seul sur la plage ou dans les bois. Il est bien plus libre que moi.

Chambre numéro 10.

Vue du couloir, c'est une chambre comme les autres. Porte bleue, peinture défraîchie, écaillée par endroits. Verrouillée depuis… Qui sait ? Sans doute ma sœur a-t-elle été la dernière personne à y pénétrer.

Ah, mais non. Ça me revient : Julia m'a apporté ses affaires, sans un mot, alors que j'étais encore en état de choc, quelques jours après le drame. Elle avait dû aller les récupérer discrètement le lendemain ou le surlendemain.

Une fois de plus, j'envisage de la contacter. Je pourrais trouver son numéro perso, lui téléphoner, l'interroger. Le risque, encore une fois, est que ma démarche ne revienne aux oreilles d'Alistair. Non, j'ai tout intérêt à faire profil bas. J'enquêterai toute seule sur la mort de

Katalina Langley, 47, Belsize Park Gardens, Londres NW3 7JL !!!

Oh, Kat. Es-tu là ? Et si je ne trouve rien dans cette chambre ? Je crois que ce serait encore pire.

La porte verrouillée me fixe d'un air de défi.

C'est peut-être à la fenêtre de cette chambre que son visage m'est apparu, blême, triste. Avant de se volatiliser.

J'ai des palpitations. Ça recommence : crise de tachycardie. Assortie de remontées acides. J'ai la gorge en feu et le cœur qui bat à tout rompre.

Mais je ne céderai pas. J'accueille le malaise, la douleur. Je l'habite pleinement et, tirant la clé magnétique de la poche arrière de mon pantalon, je la pose contre la borne.

Bzz. Voyant vert. Déclic.

C'est ouvert.

J'hésite néanmoins. Je ferme un moment les yeux pour refouler ma peur. Puis je pénètre dans cette chambre qui fut celle de ma sœur le jour de sa mort. Celle où j'ai vu, peut-être, son visage à la fenêtre. Celle où elle a crié si fort que j'ai jeté les flics sur la piste d'un fantôme.

Stop. Je rouvre les yeux. Ce n'est qu'une chambre.

Je ne sais pas trop à quoi je m'attendais. Est-ce que je nourrissais la crainte ou l'espoir d'y découvrir Kat en chair et en os, assise sur le lit, un joint aux lèvres, occupée à se tricoter un cœur en laine péruvienne ? Elle se serait tournée vers moi pour me sourire, les paupières mi-closes comme toujours quand elle fume, et m'aurait lancé un salut languide.

Je rêvais peut-être seulement de découvrir un indice de son passage. Son parfum dans l'air. Un écho de son ukulélé. Un string traînant par terre – elle laissait traîner des dessous un peu partout.

Mais il n'y a rien. Moins que rien. C'est le vide absolu. Je note une vague odeur de Javel. Quelqu'un a fait le ménage à fond, peut-être même plusieurs fois, ce qui n'est pas courant, dans cette aile. La chambre où ma sœur était supposée coucher le jour du drame est la seule, pour autant que je sache, à avoir été récurée de fond en comble.

Cherchait-on à effacer la tragédie ? Ou… à faire disparaître des preuves ?

J'arpente la pièce, guettant des indices (mais lesquels ?) pour élucider un mystère dont la teneur m'échappe.

Penderie (vide), hautes fenêtres aux allures de vitraux, peinture écaillée. Je soulève un pan de rideau, découvrant l'éclat impitoyable d'un soleil froid. J'ouvre les placards qui ne contiennent rien, pas même un grain de poussière.

Reste le lit. Je m'agenouille et regarde en dessous. Pas de petite culotte en dentelle. Pas un seul mouton de poussière. Pas de cadavre.

Il n'y a aucune piste à relever ici. La tâche est impossible.

En tout cas, pour un humain.

Mais pour un chien… pourquoi pas ? Ça a marché l'autre jour !

Je regagne ma chambre à la hâte. Greedy se dresse aussitôt dans son panier, frétille de la queue, la mine réjouie.

— Pas tout de suite, Greedy. D'abord, j'ai une mission pour toi.

J'attrape le cabas de ma sœur, dont j'extrais le T-shirt.

— Sens, Greedy.

Nous nous acheminons jusqu'à la chambre 10. Je refais sentir à Greedy l'odeur de ma sœur.

— Cherche, Greedy, cherche !

Je n'ai pas besoin de beaucoup insister. C'est un pro, désormais. L'exercice a même l'air de lui plaire.

Il fait le tour de la pièce en reniflant. Puis mon chien, ce génie, lève la tête et se précipite en aboyant vers le lit.

Le lit. Le matelas.

Qu'en conclure ? Que Kat s'y est allongée pendant la journée ? Avant d'aller se baigner ?

Greedy aboie plus fort. Il veut que je regarde de plus près. Sans hésiter, j'arrache le drap. Il résiste un peu puis cède d'un coup. Dessous, une housse de matelas. Blanche, immaculée.

Mais Greedy insiste. Semblant dire : le matelas, le matelas !

La housse a été lavée, à moins qu'elle soit carrément neuve. Je suis en nage. Je tire sur les coins élastiqués de la housse et, aussitôt, Greedy bondit sur le lit. Il renifle toute la surface du matelas puis plante ses yeux dans les miens et pousse un jappement de triomphe.

Il a trouvé une piste sérieuse à cet endroit précis. Moi, je ne vois rien de spécial mais l'odorat des chiens est si développé. Il sent ma sœur. Elle est venue ici. Ça se tient.

Je ne suis pas plus avancée pour autant.

Greedy aboie avec une urgence redoublée. Sa queue s'agite.

Peut-être qu'il y a quelque chose en dessous ? Aussitôt j'imagine une tache de sang rouge vif fleurissant l'envers du matelas, des gens le retournant, dans l'ombre, pour la dissimuler.

Je le soulève. Il pèse un âne mort. J'ai tout juste la force de l'extirper de son cadre et de le tordre assez pour inspecter sa face cachée.

Pas de tache écarlate.

Mais… Et ça ? Je me fige. Mon cœur frémit. Il y a bien quelque chose. Un morceau de papier. Il était coincé entre le matelas et le sommier. Je relâche ma cargaison et le souffle que provoque la chute du matelas propulse le papier par terre.

Il s'agit d'une carte de tarot.

Je m'accroupis, la ramasse et la retourne. La Lune.

Kat m'a tiré les cartes à plusieurs reprises. Elle a même tenté de m'apprendre à les interpréter, mais ce n'était pas mon truc.

Elle était douée. Elle devinait mes peurs et désirs inconscients. Il est vrai qu'il s'agit de ma sœur. Nous sommes presque jumelles, et presque télépathes.

Étions. Au passé. Nous étions presque télépathes.

La tristesse plane, je me dérobe. J'examine la carte ; je sais que c'est important. Arcane majeur, XVIII. La Lune.

L'illustration représente deux chiens d'apparence étrange hurlant à la lune sur une plage désolée, la gueule tendue vers l'astre qui ressemble étrangement au soleil. On dirait qu'ils se trouvent sur une île ou sur une sorte de promontoire. Dans l'eau rampe un homard ou une écrevisse, son regard également braqué vers la lune.

Je caresse Greedy – bon chien, c'est bien, bon chien – et regagne ma chambre, où je le récompense en le laissant sortir se dégourdir les pattes. Je le rejoindrai dans une minute. J'ai une nouvelle mission.

Le sac de ma sœur se trouve toujours sur mon lit et je sais qu'il contient ce jeu de tarot qu'elle adorait et utilisait si souvent. Je l'ouvre et passe attentivement en revue toutes les cartes, en réalisant des suites sur le couvre-lit.

Il manque une carte à son jeu. La XVIII. La Lune.

La carte que j'ai trouvée dans la chambre 10 appartenait à Kat. Elle a dû la choisir, l'extraire du paquet et la glisser exprès sous son matelas. Dans quel but, je l'ignore, mais je pense que Kat espérait que quelqu'un la trouverait.

Moi, sans doute.

THE MOON.

43

Je considère la carte. Dehors, Greedy m'appelle.

— *Scusi-spaghetti*, mon chien ! J'arrive dans cinq minutes.

Je détaille la carte. Le dessin a de quoi mettre mal à l'aise. Ces deux pseudo-chiens (est-ce qu'il s'agit de loups ? de renards ?), cette écrevisse. Ces pépites dorées qui tombent de cette lune qui ressemble à un soleil. Je remarque deux colonnes à l'arrière-plan. Et ce paysage… Ne dirait-on pas Dawzy ? Un sentier de sable jaune s'enfonce entre les colonnes et disparaît derrière des montagnes bleutées (mais il pourrait aussi bien s'agir de vagues déchaînées). Un sentier semblable à celui qui serpente dans les bois de Dawzy, cap sur la Blackwater scélérate et l'Heure des Noyés.

Ce sentier qui a mené Kat à sa perte.

Officiellement, quel sens prête-t-on à cette carte ? J'ai besoin d'en savoir plus. Je sors mon téléphone et j'ouvre le moteur de recherche. Des centaines de sites sont prêts à éclairer ma lanterne. J'y pioche différents éléments au gré de mes lectures.

Une route sinue entre deux piliers de pierre. Par-delà les tours, des montagnes argentées semblent se transformer en eaux agitées. Les yeux clos, la lune est aveugle à la scène qui se joue en contrebas. La lune représente le mystère, la sauvagerie, les choses enfouies au plus profond du subconscient ainsi que le leurre.

Vous avez tiré la carte de la Lune : celle-ci peut indiquer la confusion, la tromperie, l'angoisse et la peur.

Si vous êtes en couple, la Lune peut symboliser la trahison. Mise au jour de mensonges. Infidélité.

La Lune, c'est l'illusion. La Lune, c'est le divin. Quand on choisit de s'immerger dans les eaux calmes de la lune, on s'habille de sa sagesse.

Mots-clés associés à la Lune : Danger, Mensonge, Féminité, Faux Amis, Menstruation, Confusion, Sexualité, Infidélité.

Infidélité.

Je repose mon portable, calmement, sourde aux coups paniqués de mon cœur. J'enfile un manteau et je sors dans le jour frileux. Je ramasse un bâton.

— Va chercher, Greedy !

Mon loyal compagnon s'élance sur les galets. Il y a tellement de vent que j'en ai les yeux qui pleurent. Je repense à Ben aux Maldives, dans mon bel éden ; je revois le regard dont il couvait ma sœur se baignant nue parmi les récifs coralliens. Il la fixait. La fixait. Et la fixait.

Avec colère, ai-je cru sur le moment. Leur relation, après cet épisode, a toujours été étrangement tendue.

Autre chose : l'aversion de Ben pour l'aile Est, comme tant d'autres d'ailleurs, mais c'est comme s'il la connaissait intimement. Comme s'il l'avait fréquentée.

Et puis il y a la réaction de Julia quand elle l'a vu au bar, il y a quelques semaines. Sa gêne, sa honte, était liée au sexe. Et elle était présente le soir du drame.

Autre chose, encore : d'après mon psy, les apparitions de Kat sont le tarot de mon subconscient qui essaie de me dire des choses.

J'ai vu Kat sur le bateau, l'autre soir. La tête appuyée sur l'épaule de Ben.

Amoureusement.

44

Kat, le jour du drame

Le sentier coupait à travers les bois denses et mouchetés de lumière jusqu'à la pointe nord de l'île. Le brouhaha de cet après-midi radieux – vacanciers trinquant au Pimm's ou bien au mojito dans la piscine du Stanhope – s'estompa peu à peu, remplacé par les chants ardents des oiseaux et le bruissement des feuilles sous la brise.

Les chênes, la palissade basse en bois rouge dont on n'aurait su dire, au juste, ce qu'elle clôturait, et la forêt touffue, ses ronces, ses noisetiers, ses sorbiers – tout était conforme à la description que son père lui en avait faite, chez lui, à Maldon. D'un ton triste, hésitant, mais pas dénué d'un certain soulagement.

Enfin, Kat repéra l'endroit qu'elle cherchait. Elle s'avança au centre d'une clairière circulaire entourée de buissons et de rosiers sauvages couverts de fleurs écarlates. Au milieu d'un tapis d'une herbe au vert éclatant se dressait, comme attendu, un bronze juché sur un socle de marbre. De facture victorienne, il représentait une jeune femme à demi nue, aux lèvres entrouvertes, qui offrait son visage à quelque amant invisible, sa chevelure tombant en cascade dans son dos. L'ensemble était d'une grande sensualité.

Kat plaça sa main sur le bronze. Il était tiède, comme s'il diffusait sa propre chaleur. Comme s'il était constitué de chair et de sang.

À la lisière de la clairière, Kat avisa un banc de bois blanc, humble, joli, invitant – une antiquité, probablement.

Kat se rappela le récit que lui avait fait son père entre deux gorgées de thé la veille. « Cette clairière, on s'y rendait souvent ensemble, ta mère et moi. C'est sur ce banc que nous avons échangé notre premier baiser. C'est pourquoi j'ai trouvé particulièrement cruel qu'elle choisisse précisément cet endroit pour le retrouver. »

Maman était retombée amoureuse peu avant de mourir. Et – appelons un chat un chat – elle avait trompé papa.

Le soleil tapait. Les oiseaux s'égosillaient. Kat s'assit sur le banc et analysa sa réaction aux révélations de son père. Le comportement de sa mère était répréhensible, mais cela se comprenait. Papa était nettement plus âgé, et il avait toujours été plus lent, plus vieux jeu. Maman respirait la jeunesse, elle était ravissante mais surtout elle débordait d'énergie, de passion et de projets. Papa ne faisait tout simplement pas le poids. C'était inévitable, peut-être même prédestiné. Maman avait essayé de cacher ses incartades à ses enfants ; elles ignoraient tout de ses escapades sur Dawzy. Elle leur racontait qu'elle sortait avec ses copines, alors qu'en réalité, elle allait retrouver son amant. Ici, sous la canopée, dans la clairière à la statue sur l'île sacrée de Dawzy.

De nouveau, Kat entendit la voix de son père. « Tu comprends, maintenant, pourquoi je l'ai mal pris quand Hannah nous a annoncé qu'elle avait trouvé un poste sur Dawzy. C'était injuste, je le sais. Hannah n'y est pour rien et elle ne pouvait pas se douter… Mais ça remuait des souvenirs douloureux. Le Stanhope ! Il fallait que ce soit justement le Stanhope ! Depuis, j'ai l'impression de revivre une période sombre de ma vie. Parce que… ça s'est passé peu de temps avant sa mort. J'en ai tellement souffert, si tu savais… Je te ressers, ma chérie ? »

Le banc de bois, comme le bronze, restituait la chaleur d'un soleil généreux. Kat défit les brides de ses sandales et s'en débarrassa, puis elle s'étendit sur le banc. Le soleil chatouillait sa peau. Une impulsion la poussait à retirer tous ses vêtements. Le short, le chemisier porté sans rien dessous. Pourquoi pas ? Personne n'allait s'aventurer jusqu'ici ! Enfin, qui sait…

Mieux valait s'abstenir. La dernière fois, ça avait bien failli se retourner contre Hannah.

Kat reprit le cours de sa rêverie. Était-elle en train de reproduire à son insu les agissements de sa mère ? À l'époque, elle s'était peut-être couchée sur ces lattes de bois tandis que son amant se penchait au-dessus d'elle, lui dissimulant le soleil, avant de plonger pour l'embrasser comme dans une eau cristalline.

Peut-être avaient-ils fait l'amour par terre, dans l'herbe verdoyante de la clairière. Il y régnait une ambiance particulière. C'était comme un écrin pour quelque souvenir doré. On s'y figurait aisément deux amants enlacés au pied de la statue dénudée.

Kat ferma les yeux et laissa les rayons jouer sur ses paupières. Elle l'entendait presque, ce cri étouffé de plaisir coupable, comme s'il résonnait encore en ce lieu par-delà les années. La trahison, l'amour. Maman, encore jeune, encore belle, s'était éprise d'un autre homme. C'étaient des choses qui arrivaient. C'était arrivé. Cela continuerait d'arriver.

Au secours

Kat sentit affleurer un souvenir. Une nuit aux Maldives. Une tempête qui s'était déchaînée jusqu'à l'aube. Une tempête monstre écrasant tout à perte de vue, piétinant les atolls, drapée dans un manteau de nuages noirs et zébrant l'horizon d'éclairs acérés. Kat avait lutté contre le sommeil afin d'assister au spectacle, mais le sommeil l'avait emporté, troublé par des rêves spectaculaires ; et tout en dormant elle avait senti la foudre palpiter contre ses paupières, les veiner de lueurs roses et argent, encore, et encore.

Soudain, Kat perçut quelque chose. Une présence dans l'ombre torride.

— C'est toi, pas vrai ? lui dit-il.

Elle rouvrit les yeux, aux aguets. Sur le qui-vive, comme face à un danger.

Un homme, dans le noir.

Et voici qu'il sortait de l'ombre et s'avançait dans la clairière.

45

Hannah, maintenant

Ma liseuse éclaire la carte posée sur ma table vide. Je l'examine pour la énième fois dans l'espoir d'en déchiffrer le sens. Ma sœur a choisi cette carte et l'a cachée soigneusement dans sa chambre pour qu'on la retrouve. De même que le tarot est l'art de prédire l'avenir, j'ai l'intuition que cette carte contient l'avenir de ma sœur le soir du drame. La clé de ce qui lui est arrivé.

Je m'obstine. La lune curieuse pose sur les chiens qui hurlent en contrebas un regard maussade, mélancolique. Elle verse des larmes d'or, pleurant par anticipation ce qui devait arriver. Le sentier jaune n'en finit pas de serpenter jusqu'aux montagnes bleues qui se muent en raz-de-marée prêt à tout engloutir.

Mensonge. Confusion. Sexualité. Trahison. Infidélité.

Pourquoi ma sœur a-t-elle emprunté ce sentier ? Et cette écrevisse qui regarde ce qui se passe sur la rive, quelle en est la signification ?

Dans un soupir, je me lève. Il faut que j'interroge des êtres humains, pas un dessin sur un bout de papier.

Il faut que j'appelle Julia. La liste de mes questions s'est étoffée. Hélas ! Je n'ai pas son numéro et depuis qu'Oliver l'a mise au chômage technique, elle a quitté le fil de discussion du Stanhope. Comme tant d'autres. Disparus sans espoir de retour…

J'abandonne Greedy à ses rêves agités de chasse aux martres et je m'aventure le long du couloir désert. Comme toujours, je presse un peu le pas devant la chambre 10, comme si elle menaçait de me happer. Comme si je risquais d'y tomber sur Kat, les yeux blancs, révulsés, grands ouverts, me fixant par-delà la mort, m'invitant à la rejoindre, levant son bras glacé et faisant mine de m'empoigner. Ma Kat.

Coup de chance : à la réception, j'aperçois Lo, de dos, qui se dirige vers le restaurant.

— Lo.

Elle pivote. Comme tout le monde, ici, elle a l'air harassée. Les chiffres sont tombés : l'hôtel a actuellement un taux d'occupation de dix pour cent. On tourne au ralenti. La fermeture saisonnière nous pend au nez.

— Lo, tu aurais le numéro de Julia Daubney, par hasard ? La serveuse…

— Julia ? Oui, je dois l'avoir. Pourquoi ? me demande-t-elle sans se dérider.

— J'ai des questions à lui poser à propos… à propos du jour où ma sœur est morte.

Trêve de faux-semblants.

— Oh. OK. Pas la peine de lui téléphoner, tu n'as qu'à lui demander en personne. Elle est de retour. Tu sais qu'on a mis en place un roulement ?

Elle soupire, promène son regard blasé dans le hall silencieux et commente :

— Pas pour longtemps, je le crains.

— Ah. Bon, alors…

— Elle doit être dans sa chambre. La 23B, dans le couloir des employés.

Je gravis le grand escalier, longe l'open space désert, enfile le couloir vide. Chambre 23B. Je frappe à la porte.

— Entrez.

Julia est allongée sur son lit. En jean, T-shirt et chaussettes, elle feuillette un magazine people. Elle me regarde, surprise de me voir là, le visage assombri par l'inquiétude. Ma visite n'a pas l'air de lui faire plaisir.

Droit au but. Assez tourné autour du pot.

— Julia, je veux que tu me dises tout ce que tu sais.

— Pardon ?

— Tout ce qui s'est passé le week-end où ma sœur s'est noyée. Où ils se sont tous noyés. J'ai ma petite idée sur la question mais j'ai besoin que tu confirmes mes soupçons. Je sais que tu sais quelque chose. J'ai vu la façon dont tu regardais Ben, l'autre soir, au bar. Ton explication, je n'y crois pas. Dis-moi la vérité.

Sa bouche frémit. Elle se mord la lèvre. C'est de la peur ou je ne m'y connais pas.

— Dis-moi. Je t'en supplie ! On parle de ma sœur, là ! Ma sœur qui est morte !

Les yeux écarquillés, implorants, elle capitule.

— J'aurais jamais dû… Hannah, écoute, c'était juste… pour le fun. Pour la fête. Ta sœur, elle voulait… tu sais. De la coke. Et de la ket. Je ne pensais pas à mal, je te jure !

Je dissimule ma stupéfaction. Donc, Julia a fourni de la drogue à ma sœur. D'où les débordements de Kat ?

En partie, peut-être. Mais Julia ne m'a pas tout dit. Je le sens.

— Tu ne répéteras rien à personne, hein, Hannah ? bredouille-t-elle, affolée. Si tu savais comme je regrette, putain ! Je te jure, j'en dors plus la nuit. J'en ai jamais parlé à personne, je me suis faite toute petite pendant l'enquête et, au final, je n'ai même pas été interrogée... Oh, merde, Hannah, je te demande pardon...

Elle est en larmes. J'éprouve de la compassion pour elle. Mon enjôleuse de frangine avait chargé une jeune serveuse de lui procurer de la drogue. C'était dur de lui résister. Avec son enthousiasme, son humour déjanté, Kat possédait un charme magnétique.

— Julia, je m'en fous de la drogue.

Elle me jette un regard nerveux.

— Je veux savoir pour Ben et ma sœur.

Le choc se peint sur ses traits. Dans un murmure rauque, elle me répond :

— Non, Hannah, ce n'est pas une bonne idée...

— Je veux savoir. J'ai bien vu comment tu l'avais regardé, Julia. Tu me caches quelque chose. Alors maintenant, soit tu me balances ce que tu sais, soit je raconte tout aux flics pour la drogue. S'ils découvrent son corps un jour, l'autopsie révélera qu'elle en avait consommé. Tu iras en prison. Alors parle !

Julia secoue la tête, les larmes inondent ses joues.

— Ne me demande pas ça, tu as déjà perdu ta sœur. Je ne te l'ai jamais dit parce que tu as perdu ta sœur adorée, c'est trop cruel...

— Au moins, je serai fixée. Et d'abord, je suis déjà au courant. Il se l'est tapée, pas vrai ? Mon fiancé s'est tapé ma sœur dans cette putain de chambre de l'aile Est.

Julia prend une profonde inspiration et tente tant bien que mal d'endiguer l'afflux de larmes. Elle persiste à secouer la tête.

J'enfonce le clou.

— Je vais appeler les flics. Je te jure, je vais le faire.

— Non, attends…

— Dis-moi. Ce que tu as vu, ce que tu sais. Maintenant. Je suis coincée ici, entourée de menteurs. Je veux la vérité.

Julia a les yeux rivés sur un coin de moquette. Puis elle braque vers moi ses yeux rougis et larmoyants et, d'une voix chevrotante, elle déclare :

— C'est pire que ça.

— Pire ? Comment ça ? Je ne vois pas ce qui pourrait être pire…

Un silence, puis, au prix d'un immense effort, elle parvient à articuler :

— C'était un viol.

Un peu plus fort, elle répète :

— Ben a violé ta sœur.

46

Dans la chambre de Julia, on n'entend plus que le chant feutré des oiseaux. Leurs silhouettes argentées planent dans la nuit glaciale au-dessus de Dawzy et effleurent les vagues assassines.

L'accusation de Julia est tellement inattendue qu'elle a désamorcé la plupart de mes questions. Un viol ? Mon âme entière se révolte à cette seule idée. Pourquoi Ben aurait-il violé ma sœur s'ils entretenaient une liaison ? Peut-être qu'un soir, les choses ont dérapé... Ou alors j'ai tout compris de travers, ils ne couchaient pas ensemble, et un jour il s'est pointé dans sa chambre et il a abusé d'elle, purement et simplement. Est-ce que ça aurait pu conduire Kat à prendre des risques inconsidérés ? Comme sillonner l'île le long du sentier qui conduit aux grosses vagues bleutées et se jeter à l'eau sous les yeux effarés de deux chiens hurlant à la mort et d'une écrevisse flippante ?

Je mets ma colère en sourdine et, avec une douceur qui me vient d'on ne sait où, je demande :

— Comment le sais-tu ? Tu les as vus ?

Julia fait non de la tête.

— Pas exactement. J'étais allée la trouver dans sa chambre pour lui livrer la 2C-B et je l'ai vue. Avec Ben. La porte était entrouverte, alors j'ai jeté un coup d'œil : elle était assise tout près de lui et il lui a pris la tête entre les mains comme pour l'embrasser...

— Elle ne s'est pas laissé faire ?

— Oh, non ! Elle l'a repoussé. Elle était furieuse ! Ça ne me regardait pas, alors j'ai filé.

Mon sang bout dans mes veines. J'ai toujours trouvé cette expression débile – comme si le sang pouvait bouillir ! Pourtant, c'est tout à fait ça : je bouillonne de colère. Mes veines, mon système nerveux, tous mes sens sont en ébullition sous le coup de ces révélations.

— Ça ne constitue pas un viol, dis-je.

— Plus tard, reprend Julia d'une voix étranglée, je suis repassée. Avant même que j'aie le temps de frapper, ta sœur a surgi de la pièce. Débraillée, échevelée, les yeux rouges... tu vois, quoi. Je lui ai demandé ce qui n'allait pas, mais je ne sais pas si elle m'a entendue ni même reconnue. Elle bredouillait. Elle a dévalé le couloir en courant et... je ne l'ai jamais revue.

J'encaisse, j'assimile. Puis, d'un ton moins hostile, parce que je suis très déstabilisée et qu'il s'en faut de peu que je me mette à pleurer moi aussi, j'observe :

— Tout ça, tu l'as gardé pour toi au moment de l'enquête.

— Parce que je n'ai pas été interrogée ! Dieu merci. J'avais trop peur d'être arrêtée pour deal.

— Et moi ? Pourquoi tu ne m'as rien dit ?

Elle tourne vers moi son visage strié de larmes. Ses yeux sont immenses, sa détresse sincère.

— Je ne pouvais pas. Tu étais en plein deuil. Putain, j'avais tellement mal pour toi, Hannah ! Prise au piège de ta phobie. Par moments, tu avais l'air suicidaire. Et puis… tu avais des hallucinations, non ? Il paraît que, parfois, tu parlais encore à ta sœur. Je ne pouvais pas te le dire ! Et si c'était la goutte d'eau qui faisait déborder le vase ?

Je comprends. J'aurais réagi pareil à sa place. Dans mon état, je ne pouvais pas perdre mon mec, en plus du reste.

Mon cœur se serre. Ma pauvre petite sœur. Violée ? Vraiment ? Au terme d'un long silence, je murmure :

— Merci, Julia. Je te remercie de me l'avoir dit. Je préfère savoir.

— Tu vas faire quoi ?

— Je ne sais pas. Me barrer de cette île de cauchemar ?

Julia hoche la tête avec ferveur.

— Putain, moi aussi ! Dès que j'ai posé le pied sur l'île, hier, j'ai su que c'était une connerie de revenir. L'ambiance est trop glauque. L'hôtel est à l'agonie. Je finis mon service et je me casse pour de bon !

— De toute façon, le Stanhope va sûrement fermer.

— Merde. Oh, putain, Hannah, merde, merde, je suis désolée, tellement désolée, pour tout, je…

Je me lève, ignorant ses lamentations. Un couloir à la fois, je regagne mes quartiers désolés au bout de l'aile hantée qui m'est encore plus toxique à présent que je sais que mon beau fiancé ténébreux y aurait abusé de ma sœur à vingt mètres seulement de ma chambre. Quelques heures avant sa mort.

En moi, la fureur et la tristesse se livrent un combat acharné. Assise sur mon lit, c'est à peine si je remarque que mon portable sonne. Je ne décroche pas. Ça doit être Ben. La perspective de lui parler, là, tout de suite, me soulève l'estomac.

Mais la sonnerie persiste, bruyante, stridente, harcelante au point de réveiller Greedy.

— Putain mais fous-moi la paix, connard !

J'empoigne rageusement mon portable pour le mettre sur silencieux, et c'est là que je lis le nom qui s'affiche sur l'écran.

Kat.

47

Je décroche ?

Ou pas ?

J'ose ?

Je n'ose pas ?

Mon portable à la main, je reste transie d'effroi. Greedy me couve d'un regard circonspect. Vaguement craintif. Comme s'il ne me reconnaissait pas. Je ne lui jette pas la pierre. Me voici complètement paumée dans un monde dont les règles m'échappent.

Ding !

Kat vient de me laisser un message.

Je sais qu'il s'agit d'une hallucination. Kat est morte, pas vrai ? Si. Forcément. Pourtant... son corps n'a jamais été retrouvé. Officiellement, elle reste « portée disparue ». Mais cela fait des mois ! On ne retrouve jamais les disparus après autant de temps. Pas vivants, en tout cas. Je connais les statistiques. Kat n'a pas dérivé en mer pendant des semaines sur un radeau de fortune équipé d'un récupérateur d'eau de pluie, assurant sa survie en mangeant des poissons volants. Elle a été happée par un courant meurtrier en pleine nuit dans un fleuve glacial et son cadavre a été entraîné dans l'un des couloirs maritimes les plus fréquentés de la planète.

Elle est morte.

Et elle vient de laisser un message sur mon répondeur.

La mâchoire contractée, je ramasse mon téléphone. Il ne faut pas. Je serre les dents à m'en faire mal.

Hannah mia, *stop ! Vire pas toc-toc ! Ne me laisse pas te hanter. Envahir tes pensées.*

Je rassemble mon courage et ma volonté et j'efface le message de ma sœur morte sans l'écouter. J'efface jusqu'à la trace de ses appels en absence.

Et aussitôt je regrette.

Oh, Kat, tu me manques tellement. Rappelle-moi, rappelle-moi, rappelle-moi. Ma petite sœur assise en haut de l'escalier, ta main dans la mienne à la mort de maman. Ma disparue. Ma meilleure amie.

Je me fiche que tu sois un fantôme. Appelle-moi.

Le téléphone ne bronche pas. J'ai effacé ma sœur.

Et si elle m'avait dit « Je suis toujours en vie » ?

48

Encore ce lièvre !

C'est le même que l'autre jour. Dressé sur ses pattes arrière, figé comme une statue, il me toise, insolent, dans le crépuscule d'automne où flottent, charriées par la brise, des notes de feu de bois suaves et ténues. Sur la rive opposée, les fermiers font brûler ronces et broussailles, les pêcheurs de Mersea nettoient le pont des bateaux en vue de l'hiver. Détonations assourdies dans le lointain ; des hommes massacrent des faisans dans des bois, je ne sais où, et c'est comme la bande-son d'une guerre sordide dont on ne voit pas le bout, dont la ligne de front est encore éloignée mais se rapproche dangereusement.

Fichu lièvre.

Je fais un pas en avant. Pas de réaction.

Moins de dix mètres nous séparent. Droit comme un *i* et totalement immobile, il s'obstine à m'observer, le museau à peine frémissant. Je prends mes jumelles pour mieux admirer ses yeux parfaits, deux billes d'ambre et d'ébène, deux gemmes polies qui soutiennent mon regard sans ciller.

— *Pssst !* Allez, ouste ! Va-t'en. S'il te plaît.

Un aboiement sonore. Je pivote sur mes talons et vois Greedy qui accourt, tout content, sa grande langue pendant entre ses babines de glouton.

Quand je me retourne vers le lièvre, celui-ci a disparu. La plage est déserte. Il a dû filer se mettre à couvert sous les chênes, à ma gauche.

Je poursuis mon chemin. J'attends le ferry de Freddy qui doit m'amener Ben. Il ne va pas tarder. Dans une demi-heure, il sera là. Je ne lui ai rien dit à propos de cette histoire de viol. Je n'ai même pas mentionné Kat. Je lui ai seulement écrit : « Rejoins-moi à la réception, j'ai fait une grande découverte. » Parce que je veux le regarder droit dans les yeux quand je lui demanderai de s'expliquer. On ne peut pas sonder les profondeurs de l'âme de quelqu'un par écran interposé. Or c'est précisément ce que j'ai l'intention de faire. C'est l'étape suivante de ce jeu de piste : lever le voile sur la nature même de Ben. Cet individu capable de violer la propre sœur de la femme qu'il dit aimer.

— Viens, Greedy.

Je fais des ricochets. Je lui lance un bâton qu'il me rapporte sagement. Puis je déambule sans but, pour m'apaiser, pour tuer le temps. Je redoute ce qui se profile. La demi-bouteille de vin que j'ai bue en solitaire en attendant l'affrontement n'a pas suffi à calmer ma nervosité.

Tiens ! Freddy Nix est déjà là, sous un ciel bleu-noir chatoyant comme la peau d'un maquereau, alors que les dernières lueurs se retirent. Son ferry est amarré à sa place habituelle et patiente dans la brume glaçante de cette fin novembre. Freddy a parfois quelques minutes d'avance ou de retard, en fonction de son emploi du temps et de sa motivation.

J'en suis là de mes réflexions quand je reçois un texto.

Arrivé ! Freddy était en avance.
Suis à la réception.

J'arrive.

Pourtant, je reste sans bouger, comme mon lièvre magique. Intriguée. Sur l'embarcadère, quelqu'un s'apprête à embarquer. Et ce quelqu'un n'est autre que Mack le Crack. C'est bizarre, une heure avant le coup de feu. Logan ne quitte jamais sa cuisine à cette heure-ci !

Il a un tas de sacs et de valises à ses pieds. Aurait-il démissionné ?

Et… je rêve ou Freddy refuse de le laisser monter à bord ? Je reprends mes jumelles et fais la mise au point : ils sont en train de se disputer. Logan s'emporte, enfonce son index dans le torse de Freddy. Freddy s'agite, gesticule.

Logan saisit Freddy à la gorge et… Mais oui, il menace de le flanquer à l'eau ! La Blackwater gronde et mon estomac se soulève. Faut-il que j'intervienne ? Freddy proteste à cor et à cri, mais Logan est costaud, il ne fait pas le poids. Il cède. Courbe l'échine. Et laisse Logan embarquer avec tout son barda.

Si Mack le Crack nous quitte, il signe l'arrêt de mort du Stanhope.

319

J'épie la scène, pensive. Vaincu, Freddy défait son nœud d'amarrage et son bateau s'éloigne en ronflant sur l'eau calme qu'il nappe de fumée bleutée.

Ding !

T'es où ?

L'heure a sonné de l'affronter. De le prendre de court, comme je l'ai prévu.

En fait, je voudrais que tu viennes
me rejoindre.

OK. Où ?

Chambre 10. C'est dans l'aile Est.
Mais tu connais le chemin, non ?

49

Ben n'a pas plus tôt franchi le seuil de la chambre que mes derniers doutes s'évanouissent. Le regard qu'il me lance est trop grave, trop appuyé. Je me suis assise exprès sur l'unique chaise disponible, l'obligeant à s'installer sur le lit.

Le fameux lit.

Mon fiancé est rasé de près. Envolée, la barbe de trois jours ! Mais je ne suis pas dupe de son air innocent.

— C'est l'anarchie, ici, me dit-il d'un ton faussement insouciant.

Je le toise.

— De quoi tu parles ?

— Quand je suis arrivé, c'était la panique à bord, tout le monde s'engueulait. Alors comme ça, l'as des fourneaux a fini par rendre son tablier ? Je l'ai vu sortir avec ses bagages.

— Si tu le dis.

Il voit bien que le sujet m'indiffère. Il soupire et m'indique la bouteille de vin ouverte par terre.

— Il n'est pas un peu tôt ?

— J'avais envie. Tu en veux ?

— Pourquoi pas.

Je le sers et lui tends son verre en m'efforçant de ne pas effleurer ses mains. Ben ne me touchera plus jamais. La vue de ses grandes mains viriles, puissantes et musclées, ces mains faites pour ouvrir les huîtres et désosser les épaules de porc, ces mains que j'ai désirées et qui m'ont déboutonnée, dégrafée, décomposée de plaisir me donnent à présent des haut-le-cœur. Je les vois empoigner ma sœur, la plaquer sur le matelas, enserrer son cou délicat.

Nous ne nous effleurons pas. Un tic agite la commissure de ses lèvres lorsqu'il s'assied sur le lit. Il pose son manteau à côté de lui. Ben s'autorise alors à promener son regard dans la pièce. Furtivement, nerveusement. Il est à cran. De toute évidence, il a compris que je savais quelque chose.

— Pourquoi cette chambre, Hannah ? Pourquoi pas la tienne ?

Il n'y va pas par quatre chemins. Soit.

— Disons que j'avais envie de changer d'air. Marre de ma chambre. Dans ce couloir, j'ai l'embarras du choix.

Il boit son vin à petites gorgées. Pour gagner du temps. Si ça se trouve pour inventer je ne sais quel baratin, pour m'embobiner.

— Si j'étais toi, je changerais carrément d'aile, me lance-t-il.

Il me provoque ou quoi ? C'est comme s'il me défiait de lui dire ! Mais je n'ai qu'un seul mot pour lui :

— Pourquoi ?

Pas de réponse. Son baratin ne doit pas être encore au point.

— Tu es déjà venu dans cette chambre, Ben ?

Il cligne rapidement des yeux, secoue la tête, affiche un air perplexe.

— Je croyais que tu avais une nouvelle à m'annoncer ? Tu disais avoir fait une découverte…

— Et comment ! Une sacrée découverte, même.

Glaciale, je répète :

— Ben. Tu es déjà venu dans cette chambre ?

Il boit. Je m'impatiente.

— La réponse est oui, n'est-ce pas ? Tu es déjà venu ici. L'été dernier. Le jour de sa mort.

— Quoi ? couine-t-il.

— Salaud.

Ben s'empourpre. Il plonge aussitôt le nez dans son verre, mais je l'ai vu. Et sa main tremble.

Ma colère enfle, enfle…

— Hannah, écoute…

— Non, c'est toi qui vas m'écouter ! J'ai parlé à Julia. Elle t'a surpris ce soir-là, en train de… de peloter ma sœur, de la tripoter contre sa volonté !

Et c'est la déferlante.

— Je sais ce que tu as fait, espèce de pourriture. Je sais ce que tu as fait à ma sœur ! Tu l'as violée ! C'est pour ça qu'elle s'est foutue à l'eau ? C'est pour ça qu'elle a fait ça ? Tu l'as violée. Ma propre sœur ! Espèce de connard !

Mon verre de vin pèse de tout son poids dans ma main. Sans réfléchir, je me lève à moitié et le lui balance à la figure. Tant pis si Ben perd un œil ! Mais il esquive le coup et le verre se fracasse contre le mur dans une gerbe de tessons et de liquide écarlate. Il y

323

en a partout. On dirait que quelqu'un s'est tranché les artères près de la tête de lit.

Ça défoule. Un silence tonitruant succède à la violence. Seul retentit un cri d'oiseau solitaire. Mais l'oiseau s'envole et me laisse seule avec mon fiancé.

Ou plutôt mon ex.

Il regarde ses pieds, les épaules basses. C'est drôle, mais il me rappelle mon père le jour où il nous a annoncé la mort de maman. C'est un homme diminué. Un homme dont une part invisible à l'œil nu vient de s'éteindre à tout jamais.

Ça y est, il se hasarde à me regarder.

— Merde, Hannah, murmure-t-il d'une voix éraillée. Merde, non, je ne l'ai pas violée !

— Julia affirme le contraire.

Ses yeux cherchent désespérément les miens et je m'étonne d'y lire une émotion sincère. Implorante mais franche.

— Putain, mais non, Hannah. Non !

Il s'emporte, à présent.

— Ton argumentation est bluffante, dis-je, caustique. Me voilà convaincue.

— Je te jure, Hannah. Je n'aurais jamais fait... ça.

Je ne dis plus rien. Qu'il se démerde.

— Hannah...

Je reste de marbre.

Il enfouit son visage entre ses mains. Inspire, expire, se frotte les yeux. Puis il se redresse. Il a les traits tirés, le regard profondément las – sa fatigue me saute aux yeux. Un boulot exténuant, des horaires de dingue et maintenant, ça, les accusations d'une folle...

Sauf que je ne suis pas folle.

Lorsqu'il reprend la parole, son visage est tout contracté.

— Ce n'était pas un viol. Jamais je ne ferais une chose pareille.

Un silence aride.

— Mais… on a couché ensemble ce soir-là, avoue-t-il.

Je ne dis rien. Je hurle à l'intérieur, mais pas un son ne sort de ma bouche.

— Elle était bouleversée. Je ne sais pas pourquoi. Elle n'aimait pas sa chambre. J'ai voulu la réconforter. Et…

Il soupire.

— Et, oui, on a couché ensemble. Et…

Son regard oblique. Il n'arrive plus à me regarder en face.

— Et ce n'était pas la première fois, conclut-il.

Le silence nous tient dans son étau. Mon souffle est entravé, j'ai une lame dans la poitrine. Le pire, c'est que je le crois. Ben est peut-être le dernier des connards, mais ce n'est pas un violeur.

Ce qui ne me console guère. Parce que, s'il dit vrai, je crois que c'est encore pire. Ma sœur et mon fiancé couchaient ensemble. Non seulement mon mec m'a trompée, mais Kat, ma chair, mon sang, mon double, m'a poignardée dans le dos.

Ben peut aller se faire voir, il peut disparaître de ma vie, et d'ailleurs, c'est ce qu'il va se passer. Je m'en fous. Mais Katalina ?

Elle m'a trahie pendant quoi ? Des semaines, des mois, des années ?

Et elle est morte.

Je la pleure, je l'aime, et voilà comment elle me traite ?

Je me domine. Implacable et déterminée, je demande froidement à Ben :

— Entre vous, comment ça a commencé ?

— Est-ce qu'on est vraiment obligés de...

— Oui. Oui, Ben, on est obligés. Je suis coincée dans cet hôtel hanté sur cette putain d'île et je viens d'apprendre que mon mec se tapait ma sœur la nuit de sa mort alors tu m'excuseras, mais merde, j'ai besoin de savoir !

Il se rassied, contrit. Bien.

Et lentement, il se confesse.

— La première fois, c'était aux Maldives. Il n'y a eu qu'un seul dérapage. Puis...

Il inspire vivement.

— Je ne sais pas quoi te dire. C'est moi le coupable. C'est à moi qu'il faut en vouloir. Je lui courais après. Elle, elle avait tellement de mecs à ses pieds... Et elle s'en voulait à mort chaque fois. On a recouché ensemble une... non, deux fois. Plus ce soir-là. Donc quatre fois en tout. Toujours à mon initiative.

Je vois à son expression qu'il sait qu'il ne me reverra jamais. Et c'est vrai. Parce que, même en admettant qu'il dise vrai, je ne lui pardonnerai jamais.

— Ce soir-là, elle n'avait pas le moral. Il s'était passé quelque chose. Je ne sais pas quoi, je crois que ça avait un rapport avec ta mère et un mec qui vivait ici, autrefois. Elle était bourrée, elle avait pris de la drogue. Quand on s'est retrouvés ici...

Haussement d'épaules pitoyable.

— Je n'aurais jamais dû. Je regrette. Vraiment. Je ne sais pas quoi te dire. J'espère qu'un jour, tu pourras me pardonner.

— Je t'interdis de t'excuser.

Il tressaille comme si je l'avais giflé. Puis il fait mine d'attraper son manteau. Il s'apprête à partir.

— Pourquoi tu m'as fait ça, Ben ?

— Je…

Il laisse sa phrase en suspens. J'en remets une couche.

— Pourquoi tu t'es tapé ma sœur ? On allait se marier, Ben ! Je mérite au moins de connaître la vérité.

Il a déjà zippé sa veste. D'une voix douce et limpide, il explique :

— Elle était tellement belle…

Ces mots dégringolent dans le gouffre qui s'est ouvert entre nous. Je fixe le mur éclaboussé de vin rouge. Ces mots. Ces mots que j'ai entendus toute ma vie. *Ta sœur, elle est tellement belle.* J'ai toujours su que c'était le prix à payer pour avoir à mes côtés une sœur comme elle.

Oh, Kat.

— J'y vais, m'annonce mon ex. Je vais m'appeler un bateau-taxi.

Je hausse les épaules.

— Ça vaut mieux.

Mes pensées voguent vers Kat. Pourquoi aurait-elle affirmé avoir été violée si ce n'était pas le cas ? Et comment a-t-elle pu me faire un coup pareil ?

Je me lève, les poings sur les hanches.

— Je ne veux plus jamais te revoir, Ben. Tu ne reviens jamais ici, tu ne m'appelles pas, tu ne m'écris pas. C'est fini. Tu disparais de ma vie. Je veux t'oublier à tout jamais.

Ses yeux bleu-gris se troublent. Peut-être est-il vraiment triste, peut-être m'a-t-il réellement aimée, en dépit de tout, mais c'est sans importance, à présent. Oui, j'en suis presque sûre : il m'aimait. Seulement *Kat était tellement belle.*

— Hannah, je t'en prie… un jour, tu essaieras de me pardonner ? Je t'en prie…

Je reste impassible. Mutique.

Il rejoint la porte. À la dernière seconde, il se retourne, comme s'il pouvait ajouter quoi que ce soit, réparer ce carnage. Mais le mal est fait. Je ne remue pas d'un cil. Je ne me laisserai pas attendrir. Ses épaules s'affaissent. Il me semble qu'il a l'œil humide. Je revois mon père, cet homme brisé. Et il sort.

J'écoute le bruit de la Blackwater. J'ai l'impression de m'enfoncer dans ses eaux turbulentes en pleine Heure des Noyés.

Je saisis mon portable, je fais défiler mes contacts à la recherche de son nom, de sa photo de profil. J'appuie sur APPELER.

Messagerie.

« *Caramba !* Encore raté ! Je ne suis pas là, je dois être en train de faire un truc super important, mais tu sais quoi faire après le bip ! »

Bip. Je plaque l'appareil contre mon oreille pendant quelques secondes, les yeux clos, la respiration oppressée.

Et je le dis.

— Kat, c'est moi, Hannah. Tu peux me rappeler, s'il te plaît ?

50

Kat, le jour du drame

C'était le jeune homme de tout à l'heure. Celui dont elle avait surpris le regard lors de son bain de soleil au bord de la piscine. La version jeune du vieux beau aux cheveux argentés. Il était blond, mignon, avec des pommettes saillantes. Il portait une chemise bleue comme les œufs d'oiseaux qu'on trouve enfant. Ses lunettes de soleil chromées dissimulaient ses yeux.

— Je me doutais que tu viendrais ici, lui lança-t-il.

Kat se sentit subitement gênée. Elle cessa de remuer paresseusement les jambes, se redressa, reboutonna son chemisier.

— Comment ça ? demanda-t-elle.

Il equissa un sourire insipide, d'autant plus impersonnel qu'il gardait ses lunettes noires.

— Tu connais forcément l'histoire, puisque tu es sa fille. La cadette, c'est bien ça ? Katalina Langley.

Kat laçait ses sandales. La clairière ne revêtait plus le moindre charme à ses yeux. La statue de bronze lui parut soudain kitsch et sentimentale.

Le jeune homme lui adressait toujours son sourire vide. Il avait les dents blanches et pointues, vaguement animales.

Kat tendit le menton. Elle n'allait pas se laisser intimider.

— Je ne sais pas de quoi tu parles.

Lentement, le sourire s'estompa.

— Tu es sa fille. Ça saute aux yeux. J'ai vu des photos. Moi, tu ne me reconnais pas ?

Elle fronça les sourcils. Elle avait le soleil dans les yeux et sur ce fond éclatant, seule une silhouette noire se découpait.

La main en visière, Kat plissa les yeux.

— Euh, je t'ai vu près de la piscine avec les patrons et l'autre gars. Grand, élégant ?

— Mon oncle.

— Ah.

— Ta mère m'aurait reconnu, elle. Si elle était toujours en vie, bien sûr.

— Merde ! Tu es le fils de… ?

Kat le dévisagea, sidérée, mais il était toujours à contre-jour et elle ne put déchiffrer son expression.

— Je suis Elliot Kreeft, dit-il. Enchanté. Le fils d'Andrew.

Kat changea de position pour étudier son interlocuteur. Sans cette ombre sur son visage, il paraissait moins menaçant. Et même un peu vulnérable, voire… déséquilibré ? Non, le mot était un peu fort. Il était fragile, nerveux. Triste. Voilà : triste.

— Tu sais, je viens de l'apprendre, dit Kat, pour ma mère et Andrew. Enfin, ton père et leurs rendez-vous clandestins sur Dawzy.

Elliot s'assit sur le banc, troublant de nouveau Kat sans qu'elle sache dire précisément pourquoi. Il regardait fixement la clairière et lui présentait son profil bien net ; ses cheveux blonds paraissaient presque blancs, fantomatiques, argentés, comme ceux de son oncle.

— Tu sais qu'il n'y a pas si longtemps, tout ceci nous appartenait ?

— Ah ?

— C'est comme ça qu'ils se sont connus. En fait, tu ne sais pratiquement rien.

Le sourire d'Elliot était froid.

— Quand Briony a rencontré mon père, tout a basculé, pour tout le monde. Y compris pour toi et moi.

Enfin, Elliot retira ses lunettes de soleil et braqua son regard sur Kat. Ses yeux gris tiraient sur le vert ; le contraste avec ses cheveux blonds était saisissant.

— Tu ignorais que nous étions les propriétaires du Stanhope.

— Oui. J'ignorais toute l'affaire jusqu'à avant-hier. Ma sœur et moi, on était petites quand c'est arrivé, mes parents ne nous ont rien dit. Puis maman est morte d'un cancer, et papa était accablé de chagrin… Peut-être aussi qu'il avait honte.

— Oui, bien sûr. Le fameux cancer, dit Elliot d'une voix mielleuse.

Il fixa Kat. La brise estivale ébouriffait les rosiers sauvages ; les oiseaux chantaient.

Kat secoua la tête.

— Je n'aime pas en parler. Ma pauvre maman, si jeune…

— Hum. Et j'imagine que ça a été fulgurant.

Il remit ses lunettes et se tourna de nouveau face à la clairière. La mine sévère. On aurait dit qu'il voyait les amants illicites s'embrasser fougueusement au pied de la statue.

— Ta mère a brisé ma famille, affirma Elliot. Ma mère ne s'en est jamais remise. Mon père non plus, soit dit en passant. Le couple de mes parents a explosé et je me suis retrouvé tout seul. Mais ta mère a eu un cancer. Quand on meurt d'un cancer, ça excuse tout.

L'atmosphère était affreusement tendue à présent. Kat avait envie de s'enfuir, de fausser compagnie à cet étrange jeune homme à la voix douce et à la beauté déconcertante. On aurait dit un revenant. Un spectre bien élevé, soigné mais dédaigneux. Ses mots sonnaient faux, et toute cette entrevue la mettait mal à l'aise.

— Je ne savais pas. Désolée.

— Ne sois pas désolée, Katalina. Ma mère a sombré dans l'alcool. Mon père dans le désespoir. Nous avons confié l'hôtel à des gérants. Déménagé. Et c'est arrivé. La faillite.

Il soupira et reprit :

— On nous a fait une offre extraordinaire, incroyable. Oliver et sa clique ne regardaient pas à la dépense pour acquérir notre vieil hôtel au charme singulier et sa parcelle sur l'île des contrebandiers. L'île aux sorcières, aux vierges violées. Aux traînées adultères... Ta chambre te plaît ? Peut-être que ta mère y a couché avec mon père. Je me suis souvent demandé laquelle abritait leurs ébats. Mais peut-être qu'il y en avait plusieurs. Peut-être qu'ils se sont envoyés en l'air dans toute une ribambelle de chambres, pendant que ma mère pleurait dans la sienne. Comment savoir ? L'hôtel en compte tellement !

Il haussa les épaules.

— Il a beau se targuer d'avoir fait peau neuve, dans le fond, il n'a pas changé. Trafics, tabous. Sorcières. Les oiseaux sont toujours là, eux aussi. Même la nuit. Et tout le monde observe… J'ai soif. On se voit à la fête.

Sans ajouter un mot, il se leva et s'éloigna. Kat le regarda quitter la clairière et disparaître dans l'ombre. Elle s'aperçut qu'elle tremblait.

51

Hannah, aujourd'hui

— Voilà, Greedy.

Je lui tends une friandise. Nous sommes assis sur un bloc de béton planté au milieu de la plage. Le soleil joue sur le fleuve agité comme sur la surface d'un miroir brisé. Le vent cinglant refroidit tout. L'hiver est presque là.

— T'en veux une autre ?

Avide, Greedy saisit dans sa gueule la petite croquette que je lui tends et me lèche la paume, puis la joue. Une démonstration d'affection que j'accueille bien volontiers. Je n'ai plus que lui pour m'en témoigner, maintenant que Ben est parti.

Me laissant ses mots mystérieux à méditer : « ta mère et un mec qui vivait ici, autrefois ».

Sur le moment, terrassée par l'émotion, je n'y ai pas prêté attention, mais à présent je ressasse en boucle cette phrase. Elle me trouble profondément. Apparemment, Kat avait découvert quelque chose à propos de Dawzy et de maman. Mais quoi ?

J'ai fouillé en vain mes souvenirs d'enfance. On se rendait sur l'île en famille, parfois. J'ai des souvenirs d'escalopes, de chapelure détrempée. D'une partie de cache-cache. Un pique-nique, peut-être ? Et la Strood. Je me rappelle vaguement que papa nous en avait conté l'histoire romanesque, effrayante : une voie romaine fantomatique aux apparitions imprévisibles.

Le mystère reste entier, et moi, je suis bloquée. Le vent me pique les joues. Une écrevisse…

Greedy se lève, une bourrasque lisse son poil brun généreux. Il flaire. Voit des choses que je ne vois pas.

— Qu'est-ce qu'il y a, Greedy ?

Ses muscles tressautent, son regard est fixe, comme s'il avait flairé quelque chose dans les vagues qui cavalent vers la mer du Nord en un déferlement continu, par-dessus les antiques parcs à huîtres et les longerons de bois en putréfaction.

Comme nous sommes près de l'hôtel, je le tiens en laisse.

— File ! Va chercher ! lui dis-je en le libérant.

Il s'élance, plein d'entrain, dévale la pente semée de galets, puis, parvenu au ras des vagues, oblique vers la gauche et trottine le long de l'eau, suivant je ne sais quelle piste. Peu importe que l'un de nos sept derniers clients l'aperçoive. Ils partiront bientôt et alors il faudra fermer l'hôtel. Logan Mackinlay nous a quittés, Lo me l'a confirmé, livide, il y a quelques jours, la dernière fois que je suis montée dans l'open space. Elle m'a annoncé la nouvelle avec un petit soupir éloquent.

Depuis, je n'ai pas remis les pieds au bureau. Et personne ne m'en a fait le reproche. D'ailleurs, personne ne s'est inquiété de savoir si j'étais encore en vie.

— Greedy ! Au pied. On rentre.

Nous rentrons. Je le nourris. Il s'endort.

J'erre jusqu'au Spinnaker. J'avale un café, une soupe, un sandwich. Je ne croise pas un seul client. Alistair et Oliver sont absents. Au bar, il n'y a qu'Eddie, une serveuse désœuvrée et quelques femmes de chambre qui font des messes basses. Je constate que nos effectifs se réduisent comme peau de chagrin. Nous n'enregistrons plus de nouvelles réservations. Quand quelqu'un se présente à l'accueil, c'est pour le check out, jamais pour le check in. Cela fait des jours que je n'ai pas aperçu Danielle. C'est à croire qu'ils se dématérialisent les uns après les autres, comme ma sœur sur sa balançoire. L'hôtel entier s'évanouit dans le brouillard.

Kat. Je ne peux pas lui téléphoner, je ne dois pas recommencer. Ce serait délirant. Pourtant, je brûle d'entendre ce qu'elle a à me dire. Elle est seulement portée disparue…

Non. Elle est morte. Je finis mon sandwich au jambon dans le vaste bar sinistré et décide de me concentrer sur ce qu'elle m'a déjà dit, lors de nos conversations imaginaires. J'ai là bien assez de matière. C'est mon tarot mental à moi. Une chance que j'aie la mémoire des mots ! Et justement, ça me revient : Kat utilisait des expressions étranges ces dernier temps… Comme autant de fausses notes dans ces échanges fantasmés.

« Une chatte ayant la semblance de Jane Witham », par exemple. D'où ça sortait ? Personne ne parle comme ça ! Et ce n'est pas tout. « Délicat brandon de paille. » « Greedygut et Rutterkin. »

Rutterkin ?

Je sors mon téléphone et j'effectue une recherche. Puis une autre. Ces expressions insolites, je les retrouve toutes. Textuellement. Un grand froid m'envahit.

Elles sont liées à des procès de femmes jugées pour sorcellerie au XVIᵉ et au XVIIᵉ siècle. Greedygut et Rutterkin sont des noms fréquemment attribués aux « familiers » des sorcières, ces esprits maléfiques capables de se métamorphoser qui les assistaient prétendument dans leur œuvre diabolique.

Je n'en avais aucune idée. Maman avait donc baptisé notre chien en hommage à l'un de ces démons. Et, du coup, j'en ai fait autant.

Mais pourquoi le fantôme de ma sœur s'efforce-t-il de me jeter, de façon détournée, sur la piste des sorcières ? J'ai l'intuition qu'elle essaie de me dire quelque chose à propos de maman.

52

Je vais rappeler mon père.

Mains gelées. Portable. Brise salée. Sélectionner contact : PAPA

« Bonjour, vous êtes sur le répondeur de Peter Langley, merci de me laisser un message. »

Il filtre mes appels, une fois de plus.

Bip.

Soit, je procéderai donc par messages.

— Papa, c'est au moins la dixième fois que je t'appelle, décroche, s'il te plaît. S'il te plaît ! Je suis vraiment toute seule, maintenant. C'est fini entre Ben et moi. J'ai appris des choses… horribles. Il m'a dit des trucs… Merde, papa, je t'en prie, je t'en *supplie*, si tu ne veux pas me parler, écoute au moins ce que j'ai à te dire. Tu as dû me prendre pour une folle, je sais, je parlais de Kat au présent, comme si elle était encore parmi nous, je te demande pardon, mais j'ai compris, ça y est, et je sais que c'est pour ça que tu m'ignorais…

Bip.

Je manque de temps. Le temps s'écoule. Tout s'écoule et tout se répète en même temps. Le monde tourne en boucle. Même panorama, même île, même hôtel, mêmes chambres vides. Où Kat a laissé la Lune sur une carte, avec deux chiens en détresse et une écrevisse, symbole de trahison, d'infidélité et de faux-semblants.

Mains gelées. Portable. Brise salée. Sélectionner contact…

« Bonjour, vous êtes sur le répondeur de Peter Langley, merci de me laisser un message. »

Bip.

— C'est encore moi. Papa, je sais, maintenant. Je sais qu'elle doit être morte. Je ne t'en veux pas, ça devait être très dur pour toi et je comprendrais que tu sois encore fâché, parce que j'aurais dû l'empêcher d'aller se baigner ce soir-là…

Ma voix s'enroue.

— Mais j'ai besoin de toi, papa. Je crois que si j'arrive à comprendre ce qui lui est arrivé, je veux dire, ce qui l'a motivée à faire ce qu'elle a fait, à aller se mesurer à ce fichu courant, si j'élucide ce mystère, ça me permettra de…

Bip.

Mains congelées. Portable. Le soleil décline derrière un voile de nuages d'un gris d'huître. Sélectionner contact.

— Je disais : si j'arrive à démêler l'affaire, je crois que tout rentrera dans l'ordre. C'est comme une énigme, et pour le moment je suis bloquée, mais si j'en viens à bout, je guérirai en accéléré. C'est mon psy qui le dit ! Moi, je n'en sais trop rien, papa, mais j'y crois, parce que j'ai besoin d'y croire. Ma phobie est irrationnelle, mais je vais la dégommer à coups de logique. Sauf que pour ça, j'ai besoin d'aide, j'ai besoin de ton aide, parce que…

Bip.

Allez, un dernier.

— Papa, Ben m'a dit quelque chose avant qu'on se sépare. Il prétend que Katalina avait appris un truc à propos de maman et d'un habitant de l'île, il y a long-temps. Ça te rappelle quelque chose ? J'aimerais qu'on parle d'elle, tous les deux. Et de son chien. Au fait, pourquoi est-ce qu'on a arrêté d'aller sur Dawzy ? Je t'en prie, papa. Je suis ta fille, ta fille unique, à présent. Et j'ai peur, et je suis prisonnière. Et je t'aime. Tu es mon papa.

Bip.

Je rempoche mon téléphone et j'observe Greedy, qui renifle la berge glaciale. Il a flairé quelque chose qui l'excite. Quelque chose de sauvage, de bestial.

Si papa écoute mes messages, il ne pourra pas rester les bras croisés. Si ?

Des voix dans mon dos, tout près. Deux jeunes femmes fument ou prennent l'air sur le parvis de l'hô-tel. Je crois reconnaître Lara, la serveuse, et Nancy, la femme de chambre. Elles ne peuvent pas me voir, une haie me dérobe aux regards, mais je surprends leurs propos.

— Tu comptes faire quoi ? demande Lara d'un ton las.

— Partir. Cette semaine, je crois. Et toi ?

— Pareil. Je me tire à la première occasion. Je deviens folle, ici. Toutes ces chambres inoccupées… on se sent seules au monde, limite piégées !

— Ouais, ça craint. Mais on n'y peut rien.

Elles se taisent. Elles vapotent, je crois. Je sais que Nancy a une vapoteuse.

— On rentre ? propose Lara. Il fait super froid.

— OK.

À leurs voix succèdent des gazouillis. Un bécasseau ? D'ici à la fin de l'hiver, je serai super calée en ornithologie.

Ding.

Un texto. Les doigts gourds, je sors mon portable de ma poche et consulte l'écran.

Regarde la carte !

Expéditeur : Kat.

53

Déjà, le message a disparu. Normal : il n'a jamais été là. Kat est dans ma tête, pas dans ce portable, ni nulle part ailleurs. Elle est introuvable, mais morte.

Interpréter les mots de Kat comme elle interprétait les cartes du tarot...

— Greedy. Greedy ! Viens. Entre !

Je pousse la porte du bout du pied et nous pénétrons dans ma chambre à la chaleur accueillante mais au silence glaçant, obsédant, et, me semble-t-il, plus déstabilisant que jamais. Ce silence, c'est comme une sirène stridente m'annonçant en continu la mort de ma sœur. C'est trop. Demi-tour. Je reviens sur mes pas, entrouvre la porte-fenêtre pour laisser entrer les cris des oiseaux et le bruit du ressac. J'ai besoin de l'odeur et des vibrations de la brise, du vol des mouettes, du tumulte des vagues, du tangage d'un petit remorqueur blanc désespérément bringuebalé par la houle.

Regarde la carte !

Elle est sur ma table. Attendant que je déchiffre ses symboles hermétiques.

Regarder la carte. Regarder la Lune.

Les espèces de chiens en colère hurlent sous les larmes jaunes de l'astre, l'écrevisse incongrue à leurs pieds. Le sentier sinue à travers l'île jusqu'aux vagues de l'Heure des Noyés ; c'est celui qu'a emprunté Kat.

Je poursuis mes recherches sur Internet.

Cette carte représente un paysage nocturne. Deux hautes colonnes se dressent à l'arrière-plan. Un loup (sauvage) et un chien (domestiqué) hurlent à la lune tandis qu'une écrevisse émerge de l'eau. La lune « sème de grosses gouttes de rosée féconde ». La lumière qu'elle diffuse est un reflet et sa face cachée un mystère qu'elle ne peut révéler...

Encore. Je dois creuser plus profondément.

La Lune du tarot de Rider-Waite ressemble beaucoup à celle du tarot de Marseille, toutes deux étant très différentes des cartes italiennes, plus anciennes, avec leurs astronomes et leurs vierges. Cependant, une planche de cartes milanaise datant du début du XVIe siècle présente une carte fort similaire à celle du tarot de Rider-Waite ; seuls les chiens en sont absents. Il est donc probable que cette étrange scène nocturne et dépouillée de toute présence humaine remonte aux origines mêmes du tarot...

La carte aurait donc traversé les siècles dans sa composition actuelle. Kat connaissait forcément son histoire. Quand ma sœur s'intéressait à un sujet, elle ne faisait pas les choses à moitié. Elle se renseignait sérieusement sur la question. Comme maman.

Comme maman… Elle aussi lisait des ouvrages sur le tarot. Je la revois, absorbée dans un gros pavé.

Ce serait ça, le sens de la carte ? Elle ne parlerait pas de Kat, mais de maman ? Ou d'un truc qu'elles avaient en commun ?

Mais je ne suis pas Kat, moi ! L'ésotérisme, ce n'est pas mon truc. Je ne sais pas repérer des motifs dans les étoiles, je n'ai jamais déclaré de but en blanc, assise en minijupe dans la cour fleurie d'un pub de Hampstead, un généreux verre de sancerre bien frais à la main : « Tu sais, Hannah *mia*, toute existence est criminelle, et tout le monde se fait pincer à la fin. »

Je ne sais rien. Je ne sais même plus qui de nous deux est le fantôme. Qui de nous deux a quitté qui. Qui pousse la balançoire, qui erre à la nuit tombée dans le parc désert où dansent les papiers gras. Je ne sais pas si nous nous reverrons un jour. Et je ne parviens pas à me rappeler la toute dernière fois qu'on s'est vues – notre véritable séparation.

L'émotion me brouille la vue. Je me dirige vers la porte et gorge mes poumons de l'air de l'estuaire mâtiné de fumée.

Encadrée par le chambranle de ma porte, je fixe les cheminées jumelles de la centrale désaffectée, près de la vieille église saxonne, tout là-bas par-delà les eaux, et j'appelle Kat, rien que pour entendre le son de sa voix.

Sauf que, cette fois, elle décroche.

54

— Kat ?

— Yo, ma frangine à moi !

C'est vraiment elle. Ma sœur morte. Je sais qu'il n'en est rien. Ce n'est qu'une illusion, un spectre dans mon téléphone.

La brise est glaciale. Un corbeau sautille sur les galets.

— Kat, t'es où ?

— Regarde en bas, cherche-moi…

— Non. Je ne peux pas.

— Mais si tu peux, on peut, nous pouvons…

— Kat, parle-moi de la carte.

— La carte, la carte, la carte… Cherche-moi, plutôt !

— Tu sais bien que c'est impossible.

— Pourquoi, Hannah *mia* ? Hein, pourquoi ? Tu me manques, je te demande pardon pour tout, Scooby Doo, rappelle-toi bien ça.

On dirait qu'elle pleure. Pourquoi pleure-t-elle ?

Stop, Hannah. Kat ne pleure pas, c'est dans ta tête.

— Hé, Hannah, il m'est venu une drôle d'idée. Et si Dieu était autiste ? Tu sais, du genre génie inadapté ?

— Pardon ?

— Mais si. Imagine. Il ne sait faire qu'une seule chose : créer. Ça, Il gère. Mais pour tout le reste, Il est nul et ça fout un bazar monstre sur la Terre. Avoue que ça expliquerait beaucoup de choses, non ?

Le volume de sa voix baisse et augmente alternativement, comme si elle se trouvait tout près et puis plus loin.

— Kat. Arrête. Parle-moi de maman.

— Ah, ça… Je voudrais bien, mais je ne peux pas.

— S'il te plaît. Qu'est-ce que tu as appris sur Dawzy, pendant ce fameux week-end ? Tu as découvert un truc.

— Rien. *Niente. Naaaaada.*

— Kat ?

— Oh ! Je sais : je vais te chanter cette chanson qu'elle chantait. Je la connais, t'as mon ukulélé, t'as qu'à le prendre et…

— Non, Kat.

Dans le combiné ou dans ma tête, Kat fredonne une mélodie indistincte. Puis se tait. Le corbeau s'envole, prenant son essor vers le ciel bas chargé de nuages de pluie et Kat, après un silence, déclare d'une voix basse et rauque :

— J'adore ton chien. Greedygut. Je l'adore autant que Rutterkin.

Ça recommence. Qu'est-ce qu'elle raconte ? Mais d'où sortent ces mots ?

— Explique.

— Pas la peine ! Tu sais déjà.

— Ah ?

Elle rit, doucement, puis avec tristesse.

— Tu sais déjà, il faut juste que tu réfléchisses. Il ne s'agit pas de moi, rien n'est moi, bref, je te laisse, une fois de plus !

Je devrais éteindre mon portable. J'en suis incapable. C'est ma sœur, si tourmentée que soit son esprit. Alors je reste à fixer d'un œil trouble le fleuve agité aux eaux grises. Je guette des réponses. Je viens d'avoir un entretien avec un fantôme. C'est vrai. En un sens, en tout cas. Un fantôme, ce n'est jamais qu'une perception, et ceci est ma perception de Kat, telle qu'engendrée par ma phobie.

Avant de me rappeler, quand je la fantasmais, Kat était lucide, cohérente. C'était ma sœur vivante et bien réelle dans toute sa splendeur, fidèle au souvenir que je garde d'elle. Désormais elle est si étrange… Fracturée.

Et Robert Kempe, mon psy, mon sauveur, m'encourage à interagir avec cette… émanation, cette projection de mon subconscient. Qui, par ses propos, si fragmentés et sibyllins soient-ils, m'offre un aperçu de mes peurs cachées, de mes souhaits sous-jacents, et s'efforce de m'aider. Comme au tarot.

Plus un son dans le combiné. Ma sœur a-t-elle disparu ? Son fantôme s'est-il envolé ?

— Katalina ?

Silence de mort. Mon portable est un bloc de glace dans ma main gelée. Puis j'entends un grondement sourd et bas dans le téléphone, du vent dans le lointain ? Le son enfle, éclate et soudain, c'est le rire de Kat, son caquètement plein de vie et curieusement sexy, celui dont elle ponctuait ses blagues salaces, sauf que ce ne sont pas des blagues salaces qu'elle me glisse à présent à l'oreille, mais des conseils fervents et incompréhensibles :

— Tu sais déjà ! Puisque je te dis qu'il te suffit de réfléchir. Allez, Scooby. Allez. Ne fais pas ton chat échaudé. Montre les crocs ! T'as lu des polars, non ? Alors tu peux le faire, vas-y, fais-le, oui !

— Attends, pas si vite…

— Oui, non, peut-être. Mais je ne vais pas traîner longtemps ici. Je déteste cet endroit. Je n'arrête pas de voir des chats flippants dressés sur leurs pattes arrière. Tu te souviens ? Mais oui, tu te souviens. Je le sais.

Je me débats contre un écho.

Tenant mon portable à bout de bras, je descends sur la rive engluée d'algues vertes. J'y trouve une raie, morte, parmi les galets et les débris de coquillages. Les vagues ont dû la déposer ici il y a peu, car les mouettes et les corbeaux ne l'ont pas encore dépecée. Elle est parfaite. Son corps brille. Échouée sur le dos, elle me fixe, triangulaire et diabolique, de sa face rosâtre plantée de deux rangs de dents en zigzag. Sur le côté, sa queue incurvée s'affine et se termine en pointe acérée, comme une queue de démon.

— Parle-moi du viol, Kat. Qu'est-ce qui s'est passé ? C'était Ben ? Il jure qu'il ne t'a pas forcée. Tu m'as vraiment fait ça ?

Silence. Puis j'entends sa respiration. Ou plutôt son souffle. Animal. Celui d'un chien ou d'un loup. Comme ceux qui hurlent sur la carte.

— Dis-moi tout, Kat. Parle-moi de la carte. Et parle-moi de Ben.

Le souffle s'encombre, s'emballe. Puis ma sœur reprend la parole.

— Et que siérait-il que je dise ? Oui je regrette ? Non je regrette ?

— Je veux des explications !

Elle ne m'écoute pas, on ne m'écoute pas. J'ai envie de balancer ce putain de portable dans le fleuve.

— Kat, aide-moi. Dis-moi la vérité.

Elle se tait de nouveau. Puis déclare :

— Il va vraiment falloir que tu explores un peu cette île. Papa l'aimait beaucoup. Avant de la prendre en grippe.

— Je le ferai.

— Tu rejetteras un coup d'œil à la carte, aussi. La Lune ! C'est fou tout ce qu'on peut découvrir quand on se donne la peine de bien regarder. Et n'oublie pas d'interpréter les mots bizarres. T'en es cap !

J'ai besoin de savoir. D'entendre sa réponse.

— Dis-moi la vérité, pour Ben !

Le fleuve rugit. Les échassiers le pourchassent d'un vol absurde, désespéré.

Elle soupire profondément.

— Tu sais que j'ai toujours aimé les tatouages. J'en voulais toujours plus. Il faut croire que j'ai flashé sur les siens.

Elle se tait de nouveau. Et nous sommes coupées.

Mais qu'a-t-elle voulu dire ? Vient-elle d'admettre à mots déguisés que Ben ne l'avait pas violée ? C'est ce que je crois. Mais qu'est-ce que je fous, à recueillir les confessions d'une morte ? Comme si cela prouvait quoi que ce soit !

Une pensée me glace le sang, plus froide que le vent de la Blackwater.

Peut-être que c'est à cela que ressemblerait un fantôme ? Qu'est-ce que j'en sais ? Jusqu'à présent, Kat était le produit de mon imagination détraquée. Quel moyen ai-je de savoir si la situation a changé ? Si j'ai désormais affaire à une revenante, une vraie ? Aucun. Hormis la peur.

Et la peur, c'est mon quotidien.

C'est moi qui ai invoqué cette voix. C'est moi qui ai donné corps à Kat, pour qu'elle me hante. Et maintenant elle me harcèle.

Le vent retombe, l'eau s'écoule, la marée monte.

Sur cette plage hivernale austère, sur cette île aux bois sombres bordée par son fleuve glacial à la pointe est de l'Angleterre, je me demande si j'ai parlé à un vrai fantôme.

55

Cela devait arriver.

Oliver monte sur la scène dans le grand hall de l'aile Nord, là où il nous a récemment fait part de sa détermination à ne pas fermer le Stanhope. Je sais déjà que son discours se conclura différemment, cette fois. Il nous a déjà envoyé des e-mails au ton abattu sur les « nouvelles difficultés que nous rencontrons actuellement », le « coût élevé de la mise au chômage technique d'une partie de nos effectifs », et les « annulations de nos dernières réservations pour Noël ».

Une pause. Il n'a pas l'air à l'aise, ce qui ne lui ressemble pas.

— Bon, je ne vais pas vous faire mariner plus longtemps. Vous vous doutez de ce que j'ai à vous dire.

En effet. Aujourd'hui, je suis passée à mon bureau : nous comptons actuellement très exactement quatre clients. Accessoirement, j'étais toute seule dans l'open space.

Oliver, mutique, se tient seul sur l'estrade ; pas de triumvirat cette fois, Lo et Alistair manquent à l'appel. Et dans la salle, nous ne sommes pas cinquante, ni même quarante à le regarder, mais à peine une poignée. Logan est parti. J'ignore où est passé Leon.

Oliver soupire et reprend.

— Ce n'est pas de gaieté de cœur, croyez-moi. Sur le plan personnel, c'est un déchirement, mais c'est vous évidemment qui êtes les premiers impactés. Je sais que vous avez travaillé dur. Malheureusement, au regard de la situation actuelle, nous allons devoir fermer l'hôtel, au moins pour la saison.

Un silence abattu mais résigné accueille ses propos. On s'y attendait. Je crois même détecter chez mes collègues un certain soulagement. Ils vont pouvoir rentrer chez eux.

Oliver regarde ses employés les uns après les autres.

— Nous allons nous efforcer de maintenir les salaires le plus longtemps possible, mais il va de soi que cela ne durera pas indéfiniment. Il y aura des licenciements. Nous préviendrons individuellement les personnes concernées. Si vous souhaitez candidater ailleurs, vous êtes libres de me présenter votre démission, naturellement. En effet… il n'est pas exclu que le Stanhope ne rouvre jamais ses portes.

Sa voix a failli se briser.

Lorsque Oliver reprend la parole, c'est un homme diminué.

— Dans un premier temps, une équipe réduite assurcra un service minimum. Danielle a d'ores et déjà accepté de rester. De même qu'Owen et Elena. Lo passera dans la semaine. Freddy Nix continuera d'assurer le trafic fluvial, mais fera moins de navettes. Quant à Alistair et moi-même, nous viendrons… de temps en temps. Dans la mesure du possible. Dans les prochains jours, une équipe passera afin de procéder à la fermeture des accès extérieurs et ainsi de suite.

Son regard oblique vers moi.

— Et j'en viens au cas de… Eh bien, de Hannah…

Il bute sur les mots. Il n'ose pas le dire franco : Hannah, elle, restera à errer sur les plages désertes jonchées de cadavres de raies, à parler aux fantômes, parce qu'elle n'a pas le choix.

Il me fait de la peine à balbutier, livide sur son piédestal.

J'élève la voix pour lui venir en aide :

— Ne t'en fais pas, Oliver. Si quelqu'un me cherche ces soixante prochaines années, je serai là, sur Dawzy, avec mon chien. Vous me trouverez en train de tourner en rond dans les allées ou de prendre un café au Mainsail.

Un rire gêné parcourt l'assemblée. Oliver m'adresse un sourire compatissant.

— Merci, Hannah. Je suis sûr que tes estimations sont pessimistes. Quelques séances de thérapie et il n'y paraîtra plus.

Il se tourne à nouveau vers ses ouailles.

— Je regrette de ne pas avoir de meilleures nouvelles à vous annoncer. Sachez que nous ne baissons pas les bras, malgré tout : nous ne prévoyons pas de revendre l'hôtel. Pendant la coupure hivernale, nous n'allons pas chômer, Alistair, l'équipe londonienne et moi. Nous allons démarcher des chefs, lever des fonds… Je crois en un nouveau départ. On ne raye pas de la carte un hôtel comme le Stanhope ! Vous savez combien je me suis investi dans cette aventure, personnellement, et je tiens à saluer votre investissement à tous. Je veillerai à ce que vos efforts ne soient pas vains. Ce revers n'est pas la fin de l'aventure, il s'agit d'une simple pause.

Il frappe dans ses mains comme pour clore un discours de félicitations, puis se dirige vers les marches, mais il a oublié quelque chose :

— Veuillez contacter Lo pour qu'elle vous réserve à tous une place à bord du ferry de Freddy. Je vous remercie.

Tous… Sauf moi. Et l'« équipe réduite » qui restera pour me tenir compagnie. « Dans un premier temps. »

L'assemblée se disperse ; cette fois, je suis parmi les premiers à quitter la salle. Je dévale les couloirs, je traverse l'aile Est, un coup de carte magnétique et j'ouvre ma porte, je libère mon chien, qui a envie de se défouler, et, une fois seule, je me laisse tomber sur le lit. Je rumine, les yeux dans le vague, comme si la solution à mes problèmes flottait dans l'éther devant moi (ce n'est pas le cas). Je m'étonne du puissant silence qui me cerne de toutes parts, un silence où vibre l'écho d'une animation révolue.

Les idées germent dans le calme comme ces fleurs qui poussent dans le noir. J'essaie de les chasser. En vain.

Owen, Danielle, Elena, moi.

Nous ne sommes plus que quatre.

56

— Des chattes dansant sur leurs pattes arrière ?

— Oui.

Je rougis. Ça me paraît complètement fou maintenant que je le dis à voix haute. Mais Robert Kempe ne semble pas le moins du monde déconcerté. Il n'a même pas l'air particulièrement étonné. Concentré, il fronce les sourcils et, les coudes en appui sur les genoux, vient poser son menton entre ses pouces. Il baisse les yeux sur la moquette beige élimée comme il étudierait une grille de mots croisés.

— Des animaux enchantés… On dirait une scène de conte de fées.

— Oui. En fait, ces phrases et ces images ont toutes un rapport avec la sorcellerie. Les procès, vous savez. J'ai cherché sur Internet.

— Et que vous a-t-elle dit d'autre ?

— Oh, du charabia. Des semi-confessions, des tirades délirantes. Pour ne rien vous cacher, ce n'était pas une expérience agréable.

Je pousse un profond soupir. Mon psy me considère sans ciller. Ses yeux sont limpides mais légèrement soucieux.

Je suis assise sur le lit. Celui où Ben a couché avec ma sœur, celui où elle a écarté les jambes pour lui. J'ai insisté pour y amener Robert après notre séance d'exposition pour voir s'il était, comme moi, sensible à son atmosphère. Verdict : pas du tout. La chambre 10 est à ses yeux une chambre tout ce qu'il y a de plus ordinaire.

— Si elle vous recontacte, la prochaine fois, prenez des notes, voulez-vous ? me suggère-t-il à présent. Cela vous permettra de les étudier à tête reposée. Je le répète : c'est votre esprit qui produit ces mots. Traitez-les comme des symboles dans un rêve. Par exemple, un chat dressé sur ses pattes arrière, qu'est-ce que cela signifie ? De quoi est-ce le symbole ?

— Peut-être que le chat est à moitié humain ?

— Possible. Ou alors il s'agit d'autre chose. Sondez votre subconscient.

Je préfère ne pas trop le sonder. Parce que, si ça se trouve, il est à côté de la plaque : ce n'est pas mon subconscient qui parle, mais un authentique fantôme. Seulement, si je dis ça à mon psy, il va me faire interner. Ou pire, il va estimer que je suis un cas désespéré et me laisser tomber. En plus, j'ai eu une révélation. Dans le dédale de mon esprit, je crois avoir découvert une piste.

— À vrai dire, j'ai pensé à quelque chose. Kat et moi, quand on était petites, on faisait parfois des cauchemars à cause d'un livre fascinant qui appartenait à ma mère. Moi, je rêvais de sorcières pendues et elle, d'animaux au comportement bizarre. Est-ce qu'il y avait des chats dansants dans le lot ? Ce n'est pas impossible.

Robert tend le buste vers moi, tout ouïe.

— C'est très intéressant.

— Kat adorait ce livre. Elle le connaissait par cœur ! Elle se passionnait pour les contes de fées, les horoscopes, les cristaux, la chiromancie, la wicca, la totale, quoi ! Ces phrases étranges… Si ça se trouve, c'est dans ce livre que mon subconscient est allé les piocher ?

Robert opine du menton.

— Ce qui est sûr, c'est qu'il ne faut pas négliger cette piste. Un message se cache là-dessous, probablement issu de quelque souvenir d'enfance enfoui dans un recoin de votre mémoire.

— Oui. Ou alors… Kat cherche juste à me faire peur ?

Il plante ses yeux droit dans les miens.

— La Kat imaginaire de vos pensées chercherait à vous effrayer ?

— Oui, dis-je en me sentant rougir. Pourquoi pas ?

Il secoue la tête.

— Faire peur n'est pas la fonction première des cauchemars, Hannah. Ils servent avant tout d'avertissement.

Le silence tombe entre nous. Il examine la chambre, ses murs jaunes, ses spots modernes, le lit grinçant sur lequel je suis assise.

— C'est ici que vous avez trouvé la carte de tarot ? s'enquiert-il en désignant le matelas.

— Oui.

— Puis-je la revoir ?

Je la tire de ma poche de poitrine et la lui tends. Je ne m'en sépare plus, désormais. La Lune et sa symbolique de mensonge et de trahison m'accompagnent partout.

Robert détaille l'illustration.

— Vous êtes sûre qu'elle appartenait à votre sœur ?

— Certaine. J'ai vérifié : cette carte manque à son jeu. Elle a dû la laisser ici exprès. Le soir de sa mort.

Les yeux plissés, il admire la lune, les deux espèces de chiens, l'écrevisse catatonique au regard pourtant insistant.

— C'est très évocateur, commente-t-il avant de me la rendre. Je suis profane en matière de tarot, mais je me renseignerai. Je m'y engage.

Je me sens frustrée. Cette conversation ne mène nulle part. Mais peut-être que j'en demande trop. Le docteur Kempe est psy, pas exorciste. Il soigne les phobies, pas les âmes hantées. Si Kat est vraiment là, dans ma tête ou dans cet hôtel, je vais devoir m'en débarrasser moi-même.

— Donc, vous me conseillez de continuer d'interagir avec ce…

Ne pas dire fantôme, ne pas dire fantôme. Je rectifie le tir :

— … avec cette hallucination ?

— Oui, je le préconise.

— C'est que… C'est très éprouvant, vous savez. Quand je l'écoute, j'ai l'impression de devenir folle.

— Je n'en doute pas. Cependant, rappelez-vous que le phénomène n'a rien d'inhabituel. Surtout dans les circonstances qui sont les vôtres : un deuil auquel s'ajoute un isolement sévère… Le phénomène de « présence ressentie », comme on l'appelle parfois, est fréquent chez les individus isolés en cas de stress intense : alpinistes, explorateurs arctiques, navigateurs effectuant un tour du monde en solitaire… Les récits d'apparitions sont légion. Et, dans la quasi-totalité des cas répertoriés, les personnes concernées font état de présences bienveillantes venues leur apporter du soutien dans un moment de détresse aiguë.

— Ma présence à moi est une revenante qui me parle d'animaux de cirque, maugréé-je.

Ma remarque n'efface pas son sourire.

— Cela n'est pas si terrible, croyez-moi. Avez-vous déjà entendu parler de Joshua Slocum ?

— Non.

— Il fut le premier navigateur à réussir le tour du monde en solitaire à la voile, en 1895. Dans le récit qu'il a écrit de sa circumnavigation, il raconte comment, un jour qu'il souffrait d'une intoxication alimentaire, il a vu le pilote de la *Pinta*, la caravelle de Christophe Colomb, lui apparaître sur le pont de son voilier. Le pilote lui aurait parlé et l'aurait mis en garde contre les dangers du fromage frais avant de relayer Slocum à la barre le temps que la tempête se calme. Lui sauvant ainsi la vie.

Il hoche la tête. Avec empathie. Je suis touchée par les efforts qu'il fait pour m'encourager.

— Si je comprends bien, je suis dans la tempête et je dois laisser le gouvernail à Kat ?

— Métaphoriquement parlant, oui.

Cette perspective me met très mal à l'aise. Je ne veux pas que Kat m'approche. Pas dans cet état. Pas la créature délirante, incohérente, qui ânonne dans ma tête ou dans mon téléphone.

Mais Robert est mon psy. Mon sauveur. Il a réussi à me faire patauger dans le fleuve à vingt centimètres du rivage. Ce n'est pas rien !

« J'ai bon espoir de vous permettre de quitter l'île d'ici au printemps prochain. »

Après tout, peut-être qu'il y parviendra.

Un coup de corne de brume. Le ferry de Freddy.

Robert se lève et nous regagnons ma chambre, où il gratifie mon chien somnolent d'une caresse affectueuse, puis nous sortons ensemble dans le crépuscule salé tout en nuages noir et violet qui se massent au-dessus de l'eau grise. Le vent de la Blackwater est acide et charrie des notes d'algues et d'essence.

Sans un mot, nous gagnons l'embarcadère. Une file de personnes emmitouflées, avec écharpes et manteaux, patiente sur la jetée dans le clair-obscur. Des femmes de chambre, des serveurs qui attendent l'embarquement avec leurs sacs, leurs valises – on croirait une scène d'exode. Je repère Julia parmi eux. Elle esquisse un signe à mon attention. *Au revoir.*

Je me compose un sourire bravache et lui rends son salut, puis je la regarde embarquer avec tout son barda. Elle s'en va, congédiée pour l'hiver. Je ne lui en veux pas. Oui, elle a fourni de la drogue à ma sœur, mais elle ne lui a pas forcé la main. Et Julia m'a dit tout ce qu'elle savait, même si son récit est un vrai sac de nœuds. Pourquoi ma sœur aurait-elle prétendu avoir été violée ? Je ne me l'explique pas. Je ne crois pas que Ben ait réellement abusé d'elle. Cela ne lui ressemble pas. Qu'il m'ait menti, trompée, admettons. Mais je ne le vois vraiment pas commettre un viol. En plus, l'esprit de Kat m'a pour ainsi dire avoué qu'elle était consentante. D'après Robert, sans le savoir, je devais soupçonner leur liaison.

Mais comment expliquer la version de Julia ?

Peut-être que ma sœur a eu honte. Peut-être qu'elle a voulu s'en tirer par un mensonge. Mais elle n'aurait jamais fait ça, pas la Kat que je connais !

Connaissais.

362

Connais ?

Il faudrait que je lui repose la question. Que je convoque son esprit.

— J'ai peur d'avoir une mauvaise nouvelle à vous annoncer. J'ai hésité à vous en parler plus tôt…

Je pivote, alarmée. Robert, prêt à partir, tripote nerveusement le col de son manteau, sans doute pour se protéger du froid. Derrière lui, les mouettes planent dans le couchant.

— Quoi ?

Il soupire. J'ai l'impression qu'il s'apprête à mentir. Mais peut-être est-il simplement navré. Gêné.

— Mon frère est malade. Je vais devoir aller lui rendre visite pendant les fêtes. À Londres. Je serai sans doute amené à y passer quelques semaines.

La panique m'envahit.

— Alors… on ne se reverra pas avant le mois de janvier ?

— C'est fort probable. Je le regrette. Ce n'est pas encore sûr, mais j'ai jugé préférable de vous prévenir.

— Mais il n'y a plus que trois personnes sur l'île, à part moi !

Je me lamente de façon puérile, mais c'est bien une terreur enfantine qui m'étreint en cet instant. Ma situation se dégrade à vitesse grand V.

Une détresse sincère se peint sur les traits de Robert. Je bredouille :

— Oh, pardon. Pardon, il s'agit de votre frère, je comprends, bien sûr.

— Nous nous parlerons au téléphone. Vous pouvez m'appeler à toute heure du jour ou de la nuit. Avec un peu de chance, c'est l'affaire de quelques semaines.

— On y va, docteur ?

C'est Freddy, qui l'attend, corde d'amarrage à la main.

Je regarde mon psy rejoindre l'embarcadère et monter à bord du ferry. D'un coup de pied, Freddy repousse la jetée, saute à bord et met les gaz. Et j'observe le petit bateau rebelle s'éloigner, bravant le vaste fleuve sombre, cap sur Goldhanger, ses routes, ses bâtiments, ses pubs, son animation, la civilisation, la liberté. Je reste jusqu'à ce qu'il ait disparu dans les ténèbres rampantes, jusqu'à ce que je ne distingue plus que le gris anthracite glacé de l'estuaire, le ciel presque noir et la traînée orangeâtre d'une ville dans le lointain. Une expression tourne en boucle dans mes pensées.

La « présence ressentie ».

Elle est là. Dans l'hôtel qui agonise. Elle m'attend.

57

Kat, le jour du drame

Fraîchement douchée, Kat patientait sur son lit dans la chambre 10, le goût amer et mentholé de la ket sur la langue. Elle n'avait jamais apprécié le goût de la kétamine, mais le trip valait le coup. Elle voulait effacer de sa mémoire le jeune homme de la clairière – le fils de l'amant de sa mère.

La fête battait bientôt son plein. Les heures somnolentes propres aux chauds après-midi d'été touchaient à leur fin et la soirée s'annonçait douce et divertissante. Dans les couloirs, les verres tintaient sur les chariots. Une rumeur hédoniste s'infiltrait dans la chambre par la fenêtre ouverte.

Kat y dirigea ses pas. Ciel bleu sur fleuve bleu. Le soleil allait profiter du solstice pour se retirer en grande pompe, à la faveur d'un chant du cygne épique et somptueux. Il traçait sur le fleuve une route pavée d'or.

Des chants. Des rires. Des femmes marchant pieds nus sur les galets, une flûte de champagne dans une main, une paire de sandales dans l'autre. Elles bavardaient au bras de leurs compagnons, maris ou amants. Leurs mots se confondaient avec la musique assourdie, et dans l'air flottaient des notes de viande grillée.

La fête promettait d'être réussie, si seulement Kat arrivait à se sortir toutes ces histoires de la tête. Maman qui avait trompé papa et brisé la famille de ce garçon. Ce beau jeune homme taciturne et sans doute un peu dérangé. Comment maman avait-elle pu lui infliger cela, même involontairement ? Il avait craché le mot « cancer » avec mépris, comme si maman l'avait mérité.

Non. Maman n'avait pas mérité ça. Elle était tombée amoureuse. L'amour est une fleur qui pousse où bon lui semble. On ne peut ni l'invoquer ni lui résister : on ne peut que l'accepter.

N'est-ce pas ?

Peut-être y avait-il autre chose dans le ton du jeune homme. Une insinuation plus sombre encore. On aurait dit qu'il niait l'existence même du cancer de maman.

Kat se leva, laissa tomber par terre sa serviette de toilette et enfila sa robe à fines bretelles de coton.

Elle jeta un dernier coup d'œil à l'intriguant morceau de papier.

Au secours

Ces mots… Avaient-ils pu être tracés de la main de maman, quinze ans plus tôt ? L'écho d'un cri affligé dans les couloirs… Cela n'avait aucun sens. Maman avait eu une liaison, regrettable, certes, mais pleinement consentie. Elle n'avait pas été retenue prisonnière ici ! À moins qu'elle ne se soit sentie piégée par ses sentiments ? Mais de là à rédiger un appel à l'aide et à le cacher sous un matelas dans l'espoir futile que quelqu'un le retrouve des jours, voire des années plus tard... C'était absurde. Et que ce quelqu'un soit justement sa propre fille, la coïncidence était trop énorme.

Il fallait qu'elle appelle papa. Tout de suite.

— Peter Langley, j'écoute ?

— Papa, c'est moi.

— Tu n'es pas à la fête ? Avec Hannah ?

— Si, si, mais écoute, j'ai une question à te poser.

— Quoi donc ? demanda-t-il non sans réticence.

Elle se jeta à l'eau.

— C'est à propos de maman et du type de Dawzy... Il s'est passé quoi au juste ?

Silence.

— Papa ?

Le silence persistait. Manifestement, la question de Kat avait choqué son père.

À la fenêtre, le soleil descendait, impérieux. Le volume de la musique, lui, augmentait. Kat avait envie de sortir s'amuser, mais c'était tout bonnement impossible tant qu'elle ne connaîtrait pas la vérité.

— Est-ce que maman est vraiment morte d'un cancer ?

Un gargouillement étranglé. Il était toujours en ligne.

— Seigneur ! Kat, ne parlons pas de cela...

— Je veux simplement savoir ce qui s'est passé. Dis-le-moi !

— Non, il ne faut pas, il ne faut pas ! J'aurais mieux fait de me taire. Quitte cette île, j'aurais dû te le dire plus tôt, quitte cette île maudite.

— Papa ?

— Non.

Est-ce qu'il pleurait ? La communication fut coupée.

Kat fixa le bout de papier cartonné. Peut-être que tous les événements de ce week-end étaient prévus, programmés par le destin depuis l'aube de l'univers. Sa visite à la clairière, sa rencontre avec Elliot Kreeft, sa trouvaille dans cette chambre glauque, ce mot griffonné, le malaise qu'il lui inspirait – tout cela faisait peut-être partie d'un vaste plan, qui se déroulait avec une précision parfaite sous l'égide des cartes et des constellations.

Kat était sûre d'une chose, en tout cas : le destin ne prévoyait pas qu'elle passe la soirée enfermée dans cette chambre.

Allez, *go*, Diabolo !

Elle ouvrit la porte et sortit.

Dans le couloir, un couple s'embrassait passionnément. Deux femmes, une grande brune et une petite blonde dressée sur la pointe des pieds qui enfonçait ses doigts dans les boucles de son amie.

Kat éprouva de la gêne lorsqu'il lui fallut les contourner, mais de toute évidence elles n'avaient pas remarqué sa présence.

58

Hannah, maintenant

Je regarde Danielle siroter son café dans le désert voûté du Mainsail. Les chaises sont retournées sur les tables, pieds en l'air ; à l'autre bout du restaurant, un homme en bleu de travail recouvre les meubles de bâches protectrices, les transformant en spectres à robes grises. Tout l'hôtel disparaîtra bientôt sous un linceul, tel un corps en attente de la mise en terre.

Dans le couloir, des ouvriers plantent des clous, condamnant nos belles fenêtres d'époque.

Méthodiquement, on défigure le Stanhope.

Danielle mâche son croissant, morose. Nous n'avons échangé que des banalités au cours des quarante-huit heures qui ont suivi l'annonce. Il est temps de lui poser la question.

— Pourquoi tu restes ?

— Hein ?

— Tu as choisi de rester ici tout l'hiver. Pourquoi ? Tu n'es pas obligée de me répondre, Dani, je suis simplement curieuse. Mais nous allons passer pas mal de temps ensemble.

Elle reprend une gorgée de café. Un café fait à la machine. Eddie a quitté le navire, emportant avec lui ses précieux grains éthiopiens et ses inimitables latte. D'ailleurs, toute la brigade de cuisine a déserté, sauf Owen, le sous-chef.

Danielle avale une nouvelle bouchée de croissant.

— Andy m'a larguée la semaine dernière. Timing impeccable.

— Merde ! Je suis désolée.

Elle me gratifie d'un pâle sourire.

— Bah ! C'est la vie. Mais ouais, ça fait chier.

Nous nous taisons.

Autour de nous les hommes vaquent bruyamment à leur tâche, endommageant le bois noble des murs avec leurs clous, condamnant les superbes baies vitrées, mutilant ce lieu qu'à ma façon j'ai aimé. Comme ma mère avant moi, sans doute. Et Kat ?

L'espace d'une seconde, je la perçois – Kat, sa présence ressentie. Peut-être qu'elle est tapie derrière le percolateur débranché. Ou en cuisine, près de la salamandre. Ou sous l'une de ces housses censées protéger nos meubles de la poussière, guettant le moment de surgir, les bras au-dessus de la tête, en criant « houuu » comme Casper le gentil fantôme.

Mais non. C'est mon esprit qu'elle assiège, si terrifiant que ce soit. Il y a des recoins que je n'ai aucune envie d'explorer.

Danielle interrompt le cours de mes pensées.

— Et puis j'ai vraiment besoin de travailler, et Alistair et Oliver m'ont fait miroiter une belle augmentation si j'acceptais de rester.

— Ah ?

— Ouais. Au début ça m'a intriguée, mais j'ai une théorie.

Je me rapproche, curieuse. Dans le couloir, un nouveau coup de marteau. Un clou de plus dans le cercueil.

— Personne ne s'est proposé, suppose Danielle. Tout le monde a les jetons. Un hiver sur Dawzy, près du courant tueur ? Non merci ! C'est pour ça que les patrons ont dû faire monter les enchères.

Je réfléchis. Tout cela ne me plaît pas beaucoup.

Dani poursuit sur sa lancée :

— Tu sais qu'ils ont fait un pont d'or à Logan pour qu'il revienne ?

— Je me doute.

— Normal, c'était la star de l'hôtel. Mais tu ne devineras jamais : il n'a pas de nouveau boulot. Il est parti sans plan B !

Je hausse les sourcils. Je pensais que Mack le Crack avait été débauché par la concurrence et qu'il travaillait désormais dans un palace ou je ne sais quel restaurant en vue de la capitale. Mais en fait, il a tout simplement décampé ? Dans ce cas, pourquoi n'est-il pas parti plus tôt ? Cela faisait un moment que ça sentait le roussi. Je me demande aussi pourquoi Freddy l'a mal pris quand il est parti.

Les mystères s'accumulent, s'entassent et se compactent comme de la neige vouée à se changer en glace, et moi je vais finir pétrifiée dedans, l'excentrique à jamais conservée dans le permafrost. Peut-être qu'en janvier, des touristes accablés d'ennui viendront pointer du doigt la Folle de Dawzy dans sa prison de givre. Bonus pour les amateurs de sensations fortes en mal de distraction : dans l'aile Est, on entend résonner un cri désincarné.

Je repose ma tasse d'une main tremblante. Cela n'échappe pas à Danielle.

— Ça va ? me demande-t-elle. Je veux dire, pour moi, ce n'est pas la mort. Au pire, j'appelle Freddy.

— Tandis que moi, je suis condamnée à tourner en rond ici jusqu'à ce que mort s'ensuive.

— Voilà. Alors ? Tu tiens le coup ?

— Je n'ai pas le choix. C'est comme ça !

Je pousse un long soupir et je lâche :

— Si tu savais comme j'en ai marre de m'entendre dire ça !

Je reprends ma tasse. Je ne tremble plus.

— Mais c'est la vie, ouais : on va devoir supporter ce jus de chaussette jusqu'au printemps prochain.

Danielle a un petit rire laconique. Je l'interroge :

— Au fait, ne le prends pas mal, mais tu es payée pour quoi, au juste ? Ce n'est pas comme s'il fallait quelqu'un à l'accueil pour enregistrer les clients…

— Ah, mes fameuses fonctions. Je me suis posé la même question, figure-toi. Lo m'a refilé un peu de compta. Des clients nous doivent de l'argent, je vais les relancer. Je crois surtout que les patrons cherchaient à maintenir une équipe sur l'île pour repousser d'éventuels visiteurs.

Elle me jette un regard entendu et, l'espace d'un instant, je me demande si elle parle de squatteurs ou de morts-vivants. Mais elle poursuit tout naturellement :

— Et toi ? T'es à cinquante pour cent, comme moi. Tu vas faire quoi de tes journées ?

Oh, je ne sais pas. Rester dans ma chambre et discuter avec ma sœur décédée ?

— Bonne question, dis-je. Oliver envisage de revoir intégralement la marque, une fois de plus, au printemps prochain, il m'a demandé de commencer à bosser là-dessus. Il est prêt à tout pour sauver l'hôtel.

— Ouais, j'avais remarqué. Ça fait un peu désespéré.

Elle finit son café et déclare :

— Bon, je te laisse, j'ai des factures à régler. Il manquerait plus qu'on nous coupe le courant !

Elle se lève, apporte sa tasse à l'évier le plus proche et la rince. Désormais, nous faisons la vaisselle nous-mêmes.

Je ressasse ses propos. « Qu'on nous coupe le courant. » Je n'avais pas pensé à cette éventualité. D'ailleurs, Oliver va sûrement faire couper l'électricité dans les ailes inutilisées afin de réduire nos dépenses. La majeure partie de l'hôtel sera bientôt plongée dans le noir.

Avec l'hiver, tout s'assombrira. Un océan de noirceur m'attend.

Je lave ma tasse et vaque à mes maigres occupations du jour. Je vais promener Greedy dans les bois humides et brumeux. Et je me poste dans l'encadrement de ma porte-fenêtre pour regarder la pluie qui va et vient en cherchant le courage de retourner patauger, un peu plus loin du rivage cette fois. Là où il y a un peu plus de fond. Quand on suit une thérapie par exposition, le principe, c'est d'augmenter progressivement les doses. Mais je ne m'en sens pas la force, pas aujourd'hui. Alors la Blackwater poursuit tranquillement sa course, indifférente à l'hôtel torturé sur son petit îlot boisé qu'elle laisse dans son sillage.

Le jour décline. Les ouvriers en ont presque fini avec leurs clous, leurs planches et leurs bâches. Je me dresse sur le pas de ma porte telle une femme de pêcheur guettant dans l'angoisse le retour de son mari. J'observe les hommes qui s'éloignent en sifflotant et en jurant. Le moteur broute un peu puis le ferry s'éloigne sur les eaux calmes où se mire une charpie de nuages noir et vermeil, embrasés par le soleil d'hiver qui se couche au-dessus des criques.

Greedy et moi rentrons nous abriter du froid dans ma chambre, ce point lumineux solitaire tout au bout de l'aile déserte d'un vaste édifice aux fenêtres condamnées où couchent en tout et pour tout quatre personnes, dispersées, chacune aussi isolée que moi.

Je me fais peur, j'ai peur. Nous sommes si peu nombreux.

Greedy dort dans son panier bleu fourré. Ses oreilles tressaillent, je parie qu'il rêve d'une paire d'ailes qui lui permettrait de se joindre au vol des huîtriers. De quitter l'île et, qui sait ?, de m'emporter avec lui.

Je regarde la télévision sur ma tablette. Une série fantastique qui se déroule dans une ville imaginaire exotique à souhait. Je dévore des yeux les voitures, les personnages, des femmes libres qui vont et viennent dans les magasins. Une scène dans un pub bondé me fascine. Lorsqu'un couple s'embrasse sous la pluie près d'une route passante, mes yeux s'embuent. Je suis en manque de contact humain. Embrasserai-je à nouveau quelqu'un un jour ?

L'épisode se termine, je pourrais enchaîner sur le suivant mais j'essaie d'être raisonnable. J'aime bien cette série ; il ne faut pas que j'épuise trop vite mes réserves. Il va m'en falloir, des épisodes, pour m'occuper tout l'hiver.

L'hiver... Il ne faut pas que j'y pense. Ne pas penser à demain, telle est ma nouvelle règle. On ne regarde pas en bas quand on a le vertige. C'est pareil.

J'éteins ma tablette, je m'allonge et je fixe le plafond, attentive aux bruits de l'île désertée qui somnole dans le noir. L'hululement étouffé d'une chouette dans les bois. Le cri strident d'un faisan effarouché quelque part dans l'obscurité.

J'ai besoin de cet air frais du soir. Pantoufles aux pieds, je me dirige vers la fenêtre, j'écarte les rideaux, je fais coulisser le panneau de verre et j'inspire à fond. Ma vitre projette un carré de lumière sur les galets. Je me reconnais, en silhouette, sur les rochers. Un être humain esseulé, face à son ombre. À l'affût du ressac de ce fleuve absent, de ces langues de brouillard errantes.

Je repense à ce que m'a dit Kat. « Il va vraiment falloir que tu explores un peu cette île. »

Pourquoi pas ? De toute façon, je suis déjà morte de peur. Et j'ai besoin de m'activer, de prendre les devants. De retrouver du contrôle sur quelque chose.

J'enfile mon manteau, je troque mes pantoufles contre des bottes en caoutchouc et, munie d'une lampe de poche, j'attrape la laisse de Greedy. Mais à quoi bon ? Je la repose négligemment. Sortir, voilà ce que je dois faire. Sortir explorer l'île.

— Viens, Greedy.

Il s'anime et bondit.

Peu importe où on va ! Je me contente de suivre le faisceau de ma lampe, sa logique, un cône de lumière dans le brouillard froid de Dawzy, des lambeaux blancs qui s'enroulent autour des troncs noirs.

L'hôtel est plus mort que jamais, confit dans un état qui surpasse le silence. Les mouettes crient, invisibles, dans le noir.

Greedy s'élance dans les bois aux yeux noirs, aux filaments blancs, au petit bonheur la chance. Ma lampe éclaire le petit sentier humide et glacé qui court cap au nord le long d'une clôture basse. Un sentier que j'emprunte assez rarement.

Cette fois-ci, je le suis.

Je ne sais pas pourquoi.

Si, je le sais.

59

Ma lampe transforme la brume en faisceau de fumée d'argent qui se défile et se faufile entre les troncs à mesure que je m'en approche. Greedy me talonne à quelques pas de distance, circonspect ou blasé. Plutôt circonspect.

Je connais ce sentier, je connais tous les sentiers de Dawzy. Si nous étions en journée, le soleil révélerait de grands chênes soupirant sous le vent ainsi qu'une barrière rouge, puis des bois denses et, enfin, une clairière où fleurissent en été des rosiers sauvages.

Aucune couleur à présent. Tout est noir et gris. Les arbres sombres, les tentacules de brouillard qui s'emmêlent dans les branches et les troncs, pareils à des lianes vaporeuses, fantomatiques.

Greedy jappe dans l'ombre.

— Quoi, Greedy ? Qu'est-ce qu'il y a ?

Il s'élance, puis pile et me regarde, la tête inclinée de côté, comme pour me demander : pourquoi ce sentier ? Il est tout noir et il fait froid. Pourquoi s'enfoncer dans les bois, au beau milieu de la nuit ?

Je le regarde avec une expression qui signifie : je fais ce que j'ai à faire. Rien de plus.

— Allez, viens. Ça ne sera pas long.

Il m'obéit, mais traîne la patte. Ensemble, nous pénétrons dans la forêt faiblement éclairée par la lune et qui résonne de bruits nocturnes. Des créatures qu'il vaut mieux ne pas déranger. Un animal remue, s'éloigne, des buissons frissonnent. Un blaireau ? Puis, droit devant, le cri grave, sonore, d'une chouette fuyant à mon approche. Ma lampe surprend le battement de ses lourdes ailes. Blanches. Comme neige. Disparue.

L'obscurité.

Et voici la clairière aux rosiers, bien que je les distingue à peine à la lueur de ma torche.

L'herbe est trempée de rosée, ma lampe fait scintiller un million de larmes avant de se poser sur un bronze patiné. Je m'en souviens de cette sculpture sur son socle de marbre : une femme à moitié nue dans une posture lascive, la tête renversée en arrière, une cascade de cheveux dégringolant dans son dos. Elle s'abandonne avec délices à l'étreinte de l'amant invisible qui la surplombe.

Dans le faisceau d'argent de ma lampe, le bronze ressemble à de l'aluminium ou à de l'acier, non : à de l'os poli. Je me rapproche. Une seconde chouette chasseresse hulule, affligée. J'inspecte la statue. La rosée qui embue le métal est en train de geler. Un morceau du socle s'est fracturé et une plante étrange a poussé autour de la plaie, dessinant une sorte de bouche muselée par de longs cheveux.

On dirait vraiment des cheveux.

Un vent mordant malmène la clairière, faisant trembler les dernières feuilles cramponnées aux branches avant de les arracher. J'ai la certitude d'être déjà venue ici.

Pas lors de mes récentes promenades en solitaire, j'y suis venue enfant, avec papa et maman, au cours d'une de nos dernières virées sur l'île – la toute dernière, peut-être.

J'ai joué à cache-cache dans cette parcelle de forêt.

Greedy s'élance dans la brume ; il n'est bientôt plus qu'une silhouette grise qui rapetisse au loin. Je reste près de la statue de métal glacé.

Avais-je 9 ans ? 10 ans ?

Je dois faire un effort colossal pour repêcher ce souvenir ; il me résiste comme un chien rebelle. Que s'est-il passé ici ? Quelque chose en lien avec papa.

C'était par une chaude journée de juin ou de juillet. Et je riais, grisée de terreur dans ma cachette, en comptant les secondes tout bas tandis que papa faisait craquer les brindilles du sentier en m'appelant de sa voix douce et gaie : « Prête ou pas, j'arrive ! Hannah, je te vois ! »

Maman et Kat se trouvaient ailleurs sur l'île, me semble-t-il ; ce jeu, c'était un moment de complicité entre papa et moi. J'adorais avoir mon papa rien que pour moi. Le reste du temps, Kat accaparait une si grande part de son amour.

La clairière soutient mon regard. Je braque ma lampe vers le haut, sur un entrelacs de branches noires. Je distingue trois oiseaux : des cormorans huppés, je crois. Ils sont si gros. Ils cherchent la source de cette lumière intrusive et détalent à tire-d'aile.

Quelques instants plus tard, papa avait fait irruption dans la clairière aux rosiers et effectué un tour d'horizon. Je l'épiais entre les lattes du banc, je voyais parfaitement son visage. Son expression n'était plus du tout joviale. Il semblait même consterné. Furieux. En tout cas, il ne me cherchait plus : il considérait la statue. Il s'en était approché pour mieux l'examiner. Il avait froncé les sourcils puis il s'était avancé à grands pas vers le banc et il m'avait lancé sèchement :

— Trouvée. Allez, viens.

La partie de cache-cache avait tourné court, gâchée par cette clairière, par cette statue qui, pour une raison qui m'échappe encore aujourd'hui, avait mis papa de mauvaise humeur.

Maintenant que j'y repense, toute la journée avait été étrange. Sur le bateau, déjà, papa et maman s'étaient chamaillés. Et après cette excursion, nous ne sommes plus jamais retournés sur l'île en famille. Il s'est passé quelque chose ce jour-là. Quelque chose qui avait un rapport avec cette clairière.

La piste est ténue. Mais peut-être suffira-t-elle.

Le froid est intense, et une pluie d'hiver délicate et cruelle crépite sur l'herbe, sur le banc, sur les arbres ombreux. Senteur de pin, d'embruns, de décomposition.

Je retourne auprès de la statue. Il y a une plaque minuscule.

À la mémoire de Jocasta Kreeft
Edward Kreeft

Ce nom, Kreeft, fait écho à d'anciens souvenirs. Comme ces parfums qui à eux seuls évoquent toute une époque, un été au bord d'un fleuve, par exemple. Kreeft… Je me rappelle avoir entendu maman glisser ce nom à une amie, peut-être, discrètement, sur le ton de la confidence… ou sur un ton coupable ? En tout cas, ce n'est pas un nom ordinaire. Serait-il néerlandais ? Avec ce double *e*, sans doute. Il y a pas mal de vieilles familles hollandaises sur la côte.

Les oiseaux noirs sont de retour. Ils m'ignorent. J'observe le vent impitoyable lacérer un nuage, qui se déroule et se désagrège, dévoilant la lune. Nue. Blanche. Présente.

Greedy a disparu.

60

Kat, le jour du drame

Kat se frayait un chemin à travers la foule. Le Spinnaker bourdonnait de musique et de conversations. Les convives dansaient, riaient, buvaient, bavardaient, trinquaient, mangeaient, se frôlaient, se frôlaient, se frôlaient. Toutes les portes-fenêtres étaient ouvertes en grand sur la terrasse et son bassin turquoise et partout on voyait des gens élégants, des bras négligemment posés autour d'épaules nues, des bouches rouges radieuses, des bises, des baisers.

Le barbecue ajoutait à l'atmosphère torride de la soirée une délicate saveur braisée. Logan Mackinlay, en veste blanche, présidait à la cuisson des homards tandis que les sous-chefs dressaient les assiettes. Déjà, une queue de clients en appétit s'étirait dans le crépuscule d'été.

Kat tâcha de se remémorer ses répliques. Tout ceci était le fruit du destin. Elle n'avait plus le choix, à présent. Le destin l'avait menée jusqu'à la chambre 10, dans l'hôtel où sa mère retrouvait son amant. Elle ne faisait que placer ses pas dans ceux de sa mère, une fois de plus.

Pendant un long moment, Kat déambula au hasard dans un certain état d'hébétude, répondant aux sourires, aux salutations, acceptant un verre, le vidant d'un trait, se demandant combien elle pourrait en avaler de la sorte, papotant avec des gens qu'elle reconnaissait à peine, tâchant vaguement de compter les verres déjà ingurgités, la drogue, peu importait, tout était planifié depuis longtemps dans le grand ordonnancement des choses. C'était comme pour maman. Pourquoi avait-il fallu qu'elle meure ? Kat commençait à comprendre. Elle aurait pu chercher les réponses dans son jeu de tarot, mais c'était inutile : elle savait déjà ce que lui diraient les cartes.

— Hey.

Ben. Au bar, le Fiancé Ténébreux papotait avec Eddie le barman, lequel concoctait théâtralement des Margarita dans des verres givrés à la fleur de sel. Ben la fixait sans retenue.

Bien sûr qu'il est là. C'est comme ça que les choses doivent se passer, comme ça que tout doit dérailler.

Ben lui adressa un sourire ravageur. Et merde. Il était aussi beau qu'à son habitude. Barbe de trois jours, jean foncé, chemise ample d'un blanc immaculé, en partie déboutonnée. Kat se rappelait les tatouages sexy que cachait cette chemise impeccable. Elle les avait embrassés à plusieurs reprises. Allait-elle avoir l'occasion de recommencer ?

Ses longs doigts fins courant sur son torse brun…

Non.

Kat aimait sa sœur plus que n'importe qui. Elle se sentait triste, effrayée, perdue, ivre, et terrifiée à l'idée de remettre ça, d'ajouter à sa mauvaise conscience une nouvelle couche de culpabilité, de haine de soi.

Oui, Ben avait une belle gueule, et alors ? Il n'était ni particulièrement intelligent ni particulièrement drôle. Avec lui, c'était sexuel. Purement sexuel.

Sur ce plan-là rien à dire : c'était parfait.

Peut-être que ç'avait été pareil entre maman et son amant.

— Tout va bien, Kat ? lui demanda Ben.

— Oui, nickel.

— Tu m'as l'air un peu sonnée. Tu as vu un fantôme, ou quoi ?

— Je dirais plutôt sept cents !

Il pouffa.

— Eddie est en train de nous préparer des Margarita de folie. Tu en veux une ?

— D'accord, dit-elle en se perchant sur le tabouret de bar à côté du sien. Mais une mini, alors. Je ne suis pas dans mon assiette.

Elle était assez proche de lui pour détecter l'odeur de son gel douche. Les manches de sa chemise en lin blanc étaient élégamment retroussées jusqu'aux coudes, dévoilant ses avant-bras hâlés ainsi qu'un bracelet de cuivre et de cuir. Le tout dégageait une virilité troublante. Ces bras, fermes et musclés à force de hacher de la viande et de broyer des os… Vision de viande de porc rose tranchée au couperet… Kat l'avait vu à l'œuvre, aux Maldives, suant dans l'humidité ambiante, sa veste de travail maculée de taches curieusement érotiques, ses doigts larges salant énergiquement les côtelettes. C'est ainsi qu'il l'avait attirée pour la première fois.

— Tu as vu ma sœur ?

Ben la jaugea et lui décocha un sourire complice.

— Elle est dans les parages, répondit-il en désignant du menton la foule massée dans le couchant au bord de la piscine.

Les enceintes égrenaient un beat langoureux façon Ibiza. Kat parcourut des yeux cette mer de visages, les scrutant un à un. Le jeune Américain du déjeuner était adossé au chambranle d'une porte avec, à son bras, une très jeune femme blonde vêtue d'une robe microscopique, sa main hardiment posée sur la hanche de l'intéressée, ce dont elle ne paraissait pas se formaliser. Bisexuel. Kat l'aurait parié.

Elle imagina une main d'homme sur sa propre hanche et la vision mit le feu aux poudres. La tentation était revenue. Elle avala son cocktail, croquant les cristaux de sel croustillant comme des éclats de quartz. Puis elle planta son regard droit dans celui de Ben.

— Tu veux de la coke ?

Ben sourit de toutes ses dents.

— Tu sais parler aux hommes. Je ne peux pas dire non !

Si, tu le pourrais. Allez. Dis non. Libère-moi de cette culpabilité.

— Elle est où ?

— Dans ma chambre, obsédé. On y va ?

Ben bondit de son tabouret et la suivit le long du couloir de la honte. Arriva ce qui devait arriver. On ne choisit pas son destin, pas dans la vraie vie.

Sitôt la porte franchie, il l'attrapa, l'attira contre lui pour plaquer sa bouche sur la sienne et l'embrassa. Mais cette fois elle dit stop.

Il en resta bouche bée.

— Hein ? Je croyais…

— En fait… Minute. D'abord, la coke. *Putain.* Ma conscience. Je vais crever.

Ils se firent quelques lignes. Puis la drogue produisit son effet. Kat parla de l'après-midi, de l'étrange jeune homme blond, de maman. De tristesse et de trahison. De fantômes et de statues. De papa, au téléphone. Ben la dévisageait comme si elle était folle et c'était peut-être bien le cas.

Ils se refirent une ligne, léchèrent les résidus. Il lui lécha le poignet et rit. Elle se laissa faire.

Puis elle le repoussa avec humeur.

— Non. Il ne faut pas. Plus jamais.

Il se montrait insistant. Elle était défoncée, elle peinait à articuler.

— Je n'aurais pas dû te ramener ici.

— Pourtant c'est ce que tu as fait.

Il a raison. Je l'ai fait. Parce que je n'avais pas le choix.

— C'est l'hôtel de ma sœur ! Et si quelqu'un nous avait vus ? Et si quelqu'un lui disait ? Je me tuerais.

Kat fixa la porte, restée entrouverte. N'importe qui aurait pu les voir. Elle se leva pour la fermer et, cette fois, quand elle regagna le lit, il n'hésita plus. Il l'empoigna et substitua sa volonté à la sienne. De ses mains fermes, puissantes, il lui retira vivement sa robe comme on plume une volaille.

Il enfouit son visage entre ses cuisses tremblantes. La goûta, la fouilla de sa langue. Puis il la hissa sur le matelas, la retourna, la pénétra. À quatre pattes au milieu du lit, elle s'agrippait à ce qu'elle pouvait, les draps, les oreillers, de ses mains tellement crispées qu'elle en avait les articulations toutes blanches. Il l'attira tout au bord du matelas.

— Plus fort, haleta-t-elle.

— T'aimes toujours quand c'est hard.

— Toi aussi !

— Je…

— Plus fort !

Il redoubla d'ardeur avant de la retourner sur le dos pour l'embrasser fougueusement. Elle lui mordit l'épaule, planta ses ongles dans ses muscles, sentit sa main se refermer autour de sa gorge. Sa poigne se desserra et il jouit dans un spasme, secoué de la tête aux pieds. Kat le contempla avec satisfaction, comblée, avant qu'un troisième orgasme aussi violent qu'inattendu la convulse à son tour et la prive de toutes ses facultés.

Voilà pourquoi. Voilà pourquoi elle avait recommencé. Parce que c'était trop bon.

Il se laissa retomber sur le dos et reprit sa respiration, le torse luisant de sueur.

— Putain.

« Assez », décida Kat.

— Va-t'en, s'il te plaît. Tout de suite. C'était la dernière fois.

— Tu dis toujours ça.

— Cette fois-ci, je le pense. Je suis horrible.

Il obéit. Ben se pliait toujours à la volonté de Kat, sauf au lit.

Mais d'une certaine façon, nous finissions tous par obéir. Nous n'avions pas le choix. C'était écrit dans les cartes et les constellations.

Kat le regarda ramasser son jean, reboutonner sa chemise et s'éclipser. Il n'eut pour elle ni mot d'excuse ni parole affectueuse et elle s'en réjouissait.

Couverte de la transpiration de Ben, Kat demeura allongée, seule. Le remords l'assaillit si brusquement qu'elle poussa un cri étouffé. C'était comme un coup de couteau dans le ventre.

Elle se redressa et fondit soudain en larmes. Elle venait de trahir sa sœur, comme sa mère avait trahi leur père. Ici, sur Dawzy.

— Hannah, je suis désolée, je suis désolée, je suis désolée…

La crise de sanglots fut brève mais intense. Un peu comme un orgasme. Un paroxysme de tristesse. Puis Kat retrouva son calme.

Elle fixa le plafond, la peinture, les spots, les lézardes. Quel drôle d'endroit que cette vieille aile décatie dans un bel hôtel comme celui-ci.

Du bruit filtrait par la fenêtre ouverte ; il s'intensifiait. Le volume de la musique augmentait à mesure que le soleil se noyait dans la Blackwater. Tout devenait de plus en plus violent. De plus en plus étourdissant. De plus en plus accusateur.

Kat se leva, un drap autour du corps en guise de toge, et se dirigea vers la fenêtre. Dans le clair-obscur sensuel, la soirée retentissait de basses, de rires, de bavardages. La brise se levait sur le fleuve et Kat frissonna.

Elle cligna des paupières, refoulant son chagrin, et s'empara du petit bout de papier cartonné.

Au secours

À qui le message était-il destiné ? Était-ce important ? Tout était écrit et la fin connue d'avance. En larmes et en colère, Kat se rhabilla, laça ses sandales et reprit un peu de cocaïne pour se donner du courage.

Un souffle d'air tiède mêlé de fumée doucereuse s'insinuait par la fenêtre, incitant les retardataires à sortir de leur cachette.

Et c'était ce qu'elle s'apprêtait à faire lorsque quelqu'un frappa. Elle sursauta, puis on tourna la poignée et la porte s'ouvrit.

— Bonsoir.

Bien sûr. C'était lui.

Qui d'autre ?

61

Hannah, aujourd'hui

Je fais volte-face et scrute la clairière ombreuse où la lune perce des nappes de brouillard. Ce bruit… ? Mais il n'y a personne.

Enfin, je crois.

Greedy aboie, au loin, dans le bois. Son jappement me semble plaintif, effrayé peut-être. Il fait froid et humide et il a hâte de regagner la sécurité relative de notre chambre glauque au bout de son couloir sinistre.

Soit.

— Au pied, Greedy !

Il surgit, galopant gaiement dans le rayon de ma lampe.

— On y v…

Il s'élance, il connaît le chemin. Il détale ventre à terre, comme s'il avait fait une effrayante découverte dans la forêt. Comme s'il fuyait un danger.

— Attends-moi !

Mais au lieu de ralentir, il accélère. Il court si vite que je crains de le perdre. Il pourrait aller se fourrer n'importe où, voire se volatiliser de la même façon qu'il m'est apparu. Par magie. Se changer en oiseau, enfin, et prendre son envol telle la Kat de mon rêve.

Je ne peux pas me permettre de perdre mon chien. Tant que je dois assurer sa survie, je me débrouille pour assurer la mienne. Mais continuer sans lui ? Cette seule idée suffit à décupler ma peur.

Je me mets à courir.

Ce n'est pas raisonnable de courir ainsi dans le noir sur un sentier inégal, en pleine forêt. Une racine noueuse en travers de mon chemin et c'est la chute garantie. Je finirai ma course dans un buisson de ronces, si je ne me tords pas la cheville. Pourtant, il me faut rattraper Greedy. Pas de chance, le brouillard s'épaissit comme une sauce prenant à feu doux, la béchamel de Ben, celle de Logan.

Qu'est-ce que c'était que ça ? Qui va là ?

Personne. J'ai rêvé. Je n'ai pas vu de visage. Pas la moindre figure blafarde apparaissant fugacement entre les troncs. Je n'ai rien vu.

Et mon chien demeure introuvable.

— Ralentis, Greedy !

Il a disparu. Ma lampe éclaire des arbres voilés d'ombres, la clôture, une vague esquisse de l'hôtel, éteint, maussade, dans la pénombre que le brouillard opacifie. Personne ne m'observe.

Pas de chien.

Je cours. Désespérée.

— Greedy ! Greedy !

L'air froid me brûle la gorge. J'ai atteint la piscine. La bâche en plastique bleue paraît grise, de nuit, entre les amas de feuilles mortes. Ici non plus, aucune trace de Greedy.

Je hurle son nom.

— Greedy !

La panique m'envahit. Trop tard pour la combattre. Courant à perdre haleine, je fais le tour de l'hôtel, traverse un dernier pan de forêt qui débouche sur la plage. Les galets sont autant de disques d'étain à la lueur de ma lampe torche.

— Greedy, Dieu soit loué !

Il est là, pantelant, tout content. Assis sur son arrière-train, comme si de rien n'était.

Mon chien.

Mon fidèle Greedy qui monte la garde, prêt à pourfendre pour moi la lune et le brouillard.

Je me laisse tomber à genoux, la rosée transperce mon jean, j'enlace mon chien en refrénant mes larmes.

— Greedy, ne me refais plus jamais ça. Fini les fugues nocturnes.

Il grogne doucement, sans animosité. C'est le grognement d'un compagnon loyal. Je l'étreins de plus belle puis m'écarte et le considère. Je frissonne. L'île, la lune, le chien… C'est la carte, à peu de chose près. En aurais-je percé l'énigme ?

Non. Mais j'y arriverai. Je sais que j'en suis capable. Et quand je l'aurai déchiffrée, je redeviendrai saine d'esprit.

Oui.

J'ouvre la porte. Greedy se précipite à l'intérieur, ravi d'être rentré. Il se rue vers son panier, épuisé.

Je n'arrive pas à dormir. Les nouvelles informations se bousculent dans ma tête, captives comme sous une cloche à triple vitrage. J'ouvre mon navigateur internet. Le super réseau wifi d'Oliver.

Je tape : Kreeft.

Je louche sur la page des résultats, les yeux secs, écarquillés.

Matthew Kreeft.

Il est avocat à Mersea, dans l'Essex. Serait-il apparenté aux anciens propriétaires du Stanhope ? Vraisemblablement.

Je consulte les photos. Cheveux poivre et sel, beaucoup d'allure, de beaux traits. C'est lui ! L'homme distingué que je n'arrivais pas à remettre. Mais je sais à présent dans quel contexte je l'ai vu. Et ce n'était ni dans un film ni dans une série. C'était à l'occasion d'une visio à laquelle mon statut d'exilée involontaire m'avait contrainte à assister.

C'était pendant l'enquête sur les événements de l'été. Il intervenait en tant qu'avocat à la cour de Colchester. Un ponte, avocat de la Couronne britannique. Respirant l'expérience et le sérieux dans sa robe noir et blanc, avec sa perruque.

D'après ce que je lis ici, le Stanhope appartenait autrefois à Andrew, son frère aîné. L'hôtel était dans leur famille depuis des générations. Andrew aurait vécu longtemps sur Dawzy, avant que les Kreeft ne quittent soudain la région. De longues années plus tard, l'hôtel en ruine avait été vendu à Oliver via une société anonyme.

Andrew Kreeft.

Je poursuis les recherches mais il me donne plus de fil à retordre que son frère, et pour cause : d'après ce que je lis, il est mort. Accident de voiture. Deux mois exactement après la mort de maman.

Drôle de coïncidence.

Je fixe son portrait sur l'un des articles traitant de l'accident. Il avait bu. Son véhicule s'est encastré de plein fouet dans un mur. Les journalistes font preuve de pudeur, mais si je lis entre les lignes il s'agirait d'un suicide.

Il était bel homme, comme son frère. Mais ses traits sont plus doux, moins sévères.

Telle la Strood émergeant par une tempétueuse nuit d'hiver, une idée se dessine dans mon esprit.

D'après Ben, Kat avait établi un lien entre maman et un type qui vivait sur l'île.

La statue, le nom de Kreeft sur la plaque, l'humeur de papa tournant brusquement au vinaigre.

La mort soudaine de maman, puis… Quoi ? Un accident ? Andrew aurait pris le volant en état d'ivresse, percuté un mur par inadvertance ?

Et la carte de Kat. La Lune, l'arcane majeur. L'infidélité.

Ils étaient amants. Maman et ce type. J'en ai l'intime conviction.

Je repose mon téléphone et laisse le chagrin me lessiver comme une houle.

Un amant. Maman avait un amant. Puis elle est morte. Et lui aussi. Peu de temps après.

Et Kat s'est noyée.

Un signal sonore m'avertit que je viens de recevoir un texto.

Il ne te reste plus beaucoup de temps, Hannah mia.
Regarde la carte !!!

62

Le message disparaît. Évidemment.

La carte est sur ma table de chevet. Je m'en empare. Il est 5 heures du matin. Je n'ai pas fermé l'œil. Pas envie. Il ne me reste plus beaucoup de temps.

Je repense à un truc que Kat m'a dit il y a longtemps, alors que nous étions ados et que je l'interrogeais au sujet du tarot. Elle m'a dit : « Si le sens d'une carte ne t'apparaît pas tout de suite, tu la fixes aussi longtemps que possible. Puis tu la reposes, tu vas faire autre chose, et tu repasses la voir de temps en temps. Tu lui fiches la paix. Le sens finira par émerger tout seul. »

Les dernières heures de la nuit s'écoulent.

Deux chiens
Une écrevisse
Une plage
Un sentier sinueux

Kat s'élance le long de ce sentier sous la lune et se jette dans les vagues-montagnes et s'y noie.

Jusque-là, c'est assez clair. Je ne vois pas ce que la carte pourrait m'apprendre de plus.

« Il ne te reste plus beaucoup de temps. »

Avant quoi ? Que risque-t-il de m'arriver ?

Je me recouche. Je suis un arbre, et le sommeil le vent qui me malmène. Et me déracine.

Quand je rouvre les yeux, il est midi et une petite pluie grêle la vitre. Une fois Greedy promené et nourri, je lui laisse une friandise et un jouet et je me traîne jusqu'au restaurant désert. Des housses recouvrent les tables et les chaises. Personne en vue. Ni Danielle ni Elena. Personne.

Les yachts et les clippers aux murs me dévisagent. Le chauffage fonctionne encore mais c'est une dépense absurde ; Oliver le fera certainement couper bientôt. Le froid reprendra ses droits.

Bon. D'abord, manger. Je m'avance dans la vaste cuisine du Mainsail. On dirait une chambre mortuaire en inox avec des éviers à la place des cellules réfrigérées. Miche de pain à la main, j'ouvre la porte d'un frigo, je trouve du jambon et du fromage et je me confectionne un sandwich.

Je déjeune seule parmi les tables et les chaises vides drapées de blanc. On dirait des véhicules ensevelis sous la neige.

Un grincement. Une porte qui s'ouvre ?

Je me raidis.

Le panneau de la porte se balance doucement d'avant en arrière sur ses gonds. Mais personne n'entre ni ne sort.

— Danielle ? C'est toi ?

Pas de réponse.

— Owen ?

Silence.

Mon malaise s'accroît. Ma chambre, mon portable et mon propre cerveau sont déjà hantés. Pitié, pas le Mainsail, par-dessus le marché ! Il a toujours fait partie de mes endroits préférés ici, du moins avant le drame. Beaux volumes, décoration d'époque, superbe vue et joyeux brouhaha des clients et serveurs affairés. Et Logan en coulisse insultant un poisson. Je le taquinais souvent à ce propos. « T'as raison, Logan ! Pas de pitié pour les rougets. »

De tout cela, il ne reste rien. Des planches protègent notre précieuse baie vitrée. Le bar est condamné, fermé à clé. Plus personne ne commande d'anguille fumée d'Orford. Il ne reste que le silence, le malaise et moi, attablée devant mon pauvre repas, obsédée par un dessin de lune et de chiens. Comme s'il contenait, encodés, tous les secrets de l'univers.

Je regagne ma chambre et m'allonge sur mon lit. Je suis fatiguée, je n'ai pas assez dormi.

Je me réveille en sursaut, les yeux secs, assoiffée. Désorientée.

21 heures.

Greedy, au pied du lit, ouvre des yeux pleins d'espoir.

— C'est bon, j'arrive.

Chaussures, manteau, porte. Le chien, la plage, la nuit, la lune.

J'atteins l'orée de la forêt. Sur Dawzy, tous les chemins mènent à la forêt.

Un tronc craque sous le vent glacé. Le bruit résonne, se répète. J'imagine un corps oscillant dans le noir, pendu à une branche comme la sorcière de mon enfance. Quand, les yeux écarquillés d'effroi, je fixais la masse informe de mon peignoir sur l'envers de ma porte, persuadée qu'il s'agissait de la pendue du livre de maman.

Ce fameux livre.

Katalina. Que m'a-t-elle dit, de sa façon cryptique de fantôme ? « Si tu es capabale d'interpréter mes rêves, ma petite Sigmund, ce n'est pas une carte qui va t'arrêter. Et n'oublie pas les mots bizarres ! »

Les mots bizarres, c'est-à-dire ? « Mon délicat brandon de paille » ?

Kat adorait ce livre. Ses pages copieusement annotées, bourrées de termes étranges relatifs à la sorcellerie. La grande *Encyclopédie des sciences occultes*. Celle-là même dont Kat m'a reparlé la dernière fois que nous avons dîné ensemble, la veille de sa noyade. Je la revois comme si c'était hier. Je l'entends encore me dire : « Sérieux ? Moi, je l'adorais ! Il y avait tout dedans : formules, potions, onguents… Même si je ne sais toujours pas ce qu'est, au juste, un onguent. »

Ce livre parlait, entre autres, de tarot. J'en suis sûre.

L'air salé de l'île est gelé et j'ai les doigts gourds, mais je sors mon téléphone et j'écris à mon père :

J'ai besoin d'un coup de main.
Tu peux faire une recherche pour moi
dans l'encyclopédie de maman,
celle sur les sorcières et la magie,
avec ses notes manuscrites ?

J'attends sa réponse. Une minute s'écoule. Deux. Rien.

Papa, s'il te plaît, aide-moi. Je crois que
je suis en danger. L'hôtel est vide et j'ai peur,
mais j'ai bon espoir d'arriver à régler ma phobie
si j'arrive à comprendre ce qui est arrivé à

Je m'arrête, les doigts en suspens au-dessus de mon téléphone. Je ne peux pas finir cette phrase. Je ne peux pas écrire « ce qui est arrivé à Kat ». Mon pauvre papa, il en serait bouleversé.

J'efface et je redresse le tir :

ce qui m'arrive, j'aurai peut-être un déclic,
peut-être même que je pourrais guérir.

Silence.

S'il te plaît !

Toujours pas de réponse. Pourtant, je vois bien que mes messages ont été lus. Il les ignore, voilà tout. Greedy me jette un regard de reproche et aboie, comme contrarié. Peut-être que c'est cette drôle d'odeur qui le déroute. L'air en effet ne sent ni les marais salants, ni la spartine maritime, ni la vase, ni le diesel des chalutiers, au large. Il sent une odeur distincte, inédite, alarmante. La fumée.

Je fais volte-face. Ça vient de l'hôtel.

De l'aile Est.

63

Un incendie ! Je vois les flammes danser à la fenêtre.
On dirait qu'il s'agit de la chambre 10.

J'ai la chair de poule.

Kat ! Est-ce que c'est elle qui a mis le feu… ?

C'est ridicule. Mais… si c'était le cas ?

Elle est morte. N'empêche… ?

Je m'élance sur les galets, aussitôt imitée par Greedy,
je m'engouffre dans ma chambre et fonce dans le couloir.
Là, je pile net. Je l'entends, à présent : le feu qui crache
sa fumée noire et grasse, occultant les veilleuses rouges.

Au plafond, l'éclairage de sécurité s'allume automati-
quement. Le couloir tout entier se gorge de fumée.

Le feu ne ronfle plus, il rugit, produisant un bruit
monstrueux, inhumain. Un grand vomissement.
Je regarde caracoler les ombres, pétrifiée, à l'extrémité
du couloir, là où l'hôtel s'arrête, là où commence le
domaine des ronces, des flaques et des crapauds. La peur
engendre la peur.

Le vacarme est démoniaque. Que se passe-t-il dans la
chambre 10 ? Horreur ! Et si Kat se trouvait prisonnière
des flammes ? Il faut que je la sauve.

Je me précipite et, parvenue sur le seuil de sa chambre, je découvre la scène.

Owen se trouve à l'intérieur, rétroéclairé par les flammes. Un fauteuil brûle. Quelqu'un est-il assis dessus ? Kat ?

Non. En T-shirt et bas de survêtement, Owen pulvérise de la neige carbonique dans le brasier à l'aide d'un gros extincteur, un bras en bouclier devant le nez pour ne pas s'intoxiquer avec la fumée. Les flammes reculent, s'étouffent, expirent et je constate qu'il n'y a personne sur le vieux fauteuil en mousse bon marché.

Pourquoi le feu n'a-t-il pas déclenché l'alarme incendie ?

Parce que nous sommes dans l'aile Est. Elle n'est pas encore équipée de détecteurs de fumée. « L'année prochaine. »

L'incendie est éteint.

Owen lâche l'extincteur, qui atterrit par terre dans un fracas terrible, et s'aperçoit de ma présence.

— Hannah, putain !

Il est visiblement choqué. J'ai les yeux rivés sur son bras.

— Tu es brûlé.

Hébété, il baisse lentement les yeux sur son poignet écarlate et fronce les sourcils, comme s'il ne le reconnaissait pas.

— Merde, lâche-t-il, sonné.

— Je vais te chercher ce qu'il faut.

L'armoire à pharmacie, près du sauna. Je cours. J'attrape une trousse de premiers secours. Puis je pars chercher du film alimentaire dans la morgue d'inox – enfin, dans la cuisine – et je m'empresse de refaire le chemin en sens inverse sans jeter un regard derrière moi, sans rien regarder du tout. Pas d'apparitions. Rien. Pas de Kat. Elle n'est pas ici. J'en suis sûre.

Owen n'a pas bougé. Il fixe le cadavre calciné du fauteuil, les petits monticules de neige carbonique, les cendres. Je remarque une bouteille de tequila vide par terre. D'ailleurs, maintenant que la fumée se dissipe, ça sent la tequila.

Je guide Owen jusqu'à la salle de bains comme un enfant mal réveillé. Je l'amène près du lavabo. Son haleine est forte et fruitée – il empeste l'alcool. Je prends délicatement son poignet où les premières cloques commencent à se former et le passe sous l'eau froide.

Il grimace de douleur. La blessure est vilaine.

— On va devoir rester comme ça vingt minutes. OK ?

— OK, grogne-t-il. Putain. J'ai mal partout. Ça pèse une tonne, ce truc.

Il parle de l'extincteur. Ses yeux bruns trouvent les miens. J'y lis de la culpabilité. Une culpabilité écrasante. Il reporte son regard sur le lavabo.

Pendant un moment, nous regardons l'eau couler.

Puis je lui demande :

— Qu'est-ce que tu fabriquais ici, dans cette chambre ? Je croyais que tu logeais dans l'aile Nord.

Il grimace de plus belle puis avoue dans un soupir :

— Ouais, mais… j'avais les jetons.

Il rougit.

— Je sais, c'est la honte. Mais je suis tout seul, là-haut. Je faisais une insomnie… Alors j'ai décidé de changer de chambre.

— Mais pourquoi tu n'es pas allé rejoindre Elena et Dani dans l'aile Ouest ? C'est plus près.

Il secoue la tête, les lèvres pincées – il a mal.

— Les chambres sont toutes fermées à clé ! Le tiroir avec les cartes magnétiques aussi. Alors je suis venu jeter un œil par ici et la chambre 10 était ouverte. En plus, je savais que tu couchais au bout du couloir et, euh… ça me rassurait. Je sais, je suis un vrai gamin.

Il rougit de plus belle.

Son explication se tient.

— Et le feu ? Il s'est déclenché comment ?

Il me décoche un regard penaud. Je précise :

— J'ai vu la bouteille.

— Ah ouais, ça. Comment dire… Aïe !

— Courage. Plus que deux minutes.

Il hoche la tête vaillamment.

— Je me suis pris une cuite. Parce que je me sentais trop seul, dans cet hôtel désert et plein de bruits bizarres, avec ces foutus piafs qui crient toute la nuit ! Et… faut croire que je me suis endormi par terre. La bouteille a dû se renverser, l'alcool a dû transpercer la moquette, s'infiltrer sous les plinthes… Comme tu sais, l'installation électrique est foireuse, ici.

J'approuve.

La fameuse mise aux normes de l'installation électrique de l'aile Est. Encore un chantier pour l'année prochaine.

Nous considérons tous les deux sa brûlure. La peau a pris une teinte violacée.

— Ça a vraiment une sale tête, dis-je. Il va falloir que tu consultes un médecin. À ta place, je passerais carrément aux urgences.

L'idée n'a pas l'air de lui déplaire. Je le soupçonne d'être soulagé : il tient son ticket de sortie. L'espace d'un instant, je me demande s'il reviendra. Mais je connais la réponse. Il ne restera plus que Dani, Elena et moi. Jusqu'à la prochaine défection.

Jusqu'à ce qu'un jour, il ne reste plus que moi.

— Voilà, c'est terminé.

Nous sortons de la salle de bains. Owen marche d'un pas chancelant, à cause du choc, de la peur, de l'alcool, que sais-je. Probablement un peu des trois. Il s'assied sur le lit et je m'installe à côté de lui pour panser sa blessure.

— C'est quoi, ça ? s'étonne-t-il.

— Du film alimentaire. C'est mieux que du spara-drap : c'est propre, stérile même, et ça ne colle pas.

Il me regarde faire, fasciné.

— Je ressemble à un bout de viande hachée.

Il n'a pas tort. Son bras rose vif évoque de la farce crue. Avec mille précautions, j'enroule autour de son poignet une seconde épaisseur de film, l'enrubannant de plastique brillant. Ensuite, dans la chambre redevenue silencieuse, je mesure l'étendue des dégâts causés par le feu, la neige carbonique et les cendres. Mon regard tombe sur la bouteille renversée. Une fine ligne noire court le long de la moquette jusqu'à la plinthe carbo-nisée. C'était bien l'électricité.

Owen a l'air mortifié.

— Si ça se trouve, c'est Logan qui est revenu foutre le feu, marmonne-t-il dans sa barbe. Pas con, vu sa situation.

— Pardon ?

407

— Brûler l'hôtel, ce serait plutôt radical, comme solution !

Je le dévisage.

— Owen, de quoi tu parles ? Tu sais quelque chose à propos de Logan ?

Le revoilà qui rougit. Ses yeux bruns furètent dans la pièce. Il n'est pas seulement gêné, il a peur.

— Allez, Owen. Dis-moi.

Il fait non de la tête. En cet instant, il m'apparaît tel qu'il est : un gamin maigrichon de 22 ans à peine.

— J'ai dit ça pour rire, affirme-t-il. Logan ne ferait jamais ça. Il a son caractère, il gueule quand on n'est pas à la hauteur, mais c'est quelqu'un de bien. Vraiment.

Il hausse les épaules. Son petit speech manque de naturel. Je le laisse poursuivre.

— Tu sais qu'il voulait se casser du Stanhope. Mais, euh, il était coincé, à cause des termes de son contrat. C'était frustrant pour lui.

— C'est tout ? Une simple histoire de contrat ? Tu en es sûr ?

Owen grimace de douleur. Sa main valide est crispée sur son bras blessé. Je laisse tomber. Ce n'est pas le moment.

— Quand tu partiras, demain, ce sera pour de bon, j'imagine ?

Je le regarde droit dans les yeux, mais il ne me répond pas.

— C'est bon, Owen. Je te laisse tranquille. Va te coucher.

J'enfonce le clou :

— Et dans un lit, pas par terre ! Retourne dans ton aile. T'es pas tout seul. Et fini de picoler !

— OK m'man.

Je patiente le temps qu'il rassemble ses affaires et s'éloigne en bâillant vers la réception, puis je regagne ma propre chambre et j'éteins la lumière en appelant le sommeil de mes vœux.

Mais les minutes se traînent comme des créatures blessées. Sons étouffés. Obscurité pesante. L'hôtel pourrit dans ses cendres. Je m'agite, je retourne l'oreiller, cherchant de la fraîcheur.

— Hannah *mia*.

Mon sang se glace.

Elle est là. Ma sœur morte. Ou vivante. Dans le lit. Pile derrière moi. Je perçois le poids d'un corps sur le matelas.

— Hannah, tu ne me prends pas dans tes bras ?

Je ferme les yeux de toutes mes forces. Je ne céderai pas, je ne me retournerai pas.

— Je me sens seule, Hannah. Et j'ai froid. Allez ! T'es en si bon chemin. Tu sais, je viens de croiser une truie habillée comme une femme, ici. À l'instant. C'est totalement dingue. Qu'est-ce qui m'arrive ?

Je ne me retournerai pas. Le sommeil va venir. Elle me laissera tranquille.

— Et aussi une drôle de pierre griffée, scarifiée. Des diablotins. Diablochiens. Diabolo. Scooby Doo. Hannah miaou.

J'ai les paupières plus contractées qu'un poing.

— Bon, je te laisse, alors. *Pffffiou. Pschht !*

Qu'elle s'en aille. Qu'elle s'en aille, qu'elle s'en aille ! Je dois réfléchir à ce qu'a dit Owen. J'entends grincer les lattes du sommier, je sens quelqu'un qui remue dans l'obscurité. La porte s'ouvre, le silence. Elle est partie.

Diablotins, diablochiens.

Où veut-elle en venir ?

Diabolo.

Scooby Doo.

Deux chiens sur une plage. Sur une carte de tarot.

Et ce grand livre chez papa, noirci des notes de maman et des commentaires enfantins de Kat. Et tout ce chapitre sur le tarot.

Que signifierait la Lune aux yeux de ma sœur ? C'est ce livre qui a façonné son interprétation des cartes.

64

Sur la plage, je contemple Goldhanger par-delà le fleuve. J'attends le ferry avec Owen. Déjà nous l'apercevons qui brave les flots en colère. Je n'émets aucun commentaire sur le nombre de valises qu'emporte le sous-chef. Il est évident qu'il nous quitte.

Et elles ne furent plus que trois. Les trois sorcières de Dawzy. Ou trois fillettes sans défense. Cernées par la folie.

— Comment va ton bras ?

Owen baisse les yeux. Sous le film, son bras est fuchsia. Ça a l'air douloureux.

— Je ne vais pas te mentir : je douille. Je file direct aux urgences de Maldon.

— Bien.

Il cherche mon regard.

— Tu sais, Hannah, euh… je suis désolé de vous planter comme ça.

Auréolé de sa capuche doublée de fausse fourrure grise, il paraît angélique. Un vrai chérubin. Trop pur et innocent pour Dawzy Island.

— Ne t'en fais pas. On s'en sortira. Au pire, il y a plein de lichen à manger.

Il a un petit rire triste.

— Essaie de te sauver, Hannah. Il doit bien y avoir un moyen.

— Je ne demande que ça.

Le bateau se rapproche. Rouge pompier sur le fond gris de l'eau et du ciel. Je devine tout juste la silhouette de Freddy Nix dans sa cabine, manœuvrant paresseusement son petit esquif, cap sur l'embarcadère. Fendant les flots gris-bleu de cet estuaire assujetti aux courants de la mer du Nord. Voici venir l'Heure des Noyés… C'est maintenant ou jamais.

— Owen. Balance, pour Logan. Dis-moi ce que tu n'as pas réussi à me dire hier soir.

Il se trouble, bredouille :

— Mais… Non, c'était rien ! Les contrats…

— Owen. Ton histoire est bidon. Dis-moi la vérité. Pourquoi est-il resté aussi longtemps, s'il détestait l'hôtel à ce point ? Il a tenu presque jusqu'au bout…

Ses yeux brillent. Culpabilité ou compassion ?

— J'ai besoin de savoir, Owen. Si ça se trouve, je vais devoir passer l'hiver toute seule ici…

Toute seule ? Allons, Hannah. Tu m'oublies ou quoi ?

Une brise timide s'insinue sous la capuche d'Owen et balaie une mèche de ses cheveux bruns trop longs. Il la repousse machinalement, dégageant ses yeux.

J'insiste.

— Owen. Je sais comment ça se passe en cuisine, quand la pression retombe. Vous buvez un coup et vous parlez. Tu connais tous les ragots du Stanhope.

Il se détourne. Je suis son regard. À l'est, au large, loin de la berge aride, les éoliennes tournent inlassablement dans leur mer inhospitalière, poursuivant leur vain sémaphore, échouant encore et encore à attirer notre attention sur le péril qui nous guette. Catastrophées. Comme moi.

Il me reste une dernière carte à jouer.

— Owen. Si tu refuses, je me verrai dans l'obligation de raconter aux patrons comment le feu a commencé. Je n'ai pas envie d'en arriver là, on s'est toujours bien entendus, toi et moi, mais il s'agit de… C'est ma vie qui est en jeu.

Il soupire. Hoche la tête.

— Je vois, lâche-t-il sans me regarder. Pourquoi Logan est resté aussi longtemps, franchement, j'en ai aucune idée. C'est lui qui m'a parlé de cette histoire de contrat mais je suis d'accord avec toi : c'est bidon. Je ne sais pas ce qui le retenait ici. Désolé.

Cette fois, il s'est tourné vers moi. Ses yeux m'implorent de le croire. Il marque une pause, fronce les sourcils et ajoute :

— Cela dit… il y a un truc.

— Oui ?

— Un jour, j'étais dans la cuisine et Logan discutait avec Georgia. Et elle a dit un truc qui m'a intrigué.

— Je t'écoute.

— C'était il y a un moment, quelques jours avant le retour de la police.

Il rechigne à parler. Il me fait l'effet d'un écolier récalcitrant. Nerveuse, j'épie le bateau rouge sur les flots. Owen doit à tout prix terminer son récit avant l'arrivée de Freddy.

Enfin, il reprend :

— Je bossais dans l'arrière-cuisine quand Georgia est arrivée pour sa livraison, et je l'ai entendue parler à Logan… de l'Heure des Noyés. Apparemment, c'est Freddy qui lui en avait parlé. Ces légendes, il n'y a plus que les vieilles familles du coin qui les connaissent, tu sais. Les pêcheurs… Ils les gardent pour eux, histoire de ne pas faire fuir les touristes. Les marins du dimanche, les amateurs d'otaries. Mais, apparemment, tous les deux ou trois ans, Freddy en parle à quelqu'un. Il trouve ça marrant de les faire flipper un coup. Mais pas souvent, hein ! Rarement. Très rarement. C'est ce que Georgia a dit. C'est tout.

Nouveau soupir.

— C'est tout ce que je sais, Hannah. Je te le jure. Tu voulais des ragots, je t'ai tout raconté.

Les rouages s'imbriquent. Je réfléchis à voix haute.

— Donc Logan était au courant pour l'Heure des Noyés. Ce qui veut dire qu'il pourrait bien se cacher derrière les e-mails anonymes. Mais oui, c'était sûrement lui. Pour faire fermer l'hôtel et retrouver sa liberté. Ça tombe sous le sens !

Owen porte la main à son bras blessé.

— Peut-être, admet-il avec une moue. Je ne sais pas. Mais c'est possible, oui.

Le ferry mouille contre la jetée. Freddy lance sa corde autour de la borne d'amarrage. Il lève les yeux vers nous mais ne nous adresse pas un mot, pas un signe. Pas la moindre salutation, si laconique soit-elle. Il me jauge froidement, sans chercher à masquer sa colère ou son mépris. Sans doute que je leur inspire ce genre de sentiments à tous, à présent. Lo, Leon, Alistair,

Oliver, les autres – tout le monde me voit comme la timbrée qui a coulé l'hôtel.

De sa main valide, Owen saisit sa grosse valise et la jette sur son épaule. Il longe la jetée et la balance sur le pont. Freddy se tient adossé à sa cabine, hors de portée de nos voix. Il surveille les eaux froides de l'Essex d'un air profondément las. Tout dans son attitude indique que ça le gonfle de faire le taxi pour un unique passager, sans personne avec qui blaguer, qu'il n'a pas que ça à faire que de se taper des allers-retours vers cette île pourrie quasi abandonnée.

À une exception près : moi. Et Dani, et Elena.

Le désespoir me guette. Déjà, il couve en moi. Quand Owen revient récupérer le reste de ses bagages, je ramasse un sac à dos de rando, pour l'aider, et d'une voix pressante, je le conjure :

— Owen, j'ai un service à te demander.

Il se renfrogne.

— Quoi, encore ?

— Trois fois rien. S'il te plaît.

— Dis toujours.

Je me dépêche :

— Il faudrait que tu t'introduises dans une maison…

— Que je quoi ?!

— Je t'en supplie !

— Par effraction ? Quelle maison, bordel ?

— Celle de mon père.

— Pas question.

— Si tu refuses, je te dénonce à Oliver et Alistair, pour l'incendie.

Sa mine s'assombrit encore davantage.

— Du chantage. Putain, Hannah. Jamais je t'aurais crue capable d'une chose pareille.

— Moi non plus. Disons que je suis en train d'élargir mon champ de compétences.

Il a un petit rire amer qui se perd dans la brise.

— Alors d'accord pour un dernier service.

65

Des algues brunes flétries, desséchées, dévalent en crissant les galets de la plage grise où sifflent des bourrasques. Des goélands s'acharnent sur un pigeon. J'observe la scène à travers ma fenêtre, le portable vissé à l'oreille, en communication avec Owen.

— J'y suis, m'apprend-il. Saffron Court, résidence pour seniors, juste après le rond-point.

Il fait claquer sa langue, mécontent.

— C'est un putain de service que tu me demandes, Hannah.

— Je sais. Merci. Merci infiniment.

— Bon, quand faut y aller… C'est laquelle, sa porte ?

— La 68B. Une porte bleue, avec tout un fatras de plantes en pots dans l'allée.

— OK, c'est bon, je la vois.

J'entends ses pas claquer sur le trottoir, son souffle s'échapper de sous son écharpe, aussitôt cristallisé par le vent polaire qui remonte du fleuve.

Il s'arrête.

— Hannah, rappelle-moi pourquoi je ne peux pas sonner et lui demander, tout simplement ?

— Parce qu'il saura que tu viens de ma part et qu'il a pour ainsi dire coupé les ponts avec moi. Je croyais ma sœur encore en vie, ça lui a fait du mal, beaucoup de mal, et il ne veut plus rien avoir à faire avec moi. Je crois qu'il me considère responsable de sa mort, en partie du moins.

— Donc s'il se doute que tu me connais, il me claquera la porte au nez, c'est ça ?

— J'en suis persuadée.

— Et comment je peux être sûr qu'il n'est pas chez lui ?

— Parce qu'il ne déroge jamais à ses habitudes. Tu peux me faire confiance. Tous les jeudis après-midi, de 3 à 6, il participe au quiz de culture G de son village. Il ne l'a jamais raté.

— Hum. OK.

— Tu y es ? Sa voiture n'est pas là ? Une Toyota verte ?

— Non, pas de Toyota verte, mais on ne sait jamais. Je vais jeter un coup d'œil par les fenêtres, au cas où.

Les gravillons de l'allée crissent sous ses semelles.

Silence.

— Owen ?

Il me chuchote :

— Attends. Il y a un passant. J'ai l'air trop louche, là…

J'attends. J'attends. J'observe les goélands qui harcèlent le pigeon. Ils y sont allés si fort qu'on dirait bien qu'ils lui ont cassé une aile. Une compétence qu'ils semblent avoir acquise sur Dawzy. Ces oiseaux malins et cruels s'associent pour attaquer en bande des volatiles inférieurs en taille et en nombre et se partagent la viande en massacrant leurs victimes.

— C'est bon, elle est partie, m'informe Owen. C'était une vieille avec un caddie. Où est caché le double ?

— Sous le troisième arbuste, dans le pot rouge.

J'entends la poterie racler le bitume.

— Je l'ai.

— Dépêche-toi d'entrer !

— C'est bon, j'y suis.

— Super.

— Le livre ?

— Le titre c'est l'*Encyclopédie de la magie et des sciences occultes*, de Purnell. C'est un gros bouquin à couverture bleue frappée d'étoiles et de lunes – il doit être sur l'une des bibliothèques.

Je l'entends se déplacer puis, soudain, se figer.

— Il y a quelqu'un dehors.

— Hein ?

— C'est ton père ?

Les eaux du fleuve se précipitent à mes pieds. Je me cramponne à mon portable. J'entends Owen qui halète, puis souffle :

— Fausse alerte, c'était une livraison. Putain, j'ai eu peur. Et s'il me trouve ici ?

— Grouille-toi et ça n'arrivera pas.

— D'accord. Je fouille la bibliothèque du salon.

Je l'entends aller et venir.

— Il n'y est pas. Hannah. Il n'y est pas !

— Merde ! Il devrait y être. Euh... va voir dans la chambre ?

— T'es sérieuse ?

— Il est forcément quelque part ! Papa ne l'aurait jamais jeté. Il y a une étagère dans sa chambre.

Grincement de gonds. Owen est dans la chambre de papa. Je visualise sa patère, sa robe de chambre bleue, son verre à eau en plastique rayé. Une chambre de vieux, solitaire au possible. Les vieillards ne devraient pas avoir à vivre seuls. J'aurais tant aimé que papa retrouve quelqu'un…

— Attends, je crois que… Je l'ai ! Un gros machin bleu. Ouais, c'est ça.

— Génial ! Oh, merci ! Il faut juste que tu prennes quelques pages en photo puis que tu me les envoies. C'est tout.

— OK. Lesquelles ?

— D'abord, la page de garde.

— C'est parti.

Une pause. Tension insoutenable. Puis le carillon de mon téléphone. *Ding !* J'ai reçu la photo.

Encyclopédie de la magie et des sciences occultes
Purnell
Londres, 1974

C'est bien ça. Dessous, je reconnais deux signatures manuscrites. La première, celle de Briony Langley, est tracée de la main confiante, extravertie, voire un peu grandiloquente de ma mère. La deuxième, plus petite, plus poussive, appartient à ma sœur.

Katalina Langley (7 ans !!)

Je serre les dents. Je sais que ça va être dur. Je me rappelle ce que contient ce livre. Mais il me faut la preuve.

— Magne-toi, Hannah, je commence à flipper. C'est encore pire que le Stanhope la nuit !

— Pardon. Bon… tu peux trouver le chapitre sur les sorcières ?

Je l'entends tourner les pages à toute allure.

— T'as pas plus précis ? me lance-t-il sèchement. Talismans, sortilèges, potions ? Encore deux minutes et je me casse.

— Sortilèges, dis-je. Je crois.

— OK, j'envoie.

Ding. Nouvelle photo. Je fixe mon écran. Ce n'est qu'une liste de plantes « magiques » : mandragore, hellébore, pied-d'alouette, aconit tue-loup. Ma mère a pris des notes en marge. « Tesco ? » peut-on lire ainsi à côté du mot Belladone – comme si c'était le genre de produit que l'on trouve au supermarché.

— Hannah ?

— Désolée, ce n'est pas la page qu'il me faut. Essaie de trouver le chapitre sur les procès pour sorcellerie, les confessions de…

— J'ai.

Nouveau carillon. Je regarde. C'est le dessin, enfin la gravure, de mes souvenirs : la sorcière pendue, légendée d'une date en gros caractères gothiques, *Anno Domini 1664*. Son cou forme un angle contre-nature. C'est bien l'image obscène qui me hantait quand j'étais petite.

Sous cette image effroyable, il y a un texte. Une phrase a été soulignée d'un trait appuyé – par Kat ou par ma mère, mystère. Une formule utilisée par des sorcières durant la Messe noire, telle qu'extorquée à des malheureuses durant des procès pour sorcellerie.

J'ai dû la lire enfant, en feuilletant l'ouvrage ; mon regard a forcément été attiré par la phrase. La formule est la suivante :

Hardi, hardi, à hue, à dia, le pauvre hère s'envolera

Je parcours la suite du texte et d'autres phrases me sautent aux yeux :

Délicat brandon de paille

Que vous siérait-il que je dise ?

Des chattes dansant sur leurs pattes arrière, une chatte ayant la semblance de Jane Witham.

Mon cœur bat la chamade, mais pour une fois ce n'est pas douloureux. Je ressens de l'excitation. J'ai trouvé la clé. Depuis le début, ma sœur, ma pauvre sœur décédée, essaie de me faire comprendre que ce livre est crucial, qu'il contient peut-être les réponses à toutes mes questions. La solution de l'énigme – l'énigme des noyades. Bon. Mais comment ?

J'ai une dernière faveur à demander à Owen.

— Plus qu'une photo, Owen. Le chapitre sur le tarot. D'après mes souvenirs, il se situe vers la fin. Il doit y avoir une liste de tous les arcanes majeurs et de leur signification…

— Des quoi majeurs ?

— Les cartes les plus importantes. Peu importe, il me faut juste une photo de cette page.

Je perçois une hésitation.

— Attends, m'aboie-t-il soudain.

— Quoi ?

Plus fort :

— Oh, putain, cette fois-ci c'est ton père, j'entends sa voiture dans l'allée !

— Non ! S'il te plaît, on y est presque, juste la dernière photo, tu pourras me faire porter le chapeau, je m'en…

— Il est derrière la porte !

— Owen, c'est hyper important ! Tu te sauveras par la porte de derrière, mais la photo…

J'entends des bruissements confus. Il a dû fourrer son portable dans sa poche ; la porte s'ouvre – des cris ? J'entends Owen :

— Pardon !

Et mon père, médusé, qui couine, apeuré :

— Que faites-vous sous mon toit ?

— Monsieur Langley, pardon, c'est votre fille, Hannah, qui m'envoie, elle voulait que je prenne des photos…

— Hannah ? Elle voulait quoi ?!

Owen s'enfuit en courant. Enfin, je crois – c'est un martèlement sourd de baskets sur la chaussée. Il fuit la maison de mon père. Une voix fluette à l'arrière-plan, mon pauvre papa qui s'égosille :

— J'appelle la police !

Ses cris s'estompent, Owen court toujours, je l'entends ahaner, à bout de souffle, en détalant à toutes jambes le long de la route glacée, slalomant à perdre haleine entre les trottoirs givrés et les réverbères blafards.

Il reprend le téléphone.

— Franchement, merci, Hannah ! Et s'il appelle les flics ?

— Il ne le fera pas. J'en suis sûre. Il déteste faire des histoires. Je suis désolée, Owen, mais… cette dernière photo. C'est vital. Tu as réussi à la prendre ?

— Putain, Hannah, tu te fous de moi ? Je viens de me faire gauler, là, à cause de toi ! « Il rentre jamais avant 18 heures »… Mon cul, oui : il est 17 h 10 !

Il me raccroche au nez. Je l'ai perdu. Je m'efforce de ne pas penser à ce qui se passe dans la tête de mon père en ce moment. Notre relation était déjà mal en point, là, c'est le pompon.

Et tout ça pour rien.

Jamais Owen ne m'enverra la dernière photo, même en admettant qu'il l'ait prise. Il me manquera l'ultime pièce à conviction.

À peine cette pensée s'est-elle formée dans mon esprit que mon portable carillonne. Comme pour me faire mentir.

Owen. Il l'a fait. Il me l'a envoyée.

Folle d'impatience, je l'agrandis.

Cette page est exactement telle que je me la rappelais. C'est un inventaire complet des arcanes majeurs, chacun assorti de ses principales clés d'interprétation. Le Fou, le Magicien, le Diable – ma mère les a tous commentés de son écriture bouclée, et, de sa main enfantine, ma sœur y est également allée de ses contributions personnelles.

Et voici la Lune. La carte numéro XVIII. Presque tout en bas de la page.

La Lune
À l'endroit : Faux-semblants, épreuves,
peur, dissimulation, duplicité, insécurité,
confusion mentale

La liste est longue. Mais un mot se détache du lot parce qu'il a été entouré trois fois d'une main ferme, celle de ma mère, sûrement. Ma sœur a dû le lire des centaines de fois au cours de son enfance, de son adolescence, ce mot isolé, entouré, elle a dû l'absorber.

Suicide

66

À ma fenêtre, je regarde les nuages noirs qui croisent dans le vaste ciel assombri par le soir. Mon reflet me dévisage, une femme seule dans le rayonnement d'une lampe, et je me demande qui d'autre est là, avec moi. Je connais la réponse. C'est elle, elle ne me quitte plus dorénavant.

Et je vais devoir l'invoquer. Nous devons parler, ma sœur et moi. Seulement, je ne veux pas voir son reflet dans la vitre, affalée sur mon lit, entortillant oisivement une mèche de ses cheveux d'or autour de son index ou me confiant avec délice je ne sais quelle anecdote salace, la mine faussement scandalisée. Non. Je veux parler, un point c'est tout. J'ai une question à lui poser.

Je contourne Greedy, qui s'agite dans son sommeil, la respiration chuintante, et j'éteins toutes les lumières. Il règne à présent dans la chambre une obscurité absolue. Plus l'ombre d'un reflet menaçant ; je ne vois plus par la fenêtre que ce qui se trouve au-dehors : les derniers feux cramoisis de ce coucher de soleil hivernal. Et, dessous, le fleuve noir précipitant ses armées de vagues vers la mer du Nord, vers leur mort.

— Kat ?

Les échassiers planent. Se lamentent.

— Kat ? Tu es là ? Je sais que tu es là.

Ma sœur ne répond pas. Pour une fois que j'aimerais la voir, elle se dérobe. Où est-elle passée ? Peut-être qu'elle a filé, franchi ces eaux qui m'emprisonnent.

— Kat, je ne suis pas fâchée. Je ne te chasserai pas comme la dernière fois. J'ai besoin de toi.

Les échassiers obliquent et piquent vers l'obscurité. Je n'entends plus désormais que le hurlement du vent qui cingle la plage et le fracas confus des vagues dans la nuit glaciale. Je sais qu'une marée basse, très basse, se prépare. Je lis le bulletin des marées tous les jours. Mais je m'efforce de contenir mes espoirs. La Strood…

Greedy pousse un petit grognement somnolent. Comme si, même assoupi, il avait senti quelque chose.

Et une voix retentit.

— Hannah *mia* ! Saluuuuut, toi.

Un frisson parcourt ma nuque et ma colonne vertébrale, tel un filet d'eau froide. Je tremble. Je ne devrais pas faire ça. Les ados qui jouent avec les planches divinatoires, dans les films d'horreur, finissent toujours par réveiller des spectres et des démons.

— Kat ?

— Pour vous servir ! On se pèle, ici ! Bon. Tu fais quoi ?

Elle est là. Vautrée sur mon lit, je crois. Je ne me retournerai pas pour en avoir le cœur net, bien que je brûle d'envie de revoir son sourire radieux et sardonique une dernière fois. Je fixe les nuages noirs qui enveloppent une grosse lune blanche.

— Parle-moi de la carte, Kat.

428

— Quoi, la Lune ? Tu n'arrives pas à la déchiffrer ?

— Non.

— Ce n'est qu'un chien. Enfin, deux.

— Kat, s'il te plaît. Deux chiens. Qu'est-ce que ça signifie ?

— Parfois, je vois des chats, parfois des chiens, parfois des écrevisses et de la lumière. Lève les yeux pour les regarder. Regarde-les d'en bas. Par en dessous.

Son discours est haché, comme si le fantôme passait dans un tunnel, comme s'il y avait de la friture sur la ligne.

— Reviens, Kat.

— Je ne peux pas.

— Mais si.

— Trop froid. Laisse-moi partir.

— Dis-moi, pour la carte ! C'est la Lune que je dois regarder d'en bas ?

Elle se tait. Les oiseaux sont de retour, ces minuscules échassiers blancs dans le grand ciel noir de l'Essex. Ils vont et viennent.

Kat me parle.

— Ma sœur adorée, où es-tu ? Fais partir le froid. Fais-le partir.

— Je vais essayer. Mais j'ai une question à te poser.

— Non.

Je suis obligée de le dire. Il le faut. Je me lance.

— Kat, est-ce que tu soupçonnais maman d'avoir mis fin à ses jours ?

Je la sens qui fronce les sourcils, allongée sur le lit, les yeux braqués sur moi, sur ce dos que je lui oppose, préférant regarder la plage caillouteuse sous la lune opulente. Il me semble détecter dans l'air son parfum de sorcière bohème, fait maison, comme celui de maman.

Mais elle garde le silence. Je proteste :

— Parce que c'est faux, tu sais. Papa ne nous aurait pas menti pendant tout ce temps. Il n'aurait pas gardé ça pour lui. C'était un cancer, pour de vrai.

Cri d'oiseau dans la nuit.

Quand ma sœur reprend la parole, la température a chuté de quelques degrés dans la chambre. Elle a raison : il fait un froid de canard, ici.

— Mais le timing, Scooby ? Pile après la liaison secrète, ici, à Dawzy. Et papa, tu ne l'as pas trouvé bizarre, toi, pendant sa maladie ? Il ne nous laissait pas la voir… Pourquoi, à ton avis ?

— Non. Je n'y crois pas. Elle est morte d'un cancer.

— Oui. Oui oui oui oui. Hardi, hardi, à hue à dia. Je sais ! Peut-être qu'elle a fait une overdose ? Quelque chose comme ça ? La carte signifie le suicide. La Lune. Ça, quand même, tu le sais ?

Son ton est implorant. Geignard. Pleure-t-elle ? Si je me retournais, je pourrais aller l'enlacer. La réconforter.

— Peu importe ce que je pense, Kat. Peu importe ce que je crois. Tout ce qui m'importe, c'est ce qui s'est passé dans ta tête ce soir-là. Et je crois que j'ai deviné.

Les échassiers crient dans le noir comme s'ils appelaient leurs enfants perdus.

Une unique larme ruisselle le long de ma joue, je poursuis :

— Parce que tu sais, Kat, j'ai compris. Je crois que toi, tu as mis fin à tes jours. C'est toi qui t'es suicidée. Tu m'avais trahie, tu étais shootée, tu as échafaudé des théories à propos de maman, tu t'en voulais, puis tu t'es tiré les cartes et tu es tombée sur la Lune, cette carte terrible, la carte du suicide. Et ça a été la goutte d'eau.

Une autre larme roule.

— Tu t'es toujours soumise au jugement des cartes. Tu savais, pour l'Heure des Noyés. Tu savais où ce courant sévissait. Alors tu t'y es dirigée, à la nage, vers le danger, vers la mort, tu ne voulais pas que les autres te suivent, mais c'était trop tard, ils t'avaient suivie malgré toi.

Une troisième larme tiède et salée trace lentement son sillon sur ma joue.

— C'est ce qui s'est passé, Kat ? Tu t'es suicidée. C'était un suicide, pas vrai ?

Greedy ne chuinte plus. Je suis en apnée. Un oiseau – un goéland – rase de si près la fenêtre que je sursaute – son œil féroce, son bec assassin ont surgi subitement à la lueur de la lune.

D'une voix très basse, Kat admet :

— Oui. C'est vrai. C'est ce que j'ai fait.

Assez ! Je pivote, il faut que je voie.

Il n'y a personne sur le lit.

Il fait sombre, mais il y a tout juste assez de lumière grise pour me permettre de constater qu'elle n'est pas là. Pourtant, la porte oscille sur ses gonds comme sous l'effet d'une brise. Sauf qu'il n'y a pas de brise.

Enfin, je crois ?

67

Hé. Tu nous snobes ou quoi ?
L'ambiance est assez craignos comme ça !
On est au Mainsail, rejoins-nous.
On a du vin !

C'est Danielle. Je fais entrer Greedy et, une fois bien au chaud dans ma chambre, je tape ma réponse :

> Avec plaisir ! J'étais sortie promener
> mon chien. Donnez-moi 2 min, j'arrive.

Je peux le faire, je peux donner le change. Ma sœur décédée m'a annoncé tout à l'heure qu'elle s'était suicidée et je ne sais pas si j'ai parlé avec son esprit, sa « présence ressentie » ou que sais-je encore, et d'ailleurs ça n'a peut-être aucune importance. Je vais de ce pas boire un verre avec des collègues et me comporter comme une personne normale. J'en suis capable. Mes yeux sont secs depuis longtemps, même si je ressens une tristesse béante au fond de moi.

J'attrape dans le placard le carton d'affaires de Greedy et je lance un jouet.

— Tiens, mon chien.

Il s'en empare avec entrain et se met à le mâchouiller en poussant des petits grognements de plaisir. Voilà qui devrait l'occuper un moment. Je sors, je longe le couloir obscur, je passe devant la chambre 10 ou ce qu'il en reste – à savoir un mélange de cendres, d'humidité et de moquette brûlée –, puis le sauna inutilisé où flotte encore l'odeur mentholée et boisée, et me voici au Mainsail. Cette galerie de housses. Déserte.

Quasi déserte.

Dani et Elena sont là, comme promis, assises à la seule table utilisable. J'aperçois une bouteille de vin vide et une autre, fraîchement entamée. Ainsi que trois verres : deux pleins, plus un troisième pour moi.

Je m'approche. Danielle m'adresse un sourire frêle mais amical. Je prends une chaise et m'efforce de l'imiter. Il faut que je masque ma peine. Elena et Dani sont mes ultimes bastions sur l'île, il ne manquerait plus que je les fasse fuir.

Je m'installe, me sers, mais il y a quelque chose qui cloche, l'ambiance est lourde. Nous ne sommes pas là pour nous remonter mutuellement le moral, si tant est que ce soit possible, claquemurées ainsi à trois sur une île dans un hôtel désert que le vent fait trembler.

Elena a l'air triste ; elle est toute pâle sous son chignon brun. Danielle, de son côté, semble avoir les nerfs en pelote.

— Les filles, je crois qu'Owen nous a quittées pour de bon, dis-je.

Elena acquiesce en silence et porte son verre à ses lèvres.

— Oui, confirme Dani. Il m'a appelée. Il m'a raconté.

Je me raidis. Lui a-t-il raconté son intrusion chez mon père, le livre, les photos, la fuite ? Non, d'après l'expression de Danielle, ce n'est pas le cas. Elle ne trahit que de la frustration, ainsi que l'effet cumulé de plusieurs verres de vin rouge.

— C'est dingue, cette histoire de feu, enchaîne-t-elle d'une voix que l'alcool rend traînante. Dingue ! Il s'est passé quoi ?

— C'était un incendie d'origine électrique. Un câble…

— Ouais, c'est ce que m'a dit Owen.

Elle vide son verre cul sec.

— Ça devait arriver. Putain, l'aile Est, quoi ! Pourquoi est-ce qu'elle n'a jamais été mise aux normes ? C'est une ruine ! Hannah, tu pourrais t'installer ailleurs, maintenant, tu n'es plus obligée de rester dans cette aile pleine de…

S'apprête-t-elle à dire quelque chose d'effrayant ? Je suis au-delà de l'effroi. Je discute avec ma sœur morte. Je recueille ses confidences. Je sais mieux que quiconque que l'aile Est est pleine de fantômes.

— Pleine de courants d'air, dit-elle. Ça ne peut pas être bon pour toi.

Je vois ce qu'elle veut dire, mais je résiste à sa logique. Je me suis habituée à ma chambre au rez-de-chaussée. Greedy l'adore. Et puis c'est la seule qui ouvre directement sur l'extérieur. Cela me procure une impression (illusoire, limitée) de liberté.

— C'est gentil, mais je suis bien là où je suis.

— Attends. Je n'ai pas fini.

435

— Ah ?

— J'ai parlé avec Alistair. Ils vont couper le courant, notamment pour éviter d'autres accidents, et pour réduire les dépenses aussi, bien sûr.

Une nouvelle peur germe, palpite et croît en moi à toute allure.

— Quand ? Et où ?

— Dans ton aile, bien sûr ! Et dans les bureaux, au Spinnaker, dans les cuisines… Alistair dit qu'on n'aura qu'à se débrouiller avec la kitchenette. Pour le reste, je ne sais pas.

— Et c'est prévu pour quand ?

— Très prochainement. Ils n'ont qu'à appuyer sur un bouton à Londres, et *clac* ! On est dans le noir.

Elle a un petit sourire sinistre, mais pas méchant.

— Hannah, il va vraiment falloir que tu nous rejoignes dans l'aile Ouest. Sauf si tu es prête à vivre sans électricité et à te doucher à l'eau glacée, entourée de stalactites.

Je m'appuie contre mon dossier. Elle a sûrement raison. Mais j'ai besoin de cet accès à la plage. Je ne veux pas me sentir encore plus enfermée.

— Moi aussi, je pars, annonce Elena.

Danielle paraît aussi estomaquée que moi.

— Pourquoi ? s'exclame-t-elle.

— J'ai un problème familial, répond doucement Elena. Désolée, je dois partir.

Elle s'assombrit, esquive notre regard. C'est un signe qui ne trompe pas : elle ment. Elle fuit ce lieu de cauchemar, voilà tout. Dani semble consternée. Combien de temps avant qu'elle ne me claque à son tour entre les doigts ? Elle n'a aucune envie de se retrouver en tête à tête avec la foldingue de service. En tout cas, si je veux l'interroger, j'ai intérêt à me dépêcher. Avant qu'elle ne m'abandonne à mon sort.

— Dani, tu crois que c'est possible que ce soit Logan l'auteur des e-mails anonymes ? Tu sais, ceux envoyés à tous nos clients, en novembre ?

Elle pince les lèvres, réfléchit.

— Ouais.

— Vraiment ?

— Oui. À vrai dire, j'y avais déjà pensé. Il désespérait tellement de partir, mais les patrons faisaient des pieds et des mains pour le retenir. Possible que Logan ait décidé de torpiller l'hôtel pour pouvoir se casser. N'empêche, ils devaient avoir de sacrés dossiers sur lui ! Sinon, il n'aurait pas attendu aussi longtemps pour démissionner.

— Des dossiers ? Quel genre de dossiers ?

Dani secoue la tête.

— Aucune idée, ma belle. Tout est tellement bizarre dans cet hôtel.

— Je vais me renseigner. Je vais poser la question à Logan. Enfin, je la lui ai déjà posée, par texto, et il ne m'a pas répondu, mais je vais insister.

Danielle ricane.

— Te fais pas d'illusions : il ne te répondra pas. Il ne répond jamais. Personne ne répond jamais.

Elle soupire.

— Putain, j'ai besoin d'une clope.

Elle se lève et tire son paquet de la poche de sa veste.

— Bon, je sors. Faudrait pas que l'hôtel finisse en cendres à cause de moi, hein ?

Elle s'éloigne pour aller fumer sous les étoiles. Et je me retrouve seule avec Elena.

Elle me regarde.

— Hannah, je suis désolée de vous laisser, Danielle et toi.

— T'inquiète. Tu as un souci familial, je comprends.

Elle s'empourpre. Puis tend la main par-dessus la table pour étreindre les miennes. Elle cherche mon regard.

— Bonne chance.

68

Sur le parvis de la réception, je regarde la pluie glaciale qui tombe presque à l'horizontale et le bateau
rouge de Freddy qui s'y enfonce, emportant à son bord
Elena.

Il pleut si fort que le ciel a fusionné avec le fleuve :
tout s'est fondu en un seul et même bloc d'eau. Le mur
de ma prison matérialisé à l'état liquide. On ne voit plus
Goldhanger par-delà la Blackwater. Même les oiseaux
ont disparu.

La population de Dawzy vient de tomber à deux habi-
tants. L'île compte largement plus de putois que d'humains. Et il paraît que la météo va encore se dégrader.

Je ferme la porte et me retire d'un pas traînant.
Je promène mon humeur noire dans les méandres du
Stanhope. Dans quelle proportion l'hôtel sera-t-il plongé
dans l'obscurité ? Je déménagerai, mais pas avant d'y
être contrainte et forcée. Dans l'immédiat, je vais dresser l'inventaire de ce qu'il me reste. Ici, par exemple,
dans cette bibliothèque où l'on entendrait une mouche
voler, où tout est couvert d'une couche de poussière déjà
abondante, la salle n'ayant pas été nettoyée depuis un

moment. Voyons… Il y a un plateau de Backgammon sur une table. Fermé : plus personne pour y jouer. Une tasse à café traîne sur une autre table dans un coin de la salle.

Que faire quand on n'a plus qu'à attendre que l'instant présent succède au précédent ? Écouter, peut-être. Prêter l'oreille au mélodieux silence du Stanhope, de ses cuisines, de ses chambres, de ses bars et de sa brasserie, de ses couloirs, de son sauna, de sa piscine, de ses bureaux. Ce silence, je l'entends.

Tschüss, bye, merci. Hara-kiri, ciao !

Sa voix va et vient dans ma tête. Impossible à contrôler. Je m'écroule sur un fauteuil, celui que j'occupais, jadis, lors de mes séances avec mon psy. Avant le grand silence.

Je sors mon portable et fixe son nom dans mon carnet d'adresses. Robert Kempe. Qu'est-il devenu ? Il avait promis de m'aider, mais il ne l'a pas fait. Il m'a lâchée, comme Logan, Lo et Ben. Quand je l'appelle, je tombe sur sa messagerie. Mes textos s'évanouissent dans le néant. Peut-être que son frère est à l'article de la mort. Ou peut-être qu'il a rejoint les rangs de ceux qui me battent froid. Plus personne ne veut me parler.

Qui me reste-t-il ?

Pour seule réponse, la pluie pianote sur les carreaux. Dans mon dos, une vitre grince. Comme si quelqu'un ouvrait doucement la fenêtre pour s'introduire dans la bibliothèque…

Stop. Je chasse cette idée.

Je me lève, m'avance vers la fenêtre et je mets le loquet. Dehors, ce sale climat côtier ! Fenêtre suivante. Je vais toutes les verrouiller. Je ne sais pas trop à quoi ça m'avancera. Si quelqu'un cherchait à entrer, ce ne sont pas les accès qui manquent. N'empêche, j'ai besoin de croire que je peux repousser les intrus.

Lentement, méthodiquement, mais avec un sentiment d'urgence croissant, je fais le tour de la bibliothèque et verrouille une à une toutes les fenêtres. Pour empêcher Kat de s'envoler. Hardi, hardi, à hue, à dia.

De retour dans le fauteuil où j'ai pris le thé avec Robert, je passe en revue mes contacts. Il faut que je téléphone à quelqu'un. Hélas ! Je n'ai personne à appeler. La panique fait grésiller mon cerveau comme les câbles de l'aile Est, qui bientôt ne grésilleront plus du tout. Faute de jus. Mais moi, j'en ai encore. Je dois bien avoir quelqu'un à appeler !

Mon fiancé, je l'ai banni. J'ai juré de ne plus jamais lui adresser la parole, et je m'y tiendrai.

Papa ? Il refusait déjà de me répondre avant le coup de l'effraction, alors je doute qu'il décroche. Il n'a jamais réagi au texto d'excuses que je lui ai envoyé. Je crois qu'il ne l'a même pas lu, et je ne peux pas lui en vouloir.

La liste de mes non-amis s'étire à l'infini. Owen boude. Lo m'oppose un silence glacial, tout comme les patrons : Oliver, Alistair bien sûr.

Mes copines londoniennes me croient bonne pour l'asile. Elles murmurent que j'ai des visions, que je parle aux esprits, et c'est vrai. Comment leur en vouloir de me lâcher ? Les rares qui consentent encore à me parler, c'est pour me sortir des clichés sans conviction : « Il faut que tu prennes soin de toi. » « Tu n'y peux rien. » « On se reverra. » « C'est la vie, c'est comme ça. » « Demain est un autre jour. » Parfois, ça me donne envie de balancer mon portable contre le mur. Non, ce n'est pas *la vie* ! Et ça ne devrait pas être *comme ça* !

Au secours…

Ma famille minuscule ne compte plus que papa et moi. Ses parents sont morts, maman était brouillée avec les siens, je n'ai aucun contact avec eux. J'ai bien le numéro de ma tante Lottie, la sœur de papa, mais elle habite en Australie, je ne vois pas ce qu'elle pourrait faire pour moi. Il est 5 heures du matin à Sydney, sa nièce qu'elle connaît à peine est coincée au milieu d'un estuaire de l'Essex. Comment serait-elle censée m'aider ?

Je suis en train de devenir une île. Je suis désormais ma propre île. Une île dont on ne revient pas.

Je me lève. Greedy doit avoir envie de sortir. Pas le choix : pour lui, je parcours le couloir, je longe les chambres vides, la chambre 10 à l'électricité tellement vétuste qu'elle a failli faire partir toute l'aile Est en fumée. D'ailleurs, quand ils ont changé les luminaires, ils auraient pu en profiter. Curieux sens des priorités.

Et ça, c'est quoi ?

Quelqu'un a glissé une enveloppe sous ma porte. Danielle, forcément, il n'y a personne d'autre.

Je la ramasse. Elle contient un mot griffonné à la hâte, d'une écriture brouillonne.

> *Désolée. Je ne peux plus voir cet hôtel en peinture. Je suis partie avec Elena, j'espère que tu me pardonneras.*
>
> *Je suis sûre que tu as raison, pour Logan. Si tu veux des réponses, interroge-le. Il sait un tas de trucs.*
>
> *Fais attention à toi.*
>
> *Dani*

Mon cœur tambourine. Je m'y attendais, mais la réalité n'en est pas moins amère.

C'était inéluctable. Cela se profilait depuis des semaines, et nous y voilà. Je suis entièrement seule sur une île que je ne peux pas quitter.

69

Seule. Absolument seule. Ça y est.

J'ai un drôle de goût dans la bouche, un goût que je connais bien. Cette saveur alcaline, métallique, c'est celle qui me prend à la gorge quand je m'aventure un peu trop loin de la berge lors de mes tentatives de pataugeage. C'est le goût de l'Exposition. Des bottes en caoutchouc dans vingt centimètres de fond. C'est le goût de la panique.

Seule ? Non.

Greedy. Je pousse le battant de ma porte-fenêtre ; il jappe.

— En route, mauvaise troupe !

Je m'efforce de garder mon sang-froid.

Mon chien s'élance au trot sur les galets. La pluie s'est calmée mais un vent cinglant venu de la mer du Nord se déchaîne. Peut-être s'agit-il des prémices de la tempête annoncée. Peut-être ces bourrasques en sont-elles les éclaireuses.

L'hiver, une météo particulièrement mauvaise, une décote. L'espoir que survienne une de ces marées exceptionnellement basses est pathétique mais il s'accroche.

J'essaie de ne pas trop y penser pour m'épargner la déception. Mais l'équation m'obsède. Tempêtes + vent du nord + hiver = … la Strood ?

Ce serait trop beau. Pile quand je me retrouve abandonnée sur mon île, telle une reine solitaire de ce petit éden triste et glacé, les eaux s'ouvriraient comme dans la Bible pour me permettre de m'évader ? Il ne faut pas rêver.

Greedy galope sur la plage à la poursuite d'un goéland. Qui décolle avec une aisance teintée de mépris. Il est énorme. Son bec, surtout. Il pourrait arracher d'un coup l'œil de mon chien, s'il le voulait.

— Greedy, reviens par ici.

Il incline la tête, déçu, mais s'exécute. Nous poursuivons notre promenade dans le vent cruel.

Je tape un texto.

Logan, ça y est, je suis seule sur l'île.
J'ai besoin de savoir la vérité.
Pourquoi tu es parti aussi précipitamment ?

Un symbole m'informe que mon message a été reçu. Un autre m'apprend qu'il a été lu. Pourtant, Logan ne me répond pas.

Stp, Logan, je suis coupée de tout !
Aide-moi. Qu'est-ce que tu sais ?
Comment ont-ils fait pression sur toi
pour que tu restes aussi longtemps ?

Pas d'accusé de réception, cette fois.
Logan a disparu. Tout le monde disparaît.

Greedy et moi poursuivons notre poussive progression. Je sens le regard de l'hôtel posé sur moi, bien que je le sache désert. Je suis l'unique résidente de l'île, autrement dit je suis seule au monde. Je me demande si dans l'autre monde, celui du dehors, quelqu'un se rappelle encore mon existence. Est-ce qu'il y a seulement quelqu'un pour penser à moi ? Je suis en train de m'estomper comme un souvenir à demi oublié, dérivant loin de la normalité, de la réalité, de la vie. Je ne quitterai jamais cette île.

Si ! J'y arriverai.

Il faut que je me batte. Que je les combatte !

Je ramène Greedy jusqu'à ma chambre. Il se pelotonne dans son panier et, moi, je me glisse dans le couloir. Les portes de l'aile sont autant de bouches closes, obstinément muettes, à l'exception de celle qui bée, carbonisée, noircie. La chambre 10. Celle où Kat aurait dû passer sa dernière nuit sur Dawzy.

Les spots éclairent le couloir d'une lumière assez vive, mais pour combien de temps ? Bientôt, on me coupera l'électricité. Je dois agir vite.

À petites foulées, je gagne la réception. Portraits de marins, d'ostréiculteurs sur la Stour, souvenirs de clients, tous ces êtres réels et fantasmés se mêlent dans le néant oppressant. Le silence. La solitude. L'après-midi d'hiver sature le hall d'entrée de lumière déclinante ; elle non plus ne durera pas longtemps.

Je gravis l'escalier central et, sitôt parvenue au premier étage, je cours jusqu'à l'open space. Je les emmerde, je veux tout savoir ! Je tire sur la poignée qui, bien sûr, résiste : la porte a été fermée à clé. Par qui ? Lo ? Elena ? Dani ?

Peu importe. Je recule d'un pas et flanque mon pied dans le battant. Rageusement. Deux fois de suite. Trois. La porte ne s'ébranle même pas. Cet hôtel, c'est du solide. Même armée d'une masse, je ne suis pas sûre que j'arriverais à mes fins.

— Connards ! je rugis face aux murs, à la porte, à tout l'étage. Bande de connards, putain !

Le silence qui suit mon explosion me pèse encore davantage. Seule sur une foutue île, et elle ne trouve rien de mieux à faire que jurer. Super.

Le soir tombe et l'électricité va bientôt être coupée.

Je sens revenir la panique. Ce goût effrayant sur ma langue. La perspective de me retrouver seule sans électricité dans ce grand bâtiment isolé est absolument terrifiante.

La carte ne m'a pas encore livré tous ses secrets. Il faut que je trouve plus d'indices.

Je dévale l'escalier au pas de charge et m'enfonce dans le Spinnaker désert. Là, ombre parmi les ombres, j'étudie les silhouettes des meubles sous leurs housses. La nuit est à nos portes, intense, profonde. Je m'avance jusqu'à la rangée d'interrupteurs et, un nœud à l'estomac, j'actionne le premier. Miracle, ça marche ! Le bar est soudain inondé de lumière.

Mais celle-ci ne peut pas dissiper les ombres qui rôdent dehors. Les bois sont denses, si denses… Bientôt, leurs ténèbres assiégeront l'hôtel.

Je me remets à courir. Je ne sais même pas pourquoi. La réception. Je jette un coup d'œil à la salle de sport. Des miroirs m'accueillent, des machines, toutes au repos. Il n'y a que moi. Rien à voir. Circulez ! Je cours jusqu'au sauna, passe une tête à l'intérieur ; la vieille odeur de cèdre ne m'apporte aucun réconfort. J'entends du bruit dans le couloir. Celui de l'aile Est. Je fais volte-face. Rien. Il n'y a rien. Pas le moindre indice.

Le Mainsail est désert. La réception aussi. L'obscurité s'appesantit sur le Stanhope et j'allume autant de lampes et de spots que possible, tant que je le peux encore. J'éclaire tous les couloirs. Je pénètre en coup de vent dans toutes les pièces ouvertes. J'allume, je ressors. Je m'avance dans la bibliothèque où des amiraux pervers fixent depuis leurs cadres la jeune femme insensée qui…

Un craquement.

Cette fois-ci, je n'ai pas rêvé : quelqu'un essaie d'entrer, de se réfugier dans la lumière, à l'abri de l'obscurité.

Non. Ce n'est que le vent.

Une fenêtre ouverte.

Et voici que ma panique se mue en épouvante.

Il y a quelques heures à peine, j'ai soigneusement verrouillé toutes les fenêtres de la bibliothèque. Or je n'ai pas la berlue : l'un des lourds rideaux de velours bordeaux se gonfle à présent comme la voile d'un cha-lutier bombée par le vent de Mersea.

Une fenêtre a été ouverte.

70

Mon portable, l'ultime ligne de vie qui me relie à mes semblables, est resté en charge dans ma chambre. Je bois un thé au comptoir du Spinnaker. Greedy somnole, groggy, à mes pieds. Je suis en train de ficeler une explication rationnelle au mystère de la fenêtre ouverte.

J'ai dû en sauter une dans ma panique. Un simple oubli. Voilà, c'est ça. Forcément ! Il n'y a pas d'autre explication possible. Pas d'autre explication que je sois disposée à accepter, en tout cas.

Du bruit. Sur la terrasse. Le vent fouette l'amas de feuilles qui jonche la bâche de la piscine. J'observe. La nuit brumeuse tamise les lumières extérieures. Je ne peux pas me permettre de perdre le peu de clarté qu'il me reste. Elle est bien trop précieuse.

Je sirote mon thé tiède, absorbée par les peurs qui me consument, tout en étudiant la carte posée devant moi.

J'ai fouillé l'hôtel en quête d'indices et je me suis heurtée à des portes obstinément closes et à des fenêtres inexplicablement ouvertes. C'est tout ce que j'ai trouvé. Je ne dispose donc que de la carte de Kat pour dénouer les fils de cette intrigue.

Pour la millième fois, je l'inspecte.

Kat et moi, sur l'île – Diabolo et Scooby Doo, admirant la lune, à moins que ce ne soit le soleil. Le sentier en zigzag nous relie à l'Heure des Noyés. Je ne comprends toujours pas à quoi renvoie cette écrevisse et j'ignore comment interpréter les deux tours. Peut-être sont-elles insignifiantes. Ou ce seraient deux ailes de l'hôtel ?

Greedy s'agite. Il renifle, tend le museau et promène autour de lui ce regard qu'il réserve d'habitude aux oiseaux : un regard à la fois fébrile et intrigué. Un regard qui trahit de la perplexité.

Dans mon dos une porte grince. S'ouvre.

Le sang reflue de mes membres inférieurs. Greedy est sur le qui-vive et gronde tout bas, mais sans discontinuer. La peur distille son poison dans mon cerveau et me paralyse jusqu'au bout des doigts. Bien qu'épouvantée, je pivote – je n'ai pas le choix.

C'est Kat.

Je déglutis. J'ai la gorge sèche. Je déglutis de plus belle.

D'où sort-elle ?

Elle fait d'abord mine de ne pas me voir. Elle porte son manteau d'hiver préféré, un modèle en velours rouge d'une longueur extravagante qu'elle a déniché dans une friperie. Kat a toujours eu le chic pour trouver des trésors dans les friperies, les associer et composer des tenues à tomber. C'est une des nombreuses choses que je lui envie.

Kat continue de faire comme si je n'étais pas là. Elle se dirige tranquillement vers une table et s'y installe. En bandoulière, elle porte ce cabas brodé qu'elle a rapporté du Maroc – ou d'Inde, je ne sais plus. Elle le pose sur la table, cherche quelque chose à l'intérieur. Quoi ? Son gros casque audio surdimensionné ? Un livre ?

Un livre. Un roman à la couverture psychédélique.

Je la fixe comme hypnotisée. Où voguent ses pensées ? Peut-être a-t-elle quelque chose de nouveau à m'apprendre. Il faut que je lui parle. Je rassemble mon courage et je me lance.

— Kat ?

Elle m'ignore royalement. A-t-elle conscience de ma présence ? Suis-je seulement là ? Si ça se trouve, c'est moi le fantôme, et elle, elle est réelle. Comment le savoir ?

— Kat, s'il te plaît…

Elle tourne son beau visage, le front légèrement plissé, vaguement troublée. Elle inspecte un point derrière moi. Puis elle hausse les épaules et se replonge dans son livre.

Elle me fait barrage. Il est pratiquement impossible de déranger Kat quand elle est plongée dans un livre. Nous sommes de grandes lectrices, toutes les deux, bien que nos goûts diffèrent. Enfants, on s'échangeait les bouquins, et on n'a jamais arrêté. Même quand ma sœur était en vadrouille au Rajasthan ou à Marrakech, il lui arrivait de m'appeler pour me recommander chaudement son dernier livre préféré. « Ma Scooby chérie, t'as lu tel truc ? C'est troooop bien ! »

Doucement, elle tourne les pages, captivée. Soudain, elle se contorsionne sur sa chaise, jette un regard pardessus son épaule, interloquée, comme si elle avait entendu une voix. Et c'est possible, après tout. Peut-être y a-t-il ici une autre présence que je ne vois pas.

Enfin, elle pose les yeux sur moi. Assise sur mon tabouret de bar, au comptoir désert, où Eddie préparait autrefois des Dirty Martini d'anthologie. Kat fronce les sourcils, à croire qu'elle ne s'attendait pas à me trouver là, que je viens d'apparaître par magie.

Elle ouvre la bouche et fait mine de parler mais aucun son ne franchit ses lèvres. Elle les écarte, les referme. Frappée de mutisme. Elle s'assombrit, consternée. Effrayée.

Je revois le visage dans l'eau. Son visage. C'était la même mimique. On aurait dit qu'elle hurlait en silence. Bouche ouverte puis fermée. Ouverte, fermée. Et pas le moindre son. Et puis…

— Quel silence, Hannah ! Où est-ce qu'ils sont tous passés ?

Sa prise de parole m'effare autant que son cri muet. Elle sourit, à présent. Elle a retrouvé sa voix. Son sourire est rêveur, distrait.

J'ignore comment je réussis à lui répondre.

— Ils sont partis. Il n'y a plus que moi.

— Sérieux ? Tous ? Il n'y a plus que toi ?

— Oui.

— Waouh. L'angoisse. Ça va, tu flippes pas trop ?

Je ne sais pas comment lui parler. Y a-t-il un protocole à suivre pour s'adresser aux morts dont on n'est pas sûrs qu'ils le soient ?

— Si, un peu. Si. Le pire, c'est le silence. Et, euh, j'appréhende la nuit.

— Tu m'étonnes. *Brrr.*

Elle repose son livre, inspecte le bar, les yeux ronds, comme si elle peinait à reconnaître son environnement.

Je prends les devants.

— Tu étais où, Kat ? C'était toi dans la bibliothèque ?

— Oh, j'ai traîné par-ci, par-là… Et toi ?

— Moi ?

— T'étais où, Scooby Doo ?

— Nulle part. Enfin, j'ai déambulé.

Greedy grogne. À l'intention de Kat. Je me baisse et lui caresse la tête pour l'apaiser. Il ne faut pas qu'il l'effarouche. Peut-être qu'elle a quelque chose à me révéler.

— Tu étudies bien la carte, hein, Hannah ?

— Oui. J'essaie de la déchiffrer.

— Super. Tu veux un coup de main ?

Elle repousse sa chaise et esquisse le geste de venir s'asseoir à côté de moi, se pencher avec moi au-dessus de la carte. Une lame d'horreur s'abat sur moi. Kat risque de me toucher. À cet instant, cette éventualité m'est odieuse.

— Non, merci ! Non. Pas la peine.

— Tu es sûre ?

— Je vais y arriver toute seule. Il le faut, non ?

Ses yeux bleus me transpercent. Ces yeux qui ressemblent aux miens, mais en mieux, en plus vibrants, en plus tristes. Quelque chose en eux semble brisé. La fille qui s'est suicidée.

— Si, t'as raison.

J'ai la bouche tellement sèche. J'ai du mal à parler.

— Bon, ben… je m'y remets, dis-je. J'ai du boulot. Je dois me concentrer sur la carte. Sauf si tu as quelque chose à ajouter ?

Ma sœur me décoche un regard sceptique, suivi de son large sourire narquois, celui qui a fait chavirer tant d'hommes et brisé tant de cœurs. Dont le mien.

— Du boulot ? Ben voyons ! Quoi, par exemple ? On est que toutes les deux, Hannah ! Il n'y a personne d'autre ici. Peut-être même qu'il n'y a personne du tout, même pas toi.

— C'est-à-dire ?

Elle se rassied et entortille machinalement une boucle autour de son index.

— Oh, je n'en sais rien. Tout n'est peut-être qu'illusion. Tu ne te poses jamais la question ?

— Pardon ?

— Je veux dire… c'est dans la tête qu'on existe. C'est tout ! On se lève le matin, on respire, on perçoit des trucs. On ne fait rien d'autre. Que voir des trucs.

Je me crispe. La peur est de retour.

— D'accord.

Kat me regarde, s'assombrit, se détourne. Je reconnais le visage affligé, celui que j'ai vu à la fenêtre.

— Je te demande pardon pour Ben.

L'émotion tord ses traits. C'est toujours pareil avec elle, elle change d'émotion en une fraction de seconde, passant du rire aux larmes et inversement.

Elle pleure, à présent, et je n'en suis pas loin moi-même. Les larmes brûlent mes paupières. La vivante et la morte.

— Pardon, Hannah. Je regrette tellement ! Je ne sais pas pourquoi j'ai fait ça. Tu es ma meilleure amie. Pourquoi j'ai fait une chose pareille ? Pourquoi ? Pardonne-moi, je t'en prie…

— Bien sûr que je te pardonne. Tu es ma sœur.

— Ah… Fichues larmes. Fichue moi. Je suis débile, putain !

Les larmes se tarissent aussi vite qu'elles ont jailli. Elle pivote, lorgne la porte.

— Quelqu'un vient !

— Mais non. Je suis toute seule.

Elle se retourne face à moi, m'examine. Se calme.

— Il faut vraiment que tu déchiffres la carte.

— Je sais.

— Parce que moi, je vais me planquer dans les bois.

— Tu n'es pas obligée, Kat. Tu peux rester.

Je n'ai pas envie qu'elle s'en aille. Que son fantôme s'en aille. D'ailleurs, elle n'est plus un fantôme. Elle est là, en vie. Elle n'est jamais morte. Maintenant, j'ai envie de la toucher. J'ai envie qu'elle soit telle qu'elle a toujours été : taquine, tactile, câline. Je veux qu'on se retrouve comme quand on avait 7 et 8 ans, je veux qu'elle m'asticote en riant, qu'elle me pique mon ours en peluche : « J'ai kidnappé Caramel, viens le chercher ! »

Le Spinnaker retient son souffle.

— Kat ?

Ma sœur se rebiffe, fait non de la tête. Puis elle se lève, fourre son livre dans son cabas et se dirige vers la porte qui donne sur la terrasse. Dehors il fait nuit, le vent souffle, la tempête couve toujours.

Kat pousse le battant de verre et d'acier et l'odeur du soir s'engouffre dans le bar. Je la regarde s'éloigner, tourner au coin de la piscine, son manteau rouge virant au gris, et la voilà qui pénètre dans la gueule vorace des bois frissonnants de Dawzy. Je me demande si elle se rend à la clairière, comme maman.

Je reste là quelques minutes à fixer le néant. Greedy suit mon regard. Il se demande, comme moi, quand elle reviendra.

Soudain, je m'aperçois que les potelets qui bordent la piscine sous sa bâche ont cessé de diffuser leur pâle lueur d'argent. Je m'avance vers le mur, j'actionne l'interrupteur dans l'espoir de les rallumer.

Sans succès. Les ampoules ont grillé ou, plus vraisemblablement, le courant a été coupé.

Nous y voilà. Plus d'électricité. Danielle m'a assuré qu'ils ne la couperaient pas dans le Spinnaker, mais que le reste de l'hôtel serait plongé dans le noir. Ça commence.

Je scrute le bar. Si une sorte de dénouement approche, il faudrait au moins que je sois en mesure de me défendre. Je sais qu'il y a des couteaux derrière le comptoir, ceux dont Eddie se servait pour couper ses citrons jaunes et ses citrons verts. De gros couteaux pliants à lame tranchante.

Je traverse la pièce, j'en choisis un et le glisse dans ma poche arrière. Greedy me talonne. Quelle proportion de l'hôtel a déjà basculé dans les ténèbres ?

J'ouvre la porte qui mène à la réception, et j'obtiens instantanément ma réponse. Je n'y vois pas à deux mètres. Cela me fait l'effet d'une gifle. Une pâle lueur filtre à travers la grande porte vitrée : celle des étoiles qui grêlent les vastes ciels de l'Essex. C'est tout. Je discerne à peine les contours fantomatiques du grand comptoir de la réception.

Et dans l'hôtel enténébré, il règne tout à coup un froid inhabituel. Un froid de plus en plus mordant. Le chauffage a donc été coupé également. Comme par hasard, c'est le moment que la brise choisit pour redoubler d'intensité sur le parvis. La pluie martèle les vitres. Tempête hivernale, décote…

Je suis seule dans l'hôtel aveugle.

J'entends du bruit. Impossible d'en déterminer la source. Des pas à l'étage ? Je lève la tête, considère les lampes inutiles. Y a-t-il quelqu'un là-haut ?

Greedy couine. Il l'a entendu, lui aussi.

Là !

Le même bruit. Humain ? C'est peut-être un gros oiseau coincé quelque part. Ou une créature au bout du couloir qui me lorgne dans cette obscurité compacte, invisible à l'exception de l'éclat dans ses yeux.

Une fois de plus, je ressens le besoin physique de lutter, de résister, de me défendre. Je ne peux pas rester les bras croisés ! Mais je suis impuissante. J'ai perdu, je suis fichue. L'énigme est indéchiffrable, ma phobie insurmontable. Je reste plantée là, tremblante, paralysée d'angoisse, les yeux rivés sur le plafond et ces maudites lampes qui ne me servent à rien, et il me vient soudain l'envie de hurler à la lune comme un chien.

À la lune. Comme un chien. Deux chiens. Scooby Doo et Diabolo.

Alentour tout est noir, mais en moi, le jour se fait. Et je vois. Je comprends ce que la carte de tarot essaie de me dire depuis le début.

La lune, ce sont les lampes, Hannah. Regarde les lampes.

Deux filles, sur la même île, intriguées par les mêmes lampes.

71

La carte représente deux chiens, le nez en l'air. En d'autres termes, ma sœur et moi.

Nous regardons la source de lumière du Stanhope, symbolisée par la lune-soleil.

Les luminaires de l'aile Est.

Il faut que je regagne ma chambre et que j'en examine les spots. Que je trouve la solution. Puis que je m'en serve.

Un fracas, mais ce n'est que la pluie qui ébranle la baie vitrée du Spinnaker. Je me demande ce que fait Kat, là-dehors. J'espère qu'elle n'a pas froid.

Dans le couloir de l'aile Est, c'est encore pire. Il fait un noir d'encre. J'essaie à tout hasard l'interrupteur, en vain.

Greedy s'élance et s'évanouit dans l'abysse. Je n'ai jamais connu pareille obscurité. Il n'y a pas une seule fenêtre ici, ce couloir est hermétique au monde extérieur. Les ténèbres palpitent comme un bandeau de colin-maillard sur mes yeux écarquillés.

Marcher dans une obscurité pareille me semble trop dangereux. Je risque de percuter quelqu'un. Je sais : il n'y a personne. Mais si un intrus m'attendait embusqué dans les ténèbres, Kat, ou que sais-je ? Quelqu'un qui aurait l'habitude du noir ? Je n'en saurais rien, je ne pourrais pas éviter la collision. Alors je me mets à genoux, je trouve à tâtons la moquette usée qui me rassure un tout petit peu, et j'entreprends de remonter le couloir à quatre pattes. Jusqu'à ce que je perçoive une présence toute proche. Un souffle. Une haleine.

D'homme, voire de bête. Et il ne s'agit pas de Greedy.

Le souffle est tout proche. Brûlant. Haletant.

— Kat ?

Dans le noir, une réponse :

— Non.

Je n'arrive pas à déterminer d'où la voix s'élève. Dans mon dos, tout contre moi, ou au plafond… Mais je dois faire abstraction de Kat. Sa voix est déformée. Peut-être que ce n'est pas elle. Peut-être que c'est l'un des autres noyés. Ils ont pu revenir, eux aussi. Le jeune homme. Toby. Ou la fille, celle que les porte-conteneurs ont réduite en charpie, peut-être qu'elle se dresse là, le crâne fendu, la tête hachée. Elle tend ses bras vers moi dans le noir, pour que je l'arrache à la Blackwater, à l'Heure des Noyés qui l'aspire.

Non. Les fantômes n'existent pas.

Sauf Kat. Qui veut m'aider. Qui s'en veut de s'être tapé mon mec.

Magne-toi, Hannah !

Je me relève et je pique un sprint. Je cours comme une dératée, je m'en fous, il faut que j'atteigne ma chambre. Vite.

J'y suis. Mon badge. Est-ce qu'il marche encore, sans courant ?

Un déclic. Ce n'est qu'une bande magnétique. Pas besoin d'électricité. La porte s'ouvre sur un sombre triptyque : la Blackwater, ses galets, ses oiseaux sous la capote étoilée, encadrés par mes fenêtres gothiques.

Mon lit, le sac, où est-il ? Je l'aurais perdu ?

Non. Le voilà. Ma lampe frontale.

Je l'enfile et l'allume. Pas terrible. Les piles sont vieilles, mais cela suffit à me découvrir le reste de ma chambre. Soudain, une forme mouvante – c'est Greedy qui s'avance en trottinant gaiement. La tête de côté, il me décoche un regard, mon cher toutou. Dieu merci, j'ai toujours Greedy. Mon seul ami.

Je me laisse tomber à genoux et l'enlace.

— Hé, mon chien, on va quitter cette île, je te le promets. Je te le promets. C'est bon. J'ai trouvé la solution. Tu vas bientôt pouvoir gambader dans un pré, promis.

Il me lèche, intrigué. Peut-être qu'il m'encourage : « Alors qu'est-ce que tu attends ? »

Il a raison.

Je me dirige vers le lit et me fabrique une sorte d'échafaudage en coussins et oreillers. Le rayon de ma lampe frontale projette sur les murs des ombres grotesques.

Mon perchoir est instable et le plafond est trop haut. Maudit bâtiment victorien. Je promène désespérément ma lampe dans la pièce. Les valises ! Je bondis du matelas, les hisse sur le lit. J'érige une tour plus stable, plus haute.

Sera-t-elle suffisante ?

Je tends le bras. Trop court. Le petit spot encastré me nargue – il est si proche, à présent, ce cercle de modernité dans cette chambre vieillotte. Mais je parviens tout juste à effleurer le boîtier chromé. Comment procéder ?

J'ai trouvé. Le couteau d'Eddie.

Je le sors de ma poche, *clic*, la lame jaillit, et je m'y mets. Ma lampe faiblit. Je ne baisse pas les bras. Si je m'y prends correctement, je dois pouvoir récupérer l'ampoule, il y a forcément un système pour les remplacer quand elles grillent. Parce que, les ampoules, ça finit toujours par griller, même sur les spots dernier cri.

Le fait est qu'il s'agit d'un modèle résolument moderne. Pourquoi soigner à ce point l'éclairage d'une partie de l'hôtel qu'on n'utilise jamais ? Tout en négligeant sciemment des trucs autrement plus urgents, comme l'installation électrique, sans parler de la peinture ou du mobilier. Peut-être que l'aile Est a été conservée dans son jus exprès. Peut-être s'agissait-il d'en détourner l'attention, de la faire oublier. Afin de pouvoir la consacrer à… je ne sais quel usage clandestin.

Le spot résiste. Je plante ma lame directement dans le plafond et je pousse contre le boîtier pour faire levier. Vite, vite ! Ça y est, ça a bougé. Ça vient ! Je remue mon couteau, j'entaille le plafond, et…

Pop !

Le boîtier de métal a jailli ; il pend au bout de ses fils à hauteur de mes yeux. C'est un objet étrange, un fruit électrique exotique. Je coupe les fils et m'en empare, saute à bas de ma tour de valises et de coussins et m'assieds sur le lit. Là, je manipule cette curiosité. Je l'examine. Car c'est elle, la lune de la carte de Kat. Je touche au but.

Ce n'est pas un simple spot. C'est un objet high tech trois-en-un. À côté de l'ampoule sont logés un petit micro ainsi qu'une caméra miniature. Ils luisent à la lueur vacillante de ma frontale. C'est du matériel de précision – haut de gamme. Sa fonction : filmer des gens.

Filmer des gens à leur insu.

72

Mes mains tremblent. La caméra miniature frémit dans le faisceau de ma lampe tel un bijou, mais plus précieux encore.

Ainsi, ils filmaient des gens. Dans leur intimité. Pourquoi ? Dossiers compromettants, pouvoir, chantage… Cela s'inscrirait dans la lignée de l'histoire de Dawzy. Cette île a toujours été un repaire de pirates et de ravisseurs, de sorcières et de contrebandiers. Une planque pour amiraux violeurs. Puis, dans les Années folles, l'hôtel est devenu le théâtre de fêtes fastueuses, scandaleuses, et l'île un temple du libertinage. Dawzy… Dawzy n'a pas changé. On pourrait très bien y acheminer des filles en toute discrétion à bord de bateaux silencieux, les jeter en pâture à des pervers. C'est l'endroit idéal pour ce genre de trafic.

L'hôtel : la couverture parfaite.

Dans ce scénario, les coupables auraient besoin d'alliés puissants. Des avocats, comme Matthew Kreeft, pour les tirer d'affaire en cas d'embrouille. Ou de noyade, par exemple. Et mettons que, sans le vouloir, une femme de chambre un peu paumée découvre le pot aux roses : il faudrait la dégager en vitesse.

Je tremble, les mains pleines de bidules électroniques, face à la vérité. Tout s'imbrique et s'emboîte, j'ai trouvé la solution de l'énigme, et c'est le jackpot : les explications tombent en cascade. *Cling cling cling*. Tout se tient. Les patrons du Stanhope devaient appâter les puissants, les soudoyer ou leur offrir des filles, à moins qu'ils n'aient envoyé des gamines leur faire des avances au bar. Il ne leur restait plus qu'à filmer à leur insu leurs ébats illicites, pervers ou que sais-je. Quand on détient ce genre de dossiers sur des gens importants, on est le roi du pétrole. On peut se permettre de verser à ses employés des salaires mirobolants. Bon sang, Leon et ses montres de luxe ! Tout s'explique.

Et Kat... Kat avait découvert ce qui se tramait. Elle avait tout deviné, ou bien quelqu'un le lui avait dit. Et elle m'a laissé la carte pour me mettre sur la piste.

Peut-être qu'en même temps, cette carte constituait à ses yeux sa lettre d'adieu. C'est bien le genre de chose que ma sœur aurait fait.

Cette idée gagne du terrain comme le gel saisissant la surface d'un fleuve, mais en accéléré ; c'est une glaciation vivante, une créature qui trace son chemin d'une rive à l'autre en figeant tout sur son passage. Formant un pont entre Dawzy et Goldhanger. Une issue.

Je vais m'en remettre. M'en sortir.

Je me lève et fourre le spot dans la poche de ma doudoune. C'est peut-être une pièce à conviction, et c'est pile ce que je recherche. Mais ce n'est pas suffisant. Qu'est-ce que je pourrais bien en faire ? Je me vois mal appeler la police pour leur dire : « J'ai trouvé une mini-caméra cachée. » Quand bien même je ne serais pas la folle qui leur a fait perdre leur temps à cause de ses hallucinations, ils me riraient au nez.

Il me faut plus de preuves. Je dois persuader Logan de m'aider. Peut-être qu'en bluffant…

Je m'avance jusqu'à la fenêtre obscure et je lui envoie un nouveau texto.

Logan. J'ai tout compris. Je sais
ce qu'ils t'ont fait. Je suis au courant
pour les vidéos « intimes ». Je sais tout.

Mon message a été distribué, mais n'est pas affiché comme lu. Peut-être que Logan l'a vu quand même ?

J'attends. Greedy grogne dans son sommeil. Pour une fois, rien ne vole sous les nuages qui s'épanchent au-dessus du fleuve. La nuit est sale et ça ne fait que commencer. La Blackwater est hachurée de vagues écumantes.

LOGAN. Je vais tout balancer aux flics.
Je te demande de m'aider. Besoin
de preuves. Je vais tout leur raconter !

Message distribué, mais pas lu. Peut-être qu'il m'a bloquée. Si c'est le cas, il ne reçoit pas mes textos, ni mes appels. J'ai enfin une vague idée de ce qui se passe, ici, mais je ne suis pas tirée d'affaire pour autant.

Ma découverte ne change rien au danger, ni à l'obscurité, ni à ma situation.

Je suis toujours coincée sur l'île. Bien que j'aie presque élucidé le mystère.

Je dois trouver d'autres preuves. Et reconstituer point par point la dernière nuit de Kat.

73

Kat, le jour du drame

Elliot Kreeft. Le fils de l'amant de maman.

Il avait la même allure que dans la clairière quelques heures plus tôt. Même costume de lin crème, même chemise bleu ciel, mêmes cheveux dorés presque argentés dans la lumière rasante de la soirée. Pas un cheveu de travers. Peut-être qu'il était toujours comme ça : nickel.

Elliot étudia la chambre de Kat. La jaugea du regard. Il observa le lit ostensiblement défait par les ébats de Kat et de Ben, le drap à moitié arraché qui pendait sur la moquette, l'oreiller où Ben avait enfoui le visage de Kat.

Elliot paraissait songeur.

Kat se sentit obligée de rompre le silence.

— Qu'est-ce que tu veux ?

— Oh, trois fois rien. Ceci n'est qu'une visite de courtoisie.

Une fois de plus, il promena son regard dans la chambre puis il alla se poster près de la fenêtre. De là, il fixa le fleuve et le couchant pastel qui s'estompait déjà.

— Charmante soirée, n'est-ce pas ? Les journées sont longues, si longues… Non ?

— Euh, oui.

— Ces crépuscules d'été sur la Blackwater… Petit, je les adorais. Je ne me lassais pas de les admirer. Mais il nous a fallu partir. On aurait pu croire, pourtant, qu'ils dureraient éternellement, que la nuit ne tomberait jamais. Mais la nuit finit toujours par tomber.

Il se tourna face à Kat. Par la fenêtre, le crépuscule mauve se retirait enfin pour céder la place à la nuit. Kat examinait sa bouche, ses yeux. Il se remit à parler.

— Elle tombe sur Royden, sur la Stumble, sur les bois de Dawzy. Autrefois, je guettais les apparitions de la Strood. Je savais qu'elle se cachait ici, sous le fleuve. Ensevelie sous l'eau.

Pour la première fois, Kat se sentit menacée. Pourtant, Elliot Kreeft ne proférait pas la moindre menace. Il ne faisait rien d'effrayant. Ce devait être sa mauvaise conscience qui la travaillait. Elle avait abusé de l'alcool, des substances. Et elle était tenaillée par la culpabilité, à cause de Ben, et terrassée par le chagrin, à cause de maman. La corde qui la reliait à la raison s'effilochait.

Elle leva une main en signe de protestation.

— Écoute, je ne sais pas ce que tu fais ici, ni ce que tu veux de moi…

— Mais rien, Katalina ! À part te voir… en chair et en os.

— Qu'est-ce que ça veut dire ?

La panique affleurait dans sa voix.

— Elliot, je suis désolée, vraiment, pour ton père et, euh, pour ce que ma mère a fait, mais elle est morte, on l'a perdue, ce n'est pas comme si nous avions été épargnés.

— Tu as parlé à ton père depuis tout à l'heure.

Kat ne comprenait rien à cet échange. Elle ne comprenait d'ailleurs plus grand-chose. Les bruits de la fête lui parvenaient, mais distants, étouffés. Le flot continu des notes de musique, le bruit blanc des rires, tout devenait incohérent. Elle secoua la tête.

— Comment tu le sais ?

— Allons, Katalina. Réfléchis.

— Hein ?

— Tu pourras toujours prétendre qu'il t'a violée. Franchement, on y croirait ! En tout cas, au début.

Le malaise de Kat s'amplifiait à toute allure. Elliot était en train de farfouiller dans sa poche. Il en sortit son téléphone, fit quelques manipulations, puis lui présenta l'écran.

Elle se pencha au-dessus, plissa les yeux et tressaillit.

C'était une vidéo. Un plan unique, en haute résolution, le son excellent. Kat regarda défiler les images à travers ses larmes.

— Plus fort.

— T'aimes toujours quand c'est hard !

— Toi aussi.

— Je...

— Plus fort !

Kat frémit et détourna les yeux de l'écran. Hannah ne devait jamais voir ça – quoi qu'il en coûte. C'était ignoble. Kat jeta de nouveau un œil à la vidéo, mais elle ne supportait pas d'en visionner davantage. C'était...

comme ces expériences de mort imminente, quand l'esprit quitte involontairement le corps et qu'on se voit soudain d'en haut, couché sur un lit d'hôpital avec les médecins autour qui s'échinent à vous ranimer. L'angle de prise de vue. Les corps qui s'emmêlaient avaient été filmés d'en haut. On voyait tout. Ben qui la pénétrait, Kat qui pétrissait la masse de ses cheveux sombres. Et ces râles d'abandon…

Ils avaient dû filmer toute la scène. Le moment où elle lui faisait une fellation. Celui où il la léchait. Tout. Les images étaient tellement crues, tellement brutales !

Elliot sourit et fit mine de s'étonner :

— Tu n'as pas envie d'en voir plus ?

Elle secoua la tête.

— Non.

— Ah ? Tiens donc.

Il rempocha son téléphone. Et la gratifia à nouveau de ce sourire retors.

— Joli rendu, pourtant. Nos caméras capturent tout. Les moindres frémissements des filles.

Kat sonda son regard, pensant y détecter de la jubilation, mais non. Rien. Peut-être parviendrait-elle à négocier ?

— Je t'en supplie, ne montre pas ça à ma sœur. Je t'en conjure. Ça lui briserait le cœur. Je regrette, pour le passé. Pour ta famille. S'il te plaît.

Il haussa les épaules.

— Tu peux toujours tenter de lui faire croire que tu n'étais pas consentante. Ou alors trouve autre chose. Fais diversion.

Il eut un geste vague en direction de la fenêtre.

— Ta sœur verra cette vidéo. Sauf, bien sûr, si tu disparais, si tu t'évanouis dans la nuit, fuyant les ennuis comme l'a fait ta mère avant toi. Dans ce cas, et dans ce cas seulement, tu as ma parole : ça restera entre nous.

Kat en resta sans voix. Sous ses yeux effarés, Elliot Kreeft gagna la porte, hésita une seconde et sortit.

Longtemps après qu'il se fut volatilisé, Kat continua à fixer la porte ouverte.

Entre-temps, le ciel s'était complètement assombri. La musique braillait. Assise près de la fenêtre, Kat se frictionna les gencives avec de la cocaïne. Une dose d'amertume pour brouiller ses pensées. Faire comme si ce n'était pas arrivé. La vidéo n'existait pas, voilà tout.

C'était impossible. Kat regarda la lune qui se levait. L'Heure des Noyés approchait, elle le sentait.

Elle cligna les yeux, assommée par l'intensité de sa détresse, se pencha au-dessus de sa table de nuit et relut le petit mot :

Au secours

Était-ce sa mère qui l'avait rédigé ? Aucune importance. Kat déchira le billet en une dizaine de petits morceaux qu'elle sema au vent par la fenêtre ouverte. Elle les regarda se disséminer comme des confettis sur les galets luisants.

Puis elle s'empara de son jeu de tarot et, avec patience et application, elle battit les cartes. Elle ferma les yeux et, de toutes ses forces, elle se concentra sur sa sœur, sur sa mère, sur son père, sur les Kreeft.

Elle retourna la première carte du paquet.

La Lune, présentée à l'endroit.

La lune et les chiens. L'écrevisse et le sentier. Qui slalomait à travers l'île, cap sur les flots furieux.

Kat se laissa glisser par terre et souleva le matelas. Elle inséra la carte à l'endroit précis où elle avait trouvé l'appel à l'aide. Cela lui semblait juste. Parfait, même.

Ensuite elle s'habilla à la hâte et laça ses sandales. Il faisait nuit à présent mais la soirée était engageante. Une brise tiède au goût délicatement fumé s'introduisait par la fenêtre, alléchante à souhait.

C'était l'heure.

74

Hannah, maintenant

Combien de temps s'est écoulé depuis que je me suis étendue ici, dans le noir ? Peut-être dix minutes, peut-être trente. Dehors, le vent gémit, chassant le fleuve vers la mer. Possible que le moment soit venu pour moi d'appeler la police. De leur dire « Allô, bonsoir, je perds la boule et je vois des esprits mais j'ai trouvé une caméra au plafond, aidez-moi s'il vous plaît » ?

C'est inenvisageable. Jamais on ne me prendrait au sérieux.

Mon téléphone carillonne.

J'ai reçu un message sur une appli de messagerie instantanée que je n'utilise plus. L'espoir est fulgurant.

Logan ?

Le message provient d'un numéro inconnu. Il n'est pas signé mais son contenu n'est pas fait pour me rassurer. La peur me glace le sang.

Ne m'appelle pas, ne m'écris pas.
Trop dangereux. Ils surveillent tout,

portables, messageries instantanées,
intranet, ils ont tout piraté. Ils savent tout.
Je ne devrais même pas te contacter,
mais j'ai pris mes précautions. J'espère.
Tu n'es pas en sécurité.

Décontenancée, je réponds :

Qui est-ce ?

La terreur des rougets.

Logan ! Notre *private joke*. Tout s'explique, et je
sens aussitôt l'aiguillon de la peur. Bien sûr. Le réseau
wifi ultra-perfectionné de l'hôtel. Tous ces gadgets
électroniques. Les tablettes des serveurs, les luminaires
connectés, les télécommandes qui contrôlent tout et
l'intranet du Stanhope, enfin : tout est lié, tout dépend
du réseau. Si ça se trouve, tous mes mails et textos,
tous mes appels privés ont été espionnés depuis le jour
de mon arrivée.
Nouveau message.

Fouille. Tu les retrouveras peut-être.
Stockés. Là où je bossais.
Je n'ai rien emporté, trop immonde,
pas envie d'être mêlé à ça.

Mais tu parles de QUOI ?

J'attends, sur le lit, dans le noir. Le suspense me tue.
Dépêche-toi, Logan. S'il te plaît. Sauve-moi !

478

Mais Logan s'est volatilisé. Je fixe mon portable, interdite. L'appli de messagerie a planté. Normal : plus de signal wifi.

J'attends, j'espère. Peut-être que c'est un bug temporaire. Ou alors c'est la suite logique des choses : d'abord le courant, puis le Wifi.

Je patiente encore quelques instants mais c'est inutile, je n'ai plus Internet. Je me redresse, le cœur battant, et j'ouvre l'onglet « paramètres ». Je clique sur l'icône Réseau wifi frénétiquement, une fois, deux fois, trois fois – sans succès.

Le réseau Stanhope5 est HS.

C'est fini. Ils l'ont désactivé à distance. Alistair ou Lo, ou Leon, Oliver, peu importe. Il s'agit peut-être d'une coïncidence. Mais peut-être aussi qu'ils ont lu mes messages à propos de la police et des vidéos. Quoi qu'il en soit, je viens de perdre mon unique lien avec le monde extérieur. Sans Wifi, je ne peux parler à personne. Et je ne peux pas appeler les secours, sur le continent. Le pire, c'est qu'ils m'avaient prévenue qu'il faudrait en passer par là. Ouvertement. À cause, soi-disant, de l'installation électrique. « Question de sécurité. »

Mais ils n'ont pas encore gagné. Je suis seule, mais je me battrai. Entre-temps, j'ai découvert quelque chose qui les compromet, ainsi qu'une nouvelle piste. « Stockés. Là où je bossais. »

J'inspire à fond, une fois, deux fois, trois fois… Encore quelques inspirations et je rallume ma frontale. Je dois à présent me rendre dans les cuisines. Logan y a laissé quelque chose. « Je n'ai rien emporté. Trop immonde. »

Hardi hardi à hue à dia par-ci par-là.

Par là.

Je m'avance jusqu'à la porte, jette un regard en arrière. Non. Greedy dort, je n'ai pas le cœur de le réveiller, et puis j'aurai peut-être besoin de lui plus tard, en forme, reposé.

La porte s'ouvre sur le couloir glacial. Les piles de ma frontale sont sur le point de rendre l'âme. Et je n'en ai pas de rechange. Il me reste quelques minutes. L'étau se resserre. Tout va se jouer en cet instant précis, singulier.

Je sonde les ténèbres. Rangées de portes closes. Autant de refus obstinés. De parler, de se mouiller.

Immonde.

Aurais-je fait fausse route ? Peut-être que ce qui m'attend est pire que du matériel pornographique. Auraient-ils filmé le meurtre de Kat ?

Son corps n'a jamais été retrouvé…

Je grelotte, de peur autant que de froid, mais il n'y a pas un instant à perdre. Je dois arriver avant eux. Les coupables. Qui me fliquent, qui ont tout intercepté, mon échange avec Logan. Ils sont en route, c'est sûr et certain.

La pluie crépite contre les vitres. L'orage est proche. S'ils veulent pouvoir faire la traversée ce soir, ils vont devoir se dépêcher.

Je me mets en chemin. Mon haleine se mue en vapeur argentée dans le halo faiblard de ma lampe. Voici que je produis, non, que j'exhale des fantômes.

— Je ne suis pas là, déclare Kat.

Pourtant c'est elle, dans le noir. Je distingue tout juste son visage livide, qui aussitôt disparaît. Bat en retraite. Sa voix se réduit à un marmonnement. Ou plutôt à un gémissement. Sexuel.

Je cours, le temps file. Réfléchir. Sans ralentir. Le sauna, odeur de cèdre, la réception, la bible, la signature de ma sœur morte, puis le Mainsail, planches aux fenêtres, meubles sous linceuls, et je plonge au cœur des ténèbres. Les cuisines.

Je ralentis le pas à mesure que je m'en rapproche. La porte à double battant est ouverte en grand sur un antre obscur. Je ne me rappelle pas l'avoir bloquée en position ouverte. Il faut pousser fort ; il me semble que je m'en souviendrais.

Qui a ouvert cette porte ?

Il se peut que je m'apprête à découvrir une horreur sans nom. Peut-être qu'en ouvrant la porte d'un congélateur, je vais tomber sur le cadavre de Kat démembré, débité en morceaux, dans un assortiment de sacs en plastique. Là, à deux pas, m'attend peut-être sa tête tranchée, une pellicule de givre sur ses lèvres rosâtres, des cristaux de glace au bout de ses longs cils. Découpée comme un bœuf à la feuille de boucher et conservée au frais, pour plus tard. Des os blancs sertis dans des pavés de chair crue.

Logan a dit « immonde », après tout. Or il n'est pas possédé par les esprits comme je le suis. Il a toute sa tête. Il est dans le concret, il est cuisinier, il fait de la béarnaise, bon sang ! S'il a dit « immonde », ce n'était pas pour désigner des fantômes ou des sorcières. Il parle d'un truc infâme et bien réel. Pourquoi pas un meurtre.

Kat aurait survécu au courant, découvert le pot aux roses et été réduite au silence ? Ce serait ça, la Lune ? Un assassinat ?

La porte béante m'attend. Je me force à y diriger mes pas et pénètre dans la vaste cuisine pleine d'échos.

Le silence est surnaturel. Il m'oppresse encore plus que l'obscurité, pourtant absolue. Je tourne sur moi-même, déroutée, et mets enfin le doigt sur ce qui me perturbe : les machines ont toutes été débranchées. Ces machines qu'on ne débranche habituellement jamais. Frigos, congélateurs, horloges digitales des fours et micro-ondes – tout est éteint. Les aliments vont pourrir, se liquéfier, se mêler à la glace fondue des frigos en flaques nauséabondes qui suinteront dans la pénombre.

La carcasse de ma sœur fondra.

Il faut que j'inspecte le contenu des congélateurs. Pas le choix. C'est l'endroit le plus évident où dissimuler quelque chose d'immonde, comme des corps. Des têtes décapitées, des visages figés sur d'éternels cris d'épouvante.

Ils m'attendent, les colosses d'acier, tels d'imposants mausolées gris métallisé. Ils scintillent sous le faisceau de ma frontale. L'horreur dépose son goût toxique dans ma gorge. Je déglutis et j'ouvre le premier congélateur.

Vide.

Ils ont vidé les congélos ? Visiblement, oui. Celui-ci en tout cas.

Il en reste deux. Le deuxième est vide, lui aussi. Complètement vide. Rien de rien sur les étagères qui déjà dégouttent sur le sol de béton ciré.

Plus qu'un. Je l'ouvre d'un grand coup. Celui-ci n'est pas vide. Je prends mon courage à deux mains et fouille parmi son contenu, poissons, légumes surgelés. Petits pois. Pas de tête tranchée. Sur un sachet de congélation, je lis « feuilles de caloupilé ». Les caractères sont à peine lisibles – ma frontale est à l'agonie –, mais je reconnais l'écriture de Logan.

Trop immonde… Non. J'ai fait chou blanc. Je n'ai pas dû chercher au bon endroit. Agacée, je claque la porte du congélateur. Je regarde à droite, à gauche ; ma lampe fait surgir çà et là des silhouettes : plaques de cuisson, éviers, grilles, cloches dont la fonction m'est inconnue. Casseroles en cuivre. Robots-mixeurs. Passoires. Dans le noir, tous sont inquiétants.

Soudain je me retourne, alertée par un bruit. J'ai rêvé. Il n'y a rien ici. Rien que la cuisine vide d'un restaurant fermé. Sinistre mais inoffensif. J'enrage, non : je fulmine ! Fichu Logan ! C'est lui qui m'a envoyée ici en me faisant miroiter la vérité ! Or je n'ai rien trouvé. Trois putains de congélos et pas un seul bout de cadavre ! Alors il est où, ce truc « immonde » ?

Je valse parmi les ombres, j'ouvre les tiroirs à couverts, les bacs à légumes des réfrigérateurs. Rien. J'inspecte le dessous des tables empilées dans un coin. Rien. Rien, rien, rien !

— Merde ! Fait chier !

Mon pouls est beaucoup trop rapide.

Mes cris se dissipent. L'hôtel n'a pas la moindre réaction. La grande cuisine plongée dans l'obscurité et le silence attend calmement que je fasse un pas de travers.

Si ça se trouve, la chose immonde dans la cuisine, c'est moi. Peut-être que Logan m'a jetée sur ma propre piste.

Et soudain…

Du coin de l'œil, je l'aperçois.

Une silhouette grise passe rapidement devant la porte des cuisines. La silhouette de quelqu'un qui s'avance voûté, comme apeuré. Kat ? Ou y aurait-il quelqu'un d'autre, ici, à part moi ? Je sors en courant des cuisines et scrute l'endroit où la silhouette a disparu. Là-bas ! Du mouvement derrière ces housses !

Trop tard. L'ombre a déjà filé.

Ce n'était pas Kat, ni qui que ce soit d'autre. Je suis encore en train de me faire des films.

Je patauge dans le marasme de la folie. Il me reste quelques heures, quelques minutes peut-être. Je dois à tout prix comprendre ce que Logan a voulu dire.

Stockés.

76

Stockés. Il n'y a pas que les objets qui se stockent. Les fichiers informatiques aussi. Et si Logan ne faisait pas allusion à des preuves matérielles mais à des données informatiques ? Des vidéos, par exemple.

Je tourne le dos au Mainsail et me dirige vers la réception. Il fait un froid polaire. Je lève les yeux vers l'open space. *Là où je bossais.* Le bureau de Logan ! Son poste de travail.

Son portable. Il s'en servait si rarement qu'on a pu négliger de le fouiller après son départ.

Je me sens de plus en plus pressée par le temps. C'est le moment que choisit ma lampe frontale pour expirer. Les piles sont mortes. Me voici presque dans le noir. La luminescence du ciel d'orage filtre par les fenêtres. Je m'élance, gravis quatre à quatre les marches du grand escalier, manque m'étaler par terre, mais j'atteins le palier et je devine la porte du bureau.

Je tourne la poignée. L'open space est toujours fermé à clé, bien sûr. Mais, cette fois, j'ai une idée.

Je revois Owen lâchant l'extincteur le soir de l'incendie. « Ça pèse une tonne, ce truc. »

Je sais qu'il y en a un par ici. Je le cherche à tâtons. Gagné ! Effectivement, il pèse son poids. Mais c'est une bonne nouvelle pour moi.

Je traîne la grosse bonbonne de métal jusqu'à la porte de l'open space, la saisis à deux mains, bras tendus vers le bas, et la soulève tant bien que mal. Je peux y arriver. Je crois. Je tourne sur moi-même comme une toupie ou un lanceur de poids, puis je lâche l'extincteur qui percute si violemment la porte que le panneau de bois explose et que les gonds cèdent sous le choc.

La porte fracturée s'entrouvre. Je chasse du bout du pied les morceaux de bois acérés qui ont jailli du point d'impact et je pénètre dans la pièce.

Il y fait encore plus froid que dans le couloir.

Lo est assise à son bureau. Elle pivote vers moi au ralenti, me sourit. Disparaît.

J'ignore cette vision et me hâte vers mon but, si bien que je me fracasse les tibias contre une table. La douleur me lance.

J'y suis. Le poste de travail que Logan avait en horreur. Longtemps, il a été contraint de bosser ici, comme moi. Il était retenu contre sa volonté, le virtuose des fourneaux, la clé de la réussite de cet hôtel en pleine réinvention. Soi-disant. Cet établissement raffiné, à la fois accessible et isolé, qui abritait en réalité de sordides activités.

Sans une importante clientèle, celles-ci n'auraient jamais pu passer inaperçues. Les bateaux qui allaient et venaient auraient inévitablement attiré l'attention, surtout s'ils transportaient de très jolies jeunes filles. Il fallait une affaire florissante pour masquer le commerce infâme dont l'île était le théâtre.

Je cherche à l'aveuglette le fauteuil de bureau, l'attrape, m'y installe. L'ordinateur est là. Mais je me fige, catastrophée.

Il n'y a pas de courant. Si ça se trouve, la batterie du portable de Logan est à plat… Il est enchaîné au plateau, comme tous les ordinateurs de l'open space, je ne peux même pas l'emporter au Spinnaker pour le recharger.

Par chance, lorsque j'ouvre le portable, il s'allume aussitôt, son écran coloré brille dans l'obscurité. Pas besoin de mot de passe, je tombe directement sur la session de Logan Mackinlay. Décidément, la sécurité informatique, ce n'était pas son fort ! Ou il n'en avait vraiment rien à cirer.

Il a choisi pour fond d'écran une photo de sardines grillées garnies de rondelles de citron dans un cadre exotique et ensoleillé. Un coup d'œil en bas à droite m'apprend que l'ordinateur dispose de 10 % de batterie. J'estime avoir une vingtaine de minutes devant moi, maximum. S'ils n'arrivent pas entre-temps. Parce qu'ils sont en route, j'en mettrais ma main au feu. Même en admettant qu'ils n'aient pas surpris mon échange avec Logan, ils me verront fouiller son ordinateur. Puisqu'ils ont des yeux partout, à ce qu'il paraît.

— Hannah.

Je dois rester sourde à sa voix.

— Hannah ?

Pas le moment ! Je regarde dans les documents. Non. Sans intérêt.

J'explore d'autres dossiers, d'autres fichiers.

Rien.

Je jette un œil aux paramètres réseau.

Dans la liste des points d'accès wifi, il y a un nom qui ne me dit rien : Strood99. Une sorte de sous-réseau dans le réseau ? Baptisé en allusion à une route dangereuse, dérobée, réservée à une poignée d'élus. Tout est dit ! Je prie pour que Logan y ait eu accès. Après tout, il n'était pas n'importe qui, ici. Le point d'accès étant enregistré sur son ordinateur, l'espoir est permis…

Mais est-ce qu'il marche encore ? Faut-il un mot de passe pour l'utiliser ?

Bientôt, ils seront là pour me réduire au silence. Ce sera un jeu d'enfant dans la nuit glaciale qui m'enveloppe. La pluie larde les vitres comme des jets de gravier, cette vitre qui donne sur le fleuve et les marais salants.

8 %.

— Souhaite-moi bonne chance, Kat.

Elle a de nouveau disparu. En tout cas, elle ne me répond pas. Peut-être a-t-elle quitté la pièce.

Je clique sur le point d'accès.

Une fenêtre apparaît sur l'écran. Il faut un identifiant et un mot de passe. C'est quitte ou double.

L'espoir fait vivre, alors je commence à taper le nom de Logan. Miracle, il est préenregistré.

Le mot de passe aussi.

Une nouvelle fenêtre s'ouvre. C'est un dossier plein de fichiers. L'un d'eux s'appelle Aile_Est.

7 % de batterie.

Je l'ouvre. Nouvelle fenêtre. C'est comme une enfilade de portes closes qui se désintègrent à mon approche. L'ultime verrou vient de sauter. Je trouve un dossier appelé Vidéos. Je clique.

Accès interdit.
Connexion interrompue.
L'administrateur réseau a été prévenu.

La colère déferle dans mes veines. C'est bien ce que je craignais. C'est chiffré, protégé ou que sais-je. Forcément. C'était trop simple. Et dire que j'étais si près du but !

— Merde !

J'ai envie de balancer l'ordi, dont la batterie s'apprête à me lâcher, à l'autre bout de l'open space.

Hé, mais…

Je viens de me rappeler quelque chose.

6 %. Plus que quelques minutes à tout casser. Logan a dit « stockés » : il me reste l'option des fichiers cachés, et de l'historique.

J'ouvre le navigateur et je clique sur l'historique. La dernière date correspond au jour de sa fuite : le 18 novembre.

Bingo.

Tout est là. Les gens. Les fantômes.

L'ordinateur de Logan a accidentellement stocké une série d'images. De corps. Nus.

Je reconnais immédiatement un visage. Ma main tremble, incertaine, mais je clique dessus.

L'image s'agrandit, envahit l'écran.

C'est elle. Ma sœur. Nue, sur un lit, vue d'en haut, la bouche ouverte et les yeux clos en une expression de plaisir intense. Un homme musclé enfouit sa tête entre ses cuisses et cet homme, c'est Ben. Ben.

Un bruit étrange rompt le silence. Je mets un instant à comprendre de quoi il s'agit.

Ma sœur sanglote dans le noir.

77

Rapidement, je passe en revue les autres images : filles nues, hommes nus, filles ligotées, filles fouettées… Mackie a dû passer un certain temps à les visionner, perclus d'horreur, de honte, ou que sais-je. À peser le pour et le contre. Pouvait-il prendre le risque de démissionner ? « On te tient par les couilles, Logan. »

Les images sont de bonne qualité mais ressemblent à des captures d'écran. Des vidéos y correspondent, c'est évident. Un sacré paquet de vidéos. Ils ont dû filmer pendant des mois, voire des années. Sur l'une des images, on voit une fille menottée à un lit de fer, dans l'ombre d'un homme. Elle hurle. Est-elle en train de subir un viol ?

On dirait. Et elle n'est pas la seule. Je vois des galeries de filles terrorisées, de visages horrifiés sur de gros oreillers, face à la caméra qui les surplombe à leur insu, dissimulée dans les spots high-tech de l'aile Est. Voici Cheveux Poivre et Sel. Matthew Kreeft. Il est étendu sur le dos et la fille qui le chevauche est jeune, bien trop jeune. Je lui donne 15 ans tout au plus, peut-être même 14.

Et celui-là, je le reconnais, lui aussi. C'est un homme politique qui passe souvent à la télé. J'avais vu juste : ils appâtaient ici des hommes importants avec de la chair fraîche, puis ils les filmaient et les faisaient chanter. Policiers, avocats, hommes d'affaires, hommes d'État… des psys aussi, qui sait ? Le Stanhope les tenait tous dans sa poigne. Tous. Les flics n'enquêtaient pas, parce que certains gradés étaient sous emprise également…

Logan a raison. C'est immonde.

4 %.

Je fixe l'écran. J'ai résolu l'énigme et je me sens morte. Ma sœur. Tant de souffrance… Des cris dans des couloirs…

Le drame a mis un terme à ces malversations. Provisoirement, du moins. Il fallait faire profil bas. Mais les coupables trépignaient, impatients de recommencer. Peut-être que ces vidéos avaient un public de fans qui avait droit à des projections privées ? Mais quelqu'un leur mettait des bâtons dans les roues : moi. La timbrée toujours dans leurs pattes, obsédée par la mort de sa sœur. Qui menaçait d'enquêter. Qui risquait de tomber sur des choses qu'elle n'était pas censée remarquer.

Un suicide.

« Se débarrasser d'elle. »

Je regarde une dernière capture d'écran. L'ordinateur est sur le point de s'éteindre.

Une lycéenne fait une fellation à Leon. Elle est nue, à genoux, tandis qu'il braque vers le plafond ses yeux révulsés de plaisir. La caméra n'en a pas raté une miette.

Ce sont des preuves, des vraies, on ne peut plus accablantes. Je dispose de quelques secondes. J'ouvre brusquement les tiroirs du bureau. Ils sont pleins de bazar, cahiers, stylos, cuillères, livres de recettes… Là : une clé USB imprimée d'une photo du Stanhope au soleil.

Je la connecte au portable et m'empresse de copier les photos. 2 %. C'est sans importance, j'ai réussi. Malgré le noir, malgré le froid. J'ai découvert la vérité et j'ai la preuve, là, dans la poche de mon jean.

Et maintenant ?

L'ordinateur s'éteint et, avec lui, je perds mon unique source de lumière. Je me lève. Malgré l'adrénaline, je me sens vide et engourdie. Je m'avance parmi les ombres dans la vaste pièce muette et, par la baie vitrée, je contemple la Blackwater.

C'est le moment d'essayer. J'ai résolu l'énigme, percé le mystère, compris ce qui était arrivé à ma sœur. Il faut que j'aille voir si je suis guérie de ma phobie.

Je redescends au rez-de-chaussée et cours dans le noir jusqu'à la sortie, je pousse le battant, qui résiste, à cause de la pluie et du vent. L'orage n'en finit pas de se préparer. Il doit encore être possible de faire la traversée. Ils arrivent. Ils ne peuvent pas ignorer que je les ai démasqués. Oliver, Alistair, Leon ne peuvent pas courir le risque de me laisser filer. Pas avec ces vidéos en ma possession.

Je dévale la plage, direction le fleuve, écrasant de vieilles carapaces de crabe, les poumons gorgés d'air âcre, obnubilée par la marche ininterrompue des vagues. L'eau s'est reculée particulièrement loin ; je n'ai jamais vu de marée aussi basse ici. Les lumières de Goldhanger clignotent dans le lointain, luisantes et orangées comme de minuscules gemmes. J'inspire comme jamais et plonge mes pieds dans l'eau.

Au début, tout se passe bien, puis soudain je débloque. Des images atroces se bousculent dans ma tête, m'empoisonnent l'esprit. Je vois Kat tirant la carte du suicide, la glissant sous son matelas et s'élançant hors de sa chambre, vers l'eau. Cette foutue eau. L'eau noire de la Blackwater.

L'horreur m'arrache un cri et je bondis sur les galets humides. Je ne peux pas. La Blackwater est diabolique. J'ai un goût de bile dans la bouche, et ça y est, je vomis dans le fleuve, je régurgite tout le contenu acide de mon estomac. Gorge en feu.

C'est impossible. J'ai mal dans la poitrine. Mon cœur cogne, c'est la torture. Ma phobie est comme décuplée. Je ne peux pas quitter l'île. Ni à la nage ni en bateau.

D'ailleurs… ?

Je l'entends.

Là. Le bruit d'un moteur dans le noir. Je le reconnais. Un bateau approche sur le fleuve, derrière les rideaux de bruine et de vent. Il aborde la jetée. Je distingue quatre passagers. Oliver, Leon, Alistair ? Et le pilote… Freddy ? Pourquoi ont-ils tous des branches d'arbre à la main ?

Je plisse les yeux. Ce ne sont pas des branches. Ce sont des fusils.

J'ai une minute avant qu'ils n'accostent et se lancent à mes trousses. Je devine ce qu'ils ont en tête. Ils veulent me menacer, m'obliger à me jeter à l'eau, à me noyer. À me suicider. Pas de coups de feu ni de strangulations au Stanhope : ça ferait désordre. En revanche, si je me noie sans témoin, le problème est réglé. Peut-être que c'était leur plan depuis le début : fermer l'hôtel, m'isoler, me tuer, maquiller le crime. « C'était une déséquilibrée, elle parlait toute seule. Si ce n'est pas malheureux ! »

Je cours à toute vitesse. La réception ! Ils me voient sûrement depuis l'embarcadère. Je me précipite tête baissée dans le couloir obscur, trébuchant dans le noir. Ma chambre.

— Debout, mon chien. On doit partir. Il faut qu'on sorte d'ici !

Greedy lève le nez, se dresse sur ses pattes, s'ébroue. Je le saisis par le collier et le mène jusqu'à la sortie – mon accès privé à la plage. Pas le choix. Mes assaillants seront là d'une minute à l'autre. Je vais devoir me cacher sur l'île. Mais où ?

Et après ?

Greedy s'élance sur les galets en jappant gaiement.

— *Chhhhhut !* fais-je d'une voix altérée. Tais-toi, je t'en prie.

L'ont-ils entendu ? Je vois leurs ombres remonter le long de la plage ; ils sont équipés de lampes puissantes ; la pluie en est pailletée de lumière. Fusil au poing, ils avancent au coude-à-coude. On dirait qu'ils partent faire une battue. Et le gibier, c'est moi.

— Greedy, au pied !

Nous partons en courant vers la forêt obscure. Comme Kat l'été dernier.

78

Kat, le jour du drame

Kat courait sur le sentier boisé, indifférente à la fête qu'elle laissait derrière elle. Bruits de baisers, de baise, alcool, chansons. Des larmes lui brûlaient les yeux. Elle n'avait plus le choix. Sa honte était trop grande. La vidéo trop atroce, le chagrin trop dévastateur. Papa, maman, Hannah, les Kreeft… tout.

Elle n'avait pas le choix.

Des gens la suivaient. Ça lui était égal. Elle ne voulait voir personne, plus jamais. Elle voulait s'exiler en ce continent plus lointain que l'Inde, plus fascinant qu'Ispahan. Elle qui raffolait des voyages, elle s'embarquait pour la plus poétique des contrées, celle qui lui tendait les bras depuis le début. Elle allait être comblée.

Le sentier déboucha sur le fleuve somptueux. Dans un ciel tendre, sans nuages, la lune pleine brillait, révélant la Blackwater dans toute sa splendeur. L'air nocturne retentissait de chants d'oiseaux, ces beaux oiseaux qui même la nuit ne s'arrêtaient pas de chanter, sur Dawzy.

Leur chant serait la dernière chose que Kat entendrait. Ça, et les eaux mouvantes de l'Heure des Noyés.

Kat ôta sa robe et ses jolies sandales et abandonna le tout sur la plage. Puis elle dévala la berge, pieds nus sur les galets humides. Elle savait que l'eau serait froide, même en été, mais elle s'en moquait, elle ne nagerait pas longtemps de toute façon. Une fois loin du rivage, là où affleurait la Stumble, elle se laisserait aller et le fleuve ferait son office.

Le froid des vagues sur ses chevilles, ses cuisses, son ventre lui coupa la respiration. Mais Kat l'accueillit avec reconnaissance : il la lavait. La purifiait et la refaçonnait. Lorsque l'eau atteignit son cœur, Kat poussa un petit cri étouffé. Les souvenirs affluaient douloureusement, une claque d'eau glacée sur la joue. Nager face aux vagues. Se remémorer. Étourdie par le froid. La noyade déjà commencée, peut-être.

Kat était à nouveau une petite fille. Dans Promenade Park, sous le soleil de Maldon, avec Hannah. Elles couraient s'acheter une glace à l'italienne chez le marchand ambulant, riaient, s'en mettaient partout, se léchaient les babines. Sœurs.

L'eau était froide, tellement froide. Kat nageait cap sur la Stumble, la respiration entravée – déjà, elle luttait contre le courant. Des voix lui parvenaient, des cris paniqués. L'avait-on imitée ? Ce n'était pas son idée ! Elle ne voulait pas que d'autres se noient à cause d'elle. Pour elle, il n'y avait pas d'autre issue. Hannah n'apprendrait jamais ce qu'elle avait fait. Sauf si elle trouvait la carte et qu'elle comprenait. La carte de l'infidélité. La carte déciderait, comme elle avait scellé le destin de Katalina Langley.

Suicide.

L'eau s'engouffra dans sa bouche. Le froid, au large, était proprement terrifiant. Kat sentait à présent opérer l'attraction du fameux courant meurtrier, qui tirait sur ses jambes, l'aspirait vers le fond. On ne lui avait pas menti. C'était un phénomène violent.

L'Heure des Noyés.

Il l'entraînait vers les profondeurs, vers le large. Souvenirs confus, embrouillés… Maman embrassant l'inconnu. Papa souriant tristement près d'un vélo. Une fleur. Marrakech, un homme dans la poussière du Rajasthan, la saveur d'un oursin. Et ce bijou. L'entrée de son appartement, un parfum, notes d'ylang-ylang, une broderie. L'eau, l'eau dans sa bouche. Trop froide. Le courant trop puissant.

Lâcher prise. Il n'y avait qu'à lâcher prise. Fini les larmes. À tout jamais. Le soleil brillerait éternellement sur Promenade Park, le temps n'est qu'une illusion, on ne meurt pas vraiment, c'est ce qu'on se figure mais en réalité on va, on vient, comme les échassiers dans la nuit, on file et se faufile entre les mailles de l'existence, on flue et reflue comme la marée, comme ce fleuve noir qui n'en finit jamais de courir à son extinction, maman, papa, je pars, je pars, je suis si triste. Toujours là. On ne part jamais vraiment.

Kat distingua des gens dans l'eau puis l'eau la submergea. Des couleurs rêveuses. Flottaison, sous la surface, jambes nues, battant, faiblement. Magenta, rouge sang, bronze, corail, rose glacé. Chair. Un froid soleil rose sous l'eau, clair de lune.

Oiseau. Avocette.

Kat avalait de l'eau, absorbait du chagrin. Le bout d'un chemin. Un simple détail matériel.

Hannah

Maman

Je suis là… Je suis là !

Profondeur, ténèbres

Ah.

79

Hannah, maintenant

Fuir, se cacher, mais où ?

Oliver, Alistair, Leon fouilleront l'hôtel, ma chambre, le Spinnaker et ne tarderont pas à deviner que je suis sortie dans les rafales glacées.

Greedy me devance, à fond de train. S'il ne m'attend pas je vais le perdre.

— Ralentis, Greedy ! Moins vite !

Il se retourne, les yeux brillants dans le noir. Il fait un temps épouvantable, je suis transie de froid et je ne sais pas où aller. J'entends le grondement sonore du tonnerre et le vent tourmente les branches au-dessus de moi. Les arbres tanguent, affolés et muets, comme pour me signaler : « Sauve-toi, Hannah. »

Mais comment ?

Dans les bois je suis piégée. Je ne peux pas quitter l'île, même si j'avais un bateau, et déjà je fatigue, déjà je ralentis, je ne peux pas continuer à courir à cette vitesse. Bientôt, je serai à court d'endroits où me cacher.

Je fais une pause, je souffle. Je vérifie. La masse épaisse des bois s'interpose entre l'imposant hôtel et moi.

Allez, trouve quelque chose.

— Greedy, stop.

Pantelante, les mains sur les genoux, j'inspire à pleins poumons un mélange d'air froid et de pluie. Je vois où je suis : pas loin de la pointe nord, là où les bois sont les plus oppressants, sous la canopée de branches étroitement entrelacées.

Il fait peut-être un noir d'encre mais je connais l'île comme ma poche. Ses bruits, son coin à vers luisants, celui des putois, ses prunelliers, sa soude maritime, ses marécages et ses salicornes. Je la connais parce que j'ai passé les six derniers mois à parcourir en solitaire le moindre de ses sentiers et ce détail constitue sans doute mon unique avantage sur mes assaillants. Ils ne connaissent pas Dawzy comme je la connais.

Mon haleine forme de petits nuages de détresse argentés. Je suis épuisée par ma course. Mon fidèle Greedy me regarde, intrigué. Il perçoit ma terreur, sans doute, et me donne de petits coups de tête pour attirer mon attention. Je m'accroupis et le caresse.

— On va s'en sortir, Greedy.

Voilà que je mens à mon chien.

Les rameaux d'aubépine dégouttent, trempés de pluie. Le vent s'efforce de pénétrer dans les bois. Et voici déjà les faisceaux des lampes qui se forcent un passage entre les colonnes noires des troncs. L'ennemi marche d'un bon pas, prêt à passer l'île au peigne fin, à me débusquer. Avec ses lampes et ses fusils.

— Oh, Greedy, je ne sais pas où aller, je ne sais pas quoi faire !

Fini de mentir. Il me lèche la main en guise de réponse. Les rayons se font aveuglants. Je suis coincée, paralysée par la panique. Où aller ? Malgré le fracas du vent et de la pluie, je perçois des voix à présent. Assourdies mais masculines, graves et sombres.

— Aide-moi, Kat, dis-je dans un murmure. J'ai besoin d'aide. Dis-moi où aller.

La pluie siffle. Kat ne me répond pas.

Je me relève tant bien que mal et je reprends ma course, fuyant la lumière. Je m'abîme dans le noir. Il faut que je trouve une cachette, un lieu dérobé aux regards, et tout de suite. Avant qu'ils ne m'attrapent. Ils ont dû se séparer pour augmenter leurs chances. Oliver aime la chasse et il sait y faire. Dans une minute ou deux, ils me délogeront de mon pauvre fourré, comme un cerf acculé, je détalerai au hasard, me prendrai dans les faisceaux de leurs torches et ils n'auront plus qu'à ouvrir le feu.

Les rayons lumineux fendent l'air au-dessus de moi, changeant la pluie en gerbe d'étincelles. Je presse le pas, plus vite, mon cœur s'étrangle, j'écarte les petites branches humides qui me griffent le visage dans ma folle cavale, j'arrache mes chevilles aux ronces qui m'agressent et me font trébucher. Je suis mal barrée. Il vaut mieux que je sorte des bois. Je pique vers la plage. Mais là, je serai exposée ! Je me fige à nouveau, transie, sous les arbres et la pluie. J'essaie de réfléchir.

Oseraient-ils m'abattre ? Pourquoi risquer de répandre du sang ? Alors qu'ils n'ont qu'à me capturer, me ligoter, m'embarquer quelque part en mer et me jeter par-dessus bord dans la nuit anonyme. Près de la Stumble. Là où sévit l'Heure des Noyés. Qui se chargera de m'emporter, comme ma sœur, dans ses eaux turbulentes, jusqu'à Jaywick, jusqu'à Dengie, jusqu'à la mer du Nord où les grosses hélices des porte-conteneurs me débiteront en rubans.

Du mouvement. Des hommes. Ils viennent de mon côté.

80

J'épie les environs. Je connais une cachette.

Une voix. Des mots précis, tout proches.

— Allez voir par là.

C'est Oliver. Autoritaire, il dirige manifestement l'expédition. Je n'ai que quelques secondes devant moi.

La pointe nord. Il s'y trouve un surplomb rocheux.

Je saisis Greedy par le collier et l'entraîne aussi vite que je peux loin des lumières inquisitrices. Vite vite vite. Je cours à moitié pliée en deux, en m'efforçant de ne pas faire crisser le tapis de feuilles mortes. Par chance, l'orage a enfin éclaté ; les rugissements du tonnerre me couvrent.

Un éclair embrase le ciel. Il a dû révéler ma silhouette en fuite : portrait de la fugitive, pris sur le vif. M'a-t-on vue ? Où sont-ils ? Je sais que je suis cernée.

Les voix se répercutent entre les arbres. Chasseurs à l'œuvre. Le frisson de la traque. Elle est là, visez ! Peu importe la pluie.

Pan !

— Greedy, fonce !

Surtout ne pas s'arrêter. Nous quittons le couvert des arbres, gagnons la grève et ses galets. Un regard en arrière et je vois derrière moi les arbres qui oscillent, bras tendus dans la tempête, comme une assemblée éplorée. Droit devant, les galets minuscules luisent sous les étoiles. La pluie battante est vengeresse.

Nouvel éclair. Qui me dévoile le surplomb. La plage est si raide qu'il s'agit pratiquement d'une falaise. Ici, personne ne me trouvera.

— N'y va pas, Hannah.

— Kat ?

La pluie tombe sans répit, cinglant mes joues. Il faut que je m'abrite.

— C'est ça, descends, encore, bon chien.

Le sable et les cailloux inondés dévalent la pente comme une coulée de boue. Nous glissons et je manque faire un vol plané au-dessus des rochers criblés de berniques. Un faisceau lumineux crève le rideau de pluie au-dessus de ma tête. Ils sont tout proches.

Je traîne brusquement Greedy sous le surplomb, le force à s'asseoir. Nous n'avons qu'à attendre ici. Attendre quoi, je ne sais pas. Que Kat me souffle le moyen de m'échapper ? Que je me réfugie dans l'eau comme l'écrevisse de la carte ? L'ultime indice…

— Où elle est passée, putain ? Elle est forcément par ici !

C'est Alistair, pile au-dessus de ma tête. À cinq mètres de moi, à la verticale.

Je frémis et je me tasse contre la paroi, cherchant à me fondre dans la roche et la boue.

— On l'encercle, c'est ça, par là ! Oui !

Il est pile au-dessus de moi. Je sens ses bottes piétiner l'herbe détrempée de mon toit. De mon crâne. Écraser mon visage contre des rochers acérés, faire éclater ma tête. Faire gicler mes yeux hors de leur orbite. Répandre mon sang.

Muselant Greedy de mes mains, j'attends. Nous y sommes. J'attends, nouée de la tête aux pieds. Ce paysage est peut-être la dernière chose que je verrai de ma vie. Cette vue sur l'étendue noire de la Blackwater balayée par la pluie, cette côte désolée. Au nord, les salants de Gore Saltings et le ruisseau de Bowstead Brook.

Le temps s'immobilise. La pluie crépite, le tonnerre gronde, et la voix d'Alistair résonne, mais un peu plus loin, cette fois :

— Par là, elle a dû…

Ils ne m'ont pas vue. Ils s'éloignent. Je les imagine, croisant leurs lampes et constatant, dépités : elle a filé, je vais voir de ce côté, toi, descends inspecter la plage.

Tout est noir. Quelques oiseaux s'égaillent soudain, dérangés par je ne sais quoi. L'eau de la Blackwater est muette sous la pluie et aussi noire que son nom l'indique, le vent assassin se retire. Silence, tempête. Pluie, tonnerre.

— Hannah.

L'éclat d'une torche m'éblouit. En plein dans les yeux. Je porte une main à mon visage pour m'en protéger.

Il ajuste l'angle de sa lampe.

La silhouette d'Oliver se découpe sur le fond noir de la nuit, haute et assurée, le fusil dans le creux du coude en position cassée.

— Sauve-toi, me dit-il.

Je me recroqueville au fond de ma cachette.

D'un ton pressant, il poursuit :

— Je les ai retenus aussi longtemps que j'ai pu, Hannah. Ils voulaient qu'on se mette en route plus tôt, mais quand j'ai vu la météo, j'ai entrevu ta chance.

Je suis abasourdie. Il veut que je m'en sorte ?

— Quelle chance ? Vous êtes là pour me tuer.

— Eux, oui. Ne les laisse pas faire.

— Pourquoi est-ce que tu m'aides ?

— Ce n'est pas moi qui suis aux commandes, Hannah, tu ne comprends pas, et je n'ai pas le temps de t'expliquer. Tu as une ou deux minutes avant qu'ils ne la remarquent…

— Mais quoi ?

Le vent hurle. Il est presque obligé de crier :

— La Strood. Je l'ai vue. J'ai vérifié.

La Strood ! Je détache mon regard de mon ancien patron et regarde la pluie qui tombe, le ciel zébré d'éclairs, les rafales glacées. Et la marée, basse, extraordinairement basse, cette décote que je guette sans oser y croire depuis plusieurs semaines.

La Strood.

— Fonce.

Je ne me le fais pas dire deux fois. J'escalade la pente, Greedy sur les talons. Les lampes des trois autres quadrillent la berge et, ça y est, ils m'ont vue, ils convergent vers moi.

— Elle est là !

Ils se lancent à mes trousses, ils sont plus rapides que moi, mais j'aperçois un vélo, un des gros vélos robustes mis à la disposition des clients du Stanhope, là, couché dans la boue, oublié. Je l'enfourche, j'appuie sur les pédales gluantes, glissantes, et je m'enfuis dans la nuit diluvienne. Greedy court ventre à terre à côté de moi.

— On ne bouge plus ! me hurle Leon.

Il n'est pas question que je m'arrête. Je prends un virage, je guette mon destin.

Oui : la Strood est émergée !

Ses pavés luisent sous les étoiles, traçant comme une flèche tendue au milieu de la boue. Le miracle s'est produit. C'est ma chance. Je laisse le vélo se fracasser par terre et cours, foulant l'ancienne voie romaine qui serpente à travers les marécages et les salants, cap sur la côte de l'Essex, ses joncs et ma libération.

Sans ralentir, je me retourne – ils sont forcément à mes trousses.

Mais non. Les quatre hommes se sont immobilisés sur la berge. Je les vois. Leon, Alistair, Oliver et Freddy. Ils patientent, perchés sur la petite butte qui surplombe la Strood. Le faisceau de leurs torches me suit, mais eux non. Ils se tiennent immobiles et surveillent ma progression sur les pavés romains.

Mais dans ma course, je vois soudain l'eau qui se rue de toutes parts.

Je baisse les yeux, horrifiée.

La marée est en train de remonter. Cette redoutable marée qui monte parfois plus vite que ne peut courir un homme… Mon cœur tambourine contre mes côtes. Pourtant je ne peux pas faire demi-tour. Ils me tueraient.

Je n'ai jamais couru aussi vite mais rien n'y fait : la Strood se retire. Ce n'était qu'une brève apparition, les conditions n'étaient pas réunies. Déjà l'eau clapote à mes pieds, elle monte à toute allure. J'en ai jusqu'aux chevilles et bientôt, très bientôt, elle me lapera les genoux. Le goût familier de la bile tapisse ma gorge, une douleur insoutenable écorche tous mes nerfs et je dois me trouver à plus d'un kilomètre du continent, des lumières de Heybridge, si distantes…

— Greedy !

Il a déjà disparu. Le courant me l'a pris. La Strood m'a repris son cadeau, mon chien, mon beau chien qui doit être en train de se noyer, quelque part dans le noir.

J'ai de l'eau jusqu'à mi-cuisse et ma panique culmine en un cri d'épouvante muet mais ininterrompu. Les eaux, elles, continuent de monter, resserrant leur étau fatal. Un peu tard, je comprends. Oliver m'a menti, bien sûr. Ils savaient que la Strood n'émergerait qu'un court instant. Ses apparitions sont si rares, c'était évident ! Et ils m'ont persuadée de courir à ma perte. Comme une folle suicidaire. Comme ma sœur.

C'est le meurtre parfait.

Je n'arrive plus à courir dans l'eau salée, je patauge, j'en ai presque jusqu'à la taille, il y aura bientôt trois mètres de fond ici et alors je serai happée par les vagues glacées. Un corps sans vie, ballotté, bringuebalé par-delà Goldhanger, jusqu'à la mer du Nord. Sans personne pour le voir dériver. Disparu à jamais.

J'ai dépassé le stade de la panique. J'ai atteint celui de la résignation. La peine, l'odieuse peine, se fait maintenant consolatrice.

L'eau s'enroule autour de mes bras en une étreinte glaciale. Comme des fers. J'étouffe. Les poumons comprimés, plus de place pour respirer. Je sens le goût vinaigré de l'eau dans ma bouche, à présent. Une vague me claque le visage.

J'imagine que c'est ainsi que ma sœur est morte, aux prises avec ce courant assassin. Mais c'était par une belle nuit d'été, sous une lune voluptueuse, et Kat était consentante. Tandis que j'agonise en plein mois de décembre dans un fleuve qui me gifle et me crache au visage.

J'abandonne. C'est trop dur et j'ai trop froid. Ma phobie ne rime plus à rien, elle me quitte. Parce que je suis en train de me noyer. En train de mourir. Mon cœur explose dans ma poitrine mais qu'importe. Que le fleuve fasse son œuvre. Que l'eau me prenne ! Je sens mes pieds quitter le sol, je n'ai plus pied. Je flotte. Je suis morte.

Un aboiement.

Greedy ?

Instinctivement, je me mets à battre des jambes, je parcours des yeux le tumulte d'eau qui m'entoure. Est-ce vraiment lui ? Est-ce possible ? Mais comment ?

C'est bien lui. Mon chien. Ma créature fantastique, mon compagnon. Un génie. Il est perché sur un petit monticule gris, dans la pénombre, et aboie furieusement. Il a gagné le rivage, et je ne dois pas en être loin. Il a franchi les eaux et me guide. Pour me sauver comme je l'ai sauvé.

— Greedy !

Un nouvel aboiement. Puis une voix masculine que je ne reconnais pas.

— Nage !

Nager ? L'idée me semble absurde. Mais pourquoi pas. Après tout je nageais très bien, autrefois.

Alors je nage. Je tends tout mon corps vers l'avant et je combats les vagues brutales et le courant avide.

Il n'y a pas beaucoup de distance à parcourir mais la tâche est ardue.

Trop ardue. Cinquante mètres à peine me séparent de la berge, mais c'est insurmontable. Pourtant mon Greedy se démène et m'aboie frénétiquement de nager, nager, nager, nager, nager !

Je nage, sur quelques mètres seulement – le fleuve est trop froid, trop féroce. Je sens les crampes arriver. Je redeviens quelques instants le jouet du courant, de mon sort. Je refais une tentative. Je me bats. Et je me sens soudain emportée, pas par le fleuve cette fois, mais par des mains humaines, puissantes, qui me hissent avec vigueur et détermination. Je m'abandonne à mon salut. Je me laisse arracher à la Blackwater comme un pantin, et haler sur la terre ferme. Je la sens sous mes genoux, et je vomis l'eau sale du fleuve, à quatre pattes sur la plage, je vomis des cailloux.

Greedy me lèche le visage, comme le jour où je l'ai sauvé.

— Oh, Greedy. Greedy. Merci.

La voix de l'homme. Je pivote.

— Putain, Hannah, c'était moins une !

Je lève péniblement la tête et plisse les yeux, sidérée. Logan.

81

Hannah, maintenant

Logan se presse contre moi et caresse mon bras rougi par le soleil.

— Bière ?

— Avec plaisir !

— Alpha ou Mythos ?

Je fais glisser mes lunettes de soleil sur le bout de mon nez et j'admire Logan. Il a pris un coup de soleil, lui aussi ; son nez pèle. Le soleil brûlant de la mer Égée et le teint rose des Écossais ne font pas bon ménage. Mais son léger hâle met ses muscles en valeur. Bientôt, il sera tout doré.

Je m'étire sur ma chaise longue et pousse un soupir de contentement.

— Alpha. Et un menu, s'il te plaît.

— Ça marche.

Son portefeuille est sur la table, avec les romans et la crème solaire. Il tend la main.

Les yeux mi-clos, je pouffe.

— Remarque, je ne sais pas pourquoi je m'embête puisqu'on mange la même chose partout, ici.

Je lui décoche un regard langoureux.

— Je crois que c'est une des choses qui me plaisent tant en Grèce : on sait où on met les pieds. Tous les jours, on mange de la feta et du poisson grillé. Pas de mauvaises surprises. C'est parfait.

— Tu oublies la moussaka, observe-t-il.

— C'est vrai. Et le tzatziki.

Il sourit.

— Ne bouge pas, je reviens.

Il gravit les marches de pierre chaude qui mènent au bar de notre charmante petite pension et disparaît. Je me redresse et contemple la mer éclaboussée de soleil, le bleu du golfe Pagasétique lové dans son écrin de montagnes azur. La péninsule du mont Pélion, la destination que nous avons choisie. Nous avons hésité. Crète, Skyros, Poros ? Mais en fait, les îles, j'en ai eu ma dose. D'où le Pélion. Une péninsule. Presque une île, mais pas tout à fait…

— Il a l'air sympa, ton nouveau mec, Scooby Doo.

Je baisse mes lunettes et jette un regard sur ma gauche. Alanguie sur une chaise longue en bikini rose riquiqui, ma sœur fait bronzer ses longues jambes huilées. Ses dents blanches étincellent, un bracelet de coquillages et de clochettes d'argent souligne la délicatesse de sa cheville et l'eau de mer alourdit ses luxuriantes boucles blondes, car elle vient de piquer une tête. Le soleil grec a décoloré le duvet délicat qui recouvre ses membres comme un voile d'or blanc.

— Il l'est, dis-je. Vraiment.

— Bon, mais alors, *qué pasó* ? Raconte, ça s'est fait comment, entre vous ? Mack le Crack ne faisait pas partie du clan des pourris ?

— Non, ils le faisaient chanter. Quand ils l'ont recruté, il ne s'est pas méfié, puis ils l'ont filmé en train de coucher avec une nana. Consentante, hein ! Mais disons qu'il s'est senti coincé, surtout vu la teneur des autres vidéos…

— Et donc c'est lui qui t'a sauvée ? Façon super-héros !

— Il s'est douté que je tenterais d'emprunter la Strood. Faute d'alternative.

— Hannah et Logan ! Qui l'eût cru ?

Ma sœur tend paresseusement son bras doré, s'empare de son frappuccino et le sirote si bruyamment qu'un lézard effrayé se sauve vers la famille grecque avec le dauphin gonflable installée quelques chaises longues plus loin.

— Il a obtenu l'immunité, dis-je. En échange de son témoignage à charge contre les autres. Tu sais qu'ils étaient tous dans le coup, même Oliver…

J'hésite, puis j'ajoute :

— Les Kreeft, aussi. Ce jeune homme à qui tu as parlé. Tous.

Ses yeux s'agrandissent.

— Scooby chérie, quel fin limier tu fais !

Elle vide son frappuccino, essuie d'un revers de la main ses lèvres écarlates. L'odeur de l'ambre solaire sur sa peau tiède me chatouille les narines.

— Donc tout est bien qui finit bien ! Excellent. Tu es heureuse. Tout le monde aime les happy ends, pas vrai ?

Je la dévisage.

— Pas si heureuse que ça, Kat.

Elle me décoche un rictus goguenard.

— C'est vrai ! Personne ne sait que, parfois, je discute encore avec toi.

— Et alors ? C'est quoi le souci ? C'est permis !

Je secoue la tête. Oh, Kat.

— Non, je ne crois pas que ce soit une bonne idée.

Ma sœur fait la moue. Sur son front parfait et immuable luit une minuscule gouttelette de crème solaire.

— C'est-à-dire ?

— C'est-à-dire que je vais devoir te laisser partir. Enfin. Il faut qu'on cesse de se parler.

Après une hésitation, j'ajoute :

— Et pour toujours. Je crois.

Un silence.

— Oui, dis-je avec plus de fermeté. Pour toujours.

La moue de Kat laisse place à une expression triste.

— Pour de vrai ?

Elle a dit cela si bas que je l'ai à peine entendue par-dessus le bruissement de la brise qui décoiffe les bougainvillées, taquine les tournesols et froisse la surface soyeuse du golfe bleu.

Je réprime mon propre chagrin.

— Pour de vrai, oui. Je regrette.

Elle ne dit rien. Elle détourne la tête, dissimule ses larmes, se tait. Enfin, elle m'adresse un sourire forcé.

— Tu sais que la carte, c'est toi qui l'as déchiffrée ?

— Pardon ?

— Les lumières de l'aile Est. Ce n'est pas moi qui t'ai mise sur la voie. C'est ton cerveau à toi qui a accouché de tout ça.

— Ah ?

— Ben oui, Scooby ! T'es maligne, ma frangine.

Elle éclate d'un rire doux-amer qui fait scintiller ses dents.

— Maman serait tellement fière ! Sa fille aînée devenue une pro du tarot !

Je ris, d'un rire triste et léger. Je voudrais que ce moment ne s'arrête jamais : ma sœur et moi, pour la toute dernière fois.

— Bon, je ferais mieux de te laisser. Je vais me baigner. Ou peut-être bien que je vais aller rendre visite à maman. *Maybe, baby...*

— D'accord, Kat. Je suis désolée. Vraiment. Mais tu sais, je t'aimerai toujours.

Je peine à retenir mes larmes.

Elle opine du menton et me répond en sanglotant doucement :

— Moi aussi, andouille. Et je serai toujours quelque part là-dedans.

Elle tapote mon cuir chevelu du bout du doigt ; et la voici redevenue la fillette de Promenade Park, celle qui me chipait mon ours Caramel, pour rire, pour me faire tourner en bourrique, pour m'amuser.

Je ne dois pas pleurer. Je suis en vacances, bonjour l'ambiance !

Sans crier gare, Kat se penche et me serre fort contre elle. Elle passe ses bras nus autour de mon cou. Je sens son pouls battre sous sa peau qui embaume l'huile de coco mêlée d'une note de transpiration. Puis elle se redresse et je la regarde s'éloigner en chaloupant, pieds nus, entre les chaises longues et les enfants qui jouent. Elle s'en va, me quitte dans un ultime tintement de son bracelet, s'éloigne le long de la plage de sable fin. Tout au bout, elle escalade un rocher et disparaît.

Je reste allongée sans rien dire jusqu'au moment où Logan m'apporte ma bière. Elle est bien fraîche et je la déguste à petites gorgées. Il me tend le menu.

Le texte est traduit dans un tas de langues : anglais, allemand, néerlandais, français. Les plats sont les mêmes que d'habitude. Salade grecque, poisson, beignets de calamar.

Je suis en train de le parcourir quand un mot en néerlandais attire mon attention.

Kreeft.

Ainsi, ce nom veut dire « écrevisse ». Bien sûr. L'ultime indice de la carte. Je soupire mais je retiens mes larmes. Assez de larmes. Je repose le menu.

Logan s'aperçoit que je suis émue.

— Tout va bien, mon cœur ?

— Oui. J'étais perdue dans mes pensées. Mes souvenirs. Mais ça va.

— Tant mieux.

Il se replonge dans son roman, puis m'informe :

— Au fait, ton père vient d'appeler.

— Ah ?

— Greedy se porte comme un charme. Tu lui manques, mais il se console en emmerdant tous les pigeons de Maldon.

Je ris et sirote ma bière. Puis je me lève, j'ajuste les bretelles de mon maillot sur mes épaules, dorées par un soleil délicieux.

Je m'élance sur le sable, je plonge et m'immerge dans l'eau divine et cristalline.

*Cet ouvrage a été composé et mis en page
par FACOMPO, Lisieux*

Imprimé en France par
CPI Brodard & Taupin
en janvier 2025
N° d'impression : 3058458

Pocket – 92 avenue de France, 75013 PARIS

S33124/01